U0615465

新喻梁石門先生集

1

明 梁寅 著

清乾隆十五年刊

图书在版编目（CIP）数据

新喻梁石门先生集 / （明）梁寅著. -- 北京 : 海豚出版社，2018.1

ISBN 978-7-5110-4138-8

Ⅰ. ①新… Ⅱ. ①梁… Ⅲ. ①古典诗歌－诗集－中国－明代②古典散文－散文集－中国－明代 Ⅳ. ①I214.82

中国版本图书馆 CIP 数据核字(2017)第 329633 号

书名：新喻梁石门先生集
作者：（明）梁寅著
责任编辑：李俊
责任印制：蔡丽
出　　版：海豚出版社
网　　址：http://www.dolphin-books.com.cn
地　　址：北京市百万庄大街 24 号
邮　　编：100037
电　　话：010-68325006（销售）　　010-68998879（总编室）
印　　刷：虎彩印艺股份有限公司
经　　销：新华书店及网络书店
开　　本：16 开（210 毫米×285 毫米）
印　　张：56.625
字　　数：453（千）
版　　次：2018 年 1 月第 1 版　　2018 年 1 月第 1 次印刷
标准书号：ISBN 978-7-5110-4138-8
定　　价：1760 元

出版説明

人是一種會思想的動物，無論是要適應環境，克服生存的困難，抑或爲了生活得更有意義，思想皆不可或缺。在一般的中文習慣中，思想的涵義比"哲學"更寬泛，這種語用習慣的差異，也影響到學者對學術視野的選擇。一般而論，思想史的範圍也較哲學史爲廣闊，雖然很少得到清晰地界定，但它不失爲一種有效的學術視野。

在近代中國學術史上，思想史研究的興起與哲學史大約同時。一九〇二年三月，梁任公在其創辦的《新民叢報》上連續發表了《論中國學術思想變遷之大勢》系列論文，這可能是最早由國人撰著發表的思想史論文。而第一本由國人撰寫的中国古代哲學通史，則爲一九一六年謝無量的《中國哲學史》。這兩本早期著述有其學術史的意義，但其中對學科的性質與研究方法等多無明確的説明。事實上，無論是學者的闡述，還是其實際的操作，在思想史與哲學史之間都不易劃出清晰的界限，直到當代也仍然如此。拋開細節不論，就語用習慣及有關實踐而言，思想史表徵一種對歷史文化廣闊而深入的關照，其研究方法，關注的問題，都較哲學史爲多元，史料基礎也不可同日而語。尤其是在郭沫若、侯外廬等人建立起來的研究傳統中，思想史有明确的社會史取向，或因其與傳統的文史之學有親和性，以至在今天，這種思路仍然很有生命力。

文獻發掘向來是思想史研究的基本環節。爲了促進有關研究，我們選輯多種文本編爲"中國古代思想史珍本文獻叢刊"。全編選目包括經典文本，如儒、道二家的經解，重要思想家作品的早期刻本，和某些并不廣泛受到關注的作家文集的舊刻本。本編中也選錄了數種反映古代民俗信仰的文獻，如《關聖帝君聖跡圖志》、《卜筮正宗》等等。這些文本在傳統的學術視野中，多以爲不登大雅之堂，在今日視之，或者正因其反映了古代社會一般的信仰氛圍，而有重要的文本價值。此外，本編也著意收錄了數種通常被視爲藝術史史料的文本，如《寶綸堂集》、《徐文長文集》等，我們認爲對思想史關注而言，範圍與深度同樣重要。

選集本編，也有文獻學上的意圖。中國古代有悠久的文獻學傳統，大量古籍文本的傳刻與整理造就了古代中國輝煌的古籍文化。本編收錄的這些刻本不僅是古代學術發生、衍變的物質證據，也是古代古籍文化的重要部分。本編所收錄的全部作品皆爲彩版影印，最大限度地保存了文獻的細節。其中有部分殘卷，視具體情況，或者補配，或者一仍其舊。本編的選目受制於編者的認識與底本資源，或者有不妥、不備之處，希望讀者不吝指正。

目録

第一册

第二册

第一册

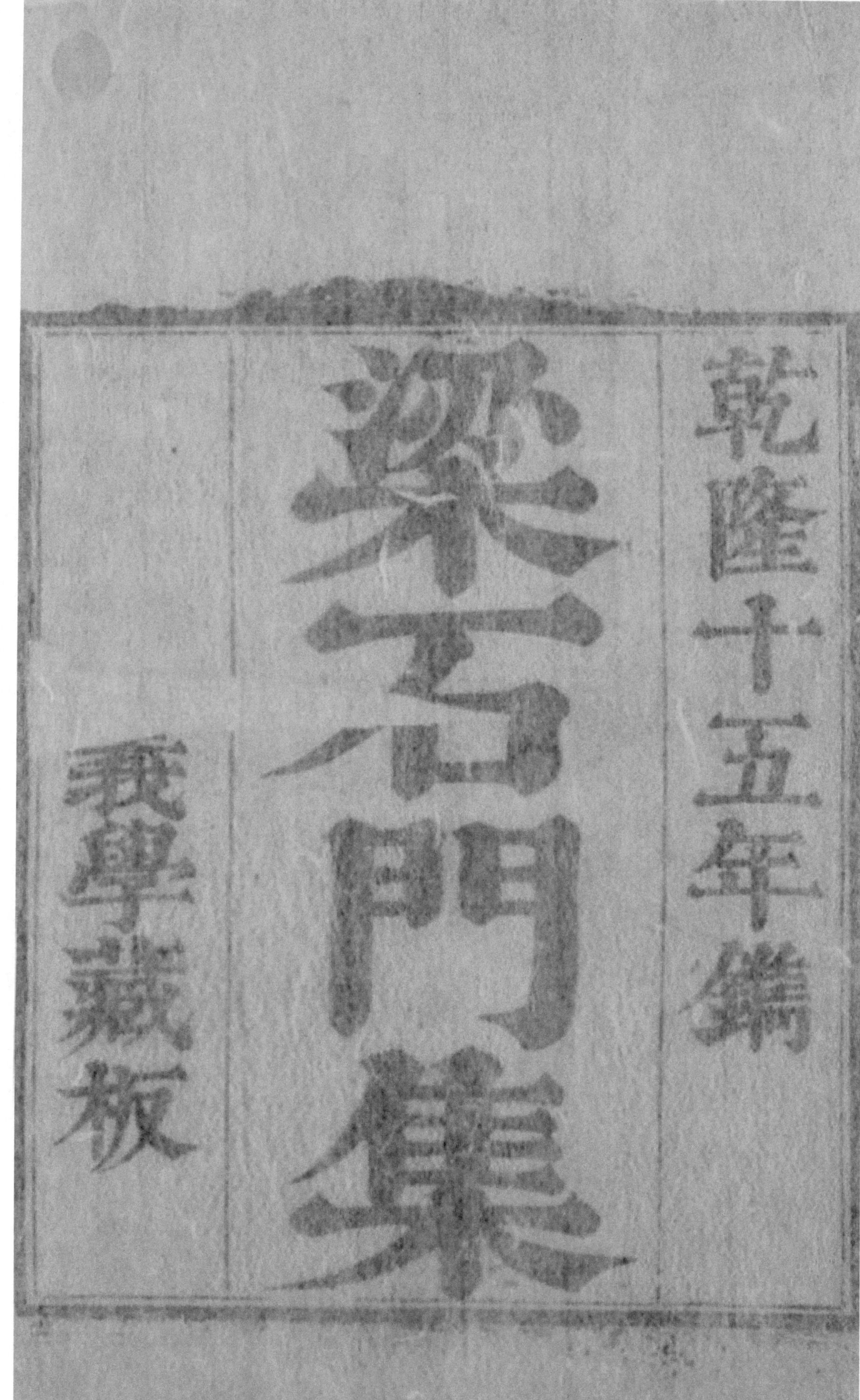

乾隆十五年鐫

梁石門集

乘學藏板

序

明國子博士石光霽仲光先生行状曰先生嘗與楊宗敬揭魯山訪交一日文士六七輩在坐宗敬曰吾謂古人不復見於今今見孟敬嘗於古人中求其比想

明道先生忽如是或以為言

過宗敬曰吾非以其學問特以

其德性澹趣大有過人者云尔

東莞張程萬曰先生讀書窮理

素性不戚戚於貧賤不役役於

富貴百世之下可想見其為人

然則先生之所以重當世而傳後者非徒以其文也當其時如吳草廬嘗一見而器之劉青田則詩札贈遺相酬錯而金文靖公鍊忠貞公則嘗游其門文靖貴且顯其堂曰夫子堂然則先

生之所以重當世而傳後者非徒以其文也於稽其文則著作等身矣如周易則有叅考尚書則有纂義及詩則有演義春秋則有考義禮記則有輯略周禮則有考註歷代史則有史斷

策要雜著則有蒙三輯訓類訓
宗論蒐古集格物編春秋叢說
詩賦記序碑銘傳贊題跋則有
石门集全
御纂易詩書春秋四經多有其說
綱鑑史斷亦多采及省志稱先

生著作不下千餘卷者不盡予
堂遵蒙山而南過石门问夫子
堂則土屋數间耳问其齋則耕
農六七家问書莊則莫能名其
處戚曰在城東則墟矣嗟乎杞
宋無徵如夏殷禮何去年夏

兩江制府黃公蒐羅文獻檄下
新喻　暨侯使來草堂詢故家
鄴藏予以為新喻遺書如三劉
三孔石門梁氏其最著者頗兵
燹後無復存閱
臨川李穆堂先生於書無所不

脩必嘗有之　暨侯羅然則遣

使走請

穆堂先生素其意許之得公是

集石門集以歸公是集劉氏之

裔須付剞劂別為之序石門集

再裒散逸得八卷又於其門人

清江板城黎阜裔孫家浔列本若干卷校對如一釐為十卷詩賦記序碑銘傳贊題跋各以類從而經史論略策略附焉醫俟壽亟闕雕書成雖吉光一羽然皆藹藹乎昌黎所謂仁義

之言也先生之德性淺趣與先
生之學問不均可想見乎初先
生好古學嘗讀韓柳文或曰為
文須師承乃可先生曰韓公文
起八代之衰其師果誰耶信哉
斯言學者可以興矣庶無負表

章素惠之意乎

乾隆十五年歲在庚午季夏

之望草堂晏斯盛撰

序

大江以西多名邑喻其一也巳巳春周其

奉

簡命篆之茲土爰攷志籍論諸耆舊知喻自昔人文之盛甲於他邑在明則有徵士梁石門先生其文行尤著顧其後不克紹其儒業遂爾落莫無聞併其著述久散失無存矣明侍讀邑人張西吳作石門書院記云

非覽史斷蒐徃牒罔知先生名文罔知先生爲吾邑人唯時相去僅百餘年耳而其言如此歷今又垂二百年宜其更淪湮而莫之知矣居嘗論之表彰實學正所以振文教而予觀型此非居民上之責歟况以鄉先正之嘉言懿行引掖其後學則觀感興起必有異於恒常之啟迪以喻先正爲標準舍先生之文而誰與用其以下車之

始倥傯案牘有志於斯而猶未逮及秋奉
制憲檄蒐羅文獻用其既徵諸名家書上
之以不得先生文為憾聞 大中丞晏公
築精舍於蒙山之陽積書萬卷意必有先
生之著述乃往求 中丞公出經史策略
若干卷且指示用其曰 大司馬臨川李
公於書無所不讀當有石門全集 用其遺
一价啟 臨川公求之 臨川公嘉用其

之志許借鈔副本以歸又於清江黎氏得
刊本一冊互相參訂釐爲十卷捐清俸付
剞劂氏壽梨棗謀所以垂久遠邑之文士
聞而喜咸勸事爲未暮月而工落成其板
存義學中以便求者嗚呼先生之文重於
當時旋即散失迨三百年後而文合爲完
璧其顯晦固有時耶多士其各取則先生
之文景仰先生之行復念收合是書之不

易而瀰愛之以毋負守土者表彰實學所以振文教而予觀型之鄙意則何幸如之用其復考先生著述不徒此也其承明太祖徵名赴闕下與諸儒定禮制多所討論於易有叅議於春秋有考義於書有纂義於禮記有類禮於周官有考註於詩有演義於羣書鈎撮精粹申以己意有論林緫論古道示勸誡有髦言於史有史略史斷

集古格言為類訓要皆研窮性命恢宏經
濟之學在當時或刻以傳或繕以藏今則
為飄雲振葉莫可收拾其大槩唯散見於
他書中茲所輯之石門集特先生著述之
什一耳如得盡括其遺校為完書以貽示
來許其裨益學者厥功偉矣用其深厚望
於世之鉅儒君子邑之多士者也時
乾隆十五年歲次庚午孟夏之吉文林郎

知新喻縣事崇安暨用其譔

新喻梁石門先生集目錄

卷二

序

卷三

書後　跋後　書　論　傳　贊　箴　辭　誌銘

賦

卷四

詩五言古

詩五言排律

義學藏板

詩七言律

◎

至正庚寅歲分宜丞舒君尚翁浚治章湖寓宿白斜公廨憩檢署題詩壁間尚翁乙酉進士于故人也歲丙申經過白斜覩遺跡嘉循政因續其韻

附岷同和　丁酉歲正月四日雪

寄黃將軍大章　次韻章淑德冬雪

出豫章城南寄友生李朋舉兄弟

鳳洲上同劉仲脩到郡　仲脩宅春日分得園字

次韻送文彥高歸西昌　社日

送上高易季文之洪都　和酬舒元珍

彭伯塤新婚　癸卯臘月雷

送本州判官移宰分宜　和酬王仲脩

詩七言排律

詩五言絶句

詩七言絶句

詩六言

卷六

卷七

三代　夏禹　商湯　周文王　武王　漢高

文景　武帝　宣帝　光武帝　明章　唐太宗

元宗　憲宗　七十二賢二十八將

卷八

史二

歷代國統歌　三皇五帝　三代　七國　漢

三國　晉附五胡　南北朝　唐　五代　宋

元

卷九

策畧一

聖學　王霸　禮制　郊祀　明堂　社稷

潛虛　皇極經世

卷末

目錄畢

李先芳重訂石門集序

余少讀本朝集禮閱有梁孟敬不知何許人歲戊申祇役渝令聞石門先生其人也先生丁元季隱石門山中註訓六經以授多士尤工諸家古近各體不欲仕高帝即位詔脩禮儀奏功仍乞歸江省三聘文衡時吳楚之間多名士皆其門人云聞詢父老傳有宦遊者造廬請天德王道之要先生曰言忠信行篤敬天德也不傷財不害民王道也余服佩久之昔子賤爲宰師事七人先生我師也時雖後而教已至矣其曠世而相感者與邑令林克相舊刻石門集辭文間雜不能讀今稍更訂以表私淑之義云耳論世者終採之國史矣嘉靖壬子暮

春書於羅溪舟中

石光霽撰石門先生行狀

先生梁姓諱寅字孟敬洪之臨江人曾大父甫孫袁之分宜湖澤臺徙居之大父諱仕忠耆文學善詞賦父諱顯孫皆隱耀弗仕先生生元之大德癸卯年間而質素孱弱弗任耕事惟篤志欲富於文學然當時艱得書籍先生年十七教小學於里中始得四書書傳詩傳胡氏春秋傳以早夜誦讀而皆自點之無師指授特究心力求淹該自得歲辛酉吉水李氏麟欲從渝南蕭先生寄壺受春秋經來攀與俱先生初心欣然及得春秋之文凡十部四十帙錄而觀之則喟然嘆曰是何筌蹄之爲也哉於是歸而求之益力且意科業不足恃尤好尚古

文嘗讀韓柳文集或謂曰爲文須師承乃可先生應之曰韓公文起八代之衰其師果誰耶歲癸亥先生厭居館思遨遊遐邇謁諸魁士聞前翰林應奉玉霄滕公以詞章翰墨著名江湖間遂具書長往見於豫章公甚愛重之留館下檢校羣書獲盡觀其古今書史適草廬吳先生被徵北上道豫章訪玉霄因進見勉之甚至泰定甲子歲繼聞前國子博士儒學提舉損齋劉公有慶博贍老成乃提所作文字凡十篇偕書以見公稱賞曰眞韓蘇之才也爲薦館於南昌之富家鄧氏姜氏所貯書籍靡不有之先生悉爲點閱文學益爲之進嘗與楊宗敬揭魯山定交一日會文士六七輩同坐宗敬曰吾嘗

謂古人不復見於今今見孟敬當於古人中求其比想明道先生亦如是或曰言大過宗撤曰吾非以學問言之也但以其德性與識趣有過人者云耳巳巳歲受學者衆就其僧舍開館先生於諸經用工益勤銳意崇禮義之學文士熊厚孟和馳書於危大樸諸公間爲稱譽之壬申與友人鄧文若同就試文若登第先生以再弗得意仍授徒豫章而日與曾堅子白諸名士相往還論詩暨文未幾毋孺人廖氏卒歸奔喪以葬丁亥歲先生以毋喪未闋不就試開館於宗濂書院是秋前翰林編脩吳當伯尚主文豫章門生雅志中易魁謝主司於滕王閣吳公見其短小問爾何以能中高等爲爾師者誰

乎雅志以先生姓字對吳公時未能知友人黄子中在坐間極爲稱道先生之學問德業公曰佳士也不可以不識遂造館相見及後清碧杜公至豫章見先生所題詩曰儒士也然爲臨江人何以不識有來趣先生往見者次日則杜公亦率其門人數輩至館謝迨戊子歲行省架閣張君濟請至建康訓厥子次年而學徒益增北方學者尤多以科業中者益衆自是久寓金陵一時交遊皆知名士若晉仲李先生則師尊之陶公主敬諸彥則友交之適御史臺整飭學校郡博士羅罕以御史劉公幹李文甫之命請爲司訓其職雖久未始一登權貴之門歲庚寅先生辭司訓職而門人王宗一薛玉成等

皆曲阜人其議厚加楮幣請至曲阜開館先生辭以父老必一歸省乃可期在次年而兵作遂不果於搶攘中以儒爲資且善默以容故持身弗辱欽遇天朝淸一海宇弘敷文教臨江守劉侯貞辟至郡庠俾訓子弟員踰月朝廷將新一代禮樂需天下碩儒爲考禮制各以薦者言名聞於上詔有司禮遣赴京而江右三人先生與同郡胡行簡饒州蔡淵仲也至則先生分考郊祀禮書成上之賜以衣物洪武元年上登大寶凡考禮之士皆授顯官以老辭還者七人賜白金爲路費先生其一也三年詔以明經科取士江西省臣遣禮幣請主其文衡自是前後考試江西者凡五舉所取皆佳士十年春石

門書舍成開講其間弟子彌衆多有造就若渝之廖處
謙晏與賢吳復善吉之周從善等皆其高弟子也又若
歐鄉習尚庸渝批吳友貞仲濟錢源淵同里吳雲舉傅
季良孟東清江黎崇瞻崇望元輝鶴州盧立魁等皆其
名家子也先生力學弗替經史子集罔不精究特以文
尚高古不諧於時故累舉弗捷然志日益確學日益贍
文章日益工著述日益盛所著有周易叅考春秋考義
尚書纂義禮記輯畧詩經演義周禮考註歷代史策要
斷雜著則有論林耄言軿訓類訓宋論蒐古集格物編
春秋叢說詩文則有石門集其於二親養之孝喪之哀
葬祭皆如禮始娶劉氏再續吳氏皆先卒子男二曰岷

曰岐峧官至右田知縣以廉能著稱亦先卒女二次適黎爔孫男二長曰輪峧之子次曰球岐之子輪今寧縣訓導先生以洪武二十二年十二月二十四日終葬於崇教鄉含珠堆之原壽八十有七輪出先生自述行年記將求文以誌其墓處謙屬光霽狀其行實故録其梗概如右託之立言君子以圖不朽焉洪武二十三年秋九月上日國子博士淮南光霽狀

明史列傳

梁寅字孟敬新喻人世業農家貧自力於學淹貫五經百氏累舉不第遂棄去辟集賢路儒學訓導居二歲以親老辭歸明年天下兵起遂隱居教授太祖定四方徵天下名儒脩述禮樂寅就徵年六十餘矣時以禮律制度分爲三局寅在禮局中討論精審諸儒皆推服書成賜金幣將授官以老病辭還結廬石門山四方士多從學稱爲梁五經又稱石門先生鄰邑子初入官詣寅請教寅曰清慎勤居官三字符也其人問天德王道之要寅微笑曰言忠信行篤敬天德也不傷財不害民王道也其人退曰梁子所言平平耳後以不檢敗語人曰吾

不敢再見石門先生寅卒年八十七

新喻梁石門先生集卷之一

新喻縣知縣崇安暨用其訂刊

記

河源記

古今河源之說異禹貢云導河自積石未窮其源也漢張騫云河有兩源一出于闐一出葱嶺唐薛元鼎云得河源於崑崙葢皆傳聞者山海經言崑崙之水赤黄黑青色以方異穆天子傳言陽紆之山河伯所居是惟河宗佛書言阿耨達山有大淵水卽崑崙也其山名往往不同者或古今變易或番漢異稱不然記者之妄耳按潘侍讀昂霄河源志今朝之宼河源葢得之目覩非傳

聞者也大祖嘗征西夏過沙陀至黃河九渡九渡者在崑崙西南憲宗命皇弟旭烈征西域凡六年拓地四萬里而河源在域内矣至元庚辰世祖命臣都實往西域將城其地以通互市自河州行五千里抵河源及還圖城郭位置以聞上悅以爲吐蕃都元帥領工徒以往使其弟潤潤出馳奏大臣沮之次年還奏河源在吐蕃西鄙有泉百餘竇地方七八十里皆沮洳不勝人跡泉不可逼觀登其旁嶺下視泉竇歷歷如列星然故名火敦惱兒火敦者漢言星宿也惱兒者海也星宿海合流而東匯爲二澤復合流始名黃河然猶淸可涉河折爲九即九渡也廣五七里下復合流漸遠水益渾土人抱革

囊騎過之其聚落之處多編木如舟以濟附以毛葦中僅容二人又東則兩山峽束廣可一二里或半里深叵測矣崑崙腹頂皆雪盛夏不消河過其南距山麓僅五六十里又南爲四達之衢地多盜常鎮以兵崑崙之西人民少山居其南山峻獸有麃牛野馬狼狍獮羊之屬東則山益峻而地漸下岸至狹或狐可躍度河至貴德州始有官治歷積石至河州東北流歷蘭州鳴沙州應吉里州流正東自星宿海至漢地河南北小水旁注者衆其山或草或石至積石始林木暢茂世言河九曲而彼地有二折云漢書言葱嶺河至蒲昌海水洑流而出臨洮今洮水自南下非蒲昌也土人言于闐葱嶺水下

流散之沙磧則其洑流信然然其複出者莫知矣或又云黃河與天通又云崑崙去嵩高五萬里閬風元圃積瑤華蓋仙人所居皆妄也世多言河出崑崙者蓋自積石而上望之若源於是矣而不知星宿之源在崑崙之西北東流過山之南然後折而抵山之東北其遶山之三面如玦焉實非源於是山也然凡水者山之血脉也山高而廣則其水必衆而鉅崑崙至高廣者也而謂無一水源於其間邪其不言之者蓋欲破昔之謬著今之奇故畧之爾延祐中濶濶出爲翰林承旨潘侍讀與同僚故得其言如是余喜其詳而信因述之以資多考云

醴溪記

醴溪在蒙山之陽十五里其南北皆連山水貫流其中北山之西曰堵山其次曰菰峯又次曰紫雲峯其下爲靈峯寺正北有三峯森立尤奇秀其東曰神峯吳將軍之祠在焉又東有岡廻抱曰鍊岡其南山之西曰石門兩峯對峙巨石如虎蹲其次曰大金峯金峯而下綿亘若屏然至其盡處與鍊岡對中有圓阜突出水上兩山銜之若龍之爭珠者然居人名之曰珠堆當石門之下爲松池泉出其間竇如井者三四其味最甘釀之以爲酒醇釃異於常以爲糜雖白粲而上凝赤色食之若飴蓋泉之尤美者也其下流爲溪演迤東注溉田可五六十頃居溪之陽凡百餘家而爲吳姓者十之八九世耕

且學多淳質少衰靡故不徙其業不輕去其鄉予家在

菰峯之陽松溪之上曾大父祿分宜之湖澤臺而徙於

是里之舊名曰裹收長老相傳云里之田極膏腴歲常

豐收故古以是名而其為士者或名之曰裹溪予以溪

之泉井如醴故又更名醴溪云嘗觀夫民戴仁而履義

負陰而抱陽其生一也而其水土之異則質性亦殊是

以君子慎其習焉吾里之俗淳厚且多秀異之士固地

氣然也使居是里者父飭其子長率其幼去紛華之尚

守勤儉之規革狠悖之性崇禮遜之美以是溪為仁里

而人皆有士行顧不係於習哉吾將見後來之才俊益

多而地靈之所鍾永艾也故記其山水之槩以示里之

子弟使知有所本且有所勵是亦善風俗之意哉

瓊華石記

瓊華石者石之堅白而奇異者也曹南吳君圭一寓於淇名其室曰好古人或遺之以是石君珍而寘之室外因名瓊華云予暇日過之見是石卷然雄跱高僅咫尺蘭芷青青交映可愛君因取寘之几間其爲質如元圭艮玉溫潤自然其爲狀如雪山嶄巖犖之凜慄扣之聲鏗然則又如天球之戛而淸越殊於衆音也予因賀之曰昔人謂珠玉無足異而徧中原者以人好之也今是石也產於陰崖洹谷之中漸水泉貫地脉爐雲霧膠氷雪不知其幾千百年也而一旦出焉以爲君之玩然則

好賢而賢至豈異是哉況君子比德於玉石玉類也雖之琢之濡之拭之進德之道也名之曰瓊華則石而玉矣君之寶之也亦宜矣哉吳君喜曰斯不可不記於是爲記之且以傳於好事者使知君之志非徒曰玩好而已也君方以膺仕而好學不倦工爲詩尤善分隸揭侍講爲作隸書行好古齋銘虞侍書作也

三秀亭記

神仙之流貴於保形鍊氣凝精養神故所棲必山澤之地水木之間重樓邃宇虛亭間館而淸異之氣毓爲珍木奇草或稱有琅玕之樹金莖之華丹木之實五色之芝殆亦神靈之感與丹陽之歸眞觀昉於東晉焦眞人

觀有堂曰希夷堂之後可百步有亭曰三秀三秀者靈芝之異稱也相傳云昔有芝生於是故以名亭也亭燬於宋季而賴名人之賦咏猶在至正七年鍊師諸葛君佺始重搆之亭之四面爲池而跨池爲梁浮波之魚翔風之禽與人狎近池之外則藂篁蓮翠鉅木交柯陰雲晝生寒氣慘慄違之所埜則東有巨區西有句曲而其後爲白鶴之溪清流遷映衆岫互出如登閬風懸元圃而與神人者游也亭之中不蓄異玩而張以圖誡克以載籍師或逍遥來遊與羣弟子上論開闢下及萬象客至具脯棗醴醪從容懽洽弟子陳知常審鼓琴或命之爲蓬萊之音時時更唱迭和賦五七言詩然亦非人間

語也知常既謁趙御史子威求篆書之額復因其宗兄時舉屬予記之予謂天地之間凡有形者必歸於無夫三秀者神異之產也故仙者好之或采焉或茹焉或歌焉然登斯亭者欲覩其赤如珊瑚白如截肪黑如澤漆青如翠羽黃如紫金果有乎無也是其名宜託之亭而後久也雖然亭不可久也而恃名以久名不可久也而恃言以久而言也果可以久乎其所以久者先天地而無始後天地而無終非形也而不離於形也非言也而不外於言也彼煌煌之五色者不得而見矣而因亭以久者其亦不在於人也夫請以是諗之鍊師因以爲是亭之記

思齊齋記

友人王仲義名其藏修之室曰思齊而訪余郡城之南求記其義余因諗之曰子之思齊於賢秉彝之心也取友之道也自齊於方也然賢豈一端乎士之工文辭者句必雕琢音必諧叶以成乎一藝斯賢矣然可以聡其譽未足以美其躬也豈於是是而已乎有孳孳焉於學術究人之所未究知人之所未知斯賢矣然以博其識未足以成其行也豈齊於是而已乎爲一鄉之善士矜其小廉拘其小信明於止足確於自守斯賢矣然可以持其躬未能以弘其道也豈齊於是而已乎若夫君子者其德非一善其行非一能處則藴諸身出則濟天下

斯則所謂大賢者也吾之齊於是足矣然猶曰未也既齊今之賢尤必齊古之賢可也孟子曰尚論古之人周子曰志伊尹之志學顏子之學能如是可以無愧於爲人矣而亦非踰乎性者也雖然將齊乎賢尤重於思師而思事之友而思親之古之人而思效之朝思於是夕思於是人之善即吾之善也斯能齊之矣師也而恥事焉友也而恥親焉古之人而自謂不能焉斯不思之甚人之善非吾之善也其烏能齊之也哉仲義曰善請書以爲齋之記仲義名友仁居清江之西鄙與余爲執友將十年明程朱氏易兼工於詩文爲人端恪不惑於世俗不急於進取余以爲可與共學者故爲之書

貞固軒記

傅氏世居官溪之陽號爲多才俊其尤挺出者曰元賓元賓之避地而歸也闢荆榛畚瓦礫構小堂六楹其西室啓囱南鄉植梅二株予嘉其息馳逐而樂棲遲爲名其室曰貞固且告之曰貞言其正固言其堅四德之終於以起元天界於人在物亦然故人之德而梅有之當夫風霜凌厲冰雪凝冱華辭其條液歸其根而梅於是時紛然珠綴皭然玉潔郁郁烈烈芬芬苾苾松與爲儔竹與同列貞固之性孰逾之哉人之性至純也至粹也靈於物而或反愧於物以物之全其天而人自離之也故其酷於冰雪者世紛也苛於風霜者憂患也衆人蚩

蚩狗於所嗜屈於所畏孰明而貞孰執而固君子者内志弗移外好弗入處險以夷處閑以樂既貞既固惟金惟石曰梅之是似孰謂人而不物之若耶嗟夫元賓昜之哉人之所惡者寒也而天不輟其冬人之所慮者險也而地不改其形其好爲洶洶者小人也而君子不易其行元賓謝曰處軒之中誦梅之賦宋公是師永保貞固敢不拜教哉元賓於予爲姻屬且必從予學善爲詩歌兼習草隸而尤喜寫墨梅是軒之名亦所以著其好也

寳藝齋記

世稱元圃之玉麗水之金南海之象犀明珠凡致之難

而見之罕者是皆寶也至於五禮六樂五射六御六書九數下逮辭章之習伎能之工則皆藝也然人之好尚莫得而兼也故寶之蓄也爲富而藝之博也多貧士生於時思以益其智識而異於凡庸則藝者至理之寓也故寧舍彼而取此焉是則寶之尤貴而大者也亏之友生吟峯北宅吳僉子亮志於藝文治一室而藏修其中亏爲名之曰寶藝欲其寶夫士之寶而不徒寶夫衆人之寶也其居於是室也間然以虛湛然以靜方之華軒廣庭重裀累席疊爵金玉百玩錯陳樂以羌羯歌以鄭衞彼固足樂矣而吾反觀之則聖言醇醪也道義大胾也美行金璧也誦聲絲竹也吾朝而潛心夕而凝神左

圖右書前箴後規目與寶接心與寶隨吾心之樂果何待於外物之樂也況世之寶者人得而與則亦得而奪吾以吾寶養吾之性性具乎心行成於身孰得而奪之乎所寶若是雖萬鍾之富五鼎之貴吾不以易矣子亮從予受春秋當不用之時而爲待用之學是其習於藝尤爲知其本者予故爲之記俾寘之坐隅庶乎其有儆焉

恕齋記

高君如心名其講肄之室曰恕齋而以書屬予記之予爲之論其世叙其善然後明恕之義焉論其世者何也嘗聞諸故老高氏之族世居烏山與黃氏聯姻黃之里

曰鵠山族蕃以著錄學而仕代有其人高氏雖緜延僅存然亦多業於儒而不愧其先斯爲可稱矣其所謂善者何也今之人當夫搶攘之世惡其稔而泯焉者衆矣而能居其居者豈不難乎居之因於傲陋者衆矣而能治其庭除潔其奥室不尤難乎能治其居者亦有矣而能以仁義爲文繡以禮法爲準繩若高君之名其室者不愈難乎斯又其可尚者矣名之以恕者何也夫忠爲體而恕爲用恕也者忠之發也以己及物爲仁而推己及物爲恕恕也者仁之方也因己之心度人之心知人之心如己之心斯爲恕矣恕之道既得則近而家族遠而四海夫孰非吾之度内哉吾聖人以爲終身可行者

宜也嗟夫高君之爲心又非徒傲乎一已而耀乎一時也者將使其家之子若孫居是齋之中而皆能務古人之學勵君子之行則所以振高氏之業者其在茲乎其在茲乎請以是言書之壁間以爲進修之勸

凝室記

余爲草堂於石門之下菰峯之陽其中室南嚮而虛明日宴坐於是以觀萬物之理以稽千載之故愛是室之能佚余而不受夫世好之汨也因字之曰凝室或覩而笑之以爲怪則從而析之曰凝之言定也聚也成也在古有訓曰凝於道德之修也曰凝於神志之顯也觀是室之前肇於鴻蒙而成於富媼者山之凝也疏於開闢

而瀦爲函池者水之凝也雨露以萌之風霜以堅之草木之凝也巖谷以洩之叢翳以結之雲靄之凝也當舒霽之時皐隰光華而巘崿綺麗陽暉之凝也吾順性乎吾室閱元而貞察作而復其外廓然以寂而其中夷然以寧凡世之得若失也榮若辱也忻若戚也歌若呻也登若墜也抗若抑也槩乎勿以滓吾之靈臺吾事吾天君五官效職百爲循序羣邪退黜至正默守譬之寥寥之鄉老而休者遨遊嬉戲狀如小兒於市井之紛華羣廷之期會恬然而莫知也斯非所謂凝其志而逃其累者乎或曰凝子之志其槁木矣夫其石人矣夫曰動非無靜靜爲動本靜非無動動爲靜應子周子曰定之以

中正仁義而主靜吾之疑其志主乎靜焉爾而謂其能不動也哉余既以是記之墻間將求書其額於劉君仲修而懼其亦以爲疑也故又錄以告之

寒泉琴記

清江蕭氏德章蓄古琴三一曰玲瓏一曰廣寒秋而其曰寒泉者乃其最所珍愛者也德章之舅氏新昌胡君鼎實號元陽先生博物君子者也少壯時久官留燕都縉紳多與之遊迨今朝徵用爲尚賓館大使君精於數學解音律而尤好琴時時以鼓琴侍上上甚重焉及奉詔求賢南粵道過清江以寒泉之琴遺德章余比嘗過之出示其三琴因拂拭寒泉爲余鼓杏壇之操余雖不

解音而聽之洋洋然知其聲之清妙而其製之異於今
人也余嘗謂琴之見重於君子者非徒以其鏗鏘而已
也蓋琴與瑟配異於衆樂而列之堂上其聲平和而非
怨悲也其調雅淡而非繁促也其曲皆祖乎聖賢以之
寫心暢情而非荒耽鄙俚之辭也故善琴者必其人之
心體廣大志慮冲遠皭然於塵滓之外超然於聲利之
表故其本之於心發之於指莫非大音之妙也舜之解
慍阜財文王之處險如夷仲尼之樂天知命皆藉是物
以陶其憂思而已爾余在京師聞之趙翰林之孫彥楨
曰吾大父有松雪之號者蓋其所珍之琴曰松雪故以
名齋也今德章愛是琴亦將結茅爲亭於其堂之後而

曰鼓琴其中於以養心於以娛客若然非唯曰彰舅氏之賜也蓋心得其養則衆欲不萌萬物不干欲爲賢人君子此其一助也因爲之歌曰寒泉兮泠泠韶濩之遺兮潤谷之聲寒泉兮瑟瑟以濯吾心兮以浴吾德山中朝夕兮唯泉之聞手揮七絃兮目睇白雲心悠然兮寡所親空桑奏兮遐思乎古人夫古之所謂琴曲者亦莫非目之所觸心之所感形之辭而著之聲也德章於爲學之服靜處之時心如泉渟慮若氷釋必有以復見文王尼父者蓋於是而得之

三友堂記

人生於天地之間其傑然者爲智爲賢而蠢然者爲闇

爲愚彼草木者或雜生焉皆愚之類也或獨異焉則賢之倫也人之賢者則謂之君子孰不願與之友哉物之異者如松竹梅是亦物中之君子也凡君子者其願友之亦宜矣余之執友蕭璚德章以三友名其堂蓋有志於君子之道者乎夫松之可貴者其亦心內堅而能文外見根貫乎泉石之間枝竦乎雲霄之上固宜友之也竹之可尚者疎能招乎風月幽可遠乎塵氛內虛而節自著外勁而幹不撓是亦可友也至於梅則華足以傲雪霜實有以經烟雨之不爲妖冶之態味不狥世俗之好若是者又獨不可友之乎然取友者必擇夫善人善人者彼雖不吾友而吾則願友之故三友者非好生於

庭階軒牖之側也而人必移植焉斯以見其樂於友之也朝而翫焉夕而對焉遡其蔭而體適焉聞其聲而心愜焉目與物相遭心與境相交而清潔之資挺持之操自與之似矣抑觀之聖人之言曰友直友諒友多聞人所友如是則彼之直可以正吾之失也彼之諒可以資吾之誠也彼之多聞可以廸吾之智也因物之三友而友乎人之三友斯所以爲君子乎蕭氏世爲聞家德章之祖曰字春先生能以禮飭躬以善裕後至正間余嘗假館其門而德章受業焉其爲學務於本實而兼通衆藝今有取於三友則其親賢之心因以見矣余以爲斯堂之新構而名之旣揭不可以無述故爲之記云

汾溪堂記

汾溪在新喻縣北二十里其水源於分宜花鄢之塗塘迆至汾溪則山峻而奇秀水深而澄澈其西北僅半里爲古縣治郡縣之誌其載之四周其址猶存孔子廟基仍在老樹森聳張隱君煥章居溪之東南其先世以文學相繼君幼孫承母訓長而挺然爲士林之傑雖經亂離不失故業而尤善治生蓋山川清淑之氣鍾之於人世有古今之殊而人無先後之異也古城之側爲陂障水歲久湮圮君以巳田貿人之田改而築之溉田二十餘頃仍故名曰城陂君之居則後枕崇岡前對巨港灌木環立修篁連蔭據高瞰深三時勸農畊耘刈穫可覩

可望鄉民獲水利致豐贍皆賴君之力爲多而君之於暇日時策扶老逍遥遊玩入室則訓厲其子以舉業於凡世好視之如空雲之聚散風葉之飄揚漠然無以撓其懷也君之長子從余學一日請曰吾父之營堂宇也旣勤矣旣完矣若周書之言弗棄基秦風之言洒掃庭内則吾爲子之責也願記斯堂以明棲隱之心以表耕學之志余旣嘉君之好尚雅道而又勉其三子以學於是作汾溪堂記且賦四詩以見地之因人而勝也君閒居性冲素自號曰汾溪散人長子瑚字顯仁次子璉字居仁幼子玘字處仁

叢桂軒記

徐氏世爲臨江著姓其居叢桂坊則尤著者也徐君東壁憫其故居之燬結茅爲堂取坊之名以名其軒邵八渠寅爲之記曰叢桂徐氏號稱文學家而其顯者莫顯於西園先生在宋紹興中西園之兄首擢進士第至淳熙中西園又暨長子同升焉開禧之初其次子又繼焉前後之舉姓名相耀甲乙之第長幼並列時以爲難而後莫之及叢桂之名坊者以是也西園雖爲名進士而恒薄簪組之榮躭林園之趣閒居著書恥於躁進惟其祿利之約於已是以福澤之行於後比之叢桂宜其植根之固而垂蔭之繁也東壁西園之曾孫也而能念嘉樹之如存思封殖之不倦當世興事殊不以紛華爲心

而以棲遯爲樂訓飭其子孫於一門之内自爲師友亦猶夫前人比之叢桂又宜其植之相繼而蔭之不衰也寅聞之古語一歲種之以穀十歲種之以木百歲種之以德君之家孫叢桂以來二百餘歲矣而繼繼承承代有其人保其宅址猶昔也食其田疇猶昔也則孫是而讀其遺書紹其清風又豈不如昔也哉君之子若孫固宜思夫昔之人時雖殊也而此德不殊世雖易也而此心不易昔之福祿固可期之也況叢桂之植而期之十歲之後豈不尤易哉以坊之名而名軒吾知君之望於後人者意至切也西園諱得之其兄諱夢華其二子曰鈞曰麟

冲和堂記

世之學仙者可以必於其成乎吾不得而知之也若夫居山澤之間黜其聚欲養其正性而能却老延年者則信可以致之矣故廣成子居崆峒山而千二百年其後如葛洪之棲羅浮山至八十一歲陶弘景棲句曲山而八十五歲孫思邈居大白山而百餘歲此其人皆能離溷濁逃膠擾黜欲而養性是以至於永年也嗟乎廣成遠矣而若後之三子者獨不可慕乎客有爲寅言陶士隱胡雲外之勤於道者蓋亦異人也其言曰二君所棲之山曰龍仙其觀曰翔雲渝水之南一勝地也觀之創繇於許旌陽其爲堂者三冲和其一也二君重搆之兵

後而仍名冲和者葢目之所擊即心之所思而道以繇成也寅曰自老子言冲氣以爲和而後之言道者宗焉固凝道之要也夫冲氣者即天地之氣而吾之身具焉吾之身負陰而抱陽而吾之心者又身之主也心得其養則身之陰陽合爲冲和而性之天者全矣心若何而養乎不牽於欲戒夫逐逐不貴多知去其規規元牝之門爲天地根綿綿若存吾爲嬰兒泊兮澹兮寞寞若遺是以冲和內積而發爲華滋今君之能若是也吾知其可以却老可以延年可以爲人中之仙其於稚川弘景思邈豈異道也哉於是爲之歌曰瞻龍仙兮峨峨屹堂宇兮山阿羡異人兮抱冲和客續歌之曰抱冲和兮宜

壽昌卿寒暑兮閱三光盍往遊兮登斯堂斯爲丹邱兮
誠不死之福鄉歌竟因書遺二君以爲堂之記

尚志齋記

會稽東南之名郡也昔之賢士懷高世之志而棲遯於其地其見之史傳葢多矣王君公玉居嵊縣之東林里樂其山水之勝而慕夫昔賢之風年踰五十不樂於仕唯誦書著文以自娛適故名其燕居之室曰尚志其視世之擾擾者異矣夫孟氏之教人必曰士尚志士之上爲公卿大夫而未得爲之也然非不欲爲也時不我與必需而進不需乎時者爲貪祿者也需時而進者爲行道者也士之下爲農工商賈而吾有不屑爲也然非以

是爲恥也既務乎大則必忽其小所務之大者猶乎義者也其務於小者役乎利者也故賢者之居其鄉也不移於習俗不局於鄙陋雖今人之與居而古人以爲徒此其志爲何如哉今公玉處閒靜之鄉逃紛華之境或獨居遐思或升高望遠神禹之德邈乎其不可及矣句踐之覇其遺跡無復見者矣自漢以來著稱是郡者吾誰與歸乎有志於斯世而能需時以出者謝安其人也當其居東山也登臨朝夕放曠林壑幾若忘世者及其出而爲相也如大厦之棟梁洪濤之砥柱而江左賴之以安若然則公玉之隱於東林也處足以求志出足以濟時將焉往而不可哉今天子方廣延文學以隆治化

而曲臺之議寅亦幸與因獲與公玉同處者數月及將歸也因其名齋之意而爲之記且覩其無膠於處無愧於出處以昌君子之道而慰士友之望也

梓宇記

夫梓之爲材至美也而人之爲賢能者似焉故昔之稱焉者或配以楠杞或儕之椅桐大則任棟梁小則中琴之瑟其爲材可貴也而不可賤也其爲用可重也而不可輕也嘉興張君翔南以梓宇名其室其亦人中之梓乎然則其材之可貴而用之可重也信矣寅問其所以名則曰吾鄉在震澤之濱號浙右勝地而吾居近陸宣公之祠先人之廬幸存焉堂之前有鉅梓一其上枝干雲

旁陰覆宇凡席夏爽宧奥冬燠吾愛吾梓之獨立而美蔭故以名吾宇姑著吾好也寅因慶之曰甚哉嘉樹之封殖存乎其人也今二十年之間士大夫能不去其鄉者有幾乎蓋十之一二而已矣能保其居而封殖其嘉樹者有幾乎蓋數十之一二而已矣能世其業培其學以翹出於士林者有幾乎蓋百之一二而已矣君之卓爾不羣於是可知也以君之才而比於梓焉其必爲棟梁以成布政之宮神明之觀非甕牖而繩樞者也又必爲琴瑟以奏咸池之音雲門之曲非番吏與鄭衛者也君於是謝曰感子之頌規吾當自勵以無負吾梓無愧吾宇君前嘗以明經舉於鄉今天子將即大位寅與君

同受詔稽古禮文凡數月之間同趨西掖行則比肩坐則聯席尤相好也故稱其才德而記其梓宇如是云

華川書舍記

君子以無累之心處有爲之地孰非養之於素者而吾於華川書舍見之焉華川者在婺之義烏縣西舊謂之繡湖唐世嘗以華川名其縣其爲源濬發而流澤演迤韜涵二儀輝映萬象環以山林帶以原隰爲英爲靈若拱若護而王姓世居川之上迨子克氏而川之名益著矣君黃先生之弟子自先生存時其爲學爲文已聳出人上其廬於是川也恒屏去外好傲奕能熯稽經擬史著書之富踰十數萬言若將忘世者雖其宦遊之遠去

家之久而其心未嘗不在於川之上也君近繇起居注出爲南康貳守而寅以山巖布衣趨與君同承徵詣闕下及寅將還山君曰吾華川之舍子其可無記遂乎寅因曰君之舍於是其戶庭之幽藏修之顯文行之懿譽塋之重固有以增夫川之華者矣而山川之奇因於開闢之初世之積爲運運之積爲會會之積爲元悠悠綿綿無間無終吾不知山川者亦有遷易乎否也繇君之前居是川者其有如君者乎不得而知之也繇君之後居是川者其又有如君者乎亦不得而知之也前之無其人而由君以始後之有其人而亦由君以始則川固有賴於君也君之出爲時用有行道之心無躁進之

失固縣其發之有素者能之矣它日或辭祿而歸居乎
昔之舍讀乎昔之書日與田野之民優游嬉怡以詠歌
聖明之澤而使里中之弟子出入有師動靜有則則
是川者其即婺之西河汾上也其爲善之名詎有涯乎
哉寅雖未謁君之舍而君之心則固知之矣故有以覩
之又從而述之

商卣記

張氏君寶家藏商卣一卣尊之異名也凡尊彝爲上罍
爲下而卣爲中其容可五升宗廟以盛秬鬯盎貴重之
而異其用也今定以爲商器者稽其制辨其文覩其色
而已按博古圖宋內府藏商夔龍卣三其二有盎有提

梁其一提梁蓋俱無而形如瓠然今張氏卣正與瓠形
者同非商之制與又其文皆靁狀中爲饕餮面饕餮惡
獸也而貪者象焉文以是者懲貪也爲靁者古之器多
雲靁雲變化而靁震動也其銘二字一字肖人形似爲
子字一字尤奇古莫識也按商器銘子孫字多爲人形
而手或持戈戟刃匕之類辨者曰商子姓故多子字曰
子孫者傳之於子孫也又商之世質故銘簡周彌文故
銘備今銘止二字則商之銘也辨者又曰凡器年彌久
者色溫潤如碧玉斑斑然如朱砂翡翠今卣亦然爲商
器益明矣夫自商至今三千餘年矣而其器猶存可貴
哉凡器形也大而天地日月皆形也則亦器也而其運

乃亘乎古今雖不能不竆於十二萬九千六百年之後而器之久者孰能過之也賈子賦曰天地爲爐造化爲工陰陽爲炭萬物爲銅今卣之侗人也非造化也鍊之者火也非陰陽也金三品之下也非萬物也而其久於世也能與天地日月同歷幾千萬寒暑晦朔何哉其殆神工製之而神物又從而護之邪抑譬人之壽夭其數然邪是未可知也張氏世文雅君寶之先君贈秘書典簿號石城先生蓄古器物圖畫甚富而君之兄弟尤篤好於是乃獲是卣則以爲尤異者也至正巳丑歲其仲兄君濟館余以訓諸子因覩是卣而爲之記嗟夫器之可珍者或藏於山或閟於淵或雖出民間而覩之猶兎

缶是固多矣今是器也獨見珍於好事者之家焉余亦得以文辭託之爲不朽余又因以賀是器之遇也

讀易齋記

余在京師與邢君德敬論易必怡然相得於紛華之地而有閒靜之樂在羈旅之中而無鬱悒之思寧不有藉於是哉及余將歸乃請曰易吾之深好者也吾居東平嘗以是經試有司幸而獲選然不敢少息及寓吳興嘗名其藏修之室曰讀易今雖叨中士之祿於有道之朝然尤願歸養吾母其以竟吾業子盍爲記其室焉於是爲之論曰夫易者陰陽之變易而道寓焉者也造化也卦爻也人心也焉往而非易哉在於造化爲闔闢爲聚

散爲象形爲男女皆陰陽之道也在於卦爻周流六虛其二五同功爲剛柔相雜爲吉凶悔吝亦陰陽之道也求之於人心寂然不動感而遂通靜極而動惡極而善是亦陰陽之道也君子者知造化人事皆在於易故觀象玩辭觀變玩占以此而洗心以此而致用則萬化由我出而萬事由我立矣今穆君以富强之年當從政之日而能潛心於是所謂學優而仕仕優而學道固當矣故以之居家則或盤桓居貞或履道坦坦或舍車而徒或不出戶庭其處也無非易之用也以是蒞職而或從王事而有終或蹇蹇而匪躬之故或勞謙而民服或以孚惠而益下其出也亦無非易之用也若乃王弼何晏

之流亦自謂善於易者也而其爲言也皆荒虚誕幻偏陂詭遁以逍遥爲高以放曠爲賢不知撿其躬不能措之政而易之道乖矣君渙然余言請書其語歸而揭之壁間曰庶以接乎目而儆乎心也於是遂書之

退默齋記

會稽趙君元舉名其書室曰退默梁寅問之曰是之名何居豈古之人有嘗兼取之者耶君曰無也吾常病夫人之亟於進弗亟於退尚於佞弗尚於默故以是二者爲吾之箴砭亦以自儆焉爾寅曰夫以退爲進者廉士也以默爲賢者吉人也然君子之於行止其猶地之水乎夫水之流性也其遇坎而止時也當其源之濬而流

之駛雖大爲之防莫之禦也及其止而爲潭爲淵則必盈而後行苟不盈焉雖決之使行亦徒勞而已矣若夫或語或默則又猶天之風雷乎風之當鳴而鳴當寂而寂雷之宜奮而奮宜藏而藏二者或交助或互見而物以生焉故君子之退也默也非膠柱而調瑟者也亦順夫時而已君嘗再貢於春官兩任乎文學固惡於世用矣矧聖君在上復衣冠之俗與文明之治方自今始凡爲志士者固當乘風雲依日月陳大議於巖廊之上進讜言於丹扆之前而奚必於退奚貴於默然猶思退與默者豈非需夫時者乎在易之需其需於郊則無咎需於沙則有言此退與默之所以可尚也君之先本宋宗

室與兄本初先生俱明經飭行而科名先後見今之曲臺議禮伯仲咸在而寅以山巖衰老幸陪其末君常稱草野之文謂宜紀述葢杳稿之實芹萍之菹世固有好之者亦不棄微賤之意也乃述君之雅趣作退默齋記

潔靜精微齋記

易繇四聖人而下其論者精及於無形粗至於有象浩乎其廣淵乎其邃而一言以盡之曰潔靜精微易教也凡後出之論未有以非之者也其爲潔靜者何夫象也者示人以意也而未形於言辭也者訓人以言也而未涉於事是所謂體葢本無而應用始有者也其爲精微者何精也者太極之本然非陰陽而不離乎陰陽也非

事物而不外乎事物也微也者無朕無兆無形無聲昭昭乎日用之間冥冥乎云爲之表於賾之極而見夫妙之至者也其以之名齋者何齋也者端莊中正之謂也而室固以稱焉處乎一室而端莊中正以肅其外以一其中則易在我矣此自微之道也是齋者孰名之賢良文學謝君名之也君深嗜夫易日屏其衆累而約其七情不規規於名不操操乎利其進其退其動其靜唯求合於易之道而已其所學者易也而不曰學易奈何夫學易者人之所同也離乎語言超乎象數君之所獨也故以之爲名則以之存心易一造化也心亦一造化也猗嗟夫君惓兹一室兀然以居乖時之尚爲聖之徒同

於太素合乎太虛游神之遠守德之宅又焉知其餘哉君名肅字元功家越之上虞其學其文俱殊於人而又敦其本者如是是宜自樹於世者

青陽歸隱圖記

敖君遂初家於萬載縣之野青陽山之傍當承平時其伯父及先君以貲富文雅著稱其所居亭觀之美枕高跨溪林窨石峻澗幽泉清而一時才名之士或經其鄉則必造其門觀遊之娛宴談之樂必留連意愜而後去兵興以來巨室俱毀今朝創業雖強鎮之悉平民生之復遂而君之家竟墮矣君以嘗食前朝之祿徵至闕下於是思其此棲之樂而自號曰青陽隱者因求孫子林

氏爲青陽之圖且屬寅記其左按圖是山在其居之西南可五里而屹然其中者曰青陽道院君之伯父玉谿翁之所作也道院之左曰曾文迪之墓文迪唐末葬師楊筠松之弟子爲敖氏相墳故卒而葬於是也其右曰西爽亭以西山之爽氣爲可挹也西爽之西曰巖巖亭其前有雙石如門如亭峙乎石之上者也二亭之後其左曰白雲窩蓋周圍皆石而其中寬平可坐者也右曰鴻濛奧取杉之存膚者以爲亭之材而又復以杉之膚蓋唯樸之尚而同於古初者也又其後曰碧霄壇於是而雩祭也山之北爲池池之中三石參立名之曰小蓬萊取其象也是山舊名觀郎而易之曰青陽本之道家

亶言人必受東方生氣乃可仙也山周廻十餘里其西南北三面水縈之如玦葬家以爲有朝拱之象焉則宜其地之靈也寅常觀世之人莫不有所嗜其嗜之在是則樂之在是也凡以貴以富以飯啖以蒱博以聲伎以遊畋無非樂也而一或失焉則愠且戚其甚者至於鬱悒而或傷其生焉斯嗜欲之樂也唯君子之樂則安於命適於義故無入而不自得雖顛沛之甚憂患之久而樂固自若也敖君之客於京師也其於山樓之樂不可得矣而察其中則爽然以安觀其外則粹然以和與昔若無異焉者則所謂無入而不自得君蓋庶幾乎君之得請而歸老是山吾知其後之樂又有踰於前之樂也

審矣君之家凢亭觀之美鉅公才士形之文辭者多矣而今皆泯焉况又託之畫圖而又藉後來之記述安知其不同於泯者也是可感也雖然君之知寅也久則固不可以無述此記之所以作也

嚴氏故居記

世之爲居第者孰不欲傳之子孫哉然或厄而燬焉者天也或不能有而屬之它姓者人也而臨川嚴氏之居獨能以久存葢有非適然者矣嚴氏之先有爲臨川刺史者因家郡城之東其所搆之居子孫世居之刺史而下爲進士者凡八人有曰鐩者師於陸子靜先生朱先生嘗與子靜會其家故其堂揭之曰朱陸講道之堂名人

文辭之稱美者繇是累累近年則吳先生徵虞學士集尤其著者也歲壬辰兵起而嚴氏之廳堂猶巋然自唐至是葢六百餘歲矣余以承詔議禮留京師而嚴杞楚文方以賢良徵乃獲定交焉鄱陽蔡淵仲曰楚文世家之賢者也其居之歷久而賢之可稱吾既序其實子嘗記其槩余謂嚴氏之居豈誠班匠之爲而有金石之固哉殆亦人之積善而天之所佑者也然有泯者物也不泯者道也嚴氏之子孫保前人之居志朱陸之道則爲學雖殊而凝道惟一其方之五畝之宅不尤可貴而可重哉淵仲然余言因書之以遺楚文且曰講昔賢之道尚俟異日庶於斯言徵之也洪武元年歲在戊申正月

既望臨江梁寅記

盧臨安山居記

故臨安縣令盧侯既致仕居姑蘇吳縣其晚歲縱情於山水娛志於文籍膺安榮之福蓋十有七年年八十七而卒吾鄉之爲帥而鎮姑蘇者曰何澄吳放以書還故里而請曰盧侯之子守仁謁予之文而悅焉求記其山居欲以彰先德余觀守仁所述千餘言知臨安之仕北以道而守仁之於孝蓋盡矣是固宜記之其曰山居者在吳縣靈巖鄉里曰横山村曰陳灣三面皆青岡而東瞰石湖湖所受水謂之越來溪其南爲具區岸柳汀蒲翠色互映商舟遊舫往來紛若左上方之浮圖右瑞雲

之蘭若近居營書舍當三鄉峯之下而前臨於湖聚書千餘卷南二軒曰雙桂曰南薰北軒曰仁智中庭對植盧橘數株軒曰曉翠侯之閒居恒凝神端坐閱經史忘倦賓至則命觴具饌情洽禮盡或時幅巾鹿裘遨遊里巷陟岡泝流興極方返其視夫汨沒世好愁苦其心思孰劣而孰優耶侯之初仕也當元世祖季年以父官吳中年十九而爲常府掾隨貴臣之燕見世祖上書言八事還謁劉靜修於保定謁許文正公於懷州官八遷至浮梁州判官踰二歲以杭州臨安縣令致仕階承務郎以官高年例賜金緋者再侯名廷瑞字鈞祥其葬也行臺侍御史鄱陽周伯琦銘其墓論其平生涖官明而毅

立心誠而恕於兄弟友恭於姻族雍睦待交友以信恤賤微以恩觀其大而小可槩見也子四人守仁長孫十有六人守仁字義夫於葬父之後惟力耕與學弗縻祿利其終身之慕亦可見云

傅氏家藏硯記

洪武三年秋余與傅君拱辰同考江右試拱辰出其家藏之硯曰是硯吾先人肄業時所用也迨余試藩省及禮部試廷試皆用之今幸硯之存弗失所付且將以遺後之人其爲我記之寅曰世之人多藏金玉以遺後者恒有之矣然或不能訓以善則糞土其金玉莫之守亦恒有之矣君之先君子獨能訓子以明經飭行以至爲

名進士故是硯者常器也方之鄴中銅雀之瓦端溪龍尾之石未有以過之者也而父傳之子歷七十載常珍而用之則由是而子傳之孫孫又傳之子斷斷其能守也可知矣方之世人寶金玉者不遠勝之乎拱辰少刻厲於學聞善必爲及登第居官廉能有聞兵興遯跡田野艱苦涉歷資用悉喪而不易其操痛父之卒弗終養而是硯幸存每一出之感父手澤必泫然流涕夫硯者賁之羣籍之府而切於用者也君以硯付後之人後之人必究心羣籍以蹈德襲美傳是硯於無窮其望於後人者豈淺哉書云人不易物惟德緊物是君之心也君名箕以易試江西是年翰林吳公當考文得君易義大

喜以爲本經之冠云

艾氏山堂記

世之居山者常不自知山之樂譬之禽之翔於雲者不知雲之高魚之藏於淵不知淵之深彼衆人者厭乎喧囂惡乎熱惱廼始羨禽之高翔魚之深處而君子者其避俗有道又異乎衆人故其居雖遠於山而其心未嘗不在於山是則眞知山之樂者唯君子爲然也河南艾君若虛自少擢明經之科以其宦達之早而又厭乎巧宦也故當四海淸寧羣賢彙進而退處於金川之野且名其居曰山堂其超然之志信異於人哉昔君之從政也以巴陵丞攝南昌錄事於艱步之秋厲匪躬之節庶務

疲其神百憂撓其慮雖欲樂山之樂而可得耶今幸而逍遥散地有方來之逸無往者之勞一堂之中左右琴瑟以爲朋游古今載籍以爲儔侶而於坐之所覩行之所望玉笋諸峯森列環拱儼乎如參翼乎若臨朝光夕陰能悅於目雲容霞彩常愜夫心君之樂山之樂覩彼山中之人有間矣抑君之居斯堂也方將以春秋之經日授之門生子姪而漠然無外慮吾又見其節之愈高而望之益重也昔孫明復以春秋振其教於泰山之下而名動搢紳之間君真其人哉余與君同校文江右君爲余言堂之所以作及歸之日爲之記於以著其樂又以見其樂之異於人也

桂山記

淮南小山之賦曰桂樹叢生兮山之幽由是而桂之名益著故世之幽人雅士恒好之郭景純曰桂叢生山峯冬夏常青而又曰其華白今之巖桂者華乃赭色雖與小山之桂殊而其好叢生者同也冬夏之常青亦同也君子之尚之奚異哉江右僉憲湯公以明經之賢處風紀之司而嚴君家居好尚幽雅前國子祭酒相臺徐公爲之名堂曰桂山人因稱之曰桂山處士僉憲公旣以語於寅因美之曰處士之家居也想其逍遥巖阿盤旋谿谷覩桂之龍蓯連卷枝聳雲霄之上根蟠崖石之下而穠色繁陰蓊翠不改視彼衆木之隨時凋隕者異矣

於是時也因物而思桂之生於幽僻則君子之深藏肥遯非所羞也歷四時同色則處險夷而一節未嘗易也堅貞之性異衆木則正之異於邪而忠之異於佞也華之吐而馨遠聞則身雖隱而譽之著也矧其叢生而繩繩繼繼則父有賢子而令名無窮子有嚴父而家範可則其於桂也奚異乎寅山巖老生遇知賢哲瞻桂之遥跂山之高而攀援莫之能也乃託之毫牘而記之

雲松巢記

寅與胡君志同締交五十年凡海內之士必歷江湖而老安巖谷如吾二人之相與者蓋亦罕也君於學博洽而爲性沖素家昔在洪厓之下往來經彭蠡瞻廬阜又

愛夫五老之峯思爲雲松之巢而累於盛名志未之遂廹職教上高遭時艱阻晚而結廬萬載之野滁谿之上乃曰白雲蒼松吾朋儔也紫崖翠谷吾庭宇也身之安於是者心之樂於是奚必匡廬哉乃名其廬曰雲松巢而寓書於寅屬記其槩寅復之曰大白之欲巢雲松也歲月之弗逮而素心之竟違君今以耆年恬處獲遂初志前人之所不得者得之矣而壺亦觀於雲中之鶴乎其翱翔乎埃𡎺之外超越乎溟渤之間朝與王喬俱夕與偓佺遊耀羽於扶桑揚音於丹邱樂何如也然在林之思恒不已者何也靜之欲動動之欲靜其天者然也寅與君弱歲相好白首弗渝山巖之棲時同意合方將

覔雲松之巢挾丹霞以締盟指白水而旌信詎非願歟君名泰其族出於華林文章翰墨之傳於時者士大夫共知寅姑述其高雅之尚云爾

白鳧軒記

藺皋山人以富强之年懷冲素之志其廬環以佳山水而琴書之軒臨於清池常畜白鳧一雙日浮游池中讀書之暇據檻以觀鳧必與人狎近不猜不驚如慕如嚮故其心樂焉而目其軒曰白鳧軒間嘗至滄上以語余因問之曰物之可翫者奚獨鳧也哉昔之爲仙者或乘黄鶴或跨蒼鹿或騎赤鯉而王喬得異術則化雙鳧焉其憑陵埃風翺翔大清以與神人者周旋上下誠至樂

也君之愛白晁其慕乎是哉蘭皐曰仙者俱夸誕非吾志也然則君之爲志吾知之屈子曰寧沆沆若水中之晁夫人之無累焉者必迥立於萬物之表衆以膠膠而吾悠悠衆以慅慅而吾浩浩晁之樂猶吾之樂乎吾之樂猶晁之樂乎是心也惟道之存匪欲之牽皭而不滓如滌斯瑩皦而不涅如拭斯潔晁之白猶心之白乎心之白猶晁之白乎蘭皐曰吾之好良以是爾於是叙其所樂以爲軒之記

梅村記

梅花村在於羅浮山之下而是山乃列仙所居異夫人境梅之爲華又當氷雪之時獨先百卉故世之幽潔之

士欲絕其塵想而超然物外必求如是山者以爲逍遥之地又自比於梅以養其淸貞之性焉余同邑羅君名芳樂仙山之奇勝愛梅華之芳潔名其所居之處曰梅村而因以梅村爲號余常嘉林逋隱西湖之上孤山之隅環廬植梅歌吟自適而爵祿非所慕車服靡所拘其門人稱之曰和靖處士百世之下爲廉貞楷法固宜也君今以文學立身練達時務而趣操幽雅不貪榮名其好於梅也亦若處羅浮之下井林澗之冢間耐冰雪之嚴厲或徜徉其間或哦詠其側其視浮華之徒悅桃李之豔倏而光榮倏而寂寞其同乎否也余之託交於君久矣梅村之勝嘗親造而觀之別今七載而君之康强

猶昔余雖衰之甚然它日或能重過君之廬相與對梅賦詩劇談今古以爲暮年之快詎非願歟於是美君之所好以爲梅村記

師古齋記

凡爲學而師古君子之志也誦六經之言兼爾漢之書以倣其文觀漢魏至唐諸作以爲之詩稽鐘鼎之銘識篆籀之刻以工其書固曰師古也其進於是者言前修之言心前修之心行前修之行是又師古也斯二者咸宜而精粗則有間矣胡君以中余同邑而同志者也其居於鍾陵歷年久一日以書來曰吾齋居之名曰師古以吾之弗合於今而庶幾跂乎古願賜之言以迪其歸

趨余以書復之曰君之辭章師古矣而又慕古之節行卓哉賢者之志也嗟夫蕭艾雖穢蕙蘭之馨自若衆木雖零松栢之青不改賢者之異於人亦性之然也夫爲士而膺要任享豊祿名高乎縉紳勳紀於金石孰無是願也然有命焉故賢者安之名弗安干也利弗苟取也友之必擇也躬之必飭也所謂師古者無大於是而亦無先於是矣抑昔人有言真師在心師也者奚必躡屩千里以求之哉亦曰求諸心而已既以書復於君因述是言以爲齋之記君名悉父一龍字雲升前鄉貢進士

范庄廟記

姑蘇東南之名郡也范文正公爲郡之先賢而獨以忠

貞勤勞範模千祀余嘗東遊至是郡而未獲謁公之祠以爲歎悵門生有爲軍吏自姑蘇還者以書來曰吳中之士大夫慕望於先生者衆文正公祠爲郡之瞻禮願先生記之且曰其地至今號范庄其廣邈修飭敬祀靡懈其麗生之碑仍刻義田記恩澤雖熄而風教攸係其臨衢仍曰文正坊子孫居廟之傍者猶多其周圍桐梧松篁蕭森陰翳其前護以石闌列以石獸神之威嚴猶令人慄然余嘗以爲古之賢哲者其人遠矣而後人之廟而祀之尸而視之非神之嗜飲食猶生也而以生祀之猶父之臨猶師之嚴則所以勗德勵善必毋敢怠今姑蘇之士民有先賢以爲範模山川之靈毓爲俊髦而

少有異聞長有恒習以衣冠之賢爲邦家之用先天下之憂而憂後天下之樂而樂孰謂古之人而不可求之今也哉遵乎仁義之轍紹乎英烈之風余之期於吳中之士固非淺淺也門生之請記者曰孫其淵是記之作洪武六年冬十月也

恥齋記

廬陵李徵士子晦士之耿介而純直者也慼世之輕節操重勢利乃名其棲遲之所曰恥齋噫人之知所恥非君子不能於是爲之記曰夫恥者羞惡之良心也孟軻氏曰人不可以無恥蓋勵世磨鈍在於是故人之怠於爲善者恥也果於爲不善者恥也巧詐之相尚者恥也

攘奪之相先者恥也學焉而日退者恥也仕焉而無功者恥也名之過其實者恥也言之浮於行者恥也恥之若是者旦旦而省之時時而思之其有也務屏之其無也益慎之悟已之過也則改之羨人之善也則遷之君邃於諸經力於躬行其與余善將三十年於君子之恥而恥焉若烏喙之不可食而必不食若險穽之不可蹈而必不蹈而余猶云爾者愛人之以德者也聞善而相告者也噫余老而衰矣君之年亦近於余矣而睽離之時多講評之日少若之何哉然凡君之所恥亦余之所恥也是記之作也余亦將以自勵豈不常如畏友之相親者乎

絜矩堂記

余嘗與客論大學絜矩之道因嘆曰今之復於古將若之何哉風俗異淳龐之世斯民少誠慤之心其好義者不勝於好利利之勝義爭奪日起禮遜日衰義之勝利禮遜可興爭奪可彌故欲天下之平在絜矩絜矩者義勝者也周徵士文瞻曰人之義利交戰者十常六七義之勝也斯君子人也人人皆君子天下平矣利之勝也斯非君子也人人非君子欲天下之平難矣今之志爲君子者吾得其人焉孰能之乎曰郭隱君彥方其能之何也曰彥方吉水之世家也其平居好文史如粱肉然弗躁於進究黃岐之書以藥物濟人而其交於人也義

利之明如皦日故名居之堂曰絜矩余曰因言而知賢古今人皆然如君之言彥方之賢也信矣其絜矩也想其以己心度人心咸處之以道上有貴交下有賤隸前有耆老後有髦俊左右有族屬有儕居度之方正待之均平是之謂義勝人人秉心之如是而天下以平文瞻又曰彥方之先有爲神童者號禮義之門而石溪先生廼其諸父也然則生君子之鄉又世爲君子其能絜矩宜矣哉文瞻請爲堂之記於是書所與答問者以遺之

明復齋記

士之學而曰明善者何以明曰心通乎理斯明矣又曰復初者何以復曰事循乎理斯復矣吟峯吳氏名其齋

曰明復蓋善學者哉友生吳圭復善請爲是齋之記曰
齋之名吾祖所命也求爲記者伯父之意也余乃告之
曰余於爾祖乃自少締交白首無替善相告過相規患
相卹也今也余幸而獨存覩英才之進修烏得忘忠告
乎易復之初九曰不遠復大傳以爲惟顏子庶幾焉顏
子明睿而剛徤者也惟明睿也故能明乎善謂其有不
善而未嘗不知也惟剛徤也故能復其初謂其旣知之
而未嘗復行也觀世之人敢爲大言而覬富貴至於學
古人則曰不敢惟顏子敢於希聖哲而不敢同世俗是
以見稱於聖門爲士者欲明善而復初亦曰學顏子之
學斯可也復善資頴敏其能明能復也則追蹤古人者

在是繩其祖武者在是譬之越逼都鉅邑具其輿馬矣而又審於其途疾驅而不止亦奚憂其不至哉復善之先世儒且蕃盛其冄太子中允諱拯者以宋天聖五年登進士第榜首曰王堯臣而韓琦包拯皆聯第其居官操行無愧諸君子中允七世孫曰棟字立可復善之祖也立可之長子曰輗字孟任復善之伯父也余善其祖子孫三世故爲之記以勉其後之人使知嚮慕焉

明農軒記

余嘗誦周公之誥當其旣成洛邑而將欲明農因嘆曰厚哉資生之道惟農爲之先農也者庶民固先之士君子亦先之雖王公之貴亦先之或曰周公之心今知之

者誰與曰余所知其周先生文贍乎問於何而見曰先生居淪水之南天柱峯之下大父皆儒峯之神秀毓英産賢後承其先少效其長歲儒冠者林立其地多艮田疇宜黍稷秔稻然先生少師其族兄石峯明春秋志於奪科名雖欲勤農未暇也迨兵起流離異方歷難涉危覊旅無聊益勵於學工篆隸行草書兼究山水陰陽之說東遊而歸將遂勤農矣而英聲蜚揚郡縣廹之以應詔歸農之志又未之遂也洪武三年秋至京師覲天子授承事郎吏部主事未滿歲以老疾告歸田里曰吾歸農之志庶遂矣乎於是扁其軒曰明農所以感皇上之恩全進退之義而償救本之志也問者乃曰周先生之

心非子其孰知之曰未也勤於農者易明於農者難上順天時下察地利農之明也種稑辨其種黍稌辨其宜農之明也勤於生之節於食之器以時而具之力不足而助之農之明也先生聞之喜曰爲周公之裔明農事之要無忝吾祖爲大明之農思賦役之其以答吾 皇惟賢者能知是心哉願書斯言以寘之坐右且日篆是軒之名昔得之周侍御伯溫今復得是記亦足以愜吾之志矣於是遂書之

梁氏書莊記

余山巖之士自少而好文籍迨乎中年稽古之益久窺道之頤的則又因多暇而好論著夫躬行之士不務於

立言然恥没世而無聞亦往往藉是今朝之初其承明詔陪諸縉紳議禮制獲觀大常所藏書迨歸田野十五六年之間索居無所爲因思託之言以傳來世前讀程朱易以其釋經意殊乃融會二家合以爲一謂之易参義於讀春秋也病傳之言異求襃貶或過迺因朱子之言唯論事之得失謂之春秋攷義及歸老之後於書也以蔡氏傳之詳明而姑釋其畧謂之書纂義於禮記也以其多駁雜唯取格言以類而分謂之類禮於周官也芟剔其註使其明暢謂之周禮考註於詩也因朱子之傳演其義而申之謂之詩演義又稽之經史以待策問謂之策要凡羣書之言則取其精粹申以巳意謂之論

林憫時俗之失則縱論古道畧示勸戒謂之髦言俾諸史之繁則撮其大要易於覽閱謂之史畧復嘗類集古之格言芟取其要謂之類訓是諸書者或刻之以傳或繕寫以藏暨凡所得書皆聚之一室故號書莊焉蓋曰家之恒産寡薄使子孫能守是莊亦足以贍生非徒夸其多而已也凡人之生世必有裨於國必有益於民故爲公卿爲百僚爲將帥爲守宰又其下爲胥吏皂隸爲農工商賈皆不徒衣食必資其心與力以爲衣食焉吾爲士者乃衣食於人心不勤力不悴非徼民者耶所謂莊者田舍之稱也秔稻菽粟之所藏也吾無田以獲秔稻菽粟而所藏唯書子孫守焉無租稅無科需而學之

成也又足以應上之求贊世之治是吾之不忝夫子孫立產業乃所以深念夫子孫者嗟夫山之爲石者有銀之礦而祿生焉有鐵之礦而朱生焉然則家之有書而後嗣之能學亦理之然也若夫有書而或怠於學者人也學之成而祿不及者天也爲子孫者又當盡乎人而聽之天可也梁寅記

藻溪記

君子之膺時用也身雖處於廟堂之上而心不忘乎山水之間若是者豈思出其位而縱施其情者哉蓋將澄其志慮豁其胷次使其中廓然而無累然後有以揆度而敷美政也洪武丁卯秋寅以與校貢士之文獲拜

叅政徐公於使司而蒙知遇旣出貢院公因暇爲寅言其鄉之山水爲淮海勝地而其曰藻溪者水尤清駛樹石深以幽雲霞綺而麗禽魚翔泳樂於其所漁釣往來與相狎近韜涵天光暉映山翠雖金碧之圖未足以方其殊絶之景故今去鄉之遠而夢想無巳焉寅於是作而嘆曰公之所以澄其心者蓋在於是歟然溪以藻爲名亦異矣其又可以比夫德者耶蓋藻之爲物可以奉祭祀示敬也生於水之中如人之藻身示潔也翠滑而密比魚可以藏焉示有容也畫者尚其色而謂之藻繪取其文也知人之優劣則謂之藻鑑取其明也君子之貴於藻者宜矣溪也因藻而名著藻也因溪而得所公

之愛夫藻溪則是溪也又豈非因人而重歟異曰公之政成而歸朝膺皇上之寵錫得以養閒於藻溪之上如賀知章之留連於鏡湖如王摩詰之優游於輞川斯天之所予上之所錫遂平昔之願兆得而跂之也哉公名震字聲遠繇監生爲天子近臣累遷而授今職云

復軒記

易以太極而生陰陽自復姤而始復陽之芽也姤陰之萌也然其淑慝之有異復君子之道也故於陽之初復君子必體之以復其初焉淛江板城之俊彥曰黎卓字崇瞻從余受學踰三載志專於經術而尤好夫易既名其堂曰貞一復號其講習之所曰復軒余備其所尚乃

爲之記其軒曰居軒之中非徒曰泥章句爲科舉業而已也蓋將以觀萬化之原明萬善之要而反之吾心焉聖人曰復其見天地之心乎夫動必有靜靜必有動靜爲動體動爲靜用其動也無非天地之心而動者造化之賾造化之賾心難見也陰之靜也亦未嘗無天地之心而靜者造化之閫造化之閫心亦莫得而見也天地之心動既不可見靜亦不可見果於何而見之歟曰是亦見之於方動之端也如宿火之初然如旭日之方旦是爲天地心在人則謂之真心故見孺子將入井而其中怵惕乃仁之真心也見人之不善而羞惡之乃義之真心也推之禮推之智私欲未萌無非真心若顏子之

不違復亦真心也中行之獨復亦真心也故爲士君子者當如顏子之不違復及其成功也則亦如聖人有動靜之復而無善惡之復矣或曰周子言元亨誠之通利貞誠之復無乃有異於是乎曰誠之復者造化收藏之復也老氏云萬物並作吾以觀其復是亦誠之復也言烏得而不異崇贍性明敏既於動之端思以復其初又於靜之極而觀其終之復可也顏何人哉在善推廣其志而已矣蒙陽八十七翁梁寅記

餘慶堂記

余昔聞周氏之居羅溪也其門閭庭廡堂筵戶牖甲於諸巨室而余亦未之見也友生傳貞固善其彥士曰震

初乃爲之徵余文以記其所謂餘慶堂者因問之曰堂存乎曰其燬也久矣而震初之言曰是堂也前人名之將以善而期之後人也後人因名而重搆之又將以繼前人之善也夫善之積而慶之隨易之義也天之道也故竊有志焉其言之如是可記也乃爲之記曰是堂之存也其崇凡幾仞其廣凡幾筵不得而知之也今重搆之地萃材以何時召匠以何日亦不得而知之也若乃善之積而慶之隨猶木之根固其發也必蕃猶泉之原濬其澤也必遠斯斷斷焉可知矣世之搆庭戸者當其盛時孰不可稱孰不可羨然其後寂焉則孰爲之繼孰爲之思今震初能仍其家業而有子四人曰仲賢仲儒

叔倫季文至子之子又益泉且以學爲務則慶之由於善也審矣然人之不善其所爭者利也所召者怨也其爲君也雖後於前人之君謂慶之有餘可乎人之好善其所徇者義也所樹者德也其爲君也雖媿於前人之君謂慶之不足可乎故余有期於震初善可積也而堂亦可復也志乎善復其堂雖楹之非礱桷之非刻塗以當堊茨以代瓦其不謂之善繼前人乎慶之綿綿焉以其善也非以其君也而所以示後之人者其不在是乎以是復於震初其必然吾言震初之先君號曰羅溪逸翁是堂乃其燕處之室也梁寅記

傅氏時雨亭記

造化以雨而潤萬物故君子之教人者譬之時雨之化焉物而非雨無以遂其生人而非教無以成其材君子者以造化之心爲心者也吾里傳徵君若雨爲詩禮名家自少承父訓勤勵於文學而志不在於名爵唯居家訓諸子暨姪因名其亭曰時雨亭於若雨爲世契嘉其志之卓學之邃乃誌之曰時雨者其澤物之功大矣哉覯之百穀其疇旣墾矣時而播種矣壅培薅治之力盡矣其所仰者唯及時之雨也故當夏秋之交陰陽之際垤無鸛鳴疇將龜拆穡人吁歎旱魃爲殃於是時而澍雨降焉則苗之勃然長其秀而華也穎而栗也可計日以待而雨之應期者此其所以爲功也若雨之先自朱

季而世世顯盛矣今其四子又皆承父之訓將如謝氏之封胡羯末芝蘭同馨玉樹交映沐沾濡之恩賴浸潤之澤傅氏之蕃且久詎可量哉敢以是言爲亭之記書以遺君之令子四艮俾寘之亭間庶庭訓之不忘也梁寅記

詠沂軒記

詠沂之名何取乎曰居沂溪之上詠古人之言斯樂而得其所者也曷爲以是而名軒乎曰軒者高敞之居而臨於清流可以絕埃氛澄思慮斯宜於藏修者也爲是軒者何人乎曰傅氏之四艮依於姻婭而寓居於是也原其寓居之初傅聘士俊卿爲婿於上宜黄氏黄氏儒

雅之鉅族故俊卿居之能久安因置田二三頃暨甸徒數輩以爲别業而里曰上宜者以其道通於宜陽而名之也俊卿以世家之賢士來寓於是乃曰是里有溪流澄澈可愛當以水爲名昔魯有沂水聖門師弟子俱樂之遂更宜爲沂蓋有慕聖賢之樂也俊卿三子曰若金若川若兩若雨四子曰孟艮仲艮叔艮季艮弓因美之曰昔馬氏有五常今傅氏兄弟俱賢謂之四艮宜也其以詠沂名軒又以承厥祖之意而不忘之則其名亦宜也嗟夫昔曾點言志異於三子者而聖人獨深許焉豈不以其心超然於事功之外而見夫天理之流行人欲之淨盡歟今傅氏以文學相繼其寓居也樂無不在處則

留心經籍詠歌自怡出則時會親友評論今古其或臨乎清流俯見鳶飛而天宇明霽俯覗魚躍而波瀾不驚其胸次悠悠然宜與夫膠膠擾擾者異矣予與其家爲二世友而季良從予受易學故爲之記寓居之本末如是其故居之地曰官塘而水之名曰浯溪故俊卿號浯溪逸人若雨號雨亭四良皆力學好修足爲濟世之器他日兄弟掇高科躋膴仕垂功名於竹帛將如說之監先王成憲其永無愆非特如曾點之志而已也寅遂爲記

蘭室記

蘭生林谷之中而異於穠艷之卉然其好之者移植庭階之上時而灌溉焉愛護焉臨翫焉以其花雖小而馨

之遠爲可貴者也善人者有似於蘭也故處於閒靜之地而勵其芳潔之行則善之在已而人自親之人旣親之而名亦自著矣渝北高氏居琅峯之下愛其山水之奇秀田園之沃饒世世相承以恬素爲樂而不以浮華爲尚於今有才子曰岐字士安好詩書之業以益進其學其講習之室潔淨瀟洒藝蘭其前名之曰蘭室余備其志趣乃告之曰人之慕於浮華者多不樂於恬素其樂於恬素者必不慕於浮華故士之恬素者處乎一室左圖右書朝閱夕誦不窺於牖天道可見不出其戶周知天下而蘭之在前也愛之如良友故其叢之蔚茂者德之充也花之繁盛者文之燁也與彼蕭艾者行之卓

也馨之遠聞者譽之揚也士安處於蘭室而日勉其學已親於善人而善人亦親於已與之俱化奚難之有哉張氏世憲乃高之鄰而士安所從授業者也世憲文行兼美斯誠善人也古之學者從師取友不憚千里之遠矧爲鄰者乎吾夫子常曰二人同心其利斷金同心之言其臭如蘭又曰德不孤必有鄰是言也以箕之蘭室豈不可爲進修之助乎

緑猗樓記

高茂材士永居於琅峯之下地幽而奇水清而美世處其間代有俊偉士永資敏且嗜學讀朱氏詩而足於觀感有以興起其志意者焉乃搆重屋以爲藏修簡之曰

緑猗臨江大守　侯爲書其扁益以其側多翠篁而名之也如此抑取詩所謂瞻彼淇澳緑竹猗猗悦其美盛而名之也如此亦以竹之生有可比德於君子而取名之也如此其義皆可也進德修業誠有所取也盖竹之質直也君子以之則正而不回竹之節勁也君子以之則守而不渝其中心之虛而君子則虛以受益也其外飾之有筠君子則有威儀以爲美也若夫取其材則唯工人之造就以成其器以適於用而君子之德之備而用之咸宜也又豈不然乎是士求之愛竹取名於緑猗者眞有所契合矣嗟乎竹之清幽樓之高明塵埃之自絕雲烟之是生體則爲安寧氣則爲和平神志之專一

靈臺之虛靈誦三百五篇而知風雅之義託物喻事而知比興之精得於諷諭而切於勸懲士永之學以成其德者吾於斯而預知之矣其師則張徵士世憲學博才克能行古人之道與余交以厚故因其請而爲士永記之

澄心堂記

余同鄉之俊士吳淵字益深居吟峯之下愛其山之奇秀水之澄澈處幽閒而囂塵遠里仁厚而風俗淳乃屏浮華尚文雅請於予曰吾所居之堂雖非高敞閎壯而宴樂於是講習於是以洽姻隣以延交友靡不宜者願有以扁之余謂其名與字皆有取於水乃爲之名堂曰

澄心且告之曰士之内以事親外以奉公順少長之序明親疎之等孰有不由於是心之酧應乎然是心者神明之舍而出入無時莫知其鄉昏蔽之易廓淸之難是以君子務澄心之爲貴也夫水之初本淸而明迨流之益遠而或滑滑焉者泥滓汨之也盍深居斯堂之中澄其一心以應萬事則愛親敬兄者是心也和鄰睦族者是心也學爲賢人爲良士亦是心也若夫縱情山水之間吟嘯乎煙霞翫樂乎泉石亦心之無累然後能之爾余嘉益深之有志於文學故以勗之

悅雲軒記

蒙嶺之南十五里有曰琅峯者屹然而奇秀如蒼玉之

彤刻故里之名曰彤瑑其里因山水之秀多才俊之士高氏之後進曰旻字原定穎敏而好學有安恬之志同里張賢良世憲爲之名讀書之軒曰悅雲蓋以瑑峯之雲在咫尺望之而悅足以忘乎世累而暢其心情也雲之所以可悅者何也其出於山石之下猶人才爲地靈之所鍾也退藏於巖岫猶心之寂然不動也散彌於六合猶心之感而遂通也爲雨澤而潤萬物猶仁恩之及人也其或卷或舒猶時止而時行也爲白衣爲蒼狗猶應變而不拘也其浮於大虛之中猶富貴之儻來也雲之可悅蓋如是或曰易言雲從龍士之遇明時而出猶雲之從龍也可無志乎曰斯又需時而後出未仕而學

學以時也旣學而仕仕以時也原定之悅雲今固務學之時也若夫如雲之從龍以周游於八極俟它日可也然則處而悅雲則怡其心出而望雲則懷其親士之有志可不與雲同其去就乎居軒之中盍致思於是賓武

乙丑臘月石門梁寅記

孝友堂記

淸江之思賢鄉有俊士曰鄒伯玉學於王君仲義仲義曰孟軻氏言君子有三樂而父母俱存兄弟無故尤爲樂之先今伯玉唯母存焉而兄弟四人亦有足樂者然孝友之行不可以不勉迺爲之扁其堂曰孝友而伯玉復請記於余余爲之嘆曰教化之不崇風俗日益替而

孝友之罕聞也久矣昔尹吉甫之北伐而歸飲勞其僚友詩人美之曰侯誰在矣張仲孝友當是時也戎事之方修功勳之是計而與燕之人乃獨美乎孝友之張仲何也蓋孝友者綱常之所係所以善風俗之本也今海宇未寧兵戎相踵人習狠悖俗乖禮遜而閭閻之間能以孝友見稱焉安得不表而揚之以爲時之砥礪哉仲義之期於伯玉者深矣然孝友之行豈易哉其必講學斯可也伯玉日登斯堂以致慈親之養敬其兄而愛其弟則職分盡矣而又以其餘暇稽詩書之訓考六藝之文極高明之識成廣大之業其於孝友之道豈不有助乎學曾閔之學行曾閔之行顧所以自勵者何如耳吾

又嘗觀三代而下風俗之近古莫西漢若也其制詔郡縣必曰鄉三老孝悌力田夫孝悌之職以孝悌而化夫鄉里者也今時將熙矣刻郡之賢守方當以古教化而振頽俗伯玉之敦於孝友也安知其不見奬於賢守乎余又因伯玉以慶乎風俗之善矣是爲記

勤室記

人存不息之心謂之勤是心也乃事功之所由成者也故業廣爲勤居位而爲政者然也民勤則不匱廣民之治生者然也君子終日乾乾爲士而進德修業者然也吉水周從善氏嘗從業於石門山中踰三歲再至而學益進志益勵因請曰吾以勤之一字揭之藏修之室比

之槃杖之銘茲帚之佩然尚顧有以啓廸焉寅語之日
是心之存主宰乎一身根柢乎萬事譬彼嘉穀之種而
生理具備故其常存也發而苗苗而穗穗而實實而堅
堅而復以種一或秕而且敗焉則雨露之滋莫之能受
壞地之沃亦或之能殖而生之理無以遂矣從善以不
息之心而爲學其勤也豈無其道乎參同契曰千周粲
彬彬兮萬徧若可覩神明將告人兮心靈忽自悟乃謂
之勤也管子曰思之復思之思之而不通鬼神將通之
乃思之勤也孟子曰雞鳴而起孳孳爲善者舜之徒也
乃行之勤也然勤在於心吾又語子以操守之要焉兢
兢惕惕靡它其適翼翼躹躹毋昧乎中如對君父匪縱

匪肆如聽神祇毋怠毋遺朝夕省愆寒暑弗諼其志以寧其天者全斯之謂終日乾乾乎從善生於君子之鄉而天姿挺異夙務正學於三百五篇之詩尤誦習之勤其所以感發善心者至矣是行也其族大父曰源源先生以書見屬顧有以勗之自顧索然耄言奚補姑記其槩以爲進修之勸

春秋閣記

六經唯春秋多微旨而傳註淆雜非明者不能究其義故貴於傳授夫既有其傳矣譬猶飛衞教之射王良爲之御何徵之不中而何遠之不至哉吾友高儀能象自少好春秋之學得之家傳又從余講習其於王霸之興

替夷夏之強弱侯邦之得失大夫之賢否皆灼然於心目凡傳註之鑿不爲所眩蓋其天資明銳與之語輒意合故能與循常之士異其家居也藏春秋諸書於重屋名之曰春秋閣余嘉其志語之曰聖人之作春秋也所見異辭所聞異辭所傳聞異辭其時有遠近其辭有詳畧如雲行空非有定形如水隨地非有定向惟直書而善惡自見以正大之心求正大之旨固炳如也韓昌黎言讀春秋者以傳束高閣以經窮始終是言也其亦有見乎能象登是閣而窮是經三傳者不必束之也惟以傳之正義通經之本旨復以經之直書知傳之謬說斯爲得之矣能象之明經固將以致用它日之對策也必

善言春秋如董仲舒而其決事也必斷以春秋如雋不疑豈徒爲拘士老巖谷而已耶余又甞觀昔賢記六經閣曰六經閣者諸史百家皆在焉而不書尊經也能象之閣雖小而書無不具亦無不讀其獨以春秋名之亦尊經之意也

山澗讀易軒記

夫易之爲書也上以原造化之徼下以該人事之著君子明之以决其進退廢民賴之以知其吉凶然非其靜之至不能明之也非其誠之至不能用之也吾縣胡君中山通敏之士也謂人之一心懼汨之於欲必養之以靜故自號曰山澗逸人謂易爲性命之書宜常在乎日

而不忘乎心故名其軒曰讀易謂於坐之右必有文辭以爲規儆故又蘄余爲之記余因諗之曰易以潔靜精微而爲教者也故世之幽人貞士常好之昔王詡之居於鬼谷陶弘景之隱於茅山邵堯夫之處於百原皆習靜乎山中而得易之妙者也今君以俊偉之才匪簪紱之慕而慕於恬淡匪紛華之樂而樂於澗谷其亦異乎常者矣余語君以讀易之要乎肅然以居惕然以思旣屏其外乃澄其内爻象斯彰聖言斯明羲文在上周孔居傍兢兢翼翼淵淵默默泰宇旣定靈光廼赫誠於易而悟也可以合乎天則矣君善數學推人壽天富貴貧賤逈塞恒中鮮失而其好夫易則理之明者又所以爲

數之本也

耕隱堂記

余嘗慕漢之鄭子真躬耕谷口而名震京師龐德公躬耕峴山之南而劉表歎羨其高節此兩賢者誠耿介之士謂之隱者宜也若伊尹耕莘野諸葛孔明耕南陽非隱者也抱濟世之才需明君乃出固將以堯舜其君堯舜其民然非遇其時寧躬耕以終身當其耕之時雖謂之隱亦可也同邑毛賢良彥偉居騶溪之上家多沃疇志於躬耕性好讀書手不釋卷自明其燕居之堂曰耕隱或問之曰君生聖明之世乘可爲之時登金門趨玉墀膺一命之榮以光前人耀鄉閭可也而何樂於隱歟

彥儔曰吾非弗慕夫好爵也量吾能揣吾分而已矣老氏有言知足不辱知止不殆吾之志葢如是也梁寅聞彥儔之言而善之曰古之人隱於耕者孰非知止足者耶布褐比於錦衣之華藜藿同於八珍之美乃知足而然也既無羨於外何辱之有旋車於九折之坂廻舟於瞿塘之岐乃知止而然也既知難而退何殆之有若夫不耕不隱欲常人之所欲爲常人之所爲其能免於辱且殆乎彥儔居騶溪樂風土之美獲水泉之利有田而足以供稅足以贍生逃名以隱於物無競於學益進其賢於人多矣故因以是爲耕隱堂記

岑陽齋記

士君子藏修之室謂之齋蓋因古人致齋之地而名之也夫將祭而致齋必地之潔淨心之敬慎君子之藏修也亦必潔敬爲之先故室取名以是焉吾友渝上周賢良仲瑾名藏修之室曰岑陽齋蓋以是齋在岑嶺之陽其取山之名所以貴其靜而宜於學也諸葛孔明嘗言學須靜也齋之以山爲名則仲瑾之以靜爲學固可以無不至矣岑嶺者在虎瞰泉之北自縣治之始於是嶺皆爲民居今仲瑾之居雖臨通衢而藏修之室幽邃閒靜而留意於是齋仲瑾暨兄伯宇之仲子師教究春秋之旨日夕淬礪至於紛華之事遠於目喧嚣之聲絶於耳閒靜之中如對聖賢宛然以爲樂固異於世俗之樂

也人之所以自修在心耳心之一二樂於巖谷故城市之居而亦巖谷之趣非心之一二雖巖谷之處而藏修幽靜以爲慕仲瑾以城市之居而存巖谷之志他日榮名春官馳聲翰苑斯時也岑陽之名豈不因是而顯乎地之旣靈鍾秀於齊人之旣賢彰名於地古今皆然吾於仲瑾見之也石門梁寅記

重修秀江浮橋記

凡川之有橋梁乃王政之當務故十月成梁著於夏令造舟爲梁見於周雅有志乎民事者可緩於是乎新喻縣治臨江渝水之上其有浮橋蓋自紹興間而始其初縣學之前題曰秀江橋因川之中流有秀水如練帶故

以名厥後謀重修在學之下士以橋當學之前非宜徙之其東且曰橋之東爲鄉者五爲都者三十有五而西之鄉都必徙之東爲便於是羣議克合縣東白水進士李夢熊乃獨以已貲徙焉尚書章文肅公爲之記曰雲津橋歷年既久蟠龍寺僧遷之臨津坊即今之水河門是也元戊寅歲知州李漢傑仍移雲津舊所壬辰之亂而毀今朝丙午歲橋復成仍置之水河門歲久宜葺完縣丞陳伯宣乃令人悉撤其舊云欲更新然竟不果其故材散失且盡繇是恒以舟渡民咸病之洪武丁卯八月紹興傅善繇郡庠生來爲縣幕長進縣耆宿吳天德簡天復謀重修之且期以必成戊辰三月主簿鄭侯至

踰月知縣黄侯至卽橋所觀之皆力贊其事橋經始於丁卯年十月告成於次年九月仍置之水河門雲津之名不易也其爲江面横濶四十丈有奇爲六舫每舫用六舟其用木曁釘鐵索油灰諸物爲價總若干緡貲糧之供工匠之費又總若干緡以言其功訓科胡學敏攝縣事有志於是其相經營晨夕展力潔已奉公二者宿之績爲多督工役量才用度事宜則羅西玉在其事事將集而工不完又糧里胡本閏克全其美焉若乃贊畫決斷以相其成則司訓伯韶乃蒙熊七世孫也橋旣成曁天德天復請記其事寅竊謂凡營造令出於官力貲於民然其倡率於是謀慮於是惟賢能是賴今茲橋之

成藉於數君子使凡往來者如夷塗之履免病涉之憂則記之以示後之人是亦宜也於是因伯韶之所述而記之

通濟橋記

橋在縣東五里由臨江而上近抵衡湘遠踰桂嶺皆經於是其水則源於分宜涂塘東南流入縣界合衆小水以南注於袁河其合流之處曰江口橋初建在是宋大理評事泉塘李昭明乃與兄子美協力改建是橋而徙之近北去江口一里名曰通濟由是始也歷年既久再圮再葺皆昭明之力元至大戊申江口胡夢周復葺之壬辰火燬後爲浮橋以渡洪武八年僧靜瑩復謀爲石

梁且言於縣曰兹事重且難必有爲民望而善計者董之乃可集於是縣丞李端屬許事七世孫士達董其事既而知縣李公讓蒞政尤切於勸督橋乃克就溪之廣十有五丈昔之建橋也中流立石墩二兩岸亦甃以石兵燹後墩與岸石俱頹出石永間數日墩成乃架巨木爲梁梁之上叠小木而石甃之屋其上十有六楹而東西爲二亭凡所需悉士民所樂助而靜瑩之竭勞可嘉東亭士達獨建西亭胡伯謙所建郎夢周孫也士達請記且曰吾先世爲橋大山蕭公實記之今以屬子寅曰方之昔賢予何敢然常志於記載其文何辭夫橋梁者王政之當務也居官者令之任事者承之善謀者慮之

强力者邀之則宜其事之非難而功之速就也是橋也惟官之賢能而衆之競勸故能由是而永固俾過之者無病涉之憂如平地之履萬口交贊而同辭累世賴之而無紀述以文而勒之石豈虛美云乎所以彰惠政之施而爲方來之勸也助修姓氏則於碑陰列之

仙馭觀記

觀之肇建當晉安帝義熙二年其初在水南距今觀基三里名曰白鶴觀其所宗者爲許旌陽宋太祖乾德五年觀始遷是山仍名曰白鶴觀徽宗宣和五年詔賜額曰仙馭其歷代主領者謂之甲乙住持其田糧之籍以次傳付於宋之世稱曰管轄觀事其符帖尚書禮部所

給於元之世稱日本縣威儀本縣住持皆道教所劄付當其盛也棲真之宇上摩層霄下瞰潞壑金碧焜煌黝堊鮮煥正殿以奉三清而傍列紫微三官等殿前闢三門翼以兩廡講道之堂靜居之室闕麗殊窮位置有序其徒之多至二十人其傳派則析而爲二一食衆之田畝四頃有奇近代之領觀事者自雷震山而下曰宋天池雷德翁吳紫雲文信中皆甲乙相傳而霆震則信中之徒也霆震之於德翁德翁之於震山皆以兄子而事叔當兵之興也霆震暨其徒施元靜歷艱歷險守道不易而觀之居宇鞠爲荆榛歲乙巳始因州長之命以吳嶺之閒宇爲奉祀之所名之曰崇真道院既踰歲遷於西

若嶺之閒宇又踰歲乃撤其廬而搆之城東觀之基與名始皆復舊而成其事者前知縣黃侯允之力為多也余觀夫仙馭大而且盛縣境之觀凡九咸繫屬焉其為皇家祈永年於是為鄉民禦水旱於是歲時禳災厄集福慶於是按郡誌新喻舊治在龍池墅而觀亦近之即前白鶴觀之故址也唐大曆袁州刺史李嘉祐以縣圮於水命縣宰杜臻徙治於虎瞰山之上而觀至宋初亦遷焉虎瞰即縣也元併宋後陞縣為州今洪武二年仍復為縣觀之旣復與縣相因以久亦宜也以霆震元靜崇道之心值聖朝維新之運賢令丞更政之始觀之益盛於後克繼於前將見人與天合而道與時隆故為之

述其首末庶慕其道者有以知之也

延真觀記

渝北二十里爲黃峯黃峯之陽曰龍巖者其下敞平而岡阜廻抱水泉清冽環以良疇蔭以岑木古之尙元者居之是謂延真觀觀之剏也由許旌陽而始有闕公者捐基而搆焉葢殁而祀之至今其初曰仙臺觀後乃更今名觀之鐘鑄於開元間而鄉曰敦教然則觀有勑額而鄉更曰崇教皆在於宋之時也嗟夫世有盛衰道有隆替理之常爾而扶之掖之護之振之其繫於人乎處茲山者前莫得而考至於近代有余鍊師空空吳鍊師無無俱能究元徵之旨兼文辭之學以揚教範以起敬

嚮今則其徒黃君其有復能紹先師之傳當夫風霜之時乃見松栢之操二十餘年劬躬勞思剪荆榛擴瓦礫搆堂宇復塑像翼然煥然竦人觀聽所謂山川之靈有待於人詎不然哉觀之田總若干畝其周圍之山蒼翠如盡誠棲真之勝地也空空請濟民無無字無一又字明德黃君名奇一於予爲同里其有徒王明學楊仲元於觀之中興贊助爲多而於道亦善繼觀之本末暨重修之功宜有述以示夫後人遂爲之記

暇豫橋記

士之處於鄉事之所當爲者則爲之有以利於民者則興之斯誠賢者之心也故凡建橋梁乃所當爲乃爲民

利官令之非可以爲綏也民趨之非可以俾勞也士之幹斂者倡率之計度之斯衆之所悦而官民之所嘉也吾渝郭氏紹中居暇豫之里建石橋於里中而橋之名亦曰暇豫因所親吳氏孟友屬予撰是橋之記余觀紹中述橋之首末知其務當爲者也思利民者也爲之記固宜昔之建橋莫知其所始然詳其兩岸多舊石埋沒則昔固以石爲橋矣是橋也西抵縣道東接滏境上達宜陽下通淸碧而溪之水則源於玉田逕乎雲莊由庸山之下以至是里其途爲官民要道往來者慿是橋之上愛其水縈練帶山列屏晝怡日豁久而忘去則橋之以石而屋之也固宜昔嘗横木以渡後易之板亦嘗

爲屋然歲久木腐而屋塌病涉猶昔也紹中於是謀之同志勸率其善施者財石旣克工惟竭力石之湮者出之遠而可致者致之橋成甃之以甓屋成飾之以采雘煌赫奕煥然改觀旣奉前泉祖師鎮其上以保永固且曰必勒辭於石示不方來乃可余觀紹中之爲心其圖事之合宜者義也期利民於久者仁也有待於方來者忠也其誠賢者也乃不辭而記之橋經始於洪武丁卯夏完美於次年秋爲費總若干緡其施財粟暨石工姓名悉具之碑陰

新喻梁石門先生集卷之二

新喻縣知縣崇安暨用其訂刊

序

送李行簡序

六經唯春秋以書事而寓王法往往多微旨非有所授受罕能灼知其意者漢儒以明經致顯大儒若賈生董仲舒劉向父子皆春秋之學故至今通是經者比易詩書禮記尤多名之曰大經夫經豈有大小哉以其旨之微而說之者雜非究心之久莫能窺其義明其用故尊而異之而以大之名加之也今朝廷以五經取士業春秋者亦多居上第安成李君廉行簡舉於鄉以春秋

冠江西之士及再舉遂登進士第授豫章郡録事人謂豫章大郡録事劇任君必不屑意而君之來也慨然以政自厲未嘗憚於煩自分省大臣及部使郡守諸參佐凡事有可疑必咨於君曰是能以春秋決事者耆老庶民亦相戒毋爲非理曰是能以春秋措之政者郡之俊髦與遠方之學者又皆以君爲師法曰是能以春秋訓後進者士之窮經必以致用豈空言也哉君秩滿且去在官者事無所諮訪民失其所煦嫗俊秀之士恥從於他師無不欲君之留而莫之遂也然君方以盛名達中朝其進要職享豊禄將如崇臺之階而升也其再至於是郡也士民之喜又當何如哉寅寓豫章辱君知尤深

故因其門人朱昂之請述諸君子之意而爲之序

送張繼先北上序

大禮之難其人久矣非其有忠信之質莊敬之心孰能好人之所不好而致力於是哉漢興獨河間獻王志於禮樂之事當其時所得禮書猶存古經篇七十記百三十一篇然旣藏之秘府在廷之臣莫之尚也天下之士莫之見也其立之學官而僅僅傳習者高堂生之士禮而已小戴之傳記而已若夫大戴記之學則寥寥無聞周官經雖存亦久之稍顯蓋禮學之難也今朝置明經科於三禮唯用小戴記而業於是者方之他經僅什之一二甚或缺焉而不以責可歎也夫金陵張繼先爲性

明敏而立志勤確獨深好小戴之學不惟誦習其說而且躬躬然唯禮之是守豈非所謂忠信之質而有莊敬之心者哉繼先初受業豫章徐君元善而復咨其義於余余於五經皆泛觀其傳註非顓門者也然頼繼先相切磋自豫章至金陵踰歲常覩多論辨參互滋益爲多焉繼先以其父調官京師宜隨侍又將詣國學以授業於博士江公其不息之志尤可尚也而以三年之共學乃有萬里之别余可無一言以爲之勗哉夫禮之習也非唯善其身又當推之以化民成俗斯可也今天子治化恢張廟堂之臣必有志河間之志者儻聞下明詔集禮官諸生議明堂脩郊祀考廟祧興庠序協音律定章

服儿草野逢掖之士譊不忻忻愉愉而願睹帝王之盛哉而繼先於是時或得以所學與於縉紳之議亦何愧也記曰安上治民莫善於禮又曰致禮樂之道舉而措之天下無難矣吾將於繼先之行也而觀之

崔照磨審獄詩後序

君子之涖官行政以循其職分非蘄人之知也然貫之既孚而名自隨小者既試而大可必觀賢能之道蓋在於是焉南臺掾崔君文翼前爲江西憲司照磨常代其上官審郡縣獄能持法平允宅心忠恕驅馳朝夕不避煩苦於是公道彰明美譽流播歌頌之聲遐邇相應詎非賢能之效哉至正九年秋寅始識君於金陵既而君

俾其增陶溫受經於寅一日出詩文一卷則皆美其審獄因而獲民譽者也寅誦之歎曰甚哉執法之臣不可以不慎也夫閭閻之間山谷之內民之蠢蠢者弱脅於強愚困於黠廉遜於貪仁屈於暴鄉抑之則必之於縣而直焉縣抑之則必之於郡而直焉郡抑之則又必之於憲司而直焉居憲司者能正郡縣之失達小民之枉然後爲無負於天子之法矣而豈易能者哉苟無道以照之則志雖爲民而民不蒙惠者盖多矣是以君子唯學之爲貴也夫純鉤湛盧天下之利器也然不磨淬之於平日而欲以之剸犀象劍蛟鼉則鉛刀之不異今君歷佐風紀而文學法律靡不通練焉譬之利器其磨淬

之久矣宜其少試之而恢恢其有餘也然則以是而居大任決大疑扶綱立紀進善退惡固無往而不可也而豈獨刑獄之間哉凡奉簡執筆之士見善必錄是亦其職也詩文總若干篇而虞學士歐陽憲使爲之首君之才行見信於先達於是又可見云

送國學生呂允亮序

京師有國子之學所以教貴胄而成俊乂也夫璆琳琨崘之產也而圭璋取焉孤桐嶧山之材也而琴瑟資焉公卿大夫士之爲時而出者非教之有其地曷能以周其用哉濟寧郡守呂侯之子公直字允亮既膺博士弟子員之選復以父命來婚於金陵因謁余郡庠睟然其

容必禮之式確然其辭唯義是陳余固占其外而知其中也未幾復來請曰國學郡才之林也而吾幸託處以覬有立焉昔許文正公之興學也其時英才之萃道化之行翕然雲從沛然川流而吾曾大父文穆公實高第弟子後遂爲名臣吾何敢不思跂而及之哉今吾父繇中臺御史出爲部使者之副天子方思安元元尤重牧守故吾父復任郡寄恒孳孳焉以圖報稱吾又何敢不以父之心爲心哉夫以門蔭仕志士之羞也吾將以博士弟子試有司而取進士第其功必倍然後可覬也吾又何敢不自勵而後於同輩哉今還京師以肄故業道之云遠見之良難子幸有以規我余因謝曰吾何以規

於公子哉以公子之世美而進於道顯如物之取於寄宜無不得也雖然學必有師師必有道親師惟賢嚮道惟正夫師許公以淑後進者國子先生之心也而期無愧於前人者在公子之自勉而已矣吾何以規於公子哉瞻萬里之行持一言之贈姑以述愛敬之意云

贈黃伯恒序

盱江士黃伯恒客於建業於其將歸也其鄉友饒仲允爲之請曰伯恒好修而端慤者也其爲學師孔孟而兼通乎和扁之術其出也將以歷觀山川詢其人才而審其風俗及其久也則又思學之貴於反求而親戚之遺鄉井之棄亦古賢之所譏也願子惠之一言以美其歸

焉余因語之曰今閭閻莊壹之士所譏笑者必曰妄遊而遊豈盡妄也哉夫士之出處其猶山之泉乎泉之出不能不行也而其行必以漸或瀦焉或駛焉或瀠洄焉或激怒焉其勢則然耳昔之時九土分裂州各異其國國各有其禁然遊者且猶騖於遠東之齊矣而復西之秦北之燕矣而復南之粵其所歷諸國者顧其學之正否爾不以遊爲非也矧今天下爲一雖四海萬里猶比居也遊奚不可哉雖然吾因伯恒之歸又將語之以退息之樂焉凡今之嗜祿利者其不得焉則戚既得焉則喜得之而復失則喜也而復戚戚而喜喜而戚何不恒之甚也而伯恒豈爲是哉今而歸也必將拜親於庭會

友於鄉刲羊釃酒以道契潤而遂息其驅馳安於恬淡日誦書讀詩以涵泳太平之澤詠歌山林之志視世之欣戚渙然如大虛之浮雲不知其孰爲而聚孰爲而散孰爲而有孰爲而無處之爲樂不甚於遊之爲樂乎余留滯建業之久固倦遊者也而伯恒乃能先余以歸矣豈不快然哉群俊餞之名章繼作故因仲先之請而序其意且以勗伯恒之歸慎毋膠於外物而累其心也

贈儒醫羅誠之序

余讀大史公書常羨秦越人淳于意皆以一技之神而傳之史與功臣烈士同炳燿於後世夫史以志天下之事者也而尤惓惓於醫方意深矣哉葢所以重生民之

命示擇術之要義固當也而余於羅君誠之之善醫也亦有取焉誠之廬陵之儒者也嘗以明經三試有司不一得遂絕意名祿而隱於醫其誦醫之言也如誦聖人之經平居閉戶湛思冥索寒暑不廢晝夜不懈久之遊金陵譽以大著諸公貴人率多敬信之金陵郡文學博淵泉爲人强力氣盛素少疾一日忽痿痺瘖眩如風雨之驟至亟曰爲吾召誠之誠之至語其家人曰毋懼吾於是證得其方尤秘而功尤速者也是夕投以善劑卽少甦次日而腕可轉移三日能坐立五日能杖而盤旋旬有五日能出入一月而復常如所料不失也夫醫者死生之寄也於人之危疾宜懼矣而獨能不懼者非輕

人之生死也其中素定也譬之萬斛之舟凌不測之淵波濤卒起而蛟鯨怒戰衆皆爲之膽墮爾津人獨以無懼出其險者亦其中之素定爾誠之之於醫豈妄庸比哉淵泉之疾既差其子弟諸生請叙誠之之績余雖不能如太史氏專筆削而誠之之力追古人則固可嘉也故樂爲之書噫爲其事必有其功獨醫乎哉誠之之勗心尤足以爲學者之勸也

王謹論右江蠻序

後至元二年秋廣西右江猺岑世興反寇南寧等郡其子邸羿攻定遠諸寨衆合十餘萬殺長吏置僞官詔江浙省平章禿魯迷失海牙湖廣省平章那海合兵討之

次年春兩軍次柳州命江西省宣使王謹往諭賊謹度崐崘關歷宣化慕化觸豺虎犯毒瘴地俱險極道遇賊騎呵曰爾誰也乃敢入吾地謹應曰吾使者諭岑耳爾等無狀是自速禍也遂過之至果化州賊將趙擁衆遏之謹諭之如前久乃退至上林縣賊圍之十數匝或登山白其魁來即趣下馬解刀往見將軍不則死謹厲聲曰我天使也岑氏反今討逆之師屯柳矣愍爾曹無罪死故令我來諭使知天子之仁若妄殺我是真反也大軍至爾曹無噍類矣復還白其魁乃已謹道渴飲如脹咳吐便旋皆血憊卧樹下從者磨馬檳榔汁以椰杯注口中久乃蘇力疾抵大江江廣數里云烏龍支派也無

舟楫束衣捽馬鬃渉之是日不得食夜宿巖穴旦達功
饒州民數家烏言以鈔市食弗得解衣以易乃得之至
田州世子長子帖木兒方鬭兵聞之報其父世興盛兵
出迎騎萬餘步卒倍之館謹於順龍州謹責世興曰天
之所覆者地皆王地民皆王民汝恃遠爲亂天子震怒
命二宰臣將兵五十萬誅汝不盡勦不已汝能悔過則
轉禍爲福即不然恐烏合犇藏首領不保矣世興曰前
石抹萬戶傳詔吾未之順今汝來彼教汝以紿義邪吾
有死而已汝勿言也謹曰前詔之弗順命罪也今能順是
奉前詔也能奉諭則無罪矣世興疑未決謹復曰始人
而地謂爾攜據此土民不知有朝廷矣及見而父子則

知其不然何也我之來也汝兵欲殺我者數矣聞爲天使輙欲刃以退夫欲殺我者盡汝之道也知使者而退猶畏朝廷也汝世荷大恩而反倔强獨不愧汝之愚民乎今服罪而出汝福無窮不則禍立至人皆知之而汝獨不察何也今師會於柳誓辭曰能殺其渠魁來降者授其位夫富貴人之所欲也汝獨不思自保一旦變生肘腋恐兵不血刃汝之位歸他人矣世興乃悟曰我蠻夷耳不識是非利害以至於此罪不容誅惟天使善爲我言而寬宥之遂皆免冠拜階下謹曰若然歸侵地反俘獲詣大軍聽命有他虞者使人任之世興曰諾四月乙日以世興父子至柳州平章以世興子帖木兒與其

黨十三人朝京師遣世與還乃班師錫宴平章坐護於賓位觴之曰宜使能靖一方之亂可謂不戰屈人兵者也於是侑以銀盞一幣一帛一兩省上其功天子嘉之授從仕郎桂陽藍山縣尹以報功也嗚呼使以專對爲能也然往往多貪慾或易以屈撓故功不能立由利害之心勝也今謹忠義自持無所趨避其頰舌之效踰於鈇鉞之威真賢使也哉謹字彦信濟寧任城人其治藍山尤多善政御史商企翁爲序其績求諸名人歌詠之余偉其事故錄之

送大守劉侯入覲序

臨江大守劉侯以今年之秋七月始蒞政迨冬十有二

月朝於京師郡之耆俊相與論曰侯之下車纔五閱月而其紀綱之布政令之行疎乎聽觀騰於稱頌若久而孚者蓋能崇寬仁之化而異科亟之爲懷勤惕之誠而無縱弛之弊故士勵其學農務其穡賦役以均饑饉以給奸回日屏賢能用勸今當脩歲覲承淸問宜有叙述乃以屬於寅寅曰郡守者民之師帥其任至重也矧今朝廷創立之初其考績計治爲尤切法令之施宜如日之明而不可偏也軍國之供宜如泉之流而常有繼也庶獄之斷庶事之理又宜如蓍蔡之知而無或滯也然觀夫理郡縣者大抵撫字之心勞則催科之政拙强壯之氣厲則豈弟之意乖而吾侯獨能從容愼重以理煩

劇明化以宣而衆務以舉非弘偉之度通練之才其能若是哉吾郡之士民感侯之仁樂侯之治方如赤子之仰於慈毋侯之行也既膺夫三接之榮又思夫一郡之寄則式遄其歸也宜矣哉既不敢辭於是序其槩

應天府夏侯迎毋就養詩序

士君子之道莫大於事君而尤莫先於事親夫事親者事君之本也其居家而親悅焉則在官而君任焉其必之同則職之盡者亦同也故曾子祿三釜而樂毛義爲親仕而喜徐庶毋在敵中而心不遑安溫嶠啼毋以去而終身愧恨古之君子所以必順乎親而忠臣之求必於孝子之門豈苟然也哉今應天知府夏侯仲信蓋志

全夫忠孝者也其初嘗爲杭州守或譖之上官左遷泰州守然不以時危惰其志堅城浚池與民同力捍禦備至力不支王師乃順附聖主以其忠之可嘉而材之可任故授以今職而侯以母夫人尚留姑蘇雖祿秩之厚眷遇之隆其心有未釋然也及王師克姑蘇侯之母寧康如昔當吉語之聞而卽遣迎親之使其喜爲何如哉侯之致此者葢以其一念之誠上通造化故身受任於輦轂之下而母獲全於圍城之中天之佑夫吉人詎不然哉侯自今而中心釋矣願欲遂矣溫凊之禮可盡而鞠育之恩可讎矣復將何爲也哉唯推夫事親之孝以爲事君之忠其可也且爲臣而勤於治懋於功是所以

報於君也而亦所以悅於親也使能若是毋夫人行且膺郡國之封喜當倍今日咏歌者奚止於是哉其勒之金石流之笙絃又當日廣而日新者也

友古齋詩序

吉之西昌有良士曰鍾君仲輔余識之京師旣而語余曰吾燕居之室名之曰友古同志者從而咏歌之子盍爲之序乃序曰夫友乎古者非徒曰居巖谷而偶木石也又非曰希巢由而纍黃綺也孟子曰以友天下之士爲未足故尚論古之人尚論云者將以品量千載之賢哲而後友之也故周子曰志伊尹之志學顏子之學友古者必如是斯可也伊尹之爲人也必使其君爲堯舜

之君必使其民爲堯舜之民戀戀乎其忠也惓惓乎其仁也若是者吾固願友之矣而懼其不吾與也何也以吾之志或未之似也顏子之爲人也簞瓢之食而粱肉之美陋巷之處而廣厦之同雖非獨弗恥也雖卑隘弗厭也若是者吾亦願友之矣而懼其不吾與也何也以吾之學或未之逮也今君之友古而持其志也爲斯學也則處以善身仕以行道於古之人奚愧哉夫古之人見賢者而愛之至而慕之切則必見之咏歌焉君之既友乎今復友乎古吾將見其咏歌之不已而古道之盛於今君不爲無助余之倡以是言也庶無愧辭者哉君近以賢良徵授會稽主簿是行也由公事至京師余雖

老常願賢才之力行古道以爲世用今獲以文辭結知於君子者亦幸也

文字譜系序

夫書者六藝之一而有裨於世則至理寓焉士之學書而必本於說文猶學文辭而必本於六經其工之不至而曰其藝之至者吾未之信也蓋大小篆變而爲隸草其流益泛而其源益遠隸之失於纖巧也草之失於顛放也其奇變日益甚於是世俗之書襲弊踵謬而記注之誤也滋多矣四明穆君景中於力學之餘篤好六經兼工二篆而許氏說文尤其所留意乃以其所見類注說文二十四卷之字以爲十二卷謂之文字譜系其自

序以爲如乾坤生六十四卦而千兒萬孫固可見也如禮有大宗小宗雖苗裔之多而昭穆之不紊也其附見者如異姓之親嚴於名分而舅甥之尊卑不可以躐也其忠於許氏而有以惠後學也亦多矣凡文籍之裨於世者必傳景中是書之傳而學者珍之雖同於隋侯之珠和氏之璧其可也景中名正以盛年美才官宦中朝今出爲靈璧宰

送劉知州序

皇上以神武創業攬天下之人才成天下之治化而劉侯伯序以文學進用實爲江右之奇士其初升於朝也爲典籤與之共事者莫不曰敏於給事者也及出而爲

武安州別駕又莫不曰善於理民者也再入而與諸儒議郊廟之禮定朝廷之儀又莫不曰勤於稽古者也迨禮書之成而上之大臣將使之復武安之任行且有日而御史授知崇明州是不惟公卿之間有以知侯之能
天子之深居九重亦且知之矣其材之可以展而志之得以行不始於此乎侯之居家而未仕也嘗從安成李廉先生授春秋之學其心之勤而氣之銳固期爲名進士者也而時之旣與則又益務工辭章其名聲駸駸達於朝譬之龍泉大阿其匣之旣啓而磨礪之矣雖欲自晦匿於時其可得耶世之爲儒者或優於記誦而劣於時務或長於文藻而短於裁决此固武夫俗吏之所姗

笑者也而侯豈若是哉當平居之時涵泳乎方策留連乎歌咏人或不知爲能吏至於臨政而爲義有赴敵之勇斷疑有揲蓍之神人亦不知其爲經生若是者古之人固多有之矣而在於今也侯蓋能之焉然則崇明雖海邦僻遠而必樹嘉政此聖主之所資也大臣之所屬也生民之所瞻望而士大夫之所視傚也余與侯俱南州之人爲同邦均乎士之業爲同道並徵而與夫稽古禮文之事爲同列其所以爲至禱者烏得不惓惓於文辭之間耶

贈徐大章序

余昔以戊子歲之秋至金陵迨庚寅歲之夏將歸江右

以爲錢唐江左之名郡也於是行而不一遊焉則將無時而至也乃令兒子岷買舟載書籍由京口而往留錢唐踰一月於賢士大夫固多見之矣而天台徐君大章家於是郡爲侯泮助教考其蘊蓄聆其論議而又相與之勤相顧之厚心尤慕焉西還之後不十年而兵興竄身巖石之下屏跡田野之間每思金陵及錢唐怳然如夢寐之所歷心雖係焉而跡不可以復至矣今上龍興金陵爲鉅麗之都視前時益盛吳元年丁未歲以詔徵至都四方之士翕然雲集而大章亦以嘗爲郡文學見徵於是得復與之會相持問勞以喜以歎思曩時之周旋誠猶夢寐不期復見於此也是時上方文武並用丕

式隆古肇置三局一曰律局擬定律令凡舊官之練於憲章者居之二曰禮局以定禮儀凡宿儒之通於古制者居之三曰誥局以撰誥命凡俊才之優於文辭者居之余備員禮局而大章撰誥文同居官寺者半歲或談辯於蚤莫或賞詠乎風月大章之學之文固進於往昔而余之益老且衰則日退而已嗟乎昔之見也不期再見於今日而今之見也又可期之於後耶其睽之久也其地之遠也而乃無一言以爲别於人情何如也而余之贈以是言則所期於大章者固不啻如今而已也

送朱仲雅序

皇上履至尊之初以疆土之加闢則所當更化憲典之

方新則尤宜遵守故於按察之司咸慎選其人必其優於文學明於法理然後任之又必誨之明切戒之丁寧然後遣之於是之時豫章朱君仲雅由中朝出爲兩浙按察司經歷詎非以人望之歸焉而授之者耶君早歲登上第入國朝爲大常博士遷翰林修撰其於禮制之稽辭命之掌恒孳孳焉究其必未嘗以苟祿玩日而自怠吾固知其能懋於功業者也嘗觀之津人之操舟必理其維楫然後可以越風濤之險而匠氏之攻木亦必利其器用勤其鑿斲然後可以稱繩墨之施君今之其於其職而講之有素固無施而不宜矣何也凡有其備者固可以不憂其事也夫按察專一道之黜陟其任重

矣而經歷者凡案牘之得失悉由之其任爲尤重也矧兩浙地廣而民衆其租賦滋多其政務至劇而郡縣之治情僞莫辨方之諸道不愈難矣哉昔王尊之爲部使不憚九折之坂而竟成忠臣之名君之副於上意懋於殊績其不在於是行哉余之少時嘗遇知於君之大父君之行而贈言之以是者見三世之契也期其所就之遠且大也庶君子之志行而於君見之也

送余縣丞序

五方之民俗有不同由山川爲之限隔而風氣殊焉長民者因其習俗爲之政教率其不同以歸於同斯爲善治矣今天子肇興鴻業威明並用疆境日闢齊魯之地

悉歸輿圖而州縣之長貳方慎於遴擇既擇之當則進之殿庭而訓飭之若曰北俗之淳質異南土溢以純誠斯治之宜馭以譎詐匪道之正當是之時余君宗賜以賢良選爲丞於般陽之長川吾知其無負於訓飭也君三衢世家其讀聖賢之書思勵其躬而措之政固蘊之也久矧以其淳質之性臨淳質之民其奚至於齟齬哉嘗聞乎北俗其一家之幼少必聽命乎父至嚴也至敬也甿齒德之尊於一鄉鄉之民必率以聽其教斯爲鄉之父縣之令丞治一縣縣之民必率以聽其教斯爲縣之父州之守佐治一州州之民必率以聽其教斯爲州之父而南之俗或愧焉其爲一家之子者或乃不知敬

其父矧爲鄉縣州之民而能敬其鄉縣州之父亦幾何人哉大率豪陵其善貪譏其廉文嗤其質巧侮其拙僞欺其誠忮疾其仁若是者固自謂之賢也而莫以爲恥也君之長川能因其美俗以成其善治使北州之民咸曰維南有君子斯誠稱於任使矣太平之基唯賢是資君必勗之

贈周存義序

古之學書者體隨時而異故簡牘而易之以紙滌書而易之以墨稽其所始後漢有所謂喻麋之墨者以螺而計多寡蓋亦其煤而已至後之製者乃合之以三膠和之以諸藥其爲法也益備而其爲色也益異矣唐之工

爲墨者稱奚超張遇超子廷珪由易水遷江南而居歙南唐主賜之姓曰李氏廷珪之墨爲當時第一而遇其次也其後有陳朗柴珣王君得朱君得諸人而潘谷見稱於蘇子又其著者也近之製墨者於吾郡獨稱潘雲谷氏而同郡周存義復得其傳爲吾嘗得其墨而用之其製之固亦精矣存義本儒生見之溫然以恭睟然以和其異於人又不徒一藝而已也往時潘君嘗兩至燕都縉紳之士揄揚其藝而咸贈以言不爲不遇矣今存義得潘之傳吾又知其遇於時也必矣夫墨之爲用上之於朝廷下之於閭巷大而爲論譔小而爲記注其爲用廣則其爲功大是宜在所美者也故推其始而書之

以爲贈

胡氏家乘序

余嘗與胡君孟節論縣之文獻孟節因言吾縣舊稱士大夫之林藪而縣志不傳老成凋謝後進士靡所詢稽吾少獲從諸長者游故家遺事頗多聞之願相與採摭爲縣志余深然其言久之君示余以胡氏家乘凡先世遺文一卷官誥公牘一卷譜系一卷其錄之也詳其言之也信而又賦詩五十韻以述祖德示兒姪觀其所述葢以未能成縣志而先紀其家族者也其先本於漢渭城令建遡其源也其科第官封盛於唐紀其可知也唐末曰德信者爲袁州刺史因家於渝南著族遷之始也

刺史之後七世曰臻宋熙寧中爲司法叅軍司法之季子曰遵行隱居不仕號白雲居士皆錄其詩文列其所友詳於親而近者也由居士而下至孟節九世學行科第代有可稱南郭先生趙君壎爲序之至詳余不復述獨偉孟節之志而書其槩以見凡訓廸其後者固當以譜系之修爲之先也

吳氏種德堂詩序

郡城之醫官吳仲亨家淦水之上以儒而醫名所居之堂曰種德吾縣施君同氣集羣彦之詩以美之且屬余爲之序余嘉其爲名乃序之曰甚哉德之不可以不種也種德云者昉見於書曰臯陶邁種德邁者力行之謂

也後之人又曰一歲種之以穀十歲種之以木百歲種之以德德之種者必力行之乃見其效效遲久至於百歲固非易也而醫之種德比之穀尤切何也其治人之疾脉必審而方必良猶種之必擇也治於其始毋於其殆猶蓺之以時也既藥之而忌諸致疾之物猶既生而去其稂莠也疾愈矣尤當調護之猶既茂而恒灌溉之也疾之愈者衆矣而十人者十全以至千萬人之全猶穀之成而歲入之多也夫醫而若是上醫也民之播種若是擬公侯之富也然所謂德者何也醫主於濟人者也貧吾與之劑毋利其金富者受其金毋誚其薄疾可治而治不可治而止吾唯行其所無事猶穀之種而人

力既盡天道斯應雖遇水旱終有豐年其效自然而已矣吳君之於醫也以專門爲業其職也以惠民爲名則所種之德尤廣所享之報尤大尚顧無以近小而討之也

古今風雅序

宋眞西山集古之詩文曰文章正宗其於詩必關風教然後取廬陵趙儀可論詩因譏之曰必風教云乎何不取六經端坐而誦之而何必於詩詩之妙者正在於艷冶跌宕余嘗辨趙之言爲非而人或不吾是也今觀李隱君持義古今詩之選亦曰必關於風教嗚呼斯誠知詩之爲教者也古詩經三百五篇國風之變者咸取焉

其間淫泆之辭非賢士大夫爲之也蓋出於閭巷淫夫淫婦之爲而存之不削所以垂鑒戒者也若漢建安以後之詩固降於二南雅頌然猶爲近古也猶爲可法也逮於南朝之徐庾則微矣唐之李杜兼建安以後而過楊駱沈宋亦猶爲近古也猶爲可法也逮於唐季之溫李又微矣今之號爲賢士大夫者或乃棄漢魏盛唐而惟徐庾之慕惟溫李之尚豈亦謂詩之妙正在於艷冶跌宕耶若然則風雅之編宜不容於已也持義必莊時明經期致用迨其晚年而隱於醫士大夫稱之曰杏隱先生然其於詩惟能以經爲之本故其識趨之正如是云

贈蔡丞言序

鄱陽蔡淵仲先生嘗以春秋貢而教著於江右凡髦俊多資之成業且因以取名爵而先生之子詠字丞言學尤過於人今天子膺命之初徵諸儒議禮先生暨余皆藩翰所禮遣時丞言方益嗜於古無覬祿利意故弗克從行迨洪武三年秋先生又暨余俱考試江右丞言猶恥躁進弗求試唯以親賢良考德業爲事故從親於貢闈丞言鉅公之子也當天子求賢如不及由郡縣之貢由明經之試得祿固易也顧乃以遑遑於仕之心而遑遑於學其好尚豈異於人哉誠以君子之出其負荷之重必力之至强也若然者匪學之至曷勝其任故古

人曰自勝之謂强又曰貴於勇敢者貴其敢行禮義也永言自今其亦勇於進脩乎能如是於科第也必爲名進士於升用也必爲良有司於譽之揚也必爲行義之君子雖獲禄之後夫何嫌余於永言父執也父執而責以善義固當也故以是告之

江西貢院唱和詩序

余觀古詩之作也必有爲而作皆足以興起夫人心焉故定之方中爲營室也泮水爲興學也干旄爲見賢也伐木爲燕朋友也若是者人心之興起宜矣天朝於九州平定之初詔以明經科取天下士洪武三年秋八月江右十三郡之士雲集於文場於時行省參政滕公按

察副使安公同涖貢舉事而行省都事馬侯道原按察經歷劉侯景文實左右之劉侯賦詩以歌盛美而南府之賢咸和之考試六人則余與鄱陽蔡深淵仲謙章傅篔拱辰臨川張潔以脩何淑伯善河南艾實若虛及凡在貢院者無不屬和金玉之章前陳後列喤喤乎洋洋乎如八音之並奏雖聲之不同而同合於大師氏之律呂何其美哉既寫成軸劉侯命序之余謂大藩之選士而升之朝甚盛事也其方之營居室脩學宮見賢人燕朋友不尤重哉是詩者宜和之衆而傳之久矣抑是時也獻賢能之書有日矣士之獲薦者方于于然而來南府之大臣賓之於庭歌鹿鳴之章以爲餞詩之作也又安

得而已乎余歸山中雖不得與而其篇章之傳者余尚願見之

贈分宜宰張侯序

吳元年夏余始識分宜宰張君於郡城迨洪武元年秋君秩滿將朝京師士君子咸賦詩以爲餞而謂余宜序之乃序之曰君之涖官也以廉勵巳故治有其本以明燭微故事無所滯以仁愛爲心故惠及於下以强毅爲志故其令必行以謙恭下士故其聞以著分宜袁之屬邑也袁之爲郡多山谷阻隘民生其間性質直而氣勇勁以義令之固易與爲善以不義令之亦難使心服前時歐氏據郡雄於數百里鄉聚各保險爲砦分宜之縣

治爲所據者累年君始至縣民僅三戸而招徠以道披荆棘爲居與吏民定約束差徭惟公撫卹罔倦公署旣營廛宇益葺庠序更建鍜冶以興其化强梗甦凋瘵致繁庶有漸號爲賢能令宜矣哉天朝著令凡郡縣秩滿必躬朝京師治有顯狀乃使復任分宜之民望君之再至也固懸懸然矣君字文信世家黄州之黄陂寅旣見知於君故序之如是以爲從政之勸

贈翠峰上人序

世之學釋氏者務於絕四流戒六入趣三明歸八正若是者方之儒之道固不同也而其求諸心者同也譬之多財之人所實不同也而其愼守之者同也余觀於金

華翠峰上人蓋亦善求其道者耶括蒼劉中丞稱之曰年未三十而蹤跡半天下其郡之鉅公宋翰林亦曰凡當世尊宿及賢士大夫靡不敬之其內懷德智外有勝行爲可稱者其至清江也特謁余於石門山中詢其學所自括蒼白雲山寂照其師也延之信宿於黙坐之閒文辭之外令人竦然而異之迨其去也又將道宜陽登大伾窺岳麓然後過洞庭浮大江而東余益羨之焉夫世之卓越而逃俗者多晦於巖穴余安得與之俱遊以盡識其人哉是人者非求於人而人自求之彼塗之人不知寶其寶者恒滔滔而是人者獨深藏之若虛何也翠峰歷九州之志遑遑而未已其遇異人也列於還之

曰吾知其實之不失而所得尤富矣翠峰之大父徐均德前翰林學士而篤好佛學嘗問法於中峰本公其里之玉田寺乃其所嘗故翠峰於是而受業夫釋之爲道忘彼我貴平等何鄉土之戀何家世之云吾於翠峰敬之深故詢其事序於卷之後

谷平李氏族譜後序

唐之西平王功蓋於天下望重於當時其有子十五人史稱之曰作善遺慶諸子俱才則其後之蕃衍者宜也吉水谷平之族謂本於西平余觀其譜蓋信而有徵者西平之第七子曰憲官至嶺南節度使封隴西郡公公之長子游爲袁州刺史故公晚而就養於袁卒葬分宜

之全化鄉阡曰紅花鄉於吉水爲近其可徵一也袁州使君之子丕丕子遵遵子華華子唐唐字祖堯爲徙谷平之初祖具載之譜其可徵二也宋之鉅儒序其譜志其墓若歐陽修胡銓周必大謝諤楊萬里皆云谷平李氏爲西平之裔其可徵三也譜云谷平之族當宋世以世冑而仕者九人登進士第者十八人特奏名十七人舉於鄉者二十六人由軍功進者二人歷元至今朝其仕者亦十五人李氏居近地若盧陵之朋田福塘河源瑞陽之上高分宜之白芒新喻之白水渠上皆本於隴西公然其盛未有過於谷平者也豈非其先之多賢德是以久而弗替耶譬之木焉其壤之沃則植之也茂根

之鉅則發之也繁理固然也吾子岷續娶李氏其兄澄原以其譜示余道其從父前宜山縣尉綗之意曰願有述岷明恩天朝授桂林靈川丞而李氏之後曰臨濠貳守撝龍虎衛知事鳳與岷前後徵敘親親之誼余其可以無言乎夫褒人之先以勵人之後也使谷平之後咸思夫世德而有立於斯世其不有光於前哉此余所以深有期於其宗之賢者也綗字尚文撝字伯謙鳳字子儀

傅氏族譜序

同邑之來學者曰傅廸以其家之譜系求敘錄其槩余得而閱之當五季時有曰署者始居清江之西石頭里

其後散處或在渝川或在淦水或居高安宜春萍鄉分寧凡二十餘處始居五塘者曰亭道至廸纔七世居石頭而最顯者大府監鑾字諒康與蘇子瞻聯第曰秘書肩者又與黄魯直聯第魯直妻以其姑秘書之曾孫元復章尚書頴少時嘗師之工部侍郎雱字彥濟李丞相綱薦之使於金竟能不辱命而返權賀州守希會之父曰自立以苦行稱兵亂失母乃齊戒籲天屏粒食唯啖菽飲水行求其母竟得之筠州之境其子之登第任郡純孝之報也南齋先生實之四十始登第以祖母之喪不赴官著春秋幼學記閒居將二十年以知巳之薦授著作郎卒凡傅氏之可稱者大槩如上余嘗論士大夫

之族其亂嗣之盛衰由德之厚薄稱塋之顯晦以學之能否前之人知德之昌也而不德之衰也必思裕其後後之人知學之顯也而不學之晦也必思揚其前廸之念其宗既久且晦而有志於學故序其世美以爲之勗云

贈醫師鄧文可序

前台州知事黎君師孟改授高州監稅其之官也以便道至瀹上余與君别六年相見歡甚因屬余叙醫士鄧文可之善問其所以善則曰文可精於外科者也劉從忠吾之外兄因兩瘡決渠爲頹垣所壓折兩足左斷而爲三右斷而爲二家人痛悼甚曰噫殆將斃矣否亦且

爲廢人矣乃亟召文可及至曰毋恐吾藥療之效可必旣而果效其行如未嘗折者余聞之嘆曰古人稱三折肱爲良醫信矣哉文可之技止能療折傷者也然能使人肢體復完壽命可固其續骨之方神且速吾不知其何所傳而何所参也醫之諸科傷寒至重也其攻於是者以人之命在其掌握卒多美衣冠良輿馬豐燕食加餽贈視外科若輕然以全人命而論之彼以脉之審此以方之異其伎有難易而其功無大小也余於是知文可之伎爲不可輕者也黎君以文學出仕言信而足徵鄧氏爲醫之良而遐邇之咸敬其繇黎君而始矣

黎氏崇瞻崇塋字序

板城黎氏伯諒之介子長曰卓次曰志於其冠也賓友旣字之矣迨卓之受學於余意欲更其字余謂友之相稱也必諱其名而字之示敬也然字必與名義相叶乃可卓之義高也故顏子曰如有所立卓爾以卓爲名宜字曰崇瞻志者心之所之也故孟子曰士尙志以志爲名宜字曰崇望於是序之曰學之瞻於高也譬之瞻嶽者也嶽之巖巖瞻之歸然自下而升以躋以緣迨登其巔而下視衆岑皆培塿矣崇瞻之爲學而至於欲罷不能其猶是歟學之望於遠也譬之望海者也海之汪洋莫知其疆將欲航之必豐其糧歷以歲月而島夷之琛貨可致矣崇望之爲學而無遠不至其猶是歟崇瞻見

弟生闔望之族居沃饒之里能弗徇於勢利而篤好夫文學如金之質而雕之如玉之質而琢之其文之著也有日矣雖然欲升高必自卑欲行遠必自邇所謂高遠非必幽僻之求而詭異之尙亦曰稽經閱史切問近思而高者遠者在是矣思之則知之勉之則得之君子之學蓋如是

秀灣彭氏族譜序

士大夫之家所以明其譜系辨其昭穆蓋欲令其後嗣存尊祖敬宗之念敦孝友雍穆之行庶善積之多而流慶之遠也余觀渝南秀灣彭氏之譜其以文學相繼克振其家聲累世廣財產見翁膺爵祿何其盛哉其先由

廬陵山口而分徙爲秀灣之祖者曰慶長慶長生日新日新生仲達仲達生周卿周卿生漢英漢英二子曰祥翁才翁祥翁二子長曰惟仁明易經爲台州稅務大使其至燕都也揭文安公與之善贈以詩次曰存義爲新城巡檢才翁二子長曰存禮爲常德魚湖大使次曰存智爲會昌巡撿今夫木之枝分也有榮悴水之派別也有鉅細而彭氏之伯仲叔季俱有祿位非先世積善之報耶惟仁子仲升仲升子子城仲升雖遭世搶攘而業能復故而子城兄弟之文雅尤爲可敬其於黎賢良崇瞻兄弟婚媾也崇瞻爲之請序其譜於是序之

浯溪傅氏族譜序

臨江之屬縣清江相距一舍許有樂地曰石頭里者傳氏世家焉余嘗閱其譜有曰署始居石頭里者其後五七府君分徙居於官塘莊即吾渝之北而水之名曰浯溪府君子孫世居之其六世出一評事勳業顯於世名聲昭於時而同宗者各有散處或遐或邇邇則邑之伍塘井舖賚塘雲定上保羅坊市萬全市遐則淦吉袁筠分寧湖廣暨二廣兩淮等凡百餘族如水之流異而源則同也本之枝分而本則一也予衰老巖棲同里傳聘君存義令其子姪季良孟東從予受經學予因與其祖子孫三世交遊一日存義以浯溪之譜相示蘄余序之且曰浯溪之祖五七府君由石頭而始後之子孫繼繼

承承蕃衍盛大逮世道興兵革興同宗者相應相求其存其殁欲脩其譜叙其槩庶後有所攷寻語之曰士大夫之樹立有委之命者有責之巳者以爵榮於時以財雄於鄉君之先固有之矣斯係之命者也然則以學飭於躬以德被於人君之先亦有之矣是又當責之巳者也浯溪之似續觀於是譜宜勵其在巳者以俟其在命者斯可矣若夫昭穆之別長幼之序親疎之分恩義之施尤在存義之爲倡率也其勉之哉君之子姪曰伯常孟常孟東孟浩曁孟仲叔季四艮皆讀書之秀彥也梁寅記

清江板城黎氏族譜序

爲士大夫之族者莫不有譜焉譜之作所以敦其本也所以別親疏之隆殺而辨昭穆之尊卑也譜傳之久又必重修焉重修之則其孫之爲曾爲元爲來又各以次而附著焉既修之又必有序既序之則其賢者可以褒而後來者可以知自激勵也今觀板城黎氏之譜其先由淦之三州而分徙至今葢十有七世其綿遠可見里之名曰板城相傳宅之四周以板爲墻壁其先之富盛可見族之爲編戶者今數十餘家其子孫之蕃衍又可見矣當元之末黎宗之賢者曰以德重脩其譜族之能文辭者曰務學從而序之逮今朝其宗之賢曰宗瑞掌民糧之餽運尤以文學忠信爲宗之儀表命其子某姪

某因以德所脩之譜重加纂脩復屬余序之予爲尊祖敬宗禮經所尚數典忘祖君子所譏矧族而有譜所以崇孝敬辨昭穆明人倫成禮俗宗瑞之心所以念先世而廸後嗣誠知本者哉宗瑞之先大夫於天朝之初以武功授昭信校尉以德長子師孟亦以文學徵爲台州府知事今從子卓暨仲子愼從余受易學爲進士業記不云乎嗜欲將至有開必先天降時雨山川出雲黎氏之後嗣必顯其兆已見於此乎卓字崇贍愼字克輝

雲隱序

士之託於伎能以遂其蕭散之志離乎膠擾之域則謂之隱者古今之人皆然也清江鄒子震氏以雲隱自號

恭恬於勢利者其先君子伯恭以文武才當聖明之世膺一命爲衛軍百夫長而子震乃以不閑於武事獨好遨遊山水間其屏跡於南山之南北山之北朝與雲爲儔夕與雲俱遊是誠隱於雲者矣其於世好則漠然不以動其中唯洞究葬家言以審陰陽之向背察龍穴之偏正觀岡巒之朝拱辨星辰之順逆爲人相墳壟卜第宅於吉凶休咎利不利灼乎如鑑之明也的乎如射之中於正鵠也卓乎如臬之定日影而不可以移易也然它人之爲是術者或吉而反謂凶或凶而謬以爲吉此無它由其以利爲心而誑妄也子震之爲術獨不然以其志慕乎高尚而異於人爾黎賢良崇贍之葬父也子

震以姻婭爲之卜宅兆葬之後觀者咸曰卜之善學瞻念無以酧德乃曰仁者贈人以言於是求余言以爲雲隱贈余嘉雲隱妙於術而非拘拘於術者故樂爲之書
洪武戊辰冬蒙陽八十七翁粱寅書於家居盤桂堂

贈周孟輝序

今天下爲一家而九州同文萬方同軌士生斯時以盛壯之年有强毅之力周遊遐覽多其識而豐其藴獨非願歎淦之沂濱周茂才孟輝前嘗造石門山中一見知其爲篤實有志者自言其居也順父母親賢良尚文學其出也致遠以服賈懋遷以贍生而因獲友四方之才俊觀聖賢之遺跡是皆古名人之所嘗爲而異夫庸流

者也及今再至告余以將復有行役余壯其行且語之曰今之號爲士者或安於孤陋步不出里門耳目若塗附或徒知爲利則雖涉遠而實無所見聞是則其處其出悖於義均矣孟輝知學問者也處而敬親長孝悌之行敦出而弔往古心胸之蔽祛其不謂之有志之士哉昔司馬遷少而南遊江淮上會稽探禹穴窺九嶷浮沅湘北涉汶泗講業齊魯過梁宋以歸然後著史記今孟輝亦嘗越漢沔由襄樊道秦關抵雍凉而返於是而再出必歷所未歷見所未見俟其歸有以語我將欲爲今之史記孟輝其能無少助者耶言旋之日高堂稱慶賓親聚喜而余亦將賀子之超於前也

陸終受封於黃故爲黃氏得姓之始

鵠山黃氏族譜序

世之名門鉅族必脩其譜系所以辨昭穆明親疏崇禮義厚風俗固賢者之所重也黃君以中示余以其宗之譜且曰吾宗之居鵠山踰十五世矣由宋而元其官達者亦多矣以貲產雄鄉里而造典者亦相望矣計今之戶猶百數則昔之蕃盛又可知矣吾與同宗之賢者六七人懼夫譜之殘缺而後之失序故相與脩之者如是余閱而美之乃爲之序其槩其譜曰祖陸終受封於黃故爲黃氏著得姓之始也其望曰江夏乃鄂之附邑而城北之黃鵠山者黃氏所居也在宋之世分寧多黃氏而山谷先生之族曰雙井鵠山之始祖曰元祚爲烏山

高氏贅壻本宦家子而以鬻茶至於是知其由分寧而徙也其里曰鵠山者葢以爲江夏黄香之裔故因彼之名而名之也居鵠山三世有兄弟五人曰大順大茂大交大遷大收號最盛今之族居者多其後嗟夫凡今之人推民吾同胞之心皆兄弟也矧同姓乎矧又同宗乎矧同宗而親者乎然薄仁義者或乃視親猶塗人甚者貴驕其賤富慢其貧少陵其長此譜之脩者所以爲厚俗之道也黄氏諸君子同編譜者大茂之後曰伯仲曰有先大交之後曰復春曰仁遠大收之後曰大觀曰伯達曰德高曰廷芳大順之後曰仁端大遷之後則以中以年長而爲之首也譜成而先世之官品婚姻墳墓域

有所攷其親疎遠近尊卑先後亦皆井井而見於是合

族屬之禮可以舉而行之矣

新喻梁石門先生集卷之三

新喻縣知縣崇安暨用其訂刊

雜著

書楊仲弘詩序後

范大史撰楊仲弘詩序以爲聲仲弘海内之交好唯巳深知之然則士之伸於知巳其存固有賴焉而旣沒之名尤爲有賴也是序因楊徽君之請而作故親書以遺之徽君旣卒其門生張廉敬得之壬辰兵起漂流民閒友人蕭璠又得之寅幸覩焉因識其後歲丙午秋梁寅書

書范德機隸書後

鄉先生范公隸書八字曰風月自淸氷雪相看乃淸江傅氏二亭之名也何謙伯遜於兵後得之民家如崑山之玉拾之於抵鵲之餘爲之主者固不必識而有之而又使人一得以見之焉物之可珍者固當如是無足怪也梁寅謹識

跋鮮于伯機遺墨

鮮于伯機自書其迎詔三詩其行草之精固奥與趙公平昔所推遜者而此帋筆意尤妙固非率遽而書之耶抑亦天機之精到雖出於率遽非它人之所及也梁寅書

書祝彥毋葉氏行狀後

世之所謂賢婦賢母者類非祈後人之知者也然觀之春秋如紀叔姬宋伯姬之類聖人皆嘉其賢故因而錄之三衢祝君彥明生母葉氏卒金華宋君景濂爲銘述其行彥明之母固賢也而其爲善也豈爲名而爲之者哉夫春秋之法其善善也長則凡稱人之善雖溢美不爲病况以彥明之顯其親而宋君之文師於古其辭豈溢美者哉嗚呼爲母也而子賢爲子也而友賢斯足以爲勸矣

上陶學士書

八月某日禮局儒生梁寅謹再拜獻書內翰相公先生閣下寅由巖之士衰憊之年而非有濟時之具者也近

者過蒙朝廷徵求俾從縉紳之末以究禮制之宜承命之初以舊學荒落内顧索然深自悚恐及到禮局頼閣下為之總裁而所與共考論者或老成宿望或博洽異才則又竊自喜幸於以見聖主在上而中書大臣又能共承主意擧儒術禮樂之典成效可必愚生當少壯之時常嘆盛世之制作不得而遇今既衰老乃幸遇焉其竭心罄力思圖報稱當何如哉凡諸儀制衆分考之畧定矣而寅之衷曲則不可不陳於左右寅自五月之末承本郡劉侯之招俾處郡庠以掌訓育於六月八日伏奉中書省劄付以王命之重郡府督迫之嚴雖去家百里留外一月而不敢以暫歸趨裝為辭即日就道水

稽淹滯至於二旬弱軀觸暑易致疾困入禮局四十餘日大抵疾苦之日居多今去鄉二千餘里家無僮僕冬服不至而天氣漸寒疾將益甚雖朝廷於人士去留自有定禮而衰疾之人其苦莫訴竊惟閣下以魁碩之望閎通之才主上之所深知宰臣之所共敬於今而興禮樂敷文化唯閣下是賴而以寅之迂愚昏謬其所長者罕而所短者多亦唯閣下能知之寅竊自揆知慮不足與謀遠也論議不足以決疑也操行多愧於君子非可以勵俗也文辭不及於時俊非可以垂世也而在於諸儒之中其龍鍾困憊特爲尤甚伏望閣下言之於相君而轉以上聞許其早歸田里則譬之陽春之暉及於朽

株江河之潤建於枯壤其恩藏於心詎可忘哉干冒崇重不勝悚息惟俯加愍察寅再拜

上宰相參政書

十月八日禮局儒生梁寅謹再拜獻書中書相君大人鈞座前寅年今六十有五在於禮局比之諸儒最爲衰老平生爲學僅習文辭之末行不孚於朋友名不登於科甲又其爲性樸愚迂僻兵興以來屏跡巖穴踰十五年家無恒產唯訓童蒙以爲衣食之計今遇淸朝獲安田野固大幸也其虛名偶達於朝遂蒙詔徵與議禮制雖見朝廷崇儒之美而實懷謭陋之愧邇者例荷上恩賜以衣帽鞋履如天降時雨而萬物涵濡欣感無任然

老病之儒無裨於制作之萬一其爲艱苦實可矜憐伏見詔旨丁寧懇至老不任事者皆許其歸年方强壯者量材擢用意至渥也中書輔相宜上之德達下之情則老病之儒固可放還況禮局所徵異於有司之起遣令其先歸是亦宜也如寅者於汗馬之勞奔走之揵簿書之冗會計之勤在昔少壯猶不能也況今已老曷由自勵然僅有微長不敢辭者使之居於鄉閭教其幼穉爲國家養育乎人才助成乎善俗是所謂日計不足歲計有餘其事若緩而其實至急者也夫教化之興由於朝廷而教化之施始於鄉里古之老者歸於其鄉日坐里門以訓其子弟寅常慕焉伏惟相君念之恤之以聞於

上使得歸教於鄉則仁心所加其恩甚大所以使民各得其所道固在是若留之京師費國家之賜索長安之米在官在私實無所益觸犯祟嚴咎在狂斐伏望鈞慈特賜矜憫至幸至幸寅再拜

與李伯韶書

端肅奉書白雲先生執經者自春以來以時之艱食學徒益少寅塊處山舍幸少疾患時因友生詢三君子處庠序教道日新縣有賢佐貳其承詔旨振綱理目政大異前特爲之欣忭入秋又欽奉明詔有養老恤貧之令漢世之老者所謂願少須臾無死思見德化之成於今乃復然何其幸哉何其幸哉寅庶人之老者也前屢沐

聖恩固已多矣今承本縣下里長取報實蹟已具其大槩呈縣小孫詣縣庠又蒙先生屬以具報所著書此則不可盡寅之於經妄出鄙見以發前賢之餘意爲初學經者畧啓其端耳昔伊川先生著易傳發明備悉猶不輕以示人其意葢欲從漸脩改之也寅雖嘵嗞之餘景田野之後學亦尙欲竭其精神之淺抹其荒陋之失姑俟小孫加長數歲凡所纂述分卷繕寫令之躬詣京師進呈闕下或得上干聖覽付之國學翰林砭其所失取其微長使芻蕘之言不至泯滅斯至願也而未可必也若夫養老之惠此聖上之恩如天降時雨萬物均霑凡癈人之老莫非躬操耒耜養子長孫爲國家供賦役寅

徒握三寸之管以易食免夫役之勞以自安得與同縣諸老侧拜上恩至榮矣至幸矣譬之天澤爲郎陵爲原野爲溪澗其沾足一也豈有彼此之異哉判丞判簿兩賢侯之前埜以愚意達之不敢僭躐奉書又竊念亡兒岷欽承聖恩授靈川丞又换授知古田縣廉介自守遇疾而終次兒岐躬耕教小學所報實蹟已在縣若此者可以增入至於著書之事埜畧之可也目益昏眊書辭蕪瀆惟先生諒察

跋白鹿先生詩

南史王彪之多識江左舊事緘在青箱言王氏博聞也琅琊王氏自大保祥而下至唐宰相方慶凡歷八代代

有名人而青箱之學著稱江左後之王氏咸慕之今鄱陽德輿王氏由西蜀而來始曰進士桂行爲丞德輿宋亡死官其孫曰嘉居白鹿門隱以授徒號白鹿先生爲辭章好古慕樊紹述盧大異之爲其行如其辭嘗因故書之燬賦青箱友引其子庭能錄之以示後而諸鉅公又咸以文辭稱道之余觀德輿丞之節白鹿先生之學皆宜不泯於後者而庭之能世其學尤可嘉也庭字光庭翁曰所字居州曰圻字千里庭嘗中進士乙榜今以試誥方進用洪武建元之初臨江梁寅書於京城天界寺之西堂

跋宋平金露布文

右平金露布文一道宋忠翊郎荆湖制置司屬官程君之所撰也夫宋之平金義舉也故爲露布者其理順其辭正而子孫寶藏之者足以爲忠義之勸或曰其時之士論以爲當金人之肆毒讎宜復也而不能復及與金和矣則讎不必復也而反欲復之是烏得爲義舉哉余以爲不然夫和非義也後反之則爲義矣且宋之安危不係於金之和不和元既與則與金和以拒元固危也不與和而助元以滅之亦危也其危一也則寧徇於義故曰滅金義舉也程君名萬家饒之樂平寶藏是文者君之五世孫椿字元齡

原治

昔之君臨天下而名以時異者曰皇帝王霸皇之世制作之未有無爲而民化者也帝之世昉有制作而民猶易於化者也王之世制作之大備化天下而曲盡其道者也霸之世任情制作以知術而馭天下者也君子之論治者曰帝世不可及矣三代之治後世决可復不法三代以爲治者皆苟道也嗚呼斯言者誠不易之論也自成周而下主與臣之論王霸者紛紛然而興或曰宜尊王或曰宜從霸或曰宜雜用王霸尊於王其圖之也順而易其爲效也大而久從於霸其圖之也逆而難其爲效也小而近在人主所向何如爾若曰雜用王霸王何可以雜雜卽霸而已矣夫帝之不可及而王可及何

也風氣之益殊猶時之春而爲夏夏而爲秋秋而爲冬也人心之滋僞猶蓬茨之居易而爲斲礱丹艧也撲渾之器易而爲雕鏤金玉也聖哲之君不常出猶山之爲童而木之爲百尋十圍者罕見也土之壞變而穀之一莖九穗者稀有也此帝世之所以不可及也若三代之君其以戰功而創業與後世同也輔左右匡贊之臣與後世同也孳孳於禮樂刑政之施與後世同也繼嗣之君或賢或不賢其不賢者得人以輔之則治不得人則亂且亡與後世同也其異於後世者彼與王之君佐命之臣所好所趨理之公也所惡所背欲之私也王與霸之判如金之異於錫玉之異於石然王道可以學而至

學而至則治亦可及矣若曰雜於霸則理欲之辨即邪正之辨也悖於理則流於欲矣戾於正則歸於邪矣或曰尊於王而業不就治不遂者若之何曰王道之當務如饑之於粱肉食之則其腹必充其體必肥彼食而不充不肥者抱疾之人爾舍粱肉之美而謂它物可充可肥者口之爽而失其味之正者爾彼圖王而不成非王之不可圖圖之而失其道者也故行仁義而敗者徐偃也用周官之法而亡者王莽也慕古車戰之法而喪師者房琯也因周官之說而行新法以亂天下者王安石也其若是者由泥古之迹非古之道也使徐偃而守侯度何以敗王莽而徇臣義何以亡房琯而出師以律何

以商王安石而用正不用邪何以亂故人之疾而癯非粱肉之害之也治之慕古而亂且亡非王道之誤之也或曰後世亦有用霸而治且久者漢唐是也曰漢之久以風俗之近古而又多賢明之主也唐之久以太宗安民功大而治法之備也若其治之不及三代則亦霸之傚而已然則必王道之用刑無藉於嚴乎兵無藉於強乎曰王者之刑非不欲嚴也其有所嚴也則亦有所寬也寬也者仁之施也嚴也者義之斷也王者之兵非不欲强也其時而强也則亦時而弱也弱也者仁之術也强也者義之形也刑之以仁爲寬以義爲嚴故梁武之慈悲不殺非仁之寬也漢武之峻法密網非義之嚴也

兵之以仁爲弱以義爲强故宋高宗之乞和金虜非仁之弱也隋煬之遠征高麗非義之强也且世主之儌刑或誤於申韓兵或局於孫吳申韓之刑以慘覈爲嚴孫吳之兵以變詐爲强是皆戾於仁義者爲人臣者若之何以是而進之其君也善乎孟軻氏之言曰行仁政而王莫之能禦也又曰仁者無敵君子有不戰戰必勝矣嗚呼稽之六經折之孔子論天下之治道莫若孟軻氏而或乃以爲迂則凡學孔子者孰非迂也行王道者必若何而無敵乎曰本之以二南之化輔之以周官之法君相修於上百職勤於下因乎時之宜順乎民之心公以滅其私實以稱其名其於復三代之治猶乘輕車趨

夷途其至於所至也亦宜矣

任將論

世之談者恆言相之與將異能也文之與武異用也然謂其能經世而不能禦衆知道術而不知兵要是亦常才拘士爾周官大司馬言軍將皆命卿是六軍之將皆六官之長與六卿之吏也晉之謀元帥必貴於說禮樂敦詩書而後之儒臣亦有射不穿扎行不蹻鞍而能樹武功者若之何輕縫掖之士而謂其徒文也若之何重兜鍪之士而謂其獨武也故凡搢紳之列守令之官郎吏之流庠序之士苟有能以經畧爲心以戡定爲志而謀有適用事不辭難皆可擢居將之職也將之才兼文

武則彼有智者吾得藉其計彼辯口者吾得以爲使彼
攄勇者吾得仗其力彼理財者吾得用其資彼剛正者
吾得用其斷如是將何功之不立何强之不服固非止
爲一夫之勇也或曰聽言而用之則有言過其實如馬
謖盧名迂濶如房琯將遽舍之耶抑用之不效然後棄
之也曰是在於吾君與吾相爾辨玉於石之中而知碔
砆之非玉求珠於蚌之地而知魚目之非珠此智之所
以異於不智也若曰循資級因譽望以用之則是大公
終於釣叟武侯終於耕夫非常之功何由立如是而謂
之智也末矣

養生論

人之生也参天地而爲三其身亦一天地而小者也天地之大而不能不終也則人之賦形天地之間者其必有終亦宜矣然其生也旣異於物則亦久於物者也故人之壽至於百歲其大限然也善養生者或過乎百歲其不善養者皆自促其生也善養之矣而亦或早終則其生氣之受有不及者也而謂人之爲仙其壽可數百千歲者吾旣未之見則固未之信也夫天之生物者其性也其獨而爲日月爲列宿噓而爲風濡而爲雨露凝而爲雪霰爲霜雹怒而爲雷電蒙而爲雲霧是皆其情也人之得天之生理者其性也其適意而喜不適意而怒中不恐而哀中無主而懼見所美而愛見不美而惡

求其所願而欲是亦其情也夫情也者貴合於中而不可以過天之情過則爲水旱饑饉疫癘凶札斯天之失其常者矣人之情過則爲淫邪放恣暴虐昏謬斯亦人之失其常者矣聖人者天下之主也故純德以合天而天道以順君子者或未能善天下而能善其身故脩德以俟天而吾身以安衆人者不能善其身而縱於欲故悖夫天德而促其生世之善養生者大槩先於治七情舍夫七情而復有神秘之術者吾不知也聖賢之學所以脩其身者亦莫先於治七情是聖賢之學即養生之術也或曰山澤之士屏華遺紛居閒處幽寂寞寡慮優游無爲得以治夫七情而全其天性固爲善矣其出而

事君理民者將欲厲其忠貞樹其勳名則擾而非靜勞而非逸或至於耗其精而竭其神則生奚以養曰所謂養生者唯覗其當爲者爲之爾固非悖乎天以私其身也苟能循乎中適乎義雖不幸而隕其軀其夭也亦壽也不循乎中不適乎義雖幸而全其軀其壽也亦夭也故治夫七情者奚窮達之異七情既治可以養德可以養智可以養生養德而身脩養智而官理養生而壽固斯一舉而三得者也故凡有官守者知吾身之疾唯在於多欲必屏其欲以瘳其疾則夫三德三行者其六脈之和也稽經史務學問諸方之良也古之賢者以爲則不賢以爲監五藥之善也至於車馬聲色服餙器玩凡

其可羨可嗜者皆物之毒者也固宜一切忌之矣吾身之疾既瘳然後於喜怒哀樂愛惡一循夫理而不至於過中焉是於疾去之後愼而又愼曰養之以粱肉而助夫吾身之元氣也如是則上能佐君以永享天祿下能導民以躋於仁壽而已亦獲福考終矣孰謂養生之則非達者之定乎聖賢之學所以可貴者此也

靑谿釣翁傳

靑谿釣翁者釣而隱者也士之遊者或遇之谿上疑其非釣者因問之曰翁之獲魚之利日幾何翁笑曰吾無獲於魚又安獲利吾姑託於釣以佚吾之老者也士曰賢哉翁其慕夫呂尙者耶翁曰吾何敢慕夫尙尙之智

謀於時無二起渭之濱而竟爲大師周得之因以興苟不得焉則無以興也吾何敢慕夫何然則慕漢之莊陵者耶曰此尤吾之所不敢慕者也陵天子之故人也既故人宜叅自上謁而不上謁乃去而釣名之不至至又無臣禮不受官而去竟以不顧天子竟容之以成其節吾無是也雖然吾之自顧亦有賢於碌碌者何也夫尺有所短寸有所長吾之微長者吾揣於分而安之量吾之能而不强爲之時雖有知巳而不敢以援之賤者人所恥而吾弗恥之吾實老而又未嘗自諱之此五者吾之所以差賢於人也士於是竦然曰吾乃今知翁之心翁吾之師也請爲弟子翁怫然曰子未知吾之姓名而

遽云師弟子非誑哉遂旋擢而去粱寅氏曰余昔嘗至建業意市人之中必有隱君子者然未之見獨說郝先生之爲人先生性嗜讀書而不以要祿恆賣藥於市而不貳其價不必其報覩其貌衎衎然以和煦煦然以恭或曰其釣於青溪者蓋先生是也誠其人也斯固賢矣哉

劉節婦傳

劉節婦河東王氏女而歸於劉君仲安仲安之卒也節婦年甚少子溥方垂髫而家貧能狥共姜之義衣不文采髮不膏沐唯勤紡績織紝以育其孤或勸之再嫁輒怒而拒之里之武姓者豪悍者也欲其易志誘赫之百

方竟莫之屈也溥既學力訓勵之凡師之奉友之接惟謹無慢溥試有司與貢者再家居孝養節婦年七十五乃卒溥以母卒竟不仕教授河汾之間弟子雲集爲士之表儀子二人曰寅曰申惇陽趙如魯曰婦人之苦莫苦於家貧子幼而夫早喪其或携幼之他人非惟莫之恤且奴隸役之母雖鄉悲茹泣失節之罪縱死奚贖溥之能自樹母之賢也南宮友雲曰士不必貴顯忠孝惟賢女不必容飾貞潔爲美澆薄者聞王氏之節風化攸係也節婦既卒趙魏齊魯之士名能文辭者多稱述之迨今天子之四年寅登進士第授兵部主事出爲江西簽憲思崇祖母之節猶父之志也趙先生溥之師南宮

其友也溥字子静寅拱辰申敬辰野史氏曰余嘗遊東南論時之能臣逸士貞婦烈女意多有之焉而閭閻之闢湮沒罕聞何也或死無子孫或有子孫不知學是可悲也劉節婦之行也弗隕於貧弗撓於艱爲金之純爲玉之堅然非期於名名自歸焉由子孫之賢也古稱西河之士有洙泗之風觀之劉氏母以節聞世著其美聖賢之教久而不泯亦習之然哉

鍾節婦傳

鍾節婦宜陽之北鄙黄氏女也年十六爲鍾秉薇妻既同里又世姻以賢相成以美相匹故情好尤至秉薇之父曰義昭爲人雄健攄勇當紅巾之起父子咸挺奮敢

於殄寇鄉民歸之賴以保完者數萬戸一日寇大至秉敬戰死又三年父亦爲下所殺節婦當夫死時年二十有八有子曰鼎才十歲能養姑以禮訓子以法奮於旣仆立於方危惟勤惟貞志靡它嫠居五六年寇曰賈帥者聞其姿美將强室之以兵躡其里節婦隨里民匿石洞中民曰吾等同骶以孺人故然義不可令之出迺其白賈曰彼方疾賈怒曰雖疾亦令出衆不得已共牽被之以出節婦臨小石潭即自投潭中衆遽救幸不死乃誑白賈曰投潭中死矣賈大怒曰死斬其頭出衆懼無計或曰婢雪兒尤豔可令之代衆然之乃飾婢使出拜曰此鍾相公女也願獻之將軍賈喜以婢去號之曰娘

子節婦得免辱然竟以悸疾卒野史氏曰人之蹈於義唯不惑於利乃能之閩節婦之方自匿也恐使人說之曰孺人之孀居覬閔既多受侮不少今爲將軍婦能與而家弱可爲强苦可爲樂而節婦竟弗從也非所謂不惑於利哉節婦既死子乃有室亦能自立矣然不三年而子又死嗚呼節婦之志君子固悲而憫之也

彀齋箴 併序

會稽唐君處敬之令子曰之臣當志學之年而有傳習之益君邃於古學欲其子之似之而恐其或懈也故名其肄業之室曰彀齋夫彀者張弓之限也之臣居是室思是名庶知所至矣余

因爲箴以爲之臣勉其辭曰

惟弓之良也斯學之方也幹筋角其質之剛也絲膠漆堅製之藏也其猶資之異奮勵以強也既張而盈體有常也既盈而圓月而望也其猶學之勤緝熙以光也然則彀之何以乎張而不弛其終必渝弛而不張必轂其趨宜張弛之以時矢棘直而相須尤必內志之正外體之直然後志之無不如故君子之學先明諸心後求其至雖中之是用雖義之與比無它岐之惑無臬欲之蔽斯其合夫弓之彀而秉心之不怠者也

喜聞過箴 併序

臨江監稅馬君扁其室曰喜聞過是蓋志於躬

行者敬爲之箴曰

君子勇於義斯謂之自强是以仲由喜聞過而令名乃彰桓桓馬君名卿之裔北州之艮如玉琢而柔如金煉而剛尙慕昔賢厥心之臧故欲過之必聞而聞之必改渙省前愆庶無後悔人之相規則藥石之獻其過靡留人之見諛則疢疢之埘積而爲尤以相規爲喜以見諛爲仇斯爲賢之徒而德之修也乎

洪氏家譜贊 并序

淇君仲信舒人也今爲南昌衞鎭撫鄱陽徐士謹先生爲序其家譜以爲三淇之後三洪居鄱陽其後乃昌於舒豈其忠孝之澤猶未泯者耶

因爲之贊曰

奕奕洪氏鄱之名宗始由忠宣克著其忠三子顯庸竹帛有耀維舒之裔以振以紹鎮於南昌矯矯其强進若鴻漸志乎鷹揚武而好文念厥先世後企於前惟曰善繼

閩人氏族譜贊　并序

古之傳記有世本公子譜凡爲氏族之書者蓋倣焉至於家自爲譜則以紀其一姓大抵皆史之體也天台徐君大章示余以閩人氏族譜序俾識其後觀其譜與序旣得夫史之體故因爲之贊

維聞人氏嘉興名宗分居德清益蕃以隆文孫曰貞惟學是豊木之梗楠玉之璜琮爰念其先迺明譜系滌源疏流挈領垂裔徐君叙之良史是繼以訓孝睦著於世

世

彭士隼冠字祝辭 并序

彭聲之先生之令子曰隼於其冠也賓友字之曰士隼余謂先生以名賢之裔負大雅之望有子旣冠家學克傳士之志願無大於是無先於是余託好有執友之義乃爲之祝辭以朂之曰

維月之令維日之吉頫然首服宜莊宜一棄乃幼志服厥嚴戒爲賢爲能稽古毋怠惟前脩是追惟舊業是繼

隼之性稱猛厲進於善在勇决隼之姿誇精悍忌闒怯貴明斷隼之揚矜捷速審翔止慎搏逐嗟乎善爲人子服勞無弛善爲人弟敬長匪懈善爲人臣惟忠惟勤善爲人必徐行而後敬遵爾過庭之聞夫是謂之成人之道哉

琴悅軒銘 并序

胡重器氏長子曰發字若愚次子曰儆字若思若思既居鄉貢上第久之因請曰吾兄素善琴有琴曰九霄環珮者音尤異他琴置之軒中時一鼓之聽之者莫不悠然而心悅因名是軒曰琴悅焉余美若愚之伯仲皆力學又工於雅音

以怡情而養性乃爲琴悅軒之銘其辭曰

琴爲雅樂與瑟並稱空桑雲門大音希聲末俗所好爲
箏爲箏好與俗殊唯胡翁兄陽春既奏鸞鶴來下於焉
心悅悠然其趣噐諸塤篪以和以煦大雅不羣式彰厥
譽

勤禮齋銘 幷序

南溪廖氏有才子曰玟嗜學而謹於禮故其藏
脩之室以勤禮爲名石門逸叟梁寅善其確志
爲之銘曰

在昔周孔典教扶倫惟禮之崇禮之在人猶醞之蘗以
成厥躬嗟嗟澆俗或狠以盭或恣以狂廖有賢士弗蹈

妄轍欲遵周行貾彼紛華而赧而怯唯勇於禮筋骸之
東肌膚之固淑慎其止親師樂羣朝而孳孳夕而蹶蹶
我銘坐隅槃杅是則以相毋怠

觀頤齋銘 併序

易頤之象傳曰觀頤觀其所養也言人心之善
必養之而後克也蕭氏德章好藝文而務操履
故名藏脩之室曰觀頤余爲之銘

維人之心具天之德心貴乎養德因以積易有明訓曰
觀於頤既培其本乃蕃其支猗與君子蘭陵之裔厭彼
紛華樂此艮貴其外之著由內之克如食既飫厥體斯
豐凡頤之道惟貞斯吉一念匪差百爲靡失蔚蔚者林

渠渠斯軒圖籍咸列琴瑟具存德既可久業亦可大敬銘坐隅以贊無懈

李孺人墓誌銘

豫章李烈寓臨江之新喻閲歲一歸謁其親壟於其再至也以母孺人之事狀徵銘於其友梁寅寅以烈之先固世族也其母爲進賢樊氏亦著姓也烈之學克紹其前人又良士也具是三者則銘之也宜孺人諱如貞其鄉曰欽風曾祖某祖鍾父珪字子璋號曰存誠翁夫李榑字時中是爲烈之父其高祖燔宋朝奉政大夫文華閣直學士爲考亭高第弟子曾祖壆宣義郎祖鉦朝奉郎建寧府通判父藻元從仕郎贛州龍南縣尹存誠翁

學通五經旁涉衆流好賓客有稱譽謂時中宦家子能折節於學且有文遂妻以其女時中志氣踔厲恥齷齪居人下慨然遠遊留荆襄歲久孺人養姑胡氏育訓二子孝敬慈愛勤劬懇至不以夫之遠離而少怠其同産六人一兄二弟及女兄弟各一以禮以恩唯厚匪薄姑喪哭痛踊制因得疾卒凡醫藥歛葬藉兄弟之力爲多子男二曰烈曰熙女二曰守儀守中南昌周泳胡栻其壻也孫男五曰保基觀奴元基昞基繼奴皆孺人卒乃生孺人生之年爲大德丁酉而卒於至正乙亥春秋三十有九葬於欽風鄉彭橋之西時中歸自荆襄其卒甲午歲也銘曰

金有模範器維良家有禮法嗣之臧緊李氏之母壹教

以方後之有聞維斯銘之藏

逸士高君墓誌銘

士有能通經而弗試者曰高君如心與寅爲執友三十年當吾地兵之未寧也而君卒及其寧也君之子乃始請爲銘寅既許銘遂述曰君諱恕字如心世居新喻之北烏山之里曾大父某大父行可父宜則其宗蕃衍而居相比業士之業者恆多於它族產取僅足名不過求故其世之久亦與它族異至於君而益思揚前光後作春秋之師爲貢舉之藝經傳註疏手自纂集習誦不懈及將卒爲詩二章勉其子且曰春秋吾業也科固輟矣而業可輟乎君生以辛亥某月日卒以甲辰某月日年

五十有五葬之宅東一里曰上城配何氏繼蕭氏子男五人曰俊侃仁儀仲孫男七人孫女六人寅觀士大夫之殞於亂離也其不葬不祀十幾五六而君之遺其子者田廬器物文籍靡不具則其喪與葬猶能用士之禮也宜哉君之少子儀學於寅亦頗春秋之業曰吾先人之所屬也以君之學而子之若是也固可以銘矣

銘曰

學之克斯其貴矧經之爲秘男之多斯爲喜矧業之能繼上城之原窀穸於是以興孝思永永毋替

黎隱君存英墓誌銘

士君子秉正直之心有善良之譽固不待於高爵殊勳

足以軌範其後嗣若黎隱君存英蓋眞其人歟君諱立信字存英號英山世家淸江之西思賢鄉大父熹父鼎亨其先由淦之三州而分徙居第閎儆繚以周垣鄉民謂之板城迨今號板城黎氏君幼孤毋黃氏命之爲黃田裴氏贅壻外父毋卒乃歸養其毋性素聰慧於書史慱覽壯而罹世變恥伍首下氣從亂人遠遁爲義士喪其田廬弗恤也天朝之初始歸其里時夏軍帥以松暨黃鎭撫伯明鎭郡城君前與厚善家業賴以復黎宗戶不下數十君爲宗之長率之以禮義小有不善必責以正待親友鄉閭惟忠信誠懇於人罕怨惡初鄉民之搆亂而相爲敵讐也從兄存琢以保障閭黨爲心團結以

拒冦後膺朝命征雲南還書屬君曰吾兒幼幸念之君於是恤其子宗瑞竟以成立今兩家後乂曰崇聘克輝兄弟和洽文雅相尙他姓所罕君將卒戒其嗣子曰吾死勿爲富貴圖葬於遐方古人死不遠葬墳墓遶村斯善俗也及卒乃如治命葬之淸泉漆家山去家僅二里送葬者數百人鄉之老者曰善人獲善終有如是耶君生於前丁巳歲八月卒於今朝洪武丙寅歲十月得年七十子一人曰謙益女四人壻僴祖謙僴法錢椿僴處敬皆名家也孫男二曰卓曰志卓從余受易學於是以父命述祖之行請銘焉嗚呼善而稱之足以勸余可無辭乎銘曰

猗嗟黎君爲鄉之者英爲族之儀刑世方搶攘徇義之名時旣純熈壽考且寧近密清泉爲佳城慶流苗裔斯其徵

黎逸士伯諒墓誌銘

洪武戊辰歲秋七月戊子黎逸士伯諒以疾卒旣踰月而葬其孤卓詣余泣拜而請曰卓膺祖曁父之訓肄士業思願有立貽前人令名今不幸父蚤捐世願有以表遺躅揚休聞雖死猶弗朽余嘉厥志乃爲叙其槩繼以銘伯諒諱謙益祖幼鼎父存英黎爲故淸江板城之望族多文雅士伯諒方髫年學未成而丁世變隨父離鄉土依淦人邊義士期靖郡邑之亂年及冠客淮甸所交

皆智士後多爲天朝將帥者而中軍都督府僉事濮侯
尤與厚善故國初事跡大臣勳名悉知之迨壯歲歸鄉
奉親有暇嗜學罔倦於春秋傳尤孰於通鑑善記誦與
人言論亹亹然居久之濮侯出鎮陝西爲都指揮使屢
付音欲重會遂與鄉之商於西者偕往濮侯禮遇之如
疇昔商者約同趨雲南濮侯曰彼險而遠宜勿往於是
遂歸其往者果皆不返伯諒自父喪躬理家政力飭二
子以學迨疾踰兩月卓曁弟志日侍醫藥禱祀靡不至
卒而葬以禮如葬厥祖蓋循治命守家法前後若一妻
錢氏次劉氏嗣子卓錢氏出也次曰志劉氏出也皆從
余學女二人長適渝南梧岡溫美次適筠州泮傳權生

於元至正庚辰春秋四十九葬於本里清泉之阡去家僅二里嗚呼以伯諒之行能而祿之弗遠也壽之止是也詎非命乎銘曰

矯矯其行黎宗之良天閼祿壽君子之傷琢辭而揭之庶厥聞以彰

故昭信校尉通州衛百戶黎公墓誌銘

清江思賢鄉黎氏號爲右族其先由新淦三洲而徙迨黎公存珍叄十有七世乃膺朝命而以武功顯公既卒且葬嗣子宗瑞以其伯父務學所叙公行事徵銘於梁寅曰吾父年僅登下壽官未踰六品志與才弗盡展必丏銘君子以揚幽光昭永譽乃宜寅嘉宗瑞之賢而克

孝乃叙曰公諱惟琇存珍字也祖立山父用止公爲第三子自少卓犖不拘學兼通衆流既壯而遊西抵荆湘東趨閩浙所交多知名士迨江淮兵起乃歸鄉之强悍者悉化爲鴟鴞蝮蛇攫噬其柔懦公與衆謀曰今遐邇皆亂亂而離宅墳族婣欲逃厄將焉逃於是集民丁捍暴横衆賴以安隆然爲鄉之金城皇朝之初都督以皇甥鎮江右因名而見署知建昌州事固辭不許指揮濮公爲之言乃得辭歸洪武元年郡守黄侯辟爲倉使官儲無虧民不怨讟二年再辟爲漕使督運至襄陽四年夏從宜春侯入覲以武功拜昭信校尉通州衛百户從征雲南五年秋進兵至四川城州城下冬十月得疾卒

軍中其下以馬負骸而歸七年冬十有一月葬之新喩東北杲湖之阡公生於元延祐乙卯得年五十九娶敖氏子男一人即宗瑞孫男二人孫女一人嗚呼公之能有爲時也祿之遽盡命也方皇明之肇基也豪俊競出爲上用樹勳名取封爵如拾墜果之易也故曰時也然以公之理家有條紀施之政固可居鄉禦義而和使立於朝藎亦無不愼然竟隕身荒裔詎非命哉公既卒宗瑞奉毋循孝道弗違其訓戒且卓然自樹能學以致譽又能顯父之美其恢於戶庭固可以卜而務學述勇之行既詳既實據而銘之亦宜也銘之曰

維黎之宗來從三洲其幹既分其條以修迺迨聆信翹

然鮮儔於邑於鄉爲楹爲梁維熊虎之良資副校以强

斧彼遠巒桓桓南行跂漢新息裹骸以華卜杲湖云吉

爲公安宅公有賢子琢美貞石嗚呼悠哉休聞無斁

賦

石渠閣賦 丙寅江西試題

維大漢甘露三年詔諸儒講五經同異於是名儒自蕭望之以下咸集於石渠閣聖上親稱制臨决五經學官至是始備諫議大夫臣褒竊睹陛下以戎狄賓服海內乂安詔講經籍丕崇化本甚盛事也愚臣華陪縉紳末議而學術謭陋不能窺要義折衆言至於著之賦頌以鋪張鴻休較其劣能亦僅可采竊惟石渠閣者乃圖書之府考論之地宜敷其事以彰徽猷謹拜手稽首而獻賦曰猗赫赫乎聖明之中興也化洽於九區二十有三祀重明揭乎日月茂德叅乎天地慕商宗古訓之聞陋

周宣大蒐之事於是發慮斷詔羣儒啓金匱臨石渠卦爻窮其至賾謨誥討其衆疑考風雅之辭義審儀制之等差聖感麟而有作亦襃貶之宜稽搚非闒碩之士無以覈是非辨同異非高敞之居無以儲篇籍列冠帶蔚乎盛哉信治朝之偉觀人文之鉅麗也是閣也據神都之域冠未央之宮擬麒麟之壯伉天禄之雄鬱倏設其架班匠呈其功峻齊山嶽巧若鬼神俯壓坤軸仰跂穹旻凌埃堁而危跱儼翬飛以孤騫狀嵬音罪嵬而菌層勢轇轕而雲屯架杏梁之夭矯刻芝栭以叢攢掀飆稜之鳳翅燦雕甍之龍文璇題照日以熇燿蛛網蒙霧以紛綸迎朝霞而納夕灝際河漢而邇星辰其中則玲瓏綺

疏璘瑀列錢若總章之牖戶其傍則㛹娟曲室窈窱閟宇若閟宮之廣邃環而爲渠則端若引繩深若川池徵波龍鱗藻荇參差露瀲瀲之鰋鯉散泛泛之鳧鷖鶩以嵒石則堅比金鏐瑩類圭璧上廉鋒削下址鐵積象峭壁之將將亘周除之滌滌若乃夷道縱屬朱扉洞開車騎絡繹於茲往來閱其編簡則購於秦灰之餘修於孔壁之舊先王之策府莫之尚焉聆其辯說則可否五味之濟倡和八音之諧帝廷之吁俞無以異焉於是天子麵備法駕乘次輅樹萃華之旗駕蒼龍之駟公卿庶僚雲滃飈屃濟濟之臣于于之士下建羽林之兒帶劍之夫靡不森立而騈侍奉簡以進協於帝衷臣向臣勝爲

夔爲龍凡在縉紳諮諏是同訓必明夫聖之義義必揆夫道之中蓋以其一日之論絡乎千載之宗是豈不足以示來裔而耀無窮也哉凡觀聽之士莫不心醉與旨辭贊懿德暢若春熈疑若氷釋迺爲之頌曰石渠之闢以演聖澤流泱泱兮阿閣與侔祥鳳斯集烜陽光兮日月久照列星咸麗皇文昌兮前聖之啓後聖之嗣肱闕藏兮恩被湛露化州仁風覃萬方兮典章炳煥鴻業緜邈垂無疆兮羣臣於是洋洋驩洽再拜而退咸願紀述昭於世世

蒙山賦

蒙山者吾州之峻嶽也然郡志僅傳名不逺著禹貢言

蔡蒙旅平則在梁州之境魯頌言奄有龜蒙則東海之地而史記之注又曰老萊子楚人躬耕蒙山之陽今攷周之季世魯倂於楚龜蒙屬焉而吾州亦楚域也又安知老萊子之隱不在於吾土乎余家於是山之陽瞻神秀之異慕賢哲之風遂爲之賦其辭曰　維堪輿之奠位斯山嶽之肇形類波濤之激蕩擁泥沙之崚嶒爲嶠爲峯或邱或陵尊若帝王陪以公卿然人也以山而鍾秀山也因人而著稱在於荒陬雖崇而隱邇乎雄都雖卑而名竊愛夫蒙嶺之鎮吾地其於終南少室天台會稽何彼重而此輕也哉覩其勢雄千仞根盤百里嵯峨嶔崟蜿蟺崱嵬嶶以諸洞界以衆水巇崿鱗鱗崖石齒

崗疆域之標郡國之紀皂嶂東迴春臺西峙鰲峰北聳渝水南迤其爲寶藏則白金之璀璨碧鈿之璘瑞表炎方之奇產克天府之上珍其爲靈蹤則金刹據其陽仙巖在其巔森衹樹於翠谷閟小有於洞天若乃琨草鞠芳珠林挺秀風臺球戛烟蘿帷覆蘭茝音采綠於徑畮芝朮產乎嶔竇長隂澗之茯苓絢霜林之橘柚猿猱哀嘯熊羆怒咆霧卧文豹湫吟黑蛟揚夜鶴之遥音露秋鶻之懸巢過客眩於妖狐樵子駴乎山魈凡其根荄之品飛走之族時榮時悴以滋以育富於靈囿之駢羅彩於陸海之儲蓄博物之張華無以辨其類洽聞之郭璞曷能究其目宜夫絕俗貞士離世潛夫悅雲霞而長往與

麋鹿以爲徒翫岡葩之春媚樂岑木之夏敷吟素秋於月觀度元冬於雪廬坐紫苔兮綠綺奏蔭蒼松兮芸帙舒或茹芝兮白日晏或掃葉兮涼飈隨想夫楚叟之賢棲山之陽躬向稼穡志輕侯王觀山泉之泓渟悟蒙養之端莊愜閒情於澹蟄杜妄嚮於巖廊嗟軒冕其既遠顧沮溺其可望勵雅操之氷玉謝溷世之粃糠疑斯人之或遠復東瞻乎魯邦旣異世以同趣宜隨地而安常吾將稅俗駕屏塵心企顓陽懷箕陰朝與山兮爲儔夕與山兮相尋濯纓松下流振衣雲中岑寧抱甕以自勞賦歸來而長吟歷萬里於至近返千齡於方今庶永託於茲山嗣高賢之徽音

虎邱山賦

孫茂才其淵歸自吳郡詫虎邱之勝代雖屢易而境乃不殊因求賦之余昔嘗東遊登眺靡及嘆遐想之徒勤愧託音之猶缺處幽慕奇遂爲之賦於其淵之再往也書以遺焉其辭曰雄矣哉逶迤蜿蜒勾吳之都東臨乎滄溟赤城西瞻乎富春桐廬虎邱之山躭躭渠渠千層雲之晻靄瞰澄流之縈紆伊昔壽夢四傳英君奮烈威摧强楚勇讋於越宫車既晏崇陵巀嶭於是閟竁洞澋珍玩厚藏精金之氣夜發奇光化爲虓獸彪炳呀張兹虎邱之所以得名增氣勢乎高岡故陟而望之危闕翬起飛覩鵬騫魚鱗萬室蜃彩百層人行肩摩商萃袵連

騎若電爗車若雷闐踰齊軼秦跨趙陵燕俯兹山之下則煌煌金地峨峨梵宇度清飈於松關騰香靄於蘭路龍遊方石之池鶴鳴珠英之樹猿蹲聽經之巖鹿翔散花之女亦有搜奇雅士探幽逸人逍遥寒澗踟蹰夕曛咏赬霞於初霽候素月於將昏乃步石逕乃覜層臺寂寂歌舞萋萋蒿萊日淪而復東生波逝而無西廻古轍迹久夷荒墳石巳頽義聞恒不泯雄心乃終摧嗟孤忠之伍員凜生氣而猶存馳逸興而曷巳信遺蹤之未湮耿耿兮予心惟思夫古人

時雨賦

歲維丙午自春徂夏旱潦靡憂雨暘宜稼喜六氣之變

和慶三農之豫暇渠子因詫夫老甿曰天人之交乎至矣哉吾聞夫有道之世風不鳴條雨不破塊故多噓拂而少摧折有露潤而無漂敗吾乃於今見之焉夫林林之民苦藉厄矣螢爝既熏音因陽光赫矣風雨以時宜稼之不慝矣歲之屢豐理得其職矣老甿笑曰耕當問農夫事當占古語年之登耗宜非君子之所知也故夫冬而愆陽雩霜罕見穡歎其收春無積雨百泉未濺川殺其流稽辰日之攸偪考氣候之所主風宜南而更北日當暘而反雨或麻菽之弗登或黍稻之乏貯或市價之騰踴或民力之徒苦故觀之是歲之占乃赤旱之符也既而兼旬不雨千里同然民有懼心神情要言懸旱魃

之肆毒吾亦慮之而疑焉乃六月丁巳澍雨夕降延信宿而斷瀝沿邇遐以無間妙化工於罔測遂復語於老甿曰爾之所占占以天時吾之所占占以人事方今聖明廣照萬里一視扶善良如懿親疾姦宄如讎對鯨鯢息波於滄海魍魎屏妖於遐裔牧守多鳳鸞之士臬司厲鷹隼之氣雖甘五穀弗甘醴醪故天之明賜賜以穜稑雖貴食物不貴珠貝故天之腆貺貺以珍味法令防民游閒就農天憫其勤則報以年豊斧鉞命將四征不義天助其順則夥以餉餽故當雨而雨感天明也古占不然德可昌也所重惟穀穀宜穰也陳秔相因儉有恒也格天弗懈必時雨而時賜也老甿於是謝曰天道誠

遠人道誠邇吾儕小人焉識其理請毋言乎小數願决疑於君子

散木庵賦

蔡君淵仲以翹挺之才致峻茂之譽嘗貢名於春官爰掌教乎侯泮繼辟憲掾將陟元僚值多難之相乘嘆素志之竟謡迺結廬故山逍遥僻地自託匪材絕意寵祿名其廬曰散木庵其意以爲室之樸陋皆常材苟具而可以久居亦猶已之闒拙不爲世用而有以自全也君既自爲記以叙其本心余忝同志而美其雅尚故爲之賦其辭曰彭蠡之東粤有賢士以散木而名庵懷美材而遯世惟醇質之是尚匪雕繪之爲貴樂林澗之深幽

違寒暑之淩厲綠蘢畫拱其存幾何莢櫚葦 門廡以無愧嗟夫木生於山蔚乎盛哉質有不齊夫孰 非材下蕭蓼以薇谷上聳峭而緣崖雨露之所霑滋上 壤之所封培或剛柔異稟或鉅細殊方或鬭乎曲直或 雜乎短長其剛也盡以爲輪輿其柔也盡以爲卮匜其細也以克乎榱桷其鉅也以供乎杗棆其曲也則爲輈爲耒其直也則爲桁爲栟其短也欂櫨之攸稱其長也楹檣之是資故未有或遺其所用未有不用而棄之雖惡樗之可薪亦見稱於幽詩君之搆是庵也其杉之與松乎柳楮之與楓乎將取之於樟櫟乎柳求之於椅桐乎若是者木非不材也其所少者斵礱之巧及夫繇繪之工也雖

然是木也既不能遂性於巖谷猶幸備用於室盧惟六經之是藏惟羣籍之是儲置琴瑟以爲侶列筆硯以爲徒蒙君子之顧戀樂嘉賓之燕胥度歲年之緜邈冀傳舍之須臾故原憲之室非華麗也而商歌金石妙音以宣子雲之宅非高廣也而大元之作千載克傳淵明之居僅容膝也而慕彼羲皇其中超然堯夫之窩以安身也而演厥皇極參乎先天古語有之高明之家鬼瞰其室夫豪門右族甲第赫奕競文繡之爲美誇丹漆之爲澤或曰躭乎歌舞湎未聞於儉德傷秋草之萋萋感春花之寂寂燕重歸而失巢狐晝出而交跡是鳥知散木之爲庵乃仁者之安宅夫木之散者非散也以樸爲尚

故至於久也人之散者非散也隨時詘信維躬之保也

故夫木之有不材斯莊周之爲詢也凡木之材無不美

吾於孟氏而有取也嗟夫室以其材弗圯弗傾人以其

材匪衒匪矜雕刻之務去而渾然其天成巧智之自戢

而出愚以爲名是之謂幽人之素履而君子之謙亨者

乎

南歸賦

感陽春之方殷兮發孤旅之遐思出都門以矚望兮具

舟楫而南歸邅迴瞻於帝居兮薄中天之虹霓像紫宫

以嶕嶢兮貫黃道以逶迤壯麒麟之兀兀兮聳天闕之

巍巍吾國樂金門之高步兮顧希白虎之羣議顧年邁

而力罷兮廼形瘵而心怠麋鹿藏於深林兮鳳鸞集夫熙世審物情之既異兮君子盡量其才器虞德隆兮三禮明漢業建兮朝儀興煌煌乎大明之盛典兮爰稽式而告成延縉紳以博諏兮蒐巖穴而旁徵慹齊竽之濫列兮愧趨鏘之希聲承賜金之渥恩兮荷錫服之殊榮詔許歸而佚老兮循初服以紓情朝發櫂於龍灣兮夕余憩夫釆石歷曲洲之坡陁兮臨廣隰之迦澤雨浪浪而驟響兮雲騃騃而凝色神魚驤其頷首兮旋鵜馳其迅翼嗟吾行之猶滯兮望匡廬而不廹昔余之棲盤兮固安夫寥閬也犯波濤以往還兮今何爲而役役也呂望之漁釣兮樹興王之績也甯戚之飯牛兮竟以相幽

也吾誠不及古之人兮寧守夫窮獨之節也金以利而爲劍兮木以直而爲楹在冶忌夫踴躍兮在山焉能以自呈賢願進而效用兮懇思退而全名或遠道以干譽兮寧身困而心亨謂斯言之匪忱兮指江水以爲誑亂曰楚山嶾嶾雲溶溶兮返吾故廬不悲不逢兮羞彼擬擬釋忡忡兮遜泳聖澤希淳風兮懷空谷之賢兮賦白駒而從之

新喻梁石門先生集卷之四

新喻縣知縣崇安暨用其訂刊

樂章

告祭天地凡十三章

禮局中承　詔分撰郊社宗廟樂章故有此作其音調乖戾雖不可被之管弦然出於　上命不敢棄其草謹録藏之

迎神

天道大矣物繇以生地道廣矣物因以成惟鴻恩是賚惟禋祀是明神之格兮聸繽紛其並迎

奠玉幣

奠以嘉玉栗而温兮薦以重幣燁其文兮庶鑒茲哉斯禮之存兮

奉牲

既虔我祀既具我牲角貴繭栗心之誠有苾其芬于豆于登五音會合和而平

上帝酌獻

仰明明瞻巍巍如事父粟以薆物莫稱德曷報之酌用陶匏斯其宜

地祇酌獻

勢廣厚德含弘五行具百物生承天之施功之成何以報貺爵惟馨

上帝亞獻

父事惟天格神以心赫赫在上洋洋若臨樂既具止有鏘其音酌言再之庶明明之降歆

地祇亞獻

母事惟地物無不載九穀既登百貨是賴罔敢煩而瀆罔敢忽而怠昭茲嘉既沛兮未有艾

上帝終獻

禮行匪懈祀事孔明瑤席霏霏華燈煌煌豊我粢盛潔我豆觴陰陽之和邦家之昌

地祇終獻

六府孔脩生我兆民富媼之功陸海之珍洞洞屬屬清

酳以陳所佑惟德禎祥其臻

分獻

鸞輿下臨從百神金支秀華羅五雲壇峨峨靈欣欣位以序列享明禋

徹俎

禮嚴厥初尤慎乎終徹以示敬儀雍雍嘒嘒管籥五音從

望燎瘞

在繅維玉在篚維幣禮從厥初廼燎廼瘞屹立以聽匪終怠

送神

神飇若馳兮雲上翔蒼龍並騰車以行顧茲瑶壇兮倘
存有榮光

詩四言

思遠詩六章寄長男靈川丞岷

維余之鄉居楚東南嗟予宦遊西瞻桂林洞庭蒼茫桂林嶔崟莫涉其濤莫越其岑元雲間之實勞我心

維余之里家服農畮以樵以漁於藪於溪俱安淳樸靡貪祿仕逌余毚學爰暨於爾廼辭鄉閭廼親師友

赫赫皇明文治肇興惟俊良是詢惟隱淪是徵陽耀既昭祥鳳斯鳴九野混同神驥騁能嗟余罷老爾承詔以行推孝以爲忠惟心之貞

沔彼靈川其川瀸瀸蔚哉桂林其林茷茷既澄厥心如流斯沛孰勤弗嘉孰勞弗采厥聞以揚惟爾之賴如途

必達惟勗其邁

常人有言清慎而菑涸闇而夷君子秉心毋僻以自隆

毋遠以或欺視彼常人厥終之迷懿此君子實而名隨

猗與古之賢維今之師

迢迢川阜既阻既阨冉冉歲時方疏莫暱我無逝羽爾

之歸翼人壽曷知其知者天爾歸有時爾秩有遷溲雲

或翕飇風或旋所營匪私所憂匪饑令名是圖以紓我

思

觀蘭亭圖六章

蕭主事宗原歸自京師遺余蘭亭諸作及圖像

石木觀羣賢之宴集總四十有二人賦詩二一篇

者十一人成一篇者十五人諸不成者十六人右軍所書唐褚遂良榻之二十三人之詩柳公權得之其爲圖者宋龍眠居士李公麟而駙馬王晉卿家藏之迨元之季紹興守朱子章乃以刻之石緬懷昔賢賦四言六章其辭則與時高下非敢擬於風雅頌者也

猗與蘭亭越山之陰濺濺逝流欒欒穹林羣賢脩禊令譽迨今

蘭亭之集衣冠楚楚有冽其醑有馨其俎泛泛羽觴燕笑斯所

亭之處幽維山嶕嶢鳥翔層雲魚泳曲沼俯藉豐草郁

蹁躚篠

俯仰心怡乃形於辭遐覽靡窮酣詠忘疲但惜頹景倏其西馳

右軍之書金玉其貴羣賢之章荃艾雜比辰爲令辰地乃勝地今而思昔以瞻以跂

瞻之跂之乃從圖之歸金象齒珍以儲之好德尚實好名尚奇載詠斯亭以紓永懷

樂府

玉階怨

獨步玉階靜飛鼠掠紅櫳月斜萬年樹露寒金井桐别
殿笙歌合宴樂猶未終
團扇且棄置夕氣凉轉添流螢點魚鑰隕蘂近蝦簾羅
衣舊恩賜不令珠淚霑

短歌行

今日燕胥樂如之何我爾惟旨我殽孔嘉皦皦熈陽灼
灼芳華爰有鳴禽集於條柯我觴我友載行載和懽日
苦少戚日苦多伊其相樂毋耋之嗟木可重蘖川無廻
波人匪金石其生有涯鼓瑟鼓琴或詠或歌樂以無躭

永矢弗過

采蓮曲

艷妝二八女嬌歌采蓮曲停橈江上郎隔花蕩心目

采蓮莫采花采蓮莫采葉要知心最苦綠房爲君折

花多照水紅葉多照水青願及秋未老爲花惜芳馨

折花折翠莖常恐輕斷脆但使藕常在年年花相似

鳳笙曲 梁有江南弄七曲鳳笙曲其一也

碧玉爲琯金爲簧婆娑綠翼欲迴翔雕龍合殿春日長

春日長鳳和鳴六氣順三階平

怨歌行二首

雲母屏風零露涼葡萄錦衾殘月光羞看繡帳雙鴛帶

徒費薰衣百和香

寶釵頭上千黄金可憐墮井無復尋情如秋嶺朝朝淡

愁佀春江日日深

西門行

出西門安所逢所逢皆少年稀見白頭翁人生如春花

朝競陽艷夕空叢白花流光能幾何幼而蚩蚩老嘆蹉

跎歡日苦少愁日苦多勸君美酒聽我歌寧爲貧賤之

娛樂無羨得意之奔波

車遥遥

車遥遥江上路知君心與江水東水可停流車不駐出

門望風沙碧雲在天涯少年萬里志那思早還家落花

紛紛霑綺疏春來春去傷離居丈夫官慕執金吾敢云富貴非良圖託身自誤不自怨惟願羊腸九折無摧車

東武吟

戚戚復戚戚丈夫有行役行役今安之萬里適京國隋珠燿明月和璧誇懸黎及時不自獻明君焉得知美人倚綉戶牽衣子母去長安多風塵能令素衣汚餔糜共朝昏冠珮何足云吾行且復止感爾意良勤

荆州歌

夔州六舸下揚州如雷疊鼓春江頭花開蒲城不少留瞿塘風波似翻海朝朝出望爲郎愁

上之回

海波如白山三山不可到凌雲臺觀思仙人金輿遠出回中道回中道何逶迤朝旭照黄屋靈颷捲鸞旗青鳥西來集行殿王母雲軿初降時碧藕味逾蜜氷桃甘若飴笑飲九霞觴侍女皆瑶姬從臣羅拜稱萬歲終不學穆天子八駿無停轡還宫靜處仙自來願與軒轅同久視

公莫舞即鴻門舞劍曲

東兵西來入秦關薄天雄氣摧南山秦民夾道觀隆準降王俛首戈塵間戈如林士如虎黄河倒流沃焦土秦宫白晝千門開關兵夜嚴勢連堵月落千騎驚蕭蕭聞楚兵鳴鏑交馳天狗墜重瞳怒叱天柱傾平明駐關中

旌旗耀日舒長虹置酒交驩誰其雌雄胡爲拔劔以決起使一夫睥睨以相攻劍光爍兮秋霜横袖展翻兮陰風生狐狏咋虎不自量徒以意氣相憑陵相憑陵一何愚空中奇氣成五采但見雲龍𫏋𫏋行天衢

大堤曲

大堤女兒顔如花穠妝綺服踏江沙折花鬪草歸來倦小樓閒坐彈琵琶玉釵金蟬雲鬟整江水照見花枝影舟中少年久凝望如飲春醪昏不醒焉知美人心險若穽井機令尔黄金一朝揮魚向深淵藏鳥逐層雲飛勸尔慎勿癡且惑纏有多金不如歸

飛龍篇

西登空峒如觀五城雲霞垂彩日月互明立鶴繞樹靑
鹿長生翹慕軒皇問道廣成至人不私靈符親授熟尒
心田室尒情竇鴛風乘霓八表騰驟人寰糠粃長樂立
囿

江南曲

千里江南春漠漠汀洲綠盤迴雲中隼參差沙上鷺遠
樹紛芊緜浮雲互馳逐楚客滯歸程愁腸日九曲

漢宮四時辭

春波鱗生大液池嫩黃垂柳金差差鳴鸎悅懌春風枝
褰幌攬帷光陸離鵁鶄容與鴛鴦嬉側耳玉鸞聽翠蕤
粲粲桃李惜妍姿

木蘭爲舟桂爲檝水樹荷華映蒲葉紫金條脫碧石單袷
珠簾風動中自愜君王凝情在未央心歷四海恩咸康
離宮寥寥白日長
黃山嵯峨夕以陰蘭堂蕙閣候月臨禁門重重洞且深
螢綴綺疏耀羅襟銀漢傾側玉繩低抱衾顧遠內增悽
萬年樹中烏夜啼
層臺風遒雪逾白銀虬水凍澁徐滴華鐙熠延沉燎熄
寶帳象床倚岑寂輸肝委膽奉明恩南山可摧石可撼
千秋一日心永存

霍將軍篇

霍將軍甲第閎且雄堂中賓客風生坐門外車馬雲連

空俊彩馮子都英姿范明友紫繡袍加火浣衣雕鞍玉
間黃金鏤金吾上將常欽避羽林郎官多擁後一朝九
重恩變嗔封侯悉皆擯棄人何不看取桃李花終讓松
栢寒猶春

鴈門胡人歌

鴈門城下雲晝黑飛狐嶺頭樹如戟胡人赤驃掣電馳
健士羽箭流星激歸來庭前懸兩狼旋爇煤火炮黃羊
持杯頓蹋唱番曲醉卧氍毹斜月光

上留田行　上留之地有父死而兄不字其子者鄰人作歌以諷其兄

上留田田畇畇父憐衆子其心孔均一朝父死兄乃不
仁昔謂同根草今為落葉分桓山有烏產四雛羽翼旣

成惜飛離飛離不得宿同枝東去西去鳴聲悲嗟人之靈羽族豈同視天倫爲仇讎何期慈愛心乃化寘頑胸蓮心其苦絲房中檗子並酸膚外紅嗟哉斗粟與尺布愼毋不相容

獨漉篇

鐵崖子曰古樂有以此爲報父仇之辭大白擬之則爲雪國恥今仍用前意

獨漉水中泥水濁何由淸子知有父無愧人孝心上貫日月明金戈爲桃茢草爲席仇生齒碎仇死目擊爨仇骨伐我薪啖仇肉供我食吾履厚地地知此情吾戴皇天天鬩吾誠有仇不報奚爲生石當中斷山當平

別鵠操

商陵穆子娶五年無兒親欲其改娶妻聞之夜中悲嘯穆子感之而作是

鮮鮮雙白鵠雲中同翱翔樹間並棲宿寒暑五易雌不生雛在彼常情能不改圖雌夜悲雄感吁枯楊尚生稊況乃楊未衰春風年年解相待比翼處處長相隨

結襪子

侃侃張廷尉正言驚縉紳結襪重王生謙恭忘怒嗔嗟彼一庸士何能佐經綸徒沽下士名焉分琳與瑉所以魯連子辭金寧賤貧高論服鄉相奚論情相親

宿瘤辭

宿瘤女貌媸而心姸星辰之光山岳之氣男兒或虧缺女流乃能全木瓌爲樽宜貯漿婦瓌爲后當輔王初采桑齊郭中獲王意入王宮不換舊裙裾不效新儀容嬪嬙見之笑後乃化之成肅雍齊廷治齊政舉婦爲臣國之母諸侯使客來近郊猶聞前時採桑女

三老辭

山客遵遹遊路逢三老翁頭如春雪皓面似朝霞紅毿毿覆長眉烱烱明方瞳問之何以壽答客言非同首聽一老言金石非佳餌七情莫縱溪壑流五內當完天地氣再聽二老言起居出入愼朝昏寒暑調衣饑飽調食邪氣孰得而侵予後聽三老言壽無促防鴆毒至人有

訶夜獨宿客謝老翁斯言良然古迄今寧有仙命當順
受生可延保百歲倖千年

妾薄命

團團青天月如燈照九州不將草爲心不假魚爲油照
山見樹石照水見蛟虬獨不照妾心暗中中夜愁

楊白花

楊柳花可憐白雪飛蕤春文窗翠牖日方永楊花樸樸
空愁人縈簾復度幕度幕復縈簾向夕春風起愁人愁
轉添願倩春風一吹去點郎綉衣暫回顧

五言古體

歸醴溪

久厭都市宣俛思山巖靜歸飲醴溪泉怡我渟樸性神峰雜樹蓊石門翠崖並蘿懸晨露滋巘秀夕霞映攀陟諸樵牧候謁悔奔競褰裙蔭雲松脫屣稅風磴悠然遯客心疊出野人詠方期谷口耕毋請終南逕

送辜德中會試

寫我山澤言送君雲霄舉貴人氣每驕下士心獨苦紛紛競科第口吐賢聖語朝出原憲室夕爲五侯伍我視辜賢良懷珠類良賈乃知醇厚士不獨在齊魯松栢生澗岡出爲明堂柱雖言被丹漆赤心若可覩旣應綸言徵將隨玉堦步嵯峨黃金臺望君爲延竚

和楊逸人桃林遷居之作

心寂忘塵囂時清樂巖築愛此桃花林葺之杜蘅屋葛籬延芳藟石粱照淺淥風翔雙白鳥雨臥一黃犢東皋雜婦子中野見樵牧賦詩雲霞島攜壺錦綉谷從君以優俯於焉謝羈束

題西山程氏南園

獨居南園靜秋木連翠岑鳴琴泉葉下把酒孤猨吟寧負朱紱願莫乘白雲心羡彼歸田叟高風留至今

爲臨川章則常題山水圖

山擁衡廬青水含瀟湘碧雨壓蟠蛟樹千歲存虎石遥遥遡川舟泛泛蹇驢客滉高者何人閑看楚雲白

題印土寺罷釣軒

曲池照林塢百尺懸蘿陰開軒坐垂釣水清如我心小魚易傷生大魚或淵沉投竿爲之惻於此悔悟深名區縻好爵都市爭黃金但願釣餌馨豈知憂患侵濯足南澗流振衣北山岑既羞結綱罟何必務釜鬵物生免相賊嗜慾常自禁嘉此古人意托之金石音

城中女

娥娥城中女小樓對門家相驕茜裙新並笑雙鬟斜花囱弄鸚鵡月榭彈琵琶不自結衣帶笑人説綵麻越女當自羞燕姬何足誇但愁玉顔改眼底生塵沙秋江芙蓉落天寒空怨嗟

擬古 十二首

獨處衡門下慨然思九州我馬苦瘏怯山川多阻脩豊
草被長坂麋鹿或羣遊蔚彼嘉樹陰鳴禽自相求彼物
各有適而我何寡儔日月雙車輪恒恐不少留願與二
三友朝夕論襟猷毋爲白駒促窮廬悲白頭

出門望長道車馬何喧闐白日殷輕雷飛塵苦爲烟周
人好商賈錐刀爭貿遷趙女夸綺服跕蹝彈鳴絃營營
若不足衣食思華鮮奔濤日東注何由爲靜淵

南州產嘉橘朱實日光炫燕晋誇棗栗連林極豐羨棗
栗充饑糧足以饑餒咽橘酸良不如亦可邊豆薦踰淮
或成枳性移貴反賤賢哉鍾儀子土風愼不變

名都少年子金多矜富彊連雲起甲第峨峨擬侯王外

廡駢騏驥侍女羅姬姜豪貴相經過綺席飛瓊觴醉言
氣凌人歡樂殊未央嘲笑東隣士晏食唯糟糠艶艶桃
李花隨時逞妍芳豈知易零落榮華安可常

鳳棲必孤桐鶴集思高松飛翔擇所止羞與鷃鶉同踽
踽賤貧士混混常俗中節槩曾閱賢言語班楊工被服
常布褐盧室生蒿蓬自非賢哲舉何以樹勳庸

芙蓉在江浦亭亭豔清波雖云出淤泥麗質良可嘉褰
裳涉枉渚凌氣折芳花願言贈君子秔之比瑶華於時
苟不惜顦顇當奈何

時遘骨肉棄位高佹怨親離合心豈常勢利情所因君
子嗟薄俗古風恐夷泯深知慕管鮑輕怨羞張陳蕙荃

不隨化球琳豈易磷結交英雄士白首當如新
江海處卑下百川皆赴之山木欝蕭參上竦無繁枝王
侯稱孤寡惟恐嬰窮危謙處愛衆益天道盈必虧周公
下白屋吐哺情孜孜孫子相強楚祿豈心愈卑奈何閭
閻子往往多矜持
昔常好名山五嶽期遍歷思見松與喬再拜問仙液微
生累妻孥常爲饑凍役歎此血肉軀何以生羽翼諒非
金石固服食竟何益不如我安常百年順所適
雲門輟清響鄭衛音方揚錦衣愛垢汚不如練布良軒
軒青雲士鳴玉升廟堂名高愛譏毀寵盛罹慾殃美女
惡女仳偏聽姦以萌衆口能鑠金況乃忘周防所以君

子心惟用德自將行行九折阪戒哉銜橜傷

驅馬出東郭松林見高墳云是公侯葬華表千尋雲歲月既已遠朽石生荆榛虺蛇或內蟄狐貍當晝蹲芻兒歌其上死者寧復聞感此長大息浮生若飈塵惟當勖令德千載逝猶存

我有大古琴千年妙音續七絃何泠泠聽之非促邀一彈文王操再彈宣父曲聖人宛見之何由躡其躅大道日以淪澆詭馳泉欲熟思障頹波九州反淳俗夔龍為股肱巢許遯巖谷窮通各有志於我奚不足

雞鳴

雞鳴九衢曙喧喧多市聲馬似陰雲度塵隨紅日生自

非守貧者何以免營營

歸息二首

歸息蒙嶺陽聊比嵩少岑樂此林藪趣遂忘江海心沿澗搴芳藟入谷聽幽禽流泉响松下潺湲非俗音猗蘭被徑畹香氣襲衣襟頹景忽西匿浮雲夕以陰睠彼羣飛鳥翩翩投北林

藹藹巖前樹翠葉敷鮮滋攢葩雜丹素條蔓相因依豐草覆側衕麏鹿或羣隨石潭見遊鯈徜之往復來念昔困羈紲山澤心每違傍巖葺茅茨庶使夙願諧黃綺各有志澹然何是非

春陽既和煦時雨亦霑濡原野綠已遍土潤含膏腴兵

戈幸少歲良農日犂鋤戴勝鳴桑林鵖鴂亦交呼嗟我理編簡四體忘勤劬羞裘愧逍遥梁鵜恥安居素飱古所誚偶耕良我徒

食蕨

薇蕨生固殊類同若兄弟夷齊昔茹薇蕨亦吾所嗜味非駝峰美味非熊掌異但慕夷齊風嗜此心不愧

茅屋新成

素匪廊廟器林棲心所怡雪蹊愛竹栢雲曈結茅茨牵蘿幾晨夕休工及春時樂與二三友敦好在書詩種樹循遺法輪鞅息忘馳緋桃傍欄吐碧草當堦滋散帙對陽景鳴禽集芳枝時眺薺麥墟或臨樵牧岐逃喧慮自

屏抱拙澹無爲賢哉考槃子遐慕長在斯

和答周繼文

鮮鮮籬中槿朝開夕旋落菊生叢莽間嚴霜耀衆萼所以君子交常使情誼渥鳴禽思蔚林縱魚慕滑壑雅趣固其然庸俗詎能度咏歌有遺音絲竹非至樂來轅慰幽屏返旆望冥漠重期琚瑀臨豈歎雲漢邈

簡伯英伯鈞見訪雨留信宿

谿谷雲晝合東林微雨來二友歘俱至一見紓中懷椅我茅茨室爲君緗帙開上言風雅醇下言蠱歌諧何以相淹留淸醑不盈杯何以爲遠贈愧無瓊與瑰煦風失堅氷谿水流湝湝歸鴻正翺翔浮鷺散參差告我遠言

旋定省恆懼乖懿此孝友心令德善自培願爲王國士無愧北山萊

暇日過吟峯北宅吳僉子亮寶藝齋偶賦

長安繁華子錦綺爲衣裾千金歐冶劍百金大秦珠腰帶玉麒麟馬鞭青珊瑚鬬雞杜陵曲走馬黃山隅一朝獄自厭謝遣輕儇徒出市賣駿馬下帷事詩書落筆慕班楊開口論唐虞既膺丞相薦詔徵詣公車三十秘書郎四十諫大夫不登金張門掉臂許史廬結知萬乘主入侍九重居里閭共嗟歎金玉竟何須六藝信爲寶少年毋自疎

自郡城歸醴溪寄劉仲脩

大川日瀰瀰孤旅何嬛嬛憶與君子別嚴霜已再更方春有行役兼旬滯荒城文史貴探討朋儔廢合并中野兒流鴻灌木聽鳴鶯逍遥颸風至臨眺滄波明伊人獨難期方舟阻遐征我亦懷空谷靈雨促僮耕悵望東南雲聊寫憂思情

題方以愚先生寫易軒

先生名道叡家於嚴州淳安縣少登上第歷官稱廉能晚而勇退結廬於龍山之陽珠珮峰之下名軒曰寫易軒屬寅賦之

久辭玉階步長愛白雲岑石崖有勁氣風泉非俗音開軒見象岫寫易對高林洒洒松上露冪冪窗几間陰萬象

紛在目至理亘會心悔吝燭幾微虧盈互相尋蠖屈時乃然鴻漸力不任樹色隱書帙蘭香襲衣襟青溪水廻抱龍山勢嶔崟棲遲樂無極古道在斯今

寄練別駕北上

紫城鬱岧嶤列星耀天中西望鳷鵲觀東瞻未央宮軒車輕雷度駿馬浮雲去新知固云樂舊交尤所慕練侯班楊流煜熠珊瑚鉤前年起居郎去年佐郡侯我隨鳳皇使千里覲鉅麗朝陪金門客夕忝曲臺議侯家兄弟賢鴻鴈飛翩翩見兄未見弟令我懷悒然君如陵上栢我若澗中石高下雖不同念是共鄉域黃金爲君帶白璧爲君璫得意何所視令德揚輝光

送貝公遠赴南沂州别駕

皇風被區夏海邦率來王朱旛示優秩别乘均寵光懿哉縉紳士允矣時之良侯度賴匡贊德化期敷張當令遠人慕益見嘉運昌駸駸天驥驟矯矯雲鵠翔北轅値歲杪所歷多氷霜野塗旣有埃川路亦可航懷君如明月常念弦與望願施廉吏政庶覩斯民康

題鄱陽蔡淵仲黙齋

獨坐衆囂寂靈淵虚以澄樸拙固吾性佻巧非吾能言辭戒放逸脣頰思緘縢吉與躁殊趣仁以訥見稱吶吶譽何損呶呶時所憎恐玷懷白圭來譏忌青蠅无妄天之佑主靜道斯凝曾閔庶可慕予賜在所懲萬言不如

默誠哉室服膺

送劉僉憲宗弼之江浙

明明象天極德輝燭遐陬雖念風化原前爲司業亦爲黎庶憂振鐸詎淹久觀風待周流朝辭白玉階夕宿元雲洲鴻鴈或哀鳴蝦蟹多漁求尚期鷹隼擊寧使狐兎愁阜綱賴振舉使職當諮諏所摧必強禦所翊惟善柔海甸望伊邇輶軒毋滯留聖君日延竚早欲聞嘉猷

金陵將歸作

軒車何粼粼白日揚紅塵紛紛綺紈貴赫赫公侯倫蛾眉愛皓質玉轡驕青春但聞巧佞合不聞拙直親金門待詔士自稱布衣臣親受上相知抗禮五侯賓書成不

敢上返權風雲津歸田慕王吉白首安賤貧

黎民崇瞻賢良扁其書室曰復軒予既爲之記又

爲之賦五言十韻

君子恆內省虛室離外喧端居此齋戒所奉唯天君至日懷閉關微陽靜斯存昭茲天地心判若夜旦分睎顏復初性靈光燭冥昏塗迷倘未遠輳返防橫奔嘉苗養其萌蕪穢除其根盈虛固天道返正賢所敦嗜此元酒味易哉期弗諼

劉貞女詩

客行金川野路傍見松門亭亭立雙桂聳聳千層雲大書字徑尺云是貞女墳下馬問居人居人爲客言里有

劉氏女既笄字懿文父兄乃文儒巽彼麄豪人女賢在
房帷既許趙氏婚秉心若氷玉計工惟織紉一朝風塵
起盜賊遍墟里兩兄從義兵兵敗乃俱死父毋哭晨夜
賴女能慰止時危日月昏民亂波濤靡鷙鳥欺鳳雛饕
獸乖麟趾所競惟金多所悅惟色美不諒貞女心强取
悖倫理刻期求必遂父毋焉得已女言我此軀寧受强
暴汚趙氏既我聘他人非我夫死完何足貴璧碎終自
殊我在世所誚我死親無虞竟投百尺井深泉若安居
隣里哀莫救寃悍聞之吁皇天恨高諠后土憐中孚女
節士或愧士辱女不如客聞悲且惻嘆息重嘆息惟天
生人物人物具天則王雎有定偶孤鵠不改特獨歸燕

循義耿介雅之德人既靈於物綱常待扶植況聞多篇章備述貞女蹟縣官合表閭大史當採擇名借賓氏女永永世千百

感物

元花鈞陶冶生物分媸妍栢陵樗間雜竹林蔓縈纏妖葩妬蘭蕙惡羽愶鸞鵷廻窄致憔悴搏噬堪愍憐君子志易俗心想無爲先三光願恆明六氣庶不偏俯視天高遠綱疎竟何言覆盆曰莫照橫波𨻶若難雲解晦當霽氷液凍囘暄何用多憤嘆安常理固然

春暉堂詩

都昌權仲武學通春秋家居養毋名堂曰春暉

府僚潘興仁爲之求賦

藹藹蘼蕪緑郁郁蕙蘭芳南澗紛蘺蘅北地延菰蔣壯氷解陰沍皦日舒陽光勾萌畢暢達華葉互低昂盛矣仁賢心毋恩誓無忘内蘊宛王覇外美工辭章斷機帷前訓丸膽夜中甞旣感三春暉但期百歲强慈竹宜愈蕃孝烏當降祥我歌慕南陔庶見皇風長

黎明善同宿觀陰何詩因賦

桂館閲姸詠酌醑却杯深微寒風墮葉斜光月隱林鵲定屢翻翅鴻遥尚流音誰知此夕意郎是昔人心

時雨軒爲憲郎張明善題

炎飈奮勁疾綺陌揚浮埃愆陽縱烜赫緑疇枯衆荄氣

候有推遷陰晴互旋廻寥雲結翠岫飛雨洒丹崖珠樹
秋琴瑟石谿夕湝湝百穀就華實羣木亘烟霾志士感
天澤因之增遠懷處慕顔冉操出希伊吕才幽軒愛日
永古帙臨風開時雨情眷眷令德期方來

芻雪拔爲章子愚賦

結搆違囂市竹生綠崇岡朱夏樂蕭散元冬或徜徉勁
風自北至雨雪歘其雱逍遥蔣生逕良友懷求羊稍混
琅玕色煥發蠙珠光猗猗歌衛風漉漉懷雅章愼保歲
寒操翹企需春陽

題嚴氏皆春堂

嚴孟謙之先人名其堂曰皆春元御史燮理溥

化嘗爲賦之堂今改創而名因其舊示不忘先

也孟謙所居曰楊津

結宇臨淸流出門見通津一室心大古萬象皆陽春候至景熙熙氣和物欣欣華林有縱羽遝波步潛鱗昭蘇蟲啓蟄蝪達萌無屯君子樂亨泰堂構懷前人桂史北庭彥遺篇南海珍賡令後來者雅訓常持循

懷仙詩六首

巍巍崆峒山渺渺天西北瑤臺殊人世鬱藍若咫尺嗟哉廣成子於焉養恬默冥冥出視聽窅窅寧氣息筋力弱可强鬒髮白能黑元門入無竆遐表遊無極道參日月光燭幽何薄蝕既枉軒轅駕垂裳賴贊飭斯人吾所

慕望望古今隔

華齡王子晉萬祿一毫輕離凡期鶴駕吹笙爲鳳鳴朝辭九重闕夕出五雲京西去憩元圃東遊戲赤城偓佺乃其儔奚但侔羲鏗來歸緱嶺上聞者紛相迎溷濁羞戀戀粃糠何營營擧手謝世人翩然復遐征

昔聞河上公結廬俯黃流榮光若霞彩休氣兼雲浮坐閱寒變暑靜觀春復秋師事五千言探索窮微幽文皇紹炎祚元默思躬脩無爲跂上德守雌乃巍猷問道服要言至人疇與侔駕風欻然去渡海還丹邱形影不可見姓名焉足留

得道黃初平自號赤松子金華翠茗蕘雲中樂君止牧

羊羊亦仙化石石能起兄徒從之遊谷神同不死松脂
比金膏茯苓若麟髓扶桑丹葚甘元洲白柰美無嫌服
食殊固命同一軌
崑崙古時雪瑶水天上波云兹金母宅玉樓高嵯峨曾
留穆天子宴醻觴赤霞天寒滯八駿黃竹發悲歌後來
感漢皇七夕降承華仙果進蟠桃法曲奏雲和醲酌翠
瓊液麟脯紫河車三山雖綿邈爲樂何其多
羅浮古仙境葛洪棲其間抱樸著奇書金丹駐童顏又
聞陶隱居闕蹤句曲山靈砂雪霜色蕭帝重神丸若人
俱壽考方蓬孰躋攀血氣均涸澤肉軀無羽翰百齡可
順保千秋諒爲難眞人敝天地言夸徒永嘆

洪崖圖爲小兒醫張大厚題

昔聞洪崖子頗似安期生身着紅蕉衣出跨白雲精章顔桃花色玉體浮雲輕從以五仙童人間遍徑行施藥救百病無人知姓名僊成入雲去繼之有張卿神丹活嬰兒殤子爲籛鏗采藥西山岑縣壺南昌城我愛秦越人妙伎隨改更願賜一丸藥令我肌紅明緱山候子晉崆峒求廣成飄飄萬里外因以息營營

題山水圖

山其遥天青溪映深樹綠松逕雨幽人石龕一茅屋誰如滄海叟垂綸立於獨

雨後登閣

山雨生暮凉發興陟西閣漾漾月窺檑皛皛雲赴壑桃笙屏竹坐蘭醑鈎簾酌無愁明日陰且盡今夕樂

夏曉

雨歇曙雲凉命童耕烟草貪眠人起遲無憂鳥鳴早土膏長麻菽澗流沃秔稻樂此巖下居時康慰衰老

苦熱

池水似溫洛庭日烜朱炎遊鱗待夕戲飛羽當晝潛願逢雪洒戸思看氷掛簷頓心以澄靜内照同秋蟾

題周氏石潭山居

城闉出非遠石潭寒更淸鍾阜昔嘉遯瀟渚今逃榮漁樵或爲侶日晏沿流行翔羽時相狎遊鱗安所驚瀉霧

山衣潤倒景蓬㐫明圖狀仙島奇酒共詞流傾神怡累乃遣理悟心自平山水性所好非貪仁智名

縣學病起出市

雲際陽烏升墻頭鳴雞歎喧喧市門啓行車走故轍官中頗案牘鞭箠詎容輟廛民錐刀競百貨明星列猳㹠散榛址蚊蚋集秋熱郊甸思暫紓川流溷難越病增風埃襲皓首屢搔屑久懷空谷棲曷遣愁腸結市無嚴君平趣舍心獨決

得長男帳書改授古田縣令

五嶺洞庭外八蠻炎海壖長男憐遠宦離鄉經歲年靈川昔貳令古田今寵遷雖假絃歌理恆虞案牘愆風霜

防外侵鐵石貴中堅猿嘯蒼梧雲鴈背衡陽天老夫嗟
白首卧病安田園弱孫念眷眷里訓情顒顒肓昏上所
憫固窮分之然祿也義爲重歸哉恩乃全

題孔克仁所藏先世平仲官誥

王府珍天球侯邦重彤弓矧惟綸綍命因茲念前庸懿
哉宣尼裔條支遠以豐烈烈稱良臣侃侃見孤忠著作
署銜冰制辭洒皇風鸞鵠紋彷彿鴻龍蟄蜚糾流光前
人德循軌後人同未羨齊稷下惟懷魯淹中眷眷千載
心令德期增崇

林下

客尋林下居逕幽不待掃疎篁延柔蔓殘葉落深草禽

言人莫知虎跡驚僮報何事擾余懷甕牖悟天道

觀鷺

山人鄙肉食惜爾佳羽儀浴波恣浮沒卧渚或參差掌動白雲影翩翻春雪姿逸步臨池上應愛出籠時

舍後觀泉

閒窺石峽泉折竹掃苔蘚稍覺魚鳥親亦使蛇蝎避濯纓寒襲人洗藥香生臂西崦雲晝冥蚪立風雨至

萬安縣丞萬鵬舉能理寃獄縣之好事者求進士顏仲偉爲叙其事因賦以美之

萬安本巖邑僻君萬山中萬侯爲丞如水鏡能照寃枉除奸宄山村之民有鄒氏寇魁結伉毒無比虎狠搏噬

百獸愁父子五人同日死寡妻詣縣官侯獨矜其寃五
蜂飛繞坐喧喧如欲言心思五蜂即五鬼鬼憑於物精
靈存隨蜂往尋屍具在獄成一日形無返吾聞黃雀啣
環後人貴又聞竹橋渡蟻登上第此蜂有靈德不忘侯
當進爵家蕃昌

詩七言古

贈張持敬

結交不貴雙南金唯須同調更同心樸姿那藏瑤林秀

内蘊曾窺珠海深千年寶劍終能佩八月銀河當徑尋

好以義言張義膽羞因那思悦那音華齡未作梁楚客

水南移居淹水北寘迷鉅澤蛟蛇縱險巇崚阪騏驥厄

攘攘俗情頗毎積滔滔路人眼常白被褐那為阮君詠

應詔將陳董生策早春門巷茁草芽青桂兩歌山翁家

倒屣蔺堦猶語鵲催燈松閣乍棲鵶新篇喜勝連枝錦

新釀慙非九醞霞臨别橋東嘆流水重期陌上玩芳華

赴召初至闕下呈羅復仁先生

十年巖壑懷江湖羡公高步麟鳳都轅門早已贊軍計廷論正賴裨皇圖退棲北嶺心相切佚老南郭勲名俱黄花秋晩香盈室翠栁春濃香滿衢憶昔邂逅洪都畔江波東逝雲隨散使節經過失逺迎林廬傾慕惟長嘆萍蹤重向闕下逢蓬鬢那堪老來看鄭莊論交見肝膽鮑叔知巳忘崖岸龍灣秋水多石磯來舟日集歸舟稀校書且復留東觀逺道何由歌式微芙容采贈思渺渺兎絲攀附心依依老依巖壑倘如願願作朋雲相逐飛

趙氏節婦詩

東平趙壽毋張氏年二十二而㝨其夫時其舅爲魚臺尉後亦卒官毋與姑翟氏仍居魚臺曲

盡孝道終姑之身且能倶勤於治生家以饒裕婦言婦行爲邑中之範壽當父卒時纔六歲賴母之訓長以明經官春官其後爲軍帥威望著矣而志竟弗就顛沛之中奉母至勤迨仕今朝位益以顯而母固無恙也嗚呼子之隨時而仕爲母故也而母之貞節固宜不泯於世故余爲節婦詩以慰子心且以爲世勸其舅曰善卿夫曰德原壽字子仁今爲殿中侍御史

恩莫如雲間鴻義莫如堂中燕鴻能孤飛不亂羣燕能獨歸令人羨人爲物靈異厥初或虧恩義物不如賢哉東平趙氏母少年孀居纔念餘夫殁賴有兒舅終姑還

在泰山可移海可竭養姑教兒心不怠勞思殖家業家
業春花零中年遭亂離亂離喜平寧兒能長成勤學問
鳳雛五色神駒俊霄漢早攀青桂枝風塵曾取黃金印
毋今白髮身康強兒趨紫禁多輝光此時人歌魯侯毋
昔年尤羨衞共姜嗚呼氷霜節悠悠孰爲伍食梅心爲
酸食蘗腸最苦願將賢毋之名上大史書之汗青照千
古

張僉憲維遠以其父中丞公遂閒堂記及諸賢題
咏見示歎慕不已繼以咏歌

嗟嗟中丞公高風焉可攀身雖處臺閣心乃思雲山濟
南居隣華不注對山築堂名遂閒急流之中見勇退具

僚紛紛多靦顏聞公昔在大曆中奉天子詔行秦雍念五年千里之赤旱郊一道萬家之饑窮饑民數萬遮公馬頭哭公亦痛哭悲慘塡心胸是時連歲種不入土廩廥俱空乃知欲閼不得閼竟以劬勞煩懣隕其躬公之魂爲星辰在天中公之義貫日月留人間遂閼之堂名不泯見之褒美常班班秦相小篆爲公扁大史雄辭爲公記碧海珊瑚價誰敢酧南交象犀致非容易喜公有賢子寶之如寶符寵擢仍爲繡衣使循公規矩能不踰父傳子孫孫復子庶以覲感崇文儒公之學問如海如瀆公之辭章爲金爲玉晩嘗著書踰萬言上告廟堂次告風憲下告民牧言如藥石皆苦口是名爲忠告吾嘗

讀之三復更三復惜公抱恨志猶屈書亦未能化流俗遂閉堂爲刼灰久所存僅文辭冥冥定有鬼神護亘百千載如當時公之生氣凜凜恆與文相隨嗚呼後之食君祿守臣職爲之師表非公誰

題貢士徐國器愛日軒

朝日出扶桑東暮日入虞淵西朝朝暮暮入復出天地久長與之齊人非金石稀壽考浮雲飛電疾如掃子能養親且娛樂親賴有子扶衰老嘉禾孝子徐賢良軒名愛日毋壽康晨昏氷盤進珍饌節序綵服羞華觴毋年踰七十百歲容易藹不愁黃金慳但恨白日短嗟彼梟獍人共憎慈烏反哺良可稱君能愛日如不足願歌慈

烏備樂曲

李辰州黑首白身名馬歌

李侯名馬姿相别赤騮紫燕俱下列頭純黑色身徧白
一片陰雲兼積雪自言辰州初買時城門走試驚飈馳
少年旁觀皆歎息前者未聞今見之矯如元龍躍春水
巨浪掀騰玉鱗起夜將金絡光可覩晝韉銀鞍色相似
東還豫章今幾載黄金可市當十倍長鳴冀北羣已空
出獵陰山意常在吁嗟李侯才更賢蚪須燕頷神凜然
明年踏雪趨幽燕青霄飛鞚朝九天九重詔拜大都護
此馬願逐雙旌去

題蒙谷子圖

蒙古氏脫寅字正巳自號蒙谷子家於隨州爲人豪邁衣冠仍本俗而所守方介讀書談道恬然自樂至正初與臨江杜本等四人皆以處士徵脫寅授集賢待制至燕京以大臣之禮貌未盡竟不就仕而歸揭大史爲作蒙谷子傳其門生陳士文爲江西省掾以其圖求賦之

漢川之東美山水誰其隱者蒙谷子草屋披書橡櫟陰奚奴背琴篁竹裏彈冠曾拜大夫爵洗耳竟作箕山士不隨鸞鵠凌烟霄寧使蛟龍在泥滓嗟哉世士多尙同嗟哉日凋淳樸風長安車馬若流水安得一來空谷中

送貢士顏子中

北庭貴胄多才華歷歷科名映前後吾觀子中何俊拔
龍駒鳳雛世稀有春秋三傳在胸臆煜煜文光動星斗
縱橫健筆刀矟利白晝翕忽風雷吼高名前歲上春官
同儕先登顏愈厚今者再貢尤神奇詞場馳騁誇捷手
嚴徐可陪顧問列卓魯能知風化首君才內外無不宜
漢廷幾人出君右野夫有志徒激烈年踰四十棲隴畝
丈夫勳名山嶽重常願賢豪慎操守江頭送君朔風急
鴻飛翩翩沙石走白頭喜託青雲交他日幽思在林藪

題王維所畫孟浩然像

孟君故人好事者摩詰當年好瀟洒薦之明主既不能
紛筆徒誇善描寫滻川風急天正寒灞橋雲橫雪初下

蹇驢行行欲何之妙句直欲追大雅飯顆山頭杜少陵
漂陽水濱孟東野饑寒一身人共歎聲名千載天所假
南山故廬拂袖歸五侯七貴俱土苴龍鍾如此君莫嘲
平生貴在知我寡

遊鍾山

至正巳丑春清明前二日重遊鍾山從行者友
生金陵張復光奉高昌伯睦爾金陵喻詢張士
安及子岷始由寺後觀寶公塔憩崇禧小苑登
帷秀亭望大江臺城久之歷擁翠亭飲八功德
泉旣而小酌松下分韻賦詩用又得浮生半日
閒爲韻而以長少爲次予賦又字十韻爲之倡

鍾山舊遊經十載佳辰今喜登臨又時閒況與數友仝
春濃更覺諸峯秀紺殿觚稜隱元霧閟宮旛幢昏白晝
古松尙訝龍屈蟠怪石還疑鹿逗遛偶逐樵人躡足趨
驚逢老僧雪眉覆郁郁天花百和香泠泠風篁七絃奏
東厓西厓絢金碧前林後林開錦繡捫蘿或如啼猿把
下坂忽若流星走少年兼戒垂堂險素心黙借神靈佑
名山共閱大史書思傍精廬卜雲構

題文甫泉石軒

繡衣御史才且賢江南策馬將朝天金闕蘭臺名籍甚
淸泉白石心恬然華軒嵯峨崇臺側九曲之谿北山北
雪瀑冷冷六月寒雲根屹屹千年色御史拜官本書生

射策天門羣輩驚致功巳羨鍾鼎食詠古猶聞金石聲
坐談時接林下士馳想巖阿衣薜荔方膺鈞軸未許閒
且以泉石醒煩思泉流赴海石在山丈夫雄豪那可攀
何妨勛業霄漢上長寄心情林壑間

袁孝子篇

海陵袁道濟爲鹽丁貼戶其父爲富豪所淩轢
死非命道濟茹哀廬墓三載山東張緝爲之作
傳前御史趙侯子威尹於是州復爲上其事侯
之子致本學於余因請賦之

袁孝子思死如生生欲死海鹽塲上淚眼枯哀心無窮
海之水誰云猛虎兇誰云長蛇毒咄爾兇毒人何獨無

骨月爾身雖虀斷腸已裂我腹父也銜冤螻蟻鄉兒猶飲食被服裳皇天昭昭運三光如山之罪胡可以掩藏暑臥埃塵寒臥雪霜兕躍我前狐嗥我傍父魂有知兒共處毋存未忍兒身亡嗚呼天下幾人冤且苦孝子三年獨廬墓官書大字表門戶更願除却人間虵與虎

金陵美酒行

余在金陵郡庠白推官子京餉酒二壺云鍾山僧所釀風味殊常余素不飲不能知也因客至酌之果以爲佳遂賦此

金陵美酒人共誇千金百金多酒家綠印青餅若山積粉書綵幟明春花北來南去多豪客吳歌趙舞多綺席

銀鐺苾苾松脂香玉舟灧灧鵞黃色奈何微利翻賤價
虛名誑人妄稱詫唯將衆藥助麯糵澆薄無異眞淳者
鍾山老僧釀山泉醍醐甘露美自然壺觴唯餉朱門貴
升斗豈論青銅錢書生病渴嘗涓滴始因酒味知酒德
市樓酒客徒喧呼山中醇醪人不識

送御史掾王德潤還中臺

二月東風來江南花正開行人發建業遠赴黃金臺金
臺到時巳三月燕山青青龍飛雪看花正佀江南春黃
鸝迎人語音悅繡衣郎官文彩奇海霞照耀珊瑚枝天
街柳綠驄馬嘶朝隨御史趨彤墀彤墀花暖風日美御
史俯伏天顔喜千言萬言氣凛然能令奸邪愧欲死郎

官家本東魯人，十年讀書泗水濱當陪東馬嚴徐貴不
假金張許史親上林年年春自好拜官却憶江南道江
南望君驄馬來方信文章致身早

題孫遠經歷萱壽堂

豪家甲第開錦繡春來牡丹大如斗孫卿獨愛萱草花
謂之忘憂期母壽官中無事常早歸花前跪進青玉巵
此花本號宜男草食祿封侯男更宜去年花開滿堂後
今年堂後花佀舊綺囱朱戶閬苑深母與此花共長久
九節菖蒲何處生千年碧桃種不成卿家萱草良可貴
人間自當五百歲

琴中趣贈上饒危逸人

問君琴中趣好在山水間山風吹雨木蕭瑟山月照石
泉潺湲五音低昂宮徵變紫鸞和鳴白鶴怨空桑既遠
鄭衛繁箏笛之耳誰能辨五柳先生好素琴君今仍愛
絃上音邈哉古音傳古意更請爲問雍門子

老將行

小年自詫良家子手把兵書當經史出身名隸羽林籍
帶劍横行過都市一校初蒙上將知三軍盡羨好男兒
陰山夜寒雪擁甲沙磧晝昏風捲旗鐵驄疾足若飛兎
羽箭鳴聲如餓鴟獨攻賢王每血戰生擒當戸猶窮追
自矜虓勇世無敵九重早未承顔色上功幕府屢呵譴
獻計轅門多沮抑大將軍印別賜人狠居胥山誰勒石

鬭雞羞入少年場射虎猶令獵徒惜方今天子重書生朝臨廣内暮承明老來不顧風塵起但向閶闔覲太平

紫騮馬效楊伯謙

紫騮馬黃金鞭春風十里杏花發髯奴韝馬瓊樓前樓中美人坐歎息飛塵一帶出南陌南陌行人如水流怕郎騎馬好遠遊

贈吳孟任

君不見漢時定遠侯恥事筆硯心雄豪赤手能扼崑山虎釣竿竟掣青海鰲吳郎讀書思世用縱談王霸誼甚高旁窺風雅兼楚騷酒酣氣欲陵八極有時拔劍起舞白日風蕭颼亘空虹蜺欻而見深谷魍魎爲之逃一身

膽氣山𡾊崒英姿何必頭虎毛時時過我論六韜後生可畏心所褒驊騮豈憚踏氷雪鷹隼早見辭籠絛皐夔稷契日已遠達官肉食多淫饕焉知吳郎心激烈褐衣在野輕爾曹我常愛君如寶刀用之有時愼所操丈夫事業非徒勞

賁谷作

老樹山橋晝瀟灑興來濯足蒼藤下雲邊厓石危欲落雨後泉流急如瀉客過松林貪翠陰農分稻苗散青把桃源風土良可樂何恨龍鍾在田野

題墨溪橋

橋在黃花里張氏黃氏居其側庚子之歲張莘

思尹從余學請賦之

黃花之高峯削玉蔆青霄墨溪如苕峽曲折架以螮蝀百尺之飛橋乃有逸人張與黃結廬其側相與放曠而逍遙園綺非陋漢巢由豈忘堯吾但愛此淸冷水濯纓鼓櫂夕復朝虎溪松風鳴石竅香爐烟彩騰山椒恍然若在匡廬下雲入衣袖神飄飄溪流可鑑分妍媸照之誰云白爲緇教兒兼學王右軍日以墨溪供墨池豈無題橋磊砢士訪隱躒躞溪之湄拂石橫琴瞰流咏詩明月自至如相與期或時臨風酌醽醁醉眠蒼苔歌紫芝紫芝歌能心自怡遐覌六合問何物勞我思蘼草綠靡靡亂石白離離遊魚不復驚狎鷗能我隨其談留侯黃

石事人生樂在心相知

題郡城歐陽氏草堂

桃源或藏朝市鬭草堂那厭近江關門外馬若流星過壺中人似洞天鬭異人曾見陶弘景訪客常交庚子山書和藥塵香郁郁席露花片綉斑斑斑斑花逐春風起愛君詞章亦如此逸思朝凌葛岫霞清心夕比蛟潭水白鹿蒼松詩近仙鉅澤名山畫爲史絕俗應同三島間結茅何必千巖裏巖裏烟雲如滿襟凡情日淺道自深不向南山歌白石何須北斗並黃金春天遠羨壺尊樂夜月徒揺㡆旆心龍唇古琴懷古操爲君一寫澗泉音

雞犬歎

石門山翁山下住白竹蒙深繞窻戶母雞毓雛毛羽成狐藏竹蒙日窺覘驅狐存雞賴犬獰犬遭虎嚙狐橫行失雞千百慳肉食失犬十數憐傷生吾聞麒麟百獸主狐奸虎暴爲物害若令物物俱全生使狼食狐獅食虎貧家日膳資雞豚歲時供祭兼饌賓山翁有冤欲誰訴願訴瑞世之麒麟

題黃富龔氏皆山樓

我聞仙人十二樓乃在白雲之島丹霞之洲君家結樓在人世何爲亦戀山巖幽山中紫芝日堪茹亦有白石可煮爲珍羞八窻何玲瓏七星掛簷頭翩翩元鶴度甡甡蒼鹿遊千丈松間來遠飈萬年石上鳴寒流憑高聽

此不知倦足以滌蕩人間之閑愁君家渝水南吾廬相望不百里山樓幾世且幾年今重搆之良有以昔聞飛甍爲瓦礫瓦礫再見飛甍起玉堂學士記早成南郭先生詩更美日延賓客喜多暇誦文歌詩夜未已有時鈎簾嵐翠入舉觴談詠烟霞裏嘈嘈天籟悦心耳石爲豆登泉作醴樓上朝復朝山中年復年隱君之樂何陶然金丹可遇不可求遣情以酒亦得仙春江花草可翫惜秋林風月宜招延心常愛此樓外之皆山千峯萬壑森後先醉翁之樂樂無極山中之人相與長周旋

李源泉哀詩

吉安上郡多君子爲珠之合浦爲玉之藍田桐江之上

里稱谷平李氏世居族綿延吾哀源泉先生生爲元士不霑元祿危行皦皦逸才翩翩其先在宋之季年兄弟二人同廬親墓木生連理孝通天天子詔旌門賜號兩處士能辭好爵俱淡然無求處士乃兄號先生又其七葉之曾元杞梓之林不生惡木鳳凰之穴不生鷹鸇忠孝門庭有忠孝才賢嗣續仍才賢先生心貫千古氣雄千夫奈何沈鬱過百年盱目霄漢中抱璞乃竟旋論兵風塵際繡湍悲龍泉昔者江右吳夫子玉堂告老歸臨川先生早居弟子列道窺百仞之靈淵常嗟師門多叛士先生志雖詘闔棺名乃全水渾珠自媚火炎玉愈堅行年六十又加八志如伯玉恆省愆我生猶在先生後

恨不識紫芝考德於生前喜今有子誠能子寄我誄此
篇章聯爲之惻愴歌薤露幽魂可弔知此心悄悄

江西試院爲艾原暉題山水圖

山頭樹綠不見塵山下石瀨光粼粼茅亭喚魚來小艇
玉壺對酌爲何人蛟潭鳳洲近吾里人世蓬萊與莫比
掛帆與君歸去來同詠烟霞對秋水

符節字彥方來學於石門山中作書義余勉其就
試乃云未可躁進美之以詩

文場少年誇捷疾競愛春華棄秋實出門仆車十常九
端坐窮經百纔一抱才韜處有符郎手持壁書談帝王
多財不羨黃金塢高步那思白玉堂去年石門留一月

今春重來郎言別，老桂雲枝耶共看新槲金芽未堪折
歸家稽古莫厭勤鷄翎長齊豹有文白屋三年惜白日
青山一出郎青雲

古琴辭

老桐斲成三尺六七絃曾奏雲門曲懸之市肆歳月深
酹價誰拚千黄金伶官罕識宗廟器市人唯詑繁箏音
知音既少彈不易常藏匣中傳世世

金人校獵圖爲常同知潤題

常侯示我校獵圖五馬迅若雲中鳧遠青撤幕山露嵎
坡陀突起霜草枯黄如旌旆森葭蘆馬上短衣蚪鬚胡
金環貫耳大秦珠腰挿羽箭弦檿弧三馬廻走忘崎嶇

二馬傍出鬬疾徐東來駕鶩着澗繼纏四五六嚛不乎海青一點勁氣殊勇士趫捷堅勍無駭獸何由避於菟華峰秋隼胡爲乎岱北豪鷹眞廝奴奭毛墮絮血灑蕪胡乃仰笑馬競趨何勞千騎萬騎俱樓煩射殺心膽麤寒沙雲迷認歸途郤鞍營門月模糊向夕行樂朝馳驅拜官那羨執金吾肉充餱糧席氍毹飲醪啜酪多歡娛君侯玩圖日怡愉樹勳明世眞壯夫明年五馬守名都不獨海青誇健軀麒麟在郊鳳出籔飄飄快意天之衢

立冬雷雨偶成長歌

洪武九年立冬節陰陽錯逆氣候別瀟灑秋霖似春雨雷聲隆隆電光掣我雖巖居淹縣庠崦嵫夕景微時康

目不見山田孰豐歉心但期玉燭揚輝光今春多晴夏
多滂低田化爲萊高田僅登稻秋蟲晚禾災良農困無
告木棉稀白蠒蕎麥種奚匄圃空乏蔬蔌壠赤傷麻豆
野翁爲余言皇天無私恩嫉民富驕淫欲民勤波奔體
肥病或生形瘦固靈根誠恐蒼生飽欲死不飽不饑命
長存去歲穀半收今歲收非全聖皇下詔免租稅下民
猶或室倒懸安富恤貧政平易允喜縣公才且賢知縣李公
讓稱謙能天心矜民之窮迺若不矜愍要令五福六極兼受
無頗偏冬而電雷至春疾疫虹藏復見民恐遷謫氣和
風雨時氣乖時舛逆春秋所書霜不殺草李梅冬實將
欲彌灾宜崇德起謝野翁言斯理誠彰彰人言疾疫行

癘鬼爲之殃泰山治鬼有明神豈令恣獰惡豈令侵善
良楚巫縱欺誑楚祠繁襘禳腯牲釃酒人所嗜求食誰
云鬼能嘗皇天至仁心心即父母仁雷霆父母怒子心
焉敢嗔令我貧乏當貧乏令我苦辛當苦辛父母怒可
釋父母恩終親宜堅爲善心無愧天之民

何平子寄長歌次韻以謝

廟堂之上懸美祿九州羣才起白屋俱從臺閣播聲華
肯使山巖抱幽獨濟濟夷夔隆禮樂烈烈伊周秉鈞軸
藩侯縣宰多儒冠蛟蚪離淵豹辭谷大廈方資衆木成
尺寸尋引咸見錄善惡剖判薰蕕正邪分明朱勝綠
君侯承家列鼎貴冠蓋相映雲生足拜官首羨朱左轓

樹勲當期傳汗竹一朝蒙恩詔許歸韓孟乃喜相追逐
荷鋤門外春種瓜飲水潭上秋飡菊文章昭回瀉銀漢
山川助奇鬼神哭艱苦悲憂宜自寛日侍慈親具饘粥
癡兒蹭蹀淹桂林山陽毎憶歸耕牧翺翔昔接鸞鳳翅
嗔笑今側凡庸目衰翁抱病田野中散材自顧同惡木
近爲諸生留縣庠深藉知巳分隣燭衆人多嫉嘲老醜
大賢納汚比川瀆懐君胷次氷在壺愛君歌辭穀爲玉
白頭當共追雅音洗耳常聽雲門曲

人日倩隣人營茅堂因和高適寄杜拾遺之作

人日臨溪覆草堂酷愛雲林爲我鄉舍北松岡掀鳳翅
舍南石逕縈羊腸萬事紛紜長于譽喜以流泉滌煩慮

剪竹鷘猿抱樹時牽蘿野鶴營巢處種花夾逕遇陽春
莫剗蒼苔那染塵天上不來紫衣使谷中能有白頭人

草書歌爲胡志同作

憶昔弱冠遊南昌健步文苑多賢良草書追古今鍾王
胡君筆勢妙莫當春秋一經究周綱短長詩歌攀晉唐
以書得名時所尚矯矯龍游鴻鶩翔鷹之海青馬驌驦
豨鬃稍健煤漆光氷紈繭紙疎作行水蒼玉軸懸堂房
觀者駭吁環若牆珊瑚文犀璆琳琅無足乃能走四方
跨楚連吳譽飛揚荊金克貢驪珠償怒猊決石石顛僵
渴驥飲泉泉礌硍羞彼蚓蛇蟄穴藏昔歸鮮于爪翅張
後師班倯變老蒼當時同流爭頡頏百羽竟避孤鳳凰

揭巙擅奇白玉堂晚有危素襲芬芳大江以南獨騰驤君胡爲乎遯僻荒二十年來異故常雲松結巢老宜陽嬪嬙靚服誇宮牆劍舞尤羨公孫娘嗟余與君友求羊白頭俱在猶康强嘆如鴻燕星參商百金一字懷不忘緘書遠寄文錦香爲寫此歌爲報章百齡愼愛遥相望

雲松巢爲志同賦

雲松巢誰所居乃是洪崖之老仙高栖宜陽北翠谷同匡廬松花金粉酒堪釀茯苓截肪疾可扶孏戶玲瓏碧雲入以當瑶席掀龍鬚峨峨雲岑鬱鬱松陰白鶴宵唳元猿晝吟今之曹劉沈謝輩爲歌雲松多妙音多妙音世稀有老仙筆下蛇蛟走雲松歌辭看在手仙字仙詩

天地間馬蹄之金其長久

戴嵩畫牛圖爲清江黎崇贍題

春郊平春草青牧兒跨牛出林垌綠烟澹澹山雨晴野花飄白融風輕牛行齕草沿澗水不卧不奔兒心喜晏出早歸何所憂百畝畊徧牛肥美黎侯示我牧牛之古圖生綃若烟暗香墨疑雲濃觀之三嘆息妙筆懷戴松因羡躬畊好何如卧龍公田不用踰二頃粟不用盈千鍾賣劍買牛真上策願效堯民淳樸風

硿硍山歌

硿硍山湖之曲山邑映湖青湖波照人綠往年天子親將兵陳氏樓船此傾覆是時兩軍欸相觸凌駕艍檣作

平陸雷電交馳鬪相愁鯨鰲怒奮陽侯伏火攻因風冦
陸梁反風吹火反自殃翁遭毒啖旣淪溺兒因中箭旋
奔亡健兒帶甲數十萬半化魚鱉良可傷人言陳兵強
其敗天所厄亦由恃羣力未能用羣策莽將屯昆陽曹
騎駐赤壁失勢在一朝由來戒輕敵天兵旣捷回天戈
中流簫鼓歡且歌東揚威聲震滄海西稾殺氣搖岷峨
眞龍騰驤雲四合皇穹助順理不頗野翁歸舟過山側
猶恨耳目難周悉何時歷詣諸將紀勳績獻辭玉陛山
勒石緜緜之年千萬億

青溪釣隱圖爲郝常伯題

青溪老人愛溪綠小艇慣伴漁人宿月明珠在水晶盤

風生紋起方空觳東漢齊地出方空觳看山船中山似隨翫鷗船頭鷗不疑停鞭駐馬少年客問翁買魚何大癡

題郝氏壽毋堂

人間誰知有蓬島壽毋堂上春長好綺席曾分仙毋桃雕盤或獻安期棗子今六十踰六年毋過八十當八千近堦更種慈毋竹子子孫孫常滿前

嘉興朱元度於圃中結廬扁曰瓜所

徵君種瓜樊圃中瓜畔茅屋前賢風離離不比黃臺下唪唪還似青門東日高荷鋤紗帽落月出留客匏尊酌門外應無納屨人靜對圖畫有眞樂

題陸元慶歸耕軒

君丁亥貢士乃朱元度之弟爲陸機後

雲間士龍名籍籍昔年會對形墀策黄牛十角竟歸耕

草舍三間寧晦跡舍前時雨滋桑麻門外南風吹稻花

隣人却怪生涯異有客頻尋徵士家

山水圖爲淳安方先生題

層峯天邊削蒼玉懸流樹杪飛雲瀑松枝宜看仙鶴巢

石壁喜傍幽人屋却疑巫峽春濤雄又似華嶽凌秋空

結茅好在青澗上將心長寄白雲中

新喻梁石門先生集

2

明 梁寅 著

清乾隆十五年刊

第二册

新喻梁石門先生集卷之五

新喻縣知縣祟安暨用其訂刊

五言律

對雨

飛雨山棚爽緐雲竹巷迷翠藤低拂石黃葉亂霑泥樹杪盤饑鶻墻根立小雞園夫桔槔廢新水滿青畦

宗海上人新住仙姑院寄贈

閬苑仙姑境祇園珠樹林炎岡焚白玉淨地待黃金詩裏烟霞邑軒中水月心高樓憶支遁遥睇碧山岑

贈醫士蕭敬則

海上安期子仙風可獨攀斸苓春雨裏種杏碧雲間一

竹看龍化千峯與鶴還神功比卿相何必羨朝班

六安朱朝實號篁谷先生其子信伯以篁谷圖求

題

篁竹連幽谷茅茨葺小堂雲生緗帙潤露滴玉琴光候
客過苔徑呼兒掃石床空吟風雨夕不異對瀟湘

京城和蔡淵仲旅夕

卷幔廻飈入題詩急雨催地高天喜近雲散月還來玉
漏因寒澁金門待曙開仙宮聞教樂應奏上之回

八月十六夜天界寺分韻得栖字

瑤壇迎月上碧嶺恐雲迷出海仍能早當樓尚覺低石
闌宜鶴傍珠樹駭烏栖向曉光凝曙行吟鹿苑西

賦徐叔讓煮石軒

松軒煮白石日夕咀瑤華底用宵擘露何煩曉服霞飡
方勾漏令陰洞赤松家應念雲中樂仙桃處處花

京城除夜雪

春回歲盡日天界舞天花密透簾間細交穿樹底斜偵
增三市酒跡混九衢車烈炬愁然桂那能不憶家

題傑公望湖濱圖

地僻留高興時清滯逸才湖分九島曲山對數峯開玉
井垂新椰仙窓落早梅還同謝公墅臨詠日盤廻

題蕭掾吏草亭

吏隱非凡吏亭幽勝野亭花交簾外白藤見牖間青林

羽依叢蔭池鱗動藻馨還因畫圖裏宛對翠雲屏

和答泗溪陳逸士

泗溪隣碧嶂東望日懷君葭岸響秋雨橘洲連夕雲鶴隨青澗步鷗戀白波羣擬共烟霞賞林陰許見分

五言排律

寄阮謙仲

阮君江海士不滅嗣宗賢酒共名流飲詩從野客傳尋山經楚甸踏雪上吳船急景心常惜冥搜思獨元其詩集曰客子光陰圖成輞川上花憶浣溪邊囪戸山擎月樓臺樹接天珍藏大史錄剩集小山篇何日叅侘論臨流思渺然

普元禮御史遷浙省都事奉餞

奉命均勞逸天工賛紀綱渥恩來鳳詔吉日動烏檣位應郎官宿威餘御史霜諸曹貧倡率上相待繩匡正色吳山峭淸懷浙水長當爲飽司隸行名董賢良凛凛科名重振振士氣揚明年楚江上霄漢想鵷行

建業爲友生徐元明題驄馬圖

西域青驄馬名因畫史傳一龍方挺出八駿敢爭先曉日明金轡春雲覆錦韉河源隨蹀躞閶闔望蜿蜒迥立梧桐外長嘶苜蓿前無雙空冀北敵萬踏燕然留影詞人美捐金貴介憐他年按圖索天路復翩翩

易子肇自建業還上高谿樂贈別

我每懷空谷君先賦式微好風催去槳涼月夢庭闈桂

史能相問山人苦勸歸久閑松桂室將理薜蘿衣豹變中林隱鴻期九野飛常編常自理朱紱豈終違方篤鄉隣好那憂會合稀雲栖如可覓他日扣巖扉

賦五音石魚

石魚者雲山寺之物雪印致之天寧因覲而賦之

瑰石含幽響神魚入巧裁揚鰭方丈室驤首雨華臺音逐神光動鱗隨日影開鯨鯢同詭狀桐鯉愧凡材泉吼松邊應僮聞竹下回點頭曾悟法燒劫不成灰淪棄經風雨遷移出草萊熱生敲處火潤帶卧時苔夏后璜今復周王鼓未摧希聲洗煩慮日欲上方來

題黃孟飭峽東草堂

地逈茅堂靜岡分玉峽廻藤簷雲氣逼甕牖旭光來穉柳依沙插幽花瞰水栽凫鷺時狎近豺虎息驚猜山靄霏霏遠汀雲漾漾開遊絲當散帙啼鳥勸持杯商船從紛若榜歌亦快哉名同浣溪叟暫屈濟時才

贈李以洪歸豫章

吉日櫂謳發蘼蕪江上青縱魚躍氷渚思鴈度烟汀歸夢波能越離歌酒暫停遠岑朝在目新月夕揚舲重訪神君館還經孺子亭辭高誇白雪人去歎晨星舊宅花留樹荒阡蕙薦馨啼鶯候來客春莫許同聽

天寧寺和彭聲之韻

島嶼分春樹林垌斂夕霏寺幽花覆逕郭潤水平磯移
席隣脩竹懸燈對翠微雨隨來客屐雲傍定僧衣饑鶴
昏仍下高鴻倦亦飛靈源還可問岐路恐多非菌閣朝
期陟松亭夜夢歸餘春遲重約鹿苑賦薔薇

釋相海住西華寺

紫鳳岡千疊蒼龍峽九廻霞明金匝地雲淨玉爲臺刼
火移陵谷遺宮化草萊三衣僧尚在十笏室重開梵悅
蛇穿竹心降虎臥苔舊花經歲發新樹及春栽鏡沼祥
鱗躍珠林異羽來若爲陪宴坐白日遠氛埃

送許祭酒存仁歸金華謁先塋

國賴師臣重人推世學優嶽宗千仞表海混百川流雅

器金鐘與淸姿玉露秋罏堂賫勸獎鶴駕屢淹留浙水旂馳夢秦淮曉發舟都門華帳席先壟愴松楸淼淼滄波隔迢迢翠谷幽尋仙蹤杳邈報國意綢繆聖主多詢訪諸生待講求重來愛春好淑景耀皇州

贈宋元凱赴饒州同知

鉅郡藩垣壯能官佐貳賢珊瑚生碧海結綠出藍田王謝才何忝龔黃政孰先芝山晴罷霧彭蠡潤浮天令譽江湖上貞心日月邊鄱君有遺跡定作畫圖傳宋君能畫

馮永言之嘉興倉官名詠吉安進士翼翁之侄奘翁之子

纔値授衣節遥闡發權期紫書方夕下黃閣即朝辭漸遠魚龍海頻經鸕鶿陂潮生隨月至山轉併雲移隔浦

憐吳唱臨皐續楚辭新邦賦財地遐徼甲兵時不假量沙智全資握筭奇使旌行見名侯印未應遲震澤鱸堪膾烏程酒似脂天寒愼眠食千里慰相思

淳安曾君用挽詩子淵字道源前進士與余同在禮局

世業光前代生涯慰莫年鳳雛看燁燁鴻翼羨翩翩桂籍儲天府花封近海壖喜因朱紱貴更覺綵衣鮮迎養留官署珍羞仰俸錢非熊將入夢跨鶴竟成仙飛旐山飈慘哀歌薤露傳春尋芳草逕晨掃白雲阡紫誥官應贈丹崖石可鐫家隣巖子瀨遺躅總綿延

余仲謙遷濱州同知贈別

朝職輝縈陌新柳燦黃金鴻鴈晴天逈魚龍春水深貳

車承寵命祖席發華音錦囊書兼律蘭舟鶴伴琴印同
官長視政愜野氓心渤海賢良治流風固在今

題樂安陳氏星聚堂

宋末陳定甫會友講學名堂曰星聚共五世孫
叔美從張以修先生見余於江西貢院因請賦
此

川上野堂古昔賢曾聚星水共天心碧山兼雲氣青錦
屏宜入畫崖石可鐫銘人稱大郎長居似子雲亭喜有
賢孫子時淸勤六經

分宜宰張文信赴京

楚臺宜北望楚峽解東流三年報能政千里發孤舟鶴

向雲中度晃從日下遊皇風翔寓縣仙路上瀛洲烈烈蕭曹業班班卓魯儔山城期再理帝里莫淹留不厭銅章久寧分赤子憂他年九卿缺定降璽書求

豆腐

淮南有仙術化豆作瓊英入磑松花爛含漿石髓生堅氷刀下冷崖雪釜中明未慊屠門嚼偏怡道者情藉荻香負異雜蕈味愈精腥俎佻銀膾加飡侑玉粳山翁惜殘齒愛爾當侯鯖

贈大方上人

開士中洲住遊方夐不羣黃龍禪早悟白馬義兼聞衣帶飛花雨身隨出岫雲幽林訪遺叟高論仰清芬水滌

諸緣棃珠明五色紋欲詢歸宿地岐路爲余分

題楊宏中藥室

藥室花潭近懸壺柳市幽晝雲生甕牖春水入苔溝搗
藥香塵散燒丹伏火留苓從松逕斸蒲向石根求素問
晨窺閱仙方夕校讎金膏如可覓吾亦慕元洲

七言律

題徐東壁茅堂

人間華屋人所美獨喜結茅栖闃寥千尋秋嶂雲共色十里晴沙雪不消團團翠陰繫馬樹宛宛蒼石垂虹橋江海故人遠相覓何妨林下論漁樵

和荅李以洪

九衢喧競不相關樂與山人屢往還金石妙音驂雅後泉阿靈燄斗牛間居隣黃嶺同盤谷夢繞洪崖接故山垂約松谿共吟賞水澄沙淨白鷗間

氷雪齋爲金川董存吾題

林廬闃在最幽處歲晏獨吟氷雪寒處士梅花隔流水

小山桂樹對層巒盡成崖谷猿猴慄宇摹鐘鼎蛟螭蟠何日能過石門舍霜筠亦擬共君看

樂平鮑潛孔晗乃父號風瓢道人工樂府潛兵後還鄉悼親沒于外扁其室曰思舊廬其師蔡淵仲先生請爲賦之

新廬不異舊廬境小小茅堂對翠微朝旭射簷烏亦好春風開戶燕能歸林深綠暗懸瓢樹花落紅霑垂釣磯爲想明年祿三釜故山迴首憶庭幃

憲司經歷劉景文貢院賦詩和荅

憲幕奇才海甸英凌風秋隼碧雲橫論文喜接金門士校藝兼求白屋卿嶰竹裁笙音試合宮花織錦製新更

薇垣柏府聯文采正待飛章達玉京

次韻酬趙伯友

烱烱華星見少微喈喈鳴鳳愛新暉詔徵兼重天官學
林臥未應吾道非窓裏書看南郭樹雲中春采北山薇
瀛洲學士多迴首得似滄江一棹歸

題天馬圖

漢家天馬渥洼生來自玉關歸玉京十二閑中誇俊逸
八千里外若飛行奚官解識超羣相樂府因傳異代名
聖世方將按圖索陰山賴爾戰塵清

題畫二首

路入垂蘿境更清危峯上聳白雲橫魚知碧石潭中樂

鳥向春林樹裏行土俗還疑如大古樓居最稱學長生何因得共幽尋侶來聽巖前瀑布聲

天上蓮開大華高水生巫峽涌狂濤舟維翠壁牽蘿穩屋倚丹崖枕石牢疑有蛟龍蟠洞府寧羞麋鹿戀蓬蒿何人杖屨沿流去擾擾浮名愧爾曹

寄南康安使君

安侯名智字明達沛郡人洪武三年余考試侯爲按察副使監試

新聞出守南康郡鴈到汀洲湖水澄官府爲家隨寓樂文章兼政總稱能捲帷曉見香爐日收印秋吟瀑布氷猶憶貢闈瞻綉服老懷惟與歲同增

贈虛白道人

虛白道人神烱然薜蘿衣上帶山烟武功曾謁海蟾子
緱嶺兼懷笙鶴仙臼石爲糧期久視丹崖結屋定何年
他時語我金丹術猶待重過虎瞰泉武功山在安福海蟾道人姓史

松龍爲劉瀾題

岱岳千年霜雪柯蒼蒼鱗甲類騰梭風髯開合聲喧壑
雲爪盤拏影落波石罅吐涎爲琥珀巖前聳角挂藤蘿
凌霄休逐阿香去常恐山中春雨多

夏陂吳氏宅西曰柳湖者其中多蓮昔爲亭臨之
曰益清亭黎小蒙乃其家之甥嘗題詩亭上吳
君友直能誦之因和其韻亭今無蓮仍有

翠蓋紅衣豔曲塘芙蓉更勝美人粧千年藕有瓊瑤質
十丈花如錦綉香沾席雨來雲氣潤捲簾風起月華凉
前人淸致今堪想那羨蘭亭曲水觴

送江省員外郎納文燦四川省理問

豫章城外發春帆西望岷峨落日酣故國蠶叢隨地迥
浮雲鳥道與天參政行定布秋官令賦就多逢蜀客談
他日繡衣歸闕下還因鴻鴈憶江南

贈唐伯恂應試山東

明經應詔唐公子價比璵璠英妙年長安躍馬志千里
東魯獲麟書一編路入淮河青樹裏家鄰海岱白雲邊
郡國薦書多秀彥漢庭唯愛董生賢

題常檢校執中琴鶴軒

華省歸來栖莫鵶層軒開處對明霞竹邊琴鶴心如水
郭裏林塘客是家碧玉調高風自起元裳舞罷月初斜
畫閣更喜詩清絕白石蒼苔松正花

次韻題姜叔用山中書樓

飛樓高出對山坳千丈瑤林聳翠梢桂花結得月中實
松葉構成雲裏巢散帙羣鵶繞茅屋鈎簾一鶴下江郊
山中習氣愛淳樸高尙何妨世俗嘲

重到澹溪和答姜叔德

侯門還似野人廬故友時來下澤車桃李庭牆花發後
蘭茗洲渚水生初揮毫緩飲山亭酒移炬頻窺竹閣書

今日風光異前日好將詞賦惜春餘

澹溪留别熊孟和

武陽渡口與君别澹水溪頭重見君客裏十年如昨日世間千態祗浮雲荒沙病馬春仍怯幽館啼鶯晝共聞明日臨流忍分袂石橋烟柳翠紛紛

贈裴憲史之武昌

觀風曾從使君車改調重來憲府書宿槳暮吟彭蠡鴈香秔朝飯武昌魚九秋天濶鷹鸇迅七澤霜嚴草木疎幕下羨君多意氣奇才何止百磚磔

送洞陽楊鍊師東遊

水洞仙人泛海槎東遊聊看赤城霞仙衣新理薜蘿蔓

野飯兼飡松樹花自向名山窺玉簡羞干卿相論丹砂
錢塘月下西風鶴定有尺書先報家

送忍上人之廬山

蘿蘅洲渚綠迷沙振策行尋江上槎石鏡錦屏詩入夢
松林蓮社客爲家燈前莫雨飛青崦鉢裏春泉帶落花
幽賞重期定何處鍾山秋日詠烟霞

題句容王氏西齋

句曲山高雲木齊逸人結屋山之西涼風爲掃堦前葉
落日留光林外溪書滿芸房兒子誦詩鐫石壁達人題
好掐車馬塵中士來共烟霞幽處棲

贈沈茂才歸池陽

沈生三十慕班楊袖裏驪珠吐夜光未題天上仙郎籍猶滯江南古帝鄉五月凉風吹白袷一川飛雨蕩輕航歸拜高堂應最樂松花山醞滿筵香

送李儀伯御史之西臺

鐘阜石城嗟久淹泰山渭水入遙瞻鄭程漸與江湖異殊俗喜聞官吏廉雲涸魚龍三月煖霜天鷹隼九秋巖明年簪筆明光殿褒擢重期聖澤霑

送李好古御史

秦淮垂柳翠毵毵烏府先生發去驂路入雲山函谷裏夢懷雪屋大江南（君初生時以雪水浴之名曰浴雪）漢官執法時流美唐代遺蹤野老談應念西人久凋瘵飛章先看斥姦貪

鄱陽朱仲潛赴廣東學正贈別

秋風浩蕩掃蠻烟海月偏宜下瀨船孔闕尙遲宣室名
南交暫借廣文氊檳榔日食諳殊俗荔子園租當俸錢
況說伏波能薦士長裾誰得似君賢

聽秋聲軒爲李叔端賦

繡衣公子李賢良愛聽秋聲山水房夜半天風林欲雨
一庭星月戶明霜書看卷裏蠅頭字燈吐窗間螢爝光
想借流年慕勳業寧無詞賦似歐陽

張元相學正歸上饒贈別

倦客方歌歸去來君歸先爲酌離杯鳳凰臺下帆朝發
龍虎山前雲暮廻中歲一官淹澤國明年三賦獻蓬萊

鳴珂定接夔龍步已見文星近上台

初至錢塘

九市通衢萬柳青柳邊車騎霧冥冥浙江水裊羅衣帶
天目山開綷畫屏遊女競誇新服玩遺民猶詫小朝廷
白衣大史徒多感祇擬重增山水經

登吳山

城繞青峯錦繡廻仙樓十二競崔嵬雲藏滄海山無盡
潮撼長江雨併來吳相忠魂祠宇在宋臺行殿梵宮開
東南都會金城廢竟日潮船絲竹哀

小留豫章袁尚志歸自浙右得劉伯溫書併寄吳
興溫國寶筆十枝感其遠貺二詩奉寄伯溫名基處州

青田人舉進士爲高安丞再遷浙江儒學副提舉

江西十載誦君詩一見錢塘如故知聽學自嫌科第早論文何讓古人爲湖州兎頴刀鋒銳新[illegible]魚箋錦字奇珍贈千金意千里長因明月動幽思

太平觀靈樞堂有軒臨池扁曰山水間因訪曾鍊師留宿賦之

道人住在小元洲山水之間庭戶幽松掛片雲招宿鶴池開半月隱靈蚪仙書待寫榴皮字燕坐眞乘蓮葉舟爲論先天過夜半知師心與太虛遊

送清江劉立愛赴桂陽學錄

千丈孤城還萬山新除學錄小官閑郡侯拜朔唯陪豊

弟子鳴絃長掩關倓倓文星南斗下迢迢桂水白雲間
奇才好進安邊策早從樓船定八蠻

至正庚寅歲分宜丞舒君尙翁浚治章湖寓宿白斜巡檢署題詩壁間尙翁乙酉進士予故人也歲丙申經過白斜覩遺跡嘉循政因續其韻

齧虎牆摧土覆堦故侯題句昔曾來政稱循吏湖再闢
力比巨靈山自開環砦危峯森似戟照人寒水靜於苔
居民總愛甘棠舘嘉樹何妨爲更栽

附　岷同和

舒君射策黃金堦匹馬還向山邑來閭里不忘朱邑治
湖陂重喜白公開獨憐廢署飄黃葉誰向荒畦墾綠苔

猶憶鄱陽韓大守曾將桑柘繞庭栽韓鏞爲饒郡守治花木悉拔去植以桑麻

丁酉歲正月四日雪

白頭遭亂遠江城寄宿深山歲又更雪裏人家荒野邑
天涯親友莫年情山魈夜應猿猓響樵子晨衝虎豹行
草笠棕衣任來往陰崖何處覓黃精

寄黃將軍大章

千里江湖羽檄傳著鞭方看祖君先連營白旆風雲上
爲國丹心日月邊諸客登樓多暇日三農在野慶豐年
戎機須自儒冠出未數功臣衛霍賢

憶訪轅門雪後行如今林壑漸秋生狂天幾日渾欲凋

涼雨千村將洗兵翠羽交犀開貢獻山車銀瓮報清平
凌霄意氣看能事老向漁樵也自榮

次韻姜淑德冬雪

黄雲羃羃四山圍翻海陰風撼竹扉珠向美人簾下撤
花當歸客馬前飛夜囪銷燭增寒氣曉艇揪蓬失翠微
豪後不誇金帳飲新詩聯璧自生輝

出豫章城南寄友生李用巽兄弟

翠谷環居似大行謝家庭樹玉生光題詩晚集松蘿逕
共被秋眠山水房城郭樓臺堪悵歎江湖風雪苦凄凉
鴈行霄漢屯年事寧厭雲林白日長

鳳洲上同劉仲脩到郡城

雲中城郭似蓬萊疊嶼重洲綠水迴寺近松關微雨送
津浮蘭艇好風催鷄豚荒逕人烟僻鸛鶴平林畫障開
正待幽尋遣羈思青鞵黃帽喜追陪

仲脩宅春日分韻得園字

疎雨澹澹烟沙村花邊石溪通小園荻芽水生魚欲上
松林日暮鴉爭喧春醪傾玉渾易醉世事翻雲誰與論
羣後題詩擬陶謝且同燒燭坐東軒

次韻送文彥高歸西昌

日照江頭花片肥春香冉冉襲行衣蘭苕雨過棹初發
楊柳月團人定歸金鳳晴沙詩入夢白鷗芳渚坐忘機
春深爲想重來日桐葉淸陰鶯亂飛

社日

去年鈴北愁多難今歲城南將過春爲客偶同王謝燕歸農猶愧葛懷民杏桃烟際紅相向桑柘雨中青未勻童穉莫嗔無社假好題新句荅芳辰

送上高易李文之洪都

君將鼓棹向洪都我值秋風病偶蘇高士亭臺勞遠夢仙人城郭阻同趨雲迷紫氣蛟龍蟄風激黃沙鴈鶩呼大耜衣冠煩問訊何人還憶楚狂夫

和酬舒元珍

坐對黃峯心自淸瑤琴能瀉澗泉聲不誇絳闕仙曹貴却憶雲山樵叟名琥珀瓊脂崖上出珊瑚玉樹海中生

元輿巳美才華異好騁雄辭賦兩京

彭伯塤新婚

籛鏗孫子有仙才雲引簫聲起鳳臺紫綺應從天上織綠羅新向月中裁良宵絳蠟張屏煖吉日瓊筵晝障開金榜巍科見先兆早將詞賦獻蓬萊

癸卯臘月雷

臘月頻聞殷殷雷荒村晝雨似浮埃石潭驟起蛟龍蟄松谷遙驚鸛鶴廻覆壠薺菘青更嫩出牆梅李白爭開雖愁瘴癘乘時作先喜春從天上來

送本州判官移守分宜

銀河玉露曉天低翠峽黃郊去馬嘶上佐三年官正滿

明珠百斛句新題鈐剛草木霜前隕縣郭鶗鴂雨裏啼千里絃歌待明府今人能政古人齊

和酬王仲脩

鬪道逍遙林澗居移家仍載五車書擬哄鄭谷買黃犢那憶楚江多白魚柿葉遍書雲冉冉山陰坐對樹疎疎寓舍遙知先種竹何由塵土上衣裾

和酬王仲逵

君才高李可爲徒長愛青絲繫玉壺醉折公卿多慷慨謳歌閭巷足驩虞黃金易得隨時散白璧非輕待價沽林下幽人感珍贈陽春端與俗音殊

夢中得詩二聯覺而足之

坐對南山鳴鳥稀松床書帙逗晴暉閉門無客論朝市
開口恐人談是非雨後翠生飛燕渚花時紅擁釣魚磯
醴溪春色濃於酒莫遣風烟與願違

贈許伯鈞

名鎰鄱陽進士許瑗臬夫之子

故人有子似機雲伯鈞有弟洛下英名早已聞碧海珊瑚瓊
作樹丹山鸑鷟錦爲文移家偶近將軍第帶劒那隨俠
客羣最喜鄰侯書遍讀文場重待策殊勳

餘干孫伯恭赴高苑知縣

列宿郎官遠方紫書新下賜銅章河陽花發春風早
單父琴彈白日長百里莫嗟淹驥足五更猶憶綴鵷行

觸邪知有丹心在會向霜臺荷寵光

都下將歸宿石城門外和李仲淵知縣晩過上林之作

帝曲風光尺五天驕驄嘶過酒樓前龍輿陌路疎疎雨鳳闕觚稜淡淡煙上相綵旃歸柳外王孫金彈落花邊臨流有客題佳句不羨春風歌舞筵

次韻酬習君謙

新詩金玉響泠然喜聽琴中幽澗泉卧病須徐青嶂下夢懷鸞鳳碧梧邊拋書悵望秋風裏倚杖躑躅夕照天最憶習池山水勝故家人物信多賢

山中秋夜

夜對千峯秋氣新蕭條巖壑一閑身松林虎出時窺犬
茅屋螢飛偏近人傍月把書憐稚子臨風吹笛羨南隣
栖烏應怯梧桐冷不斷悲啼欲曙晨

贈易自然禱雨

秋郊旱魃晝人立野老哀吟如鴈聲龍工戢翼潭水落
畢星藏光溪月明霹靂棗枝天將令太乙瑶壇元女旌
澍雨千村感誰賜神功云是易仙卿

生日和酬黎賓賢

黄塵恐涴黑貂裘閭里聊爲馬少遊五色文章輝北斗
羣英冠冕重南州豹藏元谷千峯霧魚戀蒼江萬里流
好繼前人題桂籍明年仙闕步高秋

新詩多謝視長年空谷難來馬白顛自笑少陵眞野老
敢誇方朔是天仙松醪思共匏尊酌竹簡期觀石室編
艮會不嫌溪路遠小闌月夕聽山泉

送穆德徵字金谿

金谿舊稱山水縣令尹得賢才更優拜命即辭金馬署
挈家須覓浙江舟一心似水琴隨鶴百里歸農劍買牛
青史它年載循吏中州人物冠南州

前貢士練伯升新春貽新詩且云將去於龍虎山
之側卜居因和其韻以爲別

碧山泉石與心親應愛桃花萬樹春采藥將爲貞遯士
掉頭相別未歸人猿猱擧谷懷思久龍虎丹經點勘頻

珠在褐衣誰解識紛紛唯羨五侯賓

名家兄弟昔相親文喜同看上苑春遠宦不求句漏令
明時却慕潁陽人居隣仙洞何嫌僻書寄山翁莫厭頻
我亦巢雲戀巖壑松花釀酒日留賓

將歸別淨慈禪師後用章

巖叟乞歸雙闕下法師新自五山來龍灣柳爲行人發
鹿苑花逢久客開學道詎量東海水求閑宜墾托山萊
但期隨處幡幢建鏡月常懸百尺臺

程仁安赴長川主簿

程侯楚楚江東秀人羨名家玉樹高試誥已知綸綍美
能官那憚簿書勞縣花晝處香生几官柳春濃色映袍

天闕明年報嘉政鳳凰池上待揮毫

和酬黃吾雲

江上雲連長短亭別懷如水注東溟早期劍佩朝雙闕

又見文章似六經為國丹心朝捧日憂時白髮夜觀星

銀河漾漾青峯隔遙羨秋光生戶庭

傅元賓還理故業

歸來買犢擬躬耕親友聯居總弟兄金谷舊時華屋廢

浣溪來歲草堂成旌旗千戍陰雲接舟楫三江白浪驚

好理荷衣貌泉石深棲終不負儒生

次韻酬黎以德

銀河斜界樹參天為憶幽人思渺然亥市塵囂迂竹逕

午橋烟雨傍溪船呼燈教子栖鴉後倚杖看山野鶴邊
但得文章攀屈宋何須重賦遠遊篇

病起言懷三首

卧病兼旬人事稀草堂秋樹掛晴暉隣鷄乍驚饑狐出
林鳥無聲獨鶴歸風裏抛書因力倦雲中飡石與心違
晚吟尤愛松溪静淺水菰蔣映釣磯
落落朝霞紅冠林紛紛山靄翠迷岑一川灌莽人分牧
千丈深潭龍或吟烈日每愁看赤地元雲即待起層陰
眼中百物嗟凋耗多難誰知天地心
山中日習唯踈懶秋草連扉客少過灌圃何因分遠澗
入林偏厭長垂蘿移居瞰水心期遠携友窺巖興每多

喜似閑僧思方寂楚山千嶂洶滄波

何伯遜見訪贈詩和荅

百里來尋水竹村鵲聲將喜報衡門山中白石聊同煮
世上黃金未足論詩似陰何思更苦跡追園綺道尤尊
貧家無物堪娛客一樹寒梅雪映軒

君謙遣其子溥來學因寄詩和荅

名士何妨澗谷棲丹崖高犖白雲低東風鶯繞千章木
春水魚遊九曲溪教子早年窺汗簡從師窮巷樂虀藜
茅堂日候巾車到花遍山園草滿畦

和酬簡九成

蜀郡名家賢俊多君才自合置鑾坡雲門琴瑟絃須練

元圃球琳石可磨雨過春洲采芳杜月明山舍對垂蘿
相思日夕期相見共樂時清漸息戈

再和酬簡明元

見說林塘詩思多竹連幽嶼草連坡晴雲過眼白衣化
野水照人青鏡磨百畝山林宜稻秫千章岑木愛松蘿
論交暮景相期遠廻日頻君借指戈

偶成

山翁自愛緼袍寬白髮尤宜製鷸冠蓬巷三年貧不病
竹書一篋老仍看鴟鴉亂噪丹楓晚鸞鳳稀來翠柏寒
渺渺江湖交友絕空聞江海沸狂瀾

黃本立東遊贈別

楚邦才子燕臺客萬里還山復出山江漢總歸滄海裏
方蓬遥在白雲間將趨金馬陳三策却泛樓船定八蠻
遠道應能念林叟年年秋草映柴關

趙伯友自豫章歸渝上有作因和其韻

高士心將鐘鼎疎危峯壁立見匡廬九霄不想瀛洲路
萬卷多窺石室書秋草故園煙郭外古篁閒䈁刼灰餘
先墳歸拜還重去浩蕩鷗波得自如

寓天界寺早秋病中述懷五首

天上嵯峨白玉京禪林遺構尙崢嶸瑣闥日射珠幢影
空鐸風傳梵樂聲秋望秣陵金氣盛夜瞻璇極泰階平
飄零宋玉雖多病却賴凴高賦易成

城池表裏千峯抱玉帛繽紛萬國來貔虎列營嚴宿衛
鳳麟在藪總賢才舉目自覺青霄近爲客其如白髮催
尤喜文章再醇古石渠金馬署重開
雲起鍾山雨氣濃奔雷殷殷在前峯旌旗遠影川光動
殿閣新凉樹色重翠石琢闌交薜荔黄金鑄像聳芙蓉
羈遊亦得幽栖意幾度風檣聽夕鐘
近聞滄海淨邊隅又見黄河入版圖勢接雍梁通物貢
俗還鄒魯盛文儒招提秋日衣冠集閶闔晨雲劒珮趨
堪笑陰崖枯朽質也隨春物待霑濡
千丈蕭森祇樹林瓊宫寶殿聳危岑簷牙宿霧溶溶潤
樓角孤雲泛泛陰天路驊騮慙逸足山巖麋鹿見歸心

虞廷制作夔龍事擊壤聊同野老吟

天寧寺和曾得之兼呈彭聲之及雪印

經年不到天寧寺却喜春濃扣竹扃二水共明洲外碧千峯如削雨餘青謾勞山茗時時煑自笑齋鐘日日聽垂白飽聞高世論巖棲空愧老窮經

送杞楚才上人歸鄱陽

九重詔許還鄉里新賜宸章寶墨濃僧臘屢凋官寺柳親墳擬種故山松初霜夜駭舟前鴈斜月晨窺鉢裏龍人羨湯休詩最好不妨隨處詠行蹤

秋夜翫月和張安園先生韻

秋月照人宜久翫暮年多病苦難支酒因倍價歡常少

詩被頻催思愈遲雲裏上方懸寶網城頭北斗映旌旗
瓊臺共愛天心瑩却惜居人總不知

題嘉興王氏梅花莊

瀟灑山莊對翠岑梅花渾似白雲深西湖處士臨流玩
東郭先生踏雪尋晝煖山蜂喧隔屋夜淸霜鶴唳中林
輞川舊日多松竹同是高人冰玉心

吳僉憲文明之先君築室訓子名曰秋堂追想淸
風爲賦四韻

前人嚴訓後人思常記秋堂臥每遲風起多從篁竹塢
露濃偏浥桂花枝螢燈小閣開緗帙鳳燭誰家照翠眉
雲路已登人事異山房重構定何時

贈祝大醫 詹侍制同文作序就爲求詩

繞舍春林多杏花美君多譽滿京華勵苓曾躡千峯翠
煑石應同九轉砂扁鵲神功魁孺子華佗奇術慕仙家
玉堂辭賦殷勤贈碧海珊瑚未足誇

祝大年縣丞督運至都還上高贈別

貳令心同秋水清明經元是魯諸生三年久慕青雲器
千里相逢白玉京舟觸蛟鼉勞遠運野聞鴻鴈計歸程
山翁候謁堪重卜應見春花似錦城

送四明穆景中宰靈璧

舊聞靈璧山川好作宰明時更快情久共夔龍稽盛典
仍期卓魯播能聲農耕綠野春風早琴奏雲門夜月明

好待北人南觀日九重詢政賜招旌

題張維遠閱書閣

雲莊萬卷憶先廬（雲莊乃其先公別業）山閣常時閱故書罷酒呼
燈賓散後鈎簾得月夜凉初人間底用憐金縷天上猶
聞有石渠早晚觀風使車出躬行遺訓定何如

朱仲雅之兩浙按察經歷贈别

我懷雲壑將歸日君從輶軒新拜官五色日華天闕近
千林霜氣海邦寒春秋決獄書生貴（君以春秋登第）帷幄參謀
憲典寬丹扆恩賢多顧問還轅早合侍金鑾

武安州別駕劉伯叔稱江淮行省參政陸公之賢
美之以詩

十里江淮省署開獨當方面得賢才位忝宰輔銀青貴
地接關河玉帛來貔虎勢張風偃草蛟鯨浪靜水如砦
斗南重望人皆羡遥向雲間見上台

典籤貝公遠名閣曰望雲求題

貝侯身居魏闕下小閣鈎簾常望雲三載庭幃嘆疏曠
千峯嵐氣瞻氤氳鳳鸞多戀上林宿鵷鴈那堪中夜聞
明年乞身願歸養心貯明珠酬聖君

大禮將近天界寺觀習儀

綵鳳天門瑞景新金獅寶地盛儀陳風生珠樹鬧笙磬
霞繞瑤壇拱縉紳郊廟預知神意享殿庭先想帝顔欣
兩階干羽尤堪美文化端能服遠人

正月四日恭覩龍飛歡忭而作

金門佳氣曉氤氳簇仗春旗錦綉紋郊廟躬親三禮備
君臣際會九韶聞鳳凰樓殿迎朝日龍虎岡巒擁慶雲
赫赫太明逢盛代載歌周雅賛皇文

送崔知府宗明之濟南

濟南太守得英賢玉笋班中第一仙金帶寵加三品服
銅符初下九重天邢溝雨送春流滿岱嶽雲迎曉氣連
爲想黃堂順時令城東先布勸農篇

和答姚都事彥升

維楊公子文章伯邂逅城西野水潯手采驚看瓊樹異
交情能似石潭深琴稱綠綺音千載劍詫吳鈎價萬金

相見何堪郎相別，明朝蘭棹發新林。

再和呈同吟數君子

喜出層闉瞻翠岑行衝花雨碧溪潯雄關虎踞晨雲擁
大舸龍驤春水深羣彥一時聯白璧高臺將見貯黃金
羈愁盡逐東風散日日看花過上林

撊祇德通判赫蒲韻見貽因再酬之兼簡其族姪

孟邇稅使

撊侯磊砢南州士千里相過江之濤官臨大湖政尤異
舟泊石城春又深發興長吟鮑謝句論價何曾判揚金
仲容兼美同宗秀多暇逍遙如竹林

京城將歸練別駕伯上贈詩二章舟中次韻侯便

寄酬

高賢去住總翛然生計何須二頃田嘗擬旋栽彭澤柳
宅幽還傍浣溪船青霄儀羽夔龍後白雪歌辭沈宋前
二十去京華想攬樹迢迢春水別愁牽
山中積雨憶茅堂江上蘩花客意傷病馬在郊那自愬
潛魚縱壑總相忘金鎔豈料能爲劍絲染終慚竟變黃
來歲瀟洲候歸棹城門種柳又成行

抵豫章寄淡溪姜氏叔範叔德叔用叔謙二首

長羨姜侯兄弟賢幽人庭戶水雲邊花開舊樹親生意
竹長新藂勝往年留客共尋垂釣侶愛孫仍晢買書錢
相親少壯今華髮一念暌離一悵然

山翁塵滿薜蘿衣老荷天恩特放歸野鹿自憐難晦跡
江鷗應笑不知幾談經桂舘心常憶題句松亭願每違
尺素雲中倘能寄秋來日候鴈南飛

舟泊章江不果入城寄胡以忠

渚蓮開後津頭別汀柳青時江上歸卜宅東湖徵士樂
維舟南浦故人稀跡違城市緣多病夢繞山巖思欲飛
君亦能無念桑梓扁舟好覓釣魚磯

舟還樟鎮呈周所立

停舟蘭渚步東風來訪高賢柳市中客櫂五湖千里別
漁竿一壑兩心同琴彈山水清殊俗賦寫烟雲老更工
天上故人多愛厚不教猿鶴怪山翁

歸石門山居寄胡志同

一別鍾陵音問稀金門應名燕鴻違江湖屢涉詞人老
書劍猶存遠客歸春雨斸苓思養病秋風製芰可為衣
莫年情味還相似幾誦停雲思欲飛

觀蘭室禪老山陰道中之作次韻二首

吳山盡處越山多何想縱行野景和朝旭射巖晴臥鹿
春泉落沼響驚鷗山人看竹敲門入溪女如花蕩槳過
千里東遊何日再鏡湖明日醉中歌

諸峯翠擁蘭亭勝禊飲嘗聞晉永和羽客喜邀仙子鶴
野翁仍愛右軍鵞粉垣護竹家家似棕轎穿雲處處過
最好晝眠松下石若耶溪上聽漁歌

章孟忠和伍仲遠韻見寄再和荅之

王謝風流異俗徒清秋玉露映氷壺鴻飛碧落期高舉
鯨戰滄溟歎不虞松竹小堂兵後葺桂蘭香醑客來沽
寄詩能憶雲中叟大隱牆東志自殊

爲李朝陽題松雲圖

澗上小亭雙石盤古松四五雲嶙峗橫琴坐愛白日靜
散髮長疑朱夏寒汎汎輕雲過峭壁微微香粉落氷盤
我欲同君覓幽處醉卧瑤席臨風湍

贈西山僧

高僧自喜巖下住長見白雲飛復廻中天風動松子落
千歲石作蓮花開鳥下林堂待分食龍遊溪水過浮杯

吴山楚水聊暫住還把楞伽歸去來

贈白師禹省親安慶因就試河南

白郎楚楚關中豪讀書江南心獨勞露凉松寺寫周易
日莫蘭林歌楚騷家近千峯淮甸翠舟乘三月大江濤
鍾陵秋晚正相憶好趁天風連巨鰲

丙子歲舟發豫章將往金陵

常年九日歸不得今年九日重遠行秋水蒹葭自可愛
故園松菊非無情月下飛鴻過别渚天明孤鶴唳高城
相將一棹望湖去卽看匡廬嵐翠生

題赤水霞栖圖

四明陳常　父爲吾州文學常隨侍繪其所居

山水之勝曰赤水霞栖及東歸訪余于洪求賦
之
故人家居赤水上二百八十峯嵯峨明霞琦混金碧氣
老樹盡變珊瑚柯題詩石壁照松籟讀書茅亭懸女蘿
道成不用金膏術飛向九霄鳴玉珂

贈安福州尹王義方歸平陽

安成使君廊廟器六年琴鶴寄山城草生齋閣少人跡
花映松堂聞鳥鳴勸農已報江南政柱史當馳天上名
一舸秋風暫歸去大行千仞翠崢嶸

題湛溪黃氏引翠樓

徵君結樓湛溪上日日勾簾看翠微長松雲際蛟龍起

疊嶂天邊鸞鶴飛巫峽錦屏增秀色仙人瑤瑟帶清暉
把書更覺秋意早冉冉浮嵐飄夕霏

赴名與王別駕子充胡助教居敬同舟至池口阻
風

南風五日舟未發朔風三日還復留趨海魚龍應有待
近人鷗鷺自爲儔孤舟雨過急流湧九華山青空霧收
明日龍灣須早泊未央宮闕正新秋

題武昌宰姚德芳琴鶴圖

武昌賢宰有高趣一琴一鶴慕前賢心如綠水映孤月
思共白雲凝遠天拂絃仍彈單父操振翮遙隨勾漏仙
誰作今朝循吏傳它年更勝畫圖傳

七言排律

初冬對雨

虎瞰山頭涷雨寒元雲張幕暗峯巒戀羣鴈鶩沙汀集
戢翼蛟螭水洞蟠遶逕黃梅期竟阻將收紅稻徑難乾
啼饑最念家中稚近瘴長懷嶺外官隔霧昏眸妨散帙
飛蓬短髮不勝冠草堂別構資猶少蘭友相思會苦難
百尺橋南波淼淼十家邑外樹欒欒布衾夜冷夫須席
豆粥朝慳苜蓿盤客裏也同原憲室海隅空想葛洪丹
敝裘百結何須結長鋏三彈且莫彈野性禮疎官長恕
窮愁書就故人看登山擬藉樟爲屐釣瀨思裁竹作竿
雙石如門吟悵望一溪遶舍夢盤桓霜厓雪峽歸與好

芷共樵夫白首歡

送江西省照磨王鍵志剛考試湖廣

八月秋深江水清月明朱艦趣宵征郎官湖上風雲合黃鶴樓前洲渚生持鑑棘闈方伯名揚旌沙路郡侯迎經通魯史春秋奥策問周官禮樂明十八科名資化筆三千才子服英聲玉生元圃珪璋就金出棠谿鼎呂成放榜總稱唐陸贄著書尤羡漢張衡名區二載承知遇聊采芙蓉寄遠情

朱尚質挽詩

尚質明春秋工詩文年三十六卒子夢炎辛卯進士

魏亭之北朱賢良三十文章逼漢唐矯矯雲龍行碧落
飄飄天馬脫絲韁山罍犧象殊凡器蒼珮珠璣多異光
大史遺書竄石室春秋大義揭王綱方馳健步今文苑
未策奇勳古戰場才似賈生誰敢忌名班黃憲遽先傷
巖君痛哭鶺鴒羽令弟哀思鴻鴈行悵望斗牛銷紫氣
嗚呼蘭桂隕秋霜故人秉筆爭稱述稚子應門待振揚
舊草琅玕明月照新墳厦屋白雲長臨江孤客懷疇昔
今日生芻空自將

天寧寺賦七言八韻呈得之聲之雪印

江郭烟花綠翠重招提獨愛遠林松躡雲似履山陰道
披霧如看海上峯鸛鶴樹深村窅窅鳬鷖沙淺草茸茸

吟同仙侶移春艇坐借禪扃到暮鐘圖誌總歸周外史山川仍攷漢遺蹤時同修郡志垂綸磯畔潭光動飛蓋津頭雨氣濃金谷勝歡誰復有蘭亭良集苦難逢它時重約東林老共聽匡廬白雪淙

傳知事敏修赴濟南府幕

風送春帆出石頭南人日問北行舟上林瓊樹翔靈鳳滄海銀濤起鰲蚪大守才名新印綬幕官文采舊箕裘濟南多士帷連衽汶上良農劍買牛三載暫煩稽吏牘九遷終待贊皇猷迢迢歸客懷賢意心折還如水北流

天界中秋與同寓諸公分韻得河字其爲之倡者

林翰林孟善

夜天如洗歛秋河金氣貪看月色多祇樹綴珠初下露
禁池舒練寂無波昔年攀桂皆仙客今夕臨風想素娥
照席銀盃擎鑿落隔簾瑤瑟奏雲和鳳鸞綵羽林間見
鴻鴈新聲閣外過酒似紫霞偏不醉詞成白雪總堪歌
庾公樓上那勝此天柱峯頭奈遠何淸景休教負淸興
晨鐘容易促鳴珂

五言絕句

初夏十首

夜雨響幽澗曉雲歸遠山陰晴識天意一爲破愁顏

踏沙逢斷徑坐石看浮槎魚逐新生水蜂尋未落花

水稻苗初綠畦桑葉漸稠羨人畊鑿好寬我亂離憂

樹晴雲更深鳥啼春已去多謝桃源人能留遠人住

傳聞渝水上蔽目甲兵塵野戰哀田叟山行泣婦人

風藤搖曲巷烟柳暗長渠饑鵲無時下浮鷗却自如

莫年生計蓬頭白獨如期爭似兒童日漁樵逐隊嬉

久客疎慵慣渾忘世俗嘲詩因流水就書爲看雲拋

經歲離故園青林思飛遠舊栢長更高新竹生漸小

薜荔巖前老蘼蕪江上多吳船擬垂泛閑聽越人歌

趙伯友姜叔謙同遊紫霄觀見示佳咏因屬和七首

琪樹方壺秀芝草元洲春羽人愛林臥不管海揚塵

昔聞雲中仙遯跡人間世青松將十圍蒼鹿亦千歲

飡霞固有術烹石諒非難何如坎離媾方寸成金丹

貞士不可見或從林下逢暫卽松筠室聊怡氷雪容

碧桃天上樹青澗石邊栽世每紛紛異花猶歲歲開

手弄紫藟芳搴衣陰洞口九節蒲可尋如瓜棗當剖

高吟水木靜逸思風雲驟知有滄洲期意得還獨笑

為黃仲尹題梅四首

孤山夕雲凍皓鶴返林廬參差破瓊蘂正是雪飛初
珠宮萬姝麗繽紛朝紫皇月明瓊珥冷風細縞衣香
蜿蟺雙蒼龍石潭下無底時時戲明珠夜光照寒水
霜白玉堂砌鳥啼錦樹枝小兒誇解笛莫向月中吹

題樹石四首

欹樹水涵碧遥峯天共青誰將舟不繫泛泛似浮萍
木雜古今色蘿懸高下春迢迢空翠裏三四渡溪人
輕艘泊烟渚二叟並垂綸緣水濃於酒貪看也醉人
偃蹇潭上松潭深松獨俯只恐化蛟龍夜中作風雨

題鷹四首

雲中廻勁翮原上騁雄心耿介翻爲害鷙飛合過林攫雉

◎

夢澤秋風急湘江秋水寒莫矜應縮首洒血也須看搏鷹

雪後盤空下金精耀日光可憐陰狡物那解穴中藏窺兔

霜晨乍脫絛駭獸欻相遭數肋何須射生擒意獨豪擒麞

旅舍

寥寥山林迹凄涼江海情巴歌從客好楚服爲人輕

七言絶句

龍翔寺贈縫人二首

蜀綺吳綾慣揣量并刀常帶邑絲香自言多得豪家意也解穿雲到上方

山客麻衣歲月多朔風吹裂奈愁何若爲訪我淸江上倩子雲中製芰荷

贈釆詩方道成

乾坤淸氣治朝音碧海明珠價萬金他日江南方氏集流傳應遣到雞林

西湖歌五首

美人玉釵燕䎃䎃白日照耀黃金蟬柳絲綠讓雲環䯼

荷花紅如茜裙鮮

鵞黃滿壺載船頭酒能解愁人自愁長堤車馬如流水
朝來暮去幾時休

豔妝緩歌金縷衣舞腰學得爲兒飛湖西日落月東出
歌舞留人且莫歸

青山入湖湖水青菱花白白照船欞山頭急雨船須住
水面凉風酒易醒

錢塘城中十萬家碧瓦龍鱗戶綺霞樓頭買酒船中飲
不如湖上最繁華

兒子岷自維揚還至金陵得朱縣尹仲文手書且云荷接引良厚二絕寄謝時仲文將調官京師

假館維揚

木犀香裏設離筵建業西風八月天一騎仍留大江北雙鳬何日五雲邊

一札飛來雲錦函也知能共阿戎談幾夜石頭城上月遥瞻二十四橋南

釣臺三首

臺下澄江山影多臺上蟠木懸青蘿高人一去山寂寂萬古明月照江波

獨把魚竿烟雨中身逃塵網與人同祗緣競慕終南捷愈覺高名泰華雄

祠庭纔拜先生像舟子乘風發棹忙欲薦蘋蘩慚草草

還瞻雲水自蒼蒼

觀清江傅氏西園題詠懷舊二絕

憶昔西園曾見招春風歌響入春霄池上題詩花苒苒
林邊歸騎雨瀟瀟

一別桃源迷故津花隨流水幾廻春烟塵豈料逢今日
翰墨猶期似昔人

聞笛

風入梧桐山月明臥聽隣笛轉淒清未傳黃鶴樓中曲
却得羌兒塞上聲

食笋

楚山春笋楚江魚北野黃牛恐未如老來更厭江魚美

食笋山中樂有餘

足疾作

山上浮雲坐臥看衡茅十日步蹣跚思仙不得飛騰術
愈覺人間行路難

爲王仲義題雪梅

小橋東郭先生履曲逕西湖處士家向煖早看花侶雪
冒寒更愛雪如花

淸江道中

殘夜江城厭鼓聲出關那得更遲遲鷄豚曉日田家樂
蓁莽秋風過客悲
桕葉生紅霞映水荍花連白雪盈疇晴天綉畫山溪景

却是春光不似秋

寄章齊高四首

葛嶺雲開青映天瀛洲月上夜無烟大守愛居山水郡
名流尤羡幕官賢

去年相親情戀戀今年相望思依依石潭遙想蛟龍隱
寒渚空憐鴻鴈飛

令弟曾爲五臺客經過渝上問平安芙蓉道遠何堪寄
楊柳秋來折更難

山中歲月薜蘿春天上光華印綬新白首唯思逢世泰
青雲那得厭交貧

山舍偶成

石峽瑽琤新漲水柏林嵴崒古時墳黃茅小逕無來客
一犬松邊吠白雲

代贈李以洪歸　四首

門外梧桐啼早鴉行人策馬踏江沙歸去却憐家是客
重來還念客爲家

冉冉花明金鳳渚青青柳映木蘭船遙望鍾陵在何處
洪厓高出白雲邊

象牙潭裏帆過後石頭渡口船到時洲人洲上迎歸櫂
山客山中勞遠思

黃峯岧嶤凌紫虛下有林堂宜讀書綠壑丹厓遲君至
松巢不減住匡廬

和何彦正春耕十一首

見說春耕溪水頭賦詩猶憶玉京遊莫誇塞北千蹄馬
寧買江南十角牛

雨後逍遥南澗上山田漠漠樹重重綠拖烟外無窮水
青插天邊不盡峯

垂垂楊柳蔭柴扃遠遠巖巒列錦屏江海歸來更何事
朝親農圃夕窮經

石壁臨流淨可書從教漁子怪癯儒黃蜂日日粘紅蕊
白鳥時時下綠蕪

自著青蓑久離羣羞將龍劍遠從軍雨苗已得隣人借
烟草長令稗子耘

亂後江湖阻舟楫衣冠强半寓山村雲中紫蕨那堪采
豺虎驚人翠谷昏
短笠登山自種茶縈林石逕樹邊斜百金自可侔封邑
千騎何勞擁鼓笳
竹間樵逕行應熟花外漁舟望欲迷處處稻畦分落照
荷蓑人去水禽啼
閑與山僧日共談往來溪北又溪南今代勸農賢太守
它年何武定才堪
野夫卧對石門山懷友其如道險艱喜誦濤詩涼雨後
喚回幽思白雲間
叢桑樹邊綠草生刺桐花下碧甆杯醉和農歌樂農暇

吳鹽如雪點楊梅

爲紫霞魯所聸題白鹿仙人圖

百尺蒼松雲氣重千年白鹿澗邊逢仙人月下吹簫處
知在緱山第幾峯

寄瑞州教授童子玉 二首

八百洞南雲樹連錦江浦口水涵天最懷分教童徵士
白日琴彈幽澗泉

鍾陵去年閱秋卷猶憶衣冠星聚時經年抱病青谿上
聊采芙蓉寄所思

和趙伯友上巳 四首

江上行人時兩三水南雲樹引浮嵐林花高下丹青障

坡笋參差玳瑁簪

山梨白白花開初北郭遥懷南郭居臨流豈無車馬集

遣興那教詩酒疎

疎雨點烟霑碧樹暖風吹水動青芹間關幽鳥相歡鳥

舒卷横洲自在雲

醇麗最羨葛天民畊鑿仍思鄭子眞白首相看更相憶

天教空谷有斯人

題龍頭

雲爲車輪魚爲馬玉女夜過金峯下飛空矯矯隨風雷

九州萬里銀河瀉

贈蕭克修 二首

郎官出自白雲司歸到官洲春暮時却憶上林應更好
桐花日烜鳳凰枝
君經采石江頭路雲白山青水似苔莫爲題詩滯行色
金門正待濟時才

題東海鷹

鐵距堅剛白錦毛繡韝光彩翠絲絛氷寒遼海霜天淨
看爾橫飛意獨豪

題梅

二十四橋人靜時霜飛庭樹月穿帷何郎東閣偏多興
獨愛瓊英分外奇

熊自得畫雙鵝爲亞卿馮逸人題

八十六翁熊監丞畫出雙松老更精宛然雙龍入雲去
石潭秋水照分明

病中 二首

鬅鬙亂髮似秋蓬蕭瑟千林落木風養病在心唯一靜
何須斸藥白雲中
浮世嘗休未得休百年枯樹亦心留山翁貧病多諳歷
也勝人間種種愁

爲彭聲之題蕙樓書室 四首

碧嶼雲連徵士亭蕙樓幽館散芳馨好將薜荔充瑤席
更檻芙蓉當綵屏
花囪鸚鵡綉簾褰蘭室珊瑚寶鏡懸不似晴簷朝放鶴

歌辭自寫翠濤箋

昔人種蕙盈百畝君今結屋愛秋香人間那用黃金塢
天上徒聞白玉堂

楊柳城東送行客蘼蕪江上怨王孫先生獨得元洲趣
咫尺波濤晝掩門

雪後

金鷄舒翅出前簷戶牖生光日射簾青桂枝頭墮殘雪
石苔頻撒水晶鹽

爲徐東壁題金用中所畫清江隱居圖

文筆峯高出翠屏石龍潭冷桂松青郎官寫得林廬景
宛似東湖處士亭

題虢國夫人入朝圖

千金駿馬荔支文人似巫山一片雲料想玉環迎候久
却教青鳥信先聞

京城僑南寓館雨寒詠懷七首

白鷺洲頭雲作團病軀更覺海天寒長吟擁膝忘昏晝
咫尺鍾山不得看

天界禪宮隣畫省朝天仙館並靈臺寄居總是衣冠士
常憶星聯近上台

賜衣來自九重天野服兼隨遠信傳聖君優老無窮感
兒子思親也可憐

門外時時雨散絲南街泥淖步難移豪家豈少如龍馬

誰念山翁許借騎

江頭鶺鴒相呼急雲裏鴛鴦結伴翔久客却憐初到客

懷鄉猶勝忘還鄉

常恨山中少良友相逢闕下總名流安得秦淮爲美酒

相邀同醉散千愁

故園梅花想遍開京城日日苦寒催縱使還家將歲盡

也勝爲客又春來

京城元夕 二首

芙蕖紅簇綵毬圓珠斗銀蟾的的懸人在天街郎天上

客居蕭寺忘蕭然

仙樂風飄絲管度仙娥雲擁綺羅嬌千門熀燿同京洛

萬里昇平感聖朝

湖口鎮搜撿客舟

黃裙青袴帽紅簷悍卒登舟撿察嚴際郲席衾無長物
將軍那信野夫廉

過湖小泊長嶺

蒼石灣頭砍枯樹紅桃磯畔買鯿魚人家爭似湖中樂
只是風濤不可居

舟中望廬山四首

都城久住憶廬山及見廬山又遥遥楚有高風嘲過客
丹崖千丈竟誰扳

巍巍五老瞰春波隱隱三梁隔翠蘿野客最宜山上住

只嫌盤石不生禾

白鹿洞中徵士宅蒼松林下逵公廬雲廊霞閣今安在
虎穴蛟宫却自如

石門山堂桂樹團寥寥雲澗少風湍歸去更思湖上好
匡廬合作畫圖看

泊左里

揚帆正喜朔風生白浪纔高膽復驚湖上神靈能見愍
水平願似我心平

岑陽齋爲周仲謹題

不到岑陽又隔年山窗長想碧雲邊論文應共二三友
日日閒臨虎瞰前

六言

和天寧松室道人

石橋水隔人世，珠樹鶯啼早春。草色漸宜步屧，松枝不礙車輪。施石臺留青羽，放生池有縱鱗。尤愛汀洲杜若，采贈山中遠人。

爲黎崇瞻題竹二首

曉逕蕭蕭爽籟，暮林瑟瑟秋聲。翠筠不受塵涴，白晝驟覺寒生。

湘娥泣懷幽恨，山鬼應怪昏迷。箇箇琅玕翠逕，濛濛林澗雲低。

題梅四首

隔竹聞香細細臨流翫柳斜斜鷺見飄花似雪莫教飛

雪如花　風

苔逕人稀到處石橋霜正融時尋幽野客纔見趂暖山

蜂未知　晴

幾樹西湖西畔數枝東閣東頭倚柱休吹玉笛撅蓬好

駐蘭舟　水

玉鏡稍頭烱烱金波花裏粼粼遺佩或逢神女泣珠疑

是鮫人　月

樂府近體

晝夜樂 懷金陵

秣陵猶憶豪華地醉春風花明媚碧城緑絢樓臺紫陌香生羅綺夾十里秦淮笙歌市酒帘高曳紅搖翠油壁小輕車閒雕鞍金轡 同遊放浪多才子詫酬歌如高李傲睥江海狂心懷古虹蜺雄氣歸臥雲廬霜滿鬢十年閒多少愁思春夢遶天涯度煙波千里

燭影搖紅

後漢匈奴傳言呼韓邪單于來朝願爲漢壻後宮王嬙以積怨自請行此事之實也西京雜記乃云元帝使畫工毛延壽圖宮人形貌按圖召

幸王嬙以賂金少畫不及貌王嬙當行帝見之悔乃殺延壽夫元帝柔仁之主也而謂其因女色殺畫工余固不信而無寵自請行誠一污賤女子耳後之爲昭君曲者多歸咎元帝殊不當也因此賦

深鎖宮花繡生魚鑰重門閉美人何事怨東風獨抱傷春意月照黃沙萬里到氈城芳心自喜樽前歌舞馬上琵琶寵深誰比　毳服胡妝那思舊日嬙羅綺年年秋鴈向南飛肯寄相思字歲久玉顏憔悴似花落悔隨流水草青墳上應是香魂尚含愁思

木蘭花慢　桃源

愛山中日月春漸去又還來望水繞人家雲生牕戸岫轉峯廻層層絳桃千樹似丹霞散綺映樓臺世上從教桑海人間自有蓬萊　漁郎未必是仙才偶爾到天台喜相問相邀山中殺鷄樹裏樽罍緣何便尋歸路是風波險處未心厭要似秦民深隱桃花只好移栽

綺羅香　天台

翠谷呑霞丹厓隱日瑤草綠迷仙路複宇層臺鷄犬不知何處花對發洞裏嫦娥璧雙美人間才子信奇緣水合雲交香風滿逕共歸去　嘈嘈鸞鳳簫管九醞瓊漿碧氷盤麟脯滄海深深將比此情難侶奈塵臆未斷愁根被啼鳥苦催歸思嘆多少樂極生悲落花思故樹

八聲甘州 贈易自然禱雨有應

喜神龍飛雨遍秋郊黄河自天來是蟠溪逸士胸中造化掌上雲雷壇峙崟峯東畔稽首望仙臺絳節霓衣擁閶闔朝開　憑仗小心風送絲章上奏咫尺瑶墀念魚頭赤子戢戢困炎埃賴皇穹恩波滂沛便千村萬落總春回八都道先生功行山嶽崔嵬

阮郎歸 自洪家還

歸來長嘯碧山阿結茅牵翠蘿衰顏借問近如何吳霜侵鬢多　衣裋褐臥行窩眼前隨分過一溪風月與煙波閑中宜釣蓑

醉落魄

蒼崖翠谷閑雲一片無拘束田廬村巷經行熟無取無
求曳杖看修竹　道人邀我巖居宿小槽白酒過醽醁
醉來共唱山中曲無價清歡何必論金玉

南歌子　或以山葡萄爲獻其味與家園者無異

蚪蔓懸秋露驪珠撼曉風丹崖點漆變殷紅味與涼州
珍貢却相同　御苑堪移植雕盤合上供猿猱餘顆寂
寥中多謝樵人分送到山翁

憶秦娥　爲南溪廖氏題古梅

湖山曲山頭花照湖波綠湖波綠盈盈仙子鏡中顏玉
百千年樹繁英簇春光却在幽人屋幽人屋自然富
貴海珠千斛

魚遊春水 避亂還家見桃盛開

家隣千峯翠幽徑重開荊棘裏小桃花艷春日盈盈霞綺香入騷人碧玉杯色映遊女青螺髻帶露更嬌迎風尤媚 古有墻東避世況似武陵風光美時時獨酌花間別有天地不教掃逕看尤好意欲尋仙從茲始巖前白雲石邊流水

謝池春 花朝

薄寒山閣當亭午瀟瀟雨鳥靜桃花林水生蘭茗渚玉勒驄稀出油壁車何處欲簪花簪不住花紅髮白應笑人憔悴 春過一半東去水難西駐前半傷多病後半休虛負白醴匏尊滿紫笋山殽具心無累皆佳趣自辭

觴酹勸客須當醉

緱山月　雨夕

急雨響巖阿陰雲暗薜蘿山中春去更寒多縱柴門不閉花滿逕蒼苔潤少人過　蘭舟曾記蘭汀宿牽恨是煙波而今林下和樵歌看風風雨雨從造物時時變總心和

玉蝴蝶　閑居

天付林塘幽趣千章雲木三逕風篁雖道老來知足也有難忘旋移梅要教當戶新插柳須使依牆更論量求田種秫闢圃栽桑　荒凉貧家有誰能顧獨憐巢燕肯戀茅堂客到衡門且留煮茗對焚香看如今蒼頭白髮

又怎稱紫綬金章大癡狂人嘲我拙我笑人忙

破陣子

黯黯萋萋草色狼狼籍籍花枝江上煙波天共遠樹外雲山路更迷故人音信稀　因病從教廢酒非愁自懶題詩芍藥荼蘼開漸近蹴踘鞦韆樂有誰雨僝風僽時

人月圓春夜

三春月勝三秋月花下惜淸陰錦圖綉陣香生華履光動蘭襟　棠梨枝顫乍驚栖鵲夜久寒侵明朝風雨休辜此夕一刻千金

燕歸懷上巳雨

花遷蕭條恰桃霞已盡梨雪初飄雲霾嗔麗景風雨妒

佳朝山中行樂本寥寥那更值年荒酒價高諸生共高
詠只閑靜勝嬉遊　千嶂暝故人遠濘妨馬水平橋象
筵寘瑟何由見與誰共羽觴浮蘭亭遺跡長蓬蒿怎能
勾山陰棹小舟對景度新曲獨堪向故人求

雨霖鈴　夏景

螺峯堆綠夜來經雨渾似膏沐飛泉怒瀉崖谷縣霜練
鳴蒼玉虎跡巖前過處踏破翠苔褥聽啼鳥山北山南
樹杪幾雲自相逐　蓬門晝掩稀來躅稱幽人獨步看
新竹移床松下零露三四點乍沾湘軸目永如年況是
閑身不受拘束休妄想鵷鷺朝班聊且伴麋鹿

金菊對芙蓉　秋思

玉刻奇峯藍拖秀水秋光渾似耶溪渺蒼烟十里白鳥孤飛恨無越女芙蓉艷蘭舟小桂棹輕移西風殘照樵人漁子結伴尤宜　無奈物理難齊歎魚鰕苦瘦鳫鶩多肥望茫茫江海今更何之溪頭綠樹親曾種耐寒暑應笑人衰青山千仞白雲萬頃須理荷衣

玉蝴蝶　丙午元夕

霽景烟霞五色黃金柳裊碧玉桃開（是春花早）再覩昇平氣象處處春回且追隨村歌里巷休耽戀綺席樓臺獨徘徊人看月上月趁人來　因懷金陵舊曾遊翫御街燈火遠照秦淮友勝同歡醉聽簫鼓鬧春雷幾年間風馳雲往千里外水複山廻是仙才飈輪許借重訪蓬萊

訴衷情

李花當戸間桃花妍景雪兼霞春風送將春色照耀野人家　同蝶使罷蜂衙日初斜雙鶯窗外雙燕簾間共惜穠華

浪淘沙　夜雨

簷溜瀉泉聲寒透疎櫺愁如百草雨中生誰信在家翻似客好夢先驚　花發恐飄零只待朝晴彩霞紅日照山庭會約故人應到也同聽啼鶯

採桑子　孟夏

舍南舍北多桃李子滿青枝曲逕冥迷新竹增高舊竹低　掃苔坐石何妨久行步常遲踦立移時雲起東風

日墜西

宴清都 端午

帶恨湘江水無奈遠楚雲天際千里靈均一去芳蓀翠減香蘺青死龍舟疊鼓聲沸歎舊俗空誇水戲樂少年越女吳姬王孫公子 曾記南浦芙蓉東湖楊柳斜日歌吹綵舟載酒綸巾揮扇勝友同醉而今白頭蓬卷但諳慣獨醒滋味好只把蘭佩荷衣從今料理

望江南 傍村之民兄弟四人生豪奪民產遠流

山深處豺虎縱跳踉但愛體肥貪肉食那知腹飽是身殃天網甚恢張 千里外魑魅可同鄉三尺正當嚴律令四凶那得詫强梁稽首謝君王

天仙子 苦熱

六合似鑪雲似火熱氣蒸肌煙霧鎖此時那得羽翰生冰鑿過風巖坐瀑布濺衣珠萬顆 未旱先愁愁怎躲如在顛崖唯恐墮急須霖雨慰蒼生名譽播江之左誰在東山深處臥

蘇幕遮 秋旱喜雨

白蘋乾紅蓼悴日減溪流塵擁渾如霧一日雲凝千嶂雨黃葉蕭蕭却又添新翠 墾蒿煙耕草露種麥栽松生計那嫌暮預想登高歡會阻門掩黃花也自多幽趣

永遇樂 丙午歲仲秋與胡中山同舟往南昌至樟鎮而返別適一月作此寄之中山能談泰定數

年少羨君有如瓊樹相見何晚虎瞰山前輕船同載正桂花香滿封溪一夕孤蓬聽浪又趁朔風遄返許行藏只堪一笑怕令白鷗驚見　君如管輅聰明負異能道山翁奇蹇絳闕蓬萊人間天上翹首仙凡遠何時訪我竹溪松巒儘有白雲堪翫寫長懷且寄南飛秋鴈

浣溪沙冬景

錦樹分明上苑花晴光宜日又宜霞碧烟橫處有人家
綠似鴨頭松下水白於魚腹柳邊沙一溪雲影鴈飛斜

洞仙歌舍後山中見羣鹿

孤峯碧峭長雲中瑤草羣鹿甡甡怪希有想嵩陽少室

曾伴松喬知踏遍白石蒼苔多少　逸人塵外趣翳鳳
驂鸞夢上瀛洲歷蓬島驀見爾此山中便對煙霞喜共
約長爲儕友爲借問仙翁在何方願同往從之徧窺巖
岫

木蘭花慢　賀彭子壽伯塤叔姪新居

羨樓臺有地不改換舊林塘想叔父東山郎君玉樹籌
畫非常雲霄正期勲業且先恢庭戶攬風光蒼靄晝生
翠牖丹霞曉映雕梁　春鶯求友候春陽應戀木千章
宜永日圖書凉飇絲竹皓月壺觴蓬萊宛然異境愛琪
花瑤草近人香老矣猶誇能賦憶君夢到華堂

眞珠簾　丙午冬雪

西窗夢斷簷光曉雪交墜山僮驚報巖岫化銀宮似白雲仙島萬樹梨花都開遍怪一夜春風來早擬眺想千家晏起村巷幽悄　誰解喚掃庭除命雕鞍迎客玉壺注酒金帳擁紅妝惜盛歡難久何似袁安門晝掩抱清冷年年如舊須候候暖日烘梅竹松同秀

折桂令　留京城作

龍樓鳳閣重重海上蓬萊天上瑤宮錦綉才人風雲奇士衮衮相逢　幾人侍黃金殿上幾人在紫陌塵中運有窮通寬著心胸一任君王一任天公

踏沙行　江上阻風

疊浪堆瓊橫烟織素停橈避險灣頭住汀洲連水水連

雲何曾迷却歸人路　今夕聊淹明朝須去休愁休怨休嗔怒還家正屬好風光啼鶯無數花枝千樹

虞美人　舟中

岷峨雪盡生春水江濶盤蛟喜蘭橈曉發大江東回望銀宮金闕五雲中　來時秋渚蒹葭老歸日春花早客身千里似征鴻恰恰秋來春去總相同

謁金門　舟中對月

天似洗洗遥望楚山千里歸鴈數聲雲外去此身猶滯此半夜潛蛟不起潭月金鱗光細獨倚孤篷渾不寐碧流清見底

謁金門　采石花朝

春正美處處艷桃穠李記省花晨今日是柰何辭帝里采石蘭橈暫倚且與舟人同醉心已到家身尚未客中聊復爾

臨江仙 舟中

十日江程春過半渚青新長蘆芽李花幾樹間桃花嫩黃烟際柳遠白水邊沙　老子老來心似水肯教愁緒如麻扁舟來往似仙槎還家今有日那得更思家

菩薩蠻 湖口

海門西上帆如電神靈借與天風便容易見廬山雲中雙鶴還　風勻波不怒水碧涵山翠沽酒酹神君醉吟湖上春

金縷衣　泊南浦

南浦歸帆暮喜重看螺江煙柳鶴汀雲樹畫棟朱簾歌舞地風景已非前度只浩蕩江濤如故相望飛樓鵬翅展美雄城防衛多貔虎又喜免亂離苦　舊時猶記登臨處共詩朋賦友同歡詠今懷古兩鬢星星今老矣却似荼蘼孤注歎桃李不知春去獨有洪崖青不改似於人戀戀能相顧招我隱有佳趣

八聲甘州

近里有妾男子爲妻所詬遂忿而遠去誓云非富貴不歸妻亦誓獨守無他志旣歷十五年夫竟旅困羞歸而妻能潔身以自守獨理其家衣

食饒給因咏以勵薄俗

記年時波蕩兩鴛鴦雌雄各分流恨郎情似水妾心如石此恨難休自古恩深滄海富貴等浮雲何忍輕離別反愛爲仇　君看江頭枯樹縱春風虛過根幹仍留且牽蘿空谷蓬戶自綢繆想秋胡未忘故態怕無金相贈却懷羞歸來日郎嗔妾忿都合冰消霧收

新喻梁石門先生集卷之六

新喻縣知縣崇安暨用其訂刊

經

易經

周官大卜掌三易一曰連山二曰歸藏三曰周易其經卦皆八其別皆六十四　漢志曰易道深矣人更四聖世歷三古自魯商瞿受易孔子以授橋庇五傳而至田何及秦禁儒學易爲卜筮之書故傳者不絶

三易之不同何也曰說者以爲夏易因炎帝而曰連山其卦始艮連山者象山之出雲連連不絶也商易因黄帝而曰歸藏其卦先坤歸藏者萬物皆歸藏於

中也周易則其卦始乾謂之周者以别夏商也夏商易取七八以不變爲占也周易取九六以變爲占也重卦或云伏羲或云文王何也曰有八卦即有六十四卦觀十三卦制器尚象既羲農所取重於文王之前明矣二篇之卦多少不同何也朱子曰卦有正對有反對乾坤坎離頤大過中孚小過八卦正對也正對不變故反覆觀之止成八卦其餘五十六卦反對也反對者皆變故反覆觀之其二十八卦以正對卦合反對卦觀之總爲三十六卦其在上經不變卦凡六乾坤坎離頤大過是也自屯蒙而下二十四卦反之則爲十二以十二而加六則十八也其在下經不

變卦凡二中孚小過是也自咸恒而下三十二卦反之則爲十六以十六而加二亦十八也多少之數未嘗不均矣程朱言重卦不同何也曰朱子重卦郎邵子加一倍法也蓋太極者象數未形之全體始分一奇一偶則爲二畫謂之四象四象之上又各生一奇一偶則爲三畫謂之八卦八卦之上又各生一奇一偶以漸加之至六畫則爲六十四卦引而伸之六畫之上又漸加之則爲十二畫者四千九十六此焦貢易林變卦之數也卦象之難明者何也曰三聖人之取象各異坤之牝馬文王之象也咸六爻象人漸六爻象鴻周公之象也說卦乾馬坤牛之類孔子之象

也朱子曰易之象不可復考姑據辭中之象以求象中之意使足以爲訓誡而决吉凶其亦可矣程朱卦變不同何也曰程子以爲諸卦皆由乾坤而變如剛上柔下之類求之三陰三陽之卦則皆可通若訟與无妄四陽之卦則云陽自外來并復自上卦而下故朱子以爲難通而别爲例者以本卦二爻相易而成則六十四卦無不通矣蓋一陰一陽之卦各六皆自復姤而來二陰二陽之卦各十五皆自臨遯而來三陰三陽之卦各二十皆自泰否而來四陰四陽之卦各十五皆自大壯觀而來五陰五陽之卦各六皆自夬剝而來此蓋發先儒之未發者也

易傳

隋志卜子夏易傳二篇　文中子曰九師興而易道微註淮南王聘明易者九人撰道訓二十篇號九師易魏王弼註上下經晉韓康伯註繫辭說卦序卦唐孔氏爲正義

漢初傳經者傳其文而已未嘗自爲訓說也至丁將軍寬作易說三萬言則訓詁之學興矣焦延壽述陰陽災異則穿鑿之說起矣若子夏之傳不依古易篇次而遵費氏則爲後人之假託可見也九師之易王通以爲易道因之而微則無資於聖經可知也王弼之傳則高談理致祖尚淸虛而已孔氏之疏則隨文

生義依徇王氏而已迨程子作易傳易之義始大明朱子作本義易之象占始益著蓋程子之易發揮孔子之十翼者也朱子之易則推三聖教人卜筮之旨者也若乃朱子畫卦揲蓍之法先天後天之義又皆祖述邵子而推明之允爲有功於易道云

圖書

孔安國曰河圖者伏羲氏王天下龍馬出河遂則其文以畫八卦洛書者禹治水時神龜負文而列於背有數至九禹遂因而第之以成九類關子明曰河圖之文七前六後八左九右洛書之文九前一後三左七右四前左二前右八後左六後右劉歆曰河圖洛書相爲經緯

八卦九章相爲表裏

圖書之數不同何也曰河圖以五生數統五成數而同處其方葢揭其全以示人而道其常數之體也洛書以五奇數統四偶數而各居其所葢主於陽以統陰而肇其變數之用也且河圖中者爲主而外者爲客洛書正者爲君而側者爲臣亦各有條而不紊矣然河圖主全故極於十而奇偶之位均論其積實然後見其偶嬴而奇乏洛書主變故極於九而其位與實皆奇嬴而偶乏必皆虛其中也然後陰陽之數均於二十而無偏耳其皆以五居中者何也曰凡數之始一陰一陽而已陽之象圓圓者徑一而圍三陰之

象方方者徑一而圍四四圍三者以一爲一參其一陽而爲三圍四者以二爲一故兩其一陰而爲二是所謂參天兩地者也三二之合則爲五矣故圖書皆五居中也易範之則於圖書者何也曰則河圖者虛其中則洛書者總其實也河圖之虛五與十者太極也奇數二十偶數二十者兩儀也以一二三四爲六七八九者四象也析四方之合以爲乾坤離坎補四隅之空以爲兌震巽艮者八卦也洛書之實其一爲五行其二爲五事其三爲八政其四爲五紀其五爲皇極其六爲三德其七爲稽疑其八爲庶徵其九爲福極其位與數尤曉然矣然則圖書果不可以相通乎

圖論其取則易乃伏羲之得於圖而初無所待於書
範乃大禹之得於書而未必追考於圖是果異矣然
圖書實未嘗不相通焉蓋以河圖而虛十則洛書四
十五之數也虛五則大衍五十之數也積五與十則
洛書縱橫十五之數也以五乘十以十乘五則又皆
大衍之數也洛書之五又自含五則得十而通爲大
衍之數矣積五與十則得十五而通爲河圖之數矣
然則所謂經緯表裏者何也曰經緯者非謂以上下
爲經左右爲緯蓋主圖而言則圖爲經而書爲緯也
主書而言則書爲經而圖爲緯也表裏者以所取則
者爲表以相通者爲裏故圖之表爲八卦而其裏亦

可明疇也書之表爲九疇而其裏亦可以畫卦也

先天

邵子曰大傳天地定位至易逆數也一節明伏羲八卦

太極旣分兩儀立矣陽上交於陰陰下交於陽而四象生矣陽交於陰陰交於陽而生天之四象剛交於柔柔交於剛而生地之四象八卦相錯而後萬物生焉一分爲二二分爲四四分爲八八分爲十六十六分爲三十二三十二分爲六十四猶根之有幹幹之有枝愈大則愈少愈細則愈繁　乾以分之坤以翕之震以長之巽以消之長則分消則翕也　無極之前陰含陽也有象之後陽分陰也陰爲陽之母陽爲陰之父故母孕長

男而爲復爻生長女而爲姤嘗有詩曰乾遇巽時知月窟地逢雷處見天根天根月窟閒來往三十六宮都是春　天地定位否泰反類山澤通氣損咸見義雷風相薄恒益起意水火相射旣濟未濟四象相交成八卦八卦相盪爲六十四　先天學心法也故圖皆自中起萬化萬事生於心也　乾坤縱而六子橫易之本也

按先天八卦離東坎西巽西南對震東北兌東南對艮西北此對待之本也八卦相錯爲六十四此交變之用也自震至乾爲順者皆進而得其巳生之卦猶自今日而追數昨日也故曰數往者順自巽至坤爲逆者皆進而得其未生之卦猶自今日而逆計來日

也故曰知來者逆然本易之所以成則其先後始終如横圖及圓圖右方之序而已故曰易逆數也一分爲二二分爲四此言六十四卦横圖也乾以分之陽之闢也坤以翕之陰之闔也震以長之一陽生也巽以消之一陰生也此言六十四卦圓圖也無極者復坤之間也無極之前陰含陽自坤反垢也有象之後陽分陰自復至乾也乾與垢相值月窟也坤與復相值天根也三十六宮者乾一兑二離三震四巽五坎六艮七坤八之數合之爲三十六也天地定位否泰反類方圖外第一層乾西北坤東南泰東北否西南也山澤通氣損咸見義方圖向内第二層兑西北艮

東南損東北咸西南也水火相射既濟未濟方圖向內第三層離西北坎東南既濟東北未濟西南也雷風相薄恒益起意方圖中心震巽恒益四卦也朱子曰此圖圓布者乾盡午中坤盡子中離盡卯中坎盡酉中陽生於子中極於午中陰生於午中極於子中其陽在南其陰在北方布者乾始於西北坤盡於東南其陽在北其陰在南此二者陰陽對待之數圓於外者爲陽方於中者爲陰圓者動而爲天方者靜而爲地也又曰先天一日有一日之運一月有一月之運大而天地之始終小而人物之死生遠而古今之世變皆不外此

後天

邵子曰自帝出乎震至成言乎艮明文王八卦　至哉文王之作易也其得天地之用乎故乾坤交而爲泰坎離交而爲既濟也乾生於子坤生於午坎終於寅離終於申以應天之時也置乾於西北退坤於西南長子用事而長女代母坎離得位而兌艮爲偶以應地之方也震兌橫而六卦縱易之用也

文王八卦始震爲春巽爲春夏之交離爲夏坤爲夏秋之交兌爲秋乾爲秋冬之交坎爲冬艮爲冬春之交故艮謂之成終而成始乾坤交而爲泰以下言文王改易伏羲卦圖之意也蓋自乾南坤北而交則乾

北坤南而爲泰矣自離東坎西而交則離西坎東而爲既濟矣乾坤之交者自其所已成而反其所由生也故再變則乾退乎西北而坤退乎西南也坎離之交者東自上而西西自下而東也故乾坤既退則離得乾位而坎得坤位也震用事者發生於東方巽代坤者長養於東南也震兌皆陽下陰上故云始交坎陽在中離陰在中故云交之極艮巽皆陽上陰下故云不交

書經

漢志曰孔子刪書爲百篇及秦焚書孔子末孫惠與秦博士伏勝各藏其本於屋壁漢興伏生求其書亡數十

篇獨得二十九篇文帝求治尚書者天下無有而伏生老不能行使晁錯往受之其後有歐陽生大小夏侯勝建之徒皆學伏生寫以漢世文字號今文尚書　武帝時孔惠之書始出皆科斗文字時人無能知者安國以所聞伏生之書考論文義定其可知者書以隸古定爲五十八篇號古文尚書

尚書多可疑諸儒之說紛紛唯取决於朱子可也朱子之疑者數事謂今文雖多艱澀古文反平易或謂紀錄之實語難工潤色之雅辭易好此爲近之然伏生倍文暗誦乃偏得其所難而安國致定於錯亂磨滅之餘反專得其所易此可疑一也孔安國傳恐魏

晉人所作託安國爲名序文亦不類西漢文字此可疑二也書小序亦幷出於孔子乃周秦間人作之此可疑三也又謂禹貢言三江及荆楊地理所目見者皆有疑至北方即無疑乃不曾見耳此可疑四也及教人讀書則謂如大甲伊訓之類明白者皆當熟玩如盤庚康誥難曉者當缺疑此可以爲稽古之法矣

書傳

隋志曰伏生書二十八篇又河内女子得泰誓獻之伏生作尚書傳四十一篇孔安國爲五十八篇作傳巫蠱事起不得奏上　後漢杜林傳古文尚書賈逵爲之作訓馬融作傳鄭玄亦爲之註有尚書逸篇出於齊梁之

間考其篇目似孔氏壁中書之殘缺者

按隋志之說世或未深究今據其說而推明之其曰女子所得泰誓者卽僞泰誓也孔頴達言張霸作僞書無泰誓篇則僞泰誓先出非霸作之也若以女子所得爲眞泰誓馬融何以疑其僞蔡沈不攷女子得泰誓之言而謂亦霸所作誤矣其曰伏生作傳則書之訓解由伏生始也伏生書二十八篇而傳四十一篇者古人解經不附於經下故其篇之多少與經異也其曰孔安國爲五十八篇作傳葢其古文已上之矣及傳既成巫蠱事作未及上之而未立學宮故至於絶漢儒林傳賛言平帝時古文立之學宮者乃張

竊僞書也至東晉之世梅賾始得孔傳奏之而又缺舜典齊建武中姚方興始得舜典乃列之學官也若乃伏生之傳竟亡者蓋自馬融之註盛行則伏生之傳少復習講故唯秘書既亡則是傳亦遂亡矣至於近世之註則朱子之所取者僅四家謂王安石蘇軾呂祖謙林之奇是也然又曰王氏近於鑿蘇氏傷於畧呂氏傷於巧林氏傷於繁及蔡氏之傳則二典三謨皆朱子所定其餘大槩亦多朱子之意凡論制度則本之註疏然朱子論書多缺疑蔡氏已有不能缺者矣今之人雖欲求詳於蔡氏竟何益哉

洪範

漢志曰禹治洪水錫洛書法而陳之洪範是也　劉向
在成帝時集合上古以來至秦漢符瑞災異之說推迹
行事連傳禍福著其占驗比類相從凡十一篇號曰洪
範五行傳論

洪範自初一曰五行至用六極乃禹之本文九疇之
經也自一五行至篇終乃箕子之敘論九疇之傳也
範以五行爲先何也曰九疇始於五行五行本乎水
水失其性則五行皆亂五行皆亂則九疇皆斁矣然
九疇之則於洛書者則其九數而已若以五行配九
疇則非也然則劉向五行災異之說果得禹箕之旨
歟曰向之論以爲貌之不恭是謂不肅厥咎狂厥罰

恒雨厥極惡言之不從是謂不乂厥咎僭厥罰恒暘厥極憂視之不明是謂不哲厥咎豫厥罰恒燠厥極疾聽之不聰是謂不謀厥咎急厥罰恒寒厥極貧思之不膚是謂不聖厥咎蒙厥罰恒風厥極凶短折夫人事之感有得失之殊則天道之應有休咎之異乃常理也然必曰某事得則某休徵應某事失則某咎徵應其亦拘矣且人於一事之得則五事皆得一事之失則五事皆失若使人君之貌不恭矣而言又不從焉則既雨而又暘乎視不明矣而又聽不聰焉則既燠而又寒乎何其說之膠而不通也箕子之意言五事得則休徵各以類應五事失則咎徵各以類應

亦謂其屬當如是耳而五事之得也則當雨而雨當暘而暘是即休徵各以類應矣五事之失也則雨不宜恒而恒雨暘不宜恒而恒暘是即咎徵各以類應矣若向之論豈盡箕子之意哉且五事之得由於極之建五事之失由於極之不建今不論皇極而專論五事舍其本而治其末遺其內而攻其外亦非格君心之善道矣若孔氏之訓皇極以皇爲大以極爲中則朱子非之曰未嘗講於人君修身立道之本既誤以皇極爲大中又見書辭多含宏寬大之意因復誤認中爲居中之中葢不知無過不及之中乃義理精微之極非含糊苟且而不分善惡也今以誤認之中

爲誤認之極不謹乎嚴密之地而務爲寬廣之量則
一漢元帝之優游唐代宗之姑息皆是物也箕子之告
武王者豈若是哉朱子之論其有功於聖學者大矣

一 詩經

漢志曰古者有採詩之官王者巡狩則陳詩以觀民風
孔子錄之凡三百十一篇以授子夏子夏遂作序焉
史記曰關雎之亂以爲風始鹿鳴爲小雅始文王爲大
雅始淸廟爲頌始三百五篇孔子皆弦歌之以求合韶
武禮樂自此可得而述　孔氏曰王道衰諸侯有變風
王道盛諸侯無正風

夫天子巡狩命大師陳詩以觀民風在先王之盛時

一則然也至春秋之時王靈不振巡狩禮輟而陳詩之事亦廢矣魯爲人望之國周之禮樂皆在而夫子又周流四方諏其殘缺故自衛反魯而删定之其實皆非天子巡狩之所得也然則謂子夏作詩序者信乎曰非也朱子以爲衛宏作而毛公又增廣潤色之其攷之審矣而又謂讀者尊信小序有所不通必爲之委曲遷就寧使經文繚戾破碎不成文理而終不忍明以小序爲出於漢儒也其破世俗之膠固亦善矣史記謂古詩三千餘篇者然乎曰孔穎達以爲書傳所引之詩見在者多亡逸者少孔子所錄不容十分去九遷之言恐非也關雎美后妃之德而魯詩以爲

刺周康后晏起而作何歟曰此漢儒誤解關雎之亂以爲淫亂之亂故妄爲之說耳夫亂者樂之卒章也屈子之作離騷終之以亂曰乃取法於國風者也而漢儒聞見寡陋非惟不明詩之義亦且未見騷之文故鑿空以誣聖經而誣後學往往似此史遷號爲博採亦且踵訛故又曰幽厲之亂始諸衽席是又似以關雎爲幽厲之詩矣何其謬哉史遷又言夫子弦歌三百五篇以合於韶武信乎曰此亦惑於大序言止乎禮義而誤也觀儀禮飲射或歌或笙皆擇詩之善者耳未嘗有取於變風雅也今必曰皆合於韶武則淫哇之辭豈能強同於正聲者哉孔氏言正雅之義

然否曰孔氏以王道明盛政出一人故諸侯不得有風王道旣衰政出諸侯故各從其國有美刺之別也

詩傳

隋志曰漢興詩分爲四魯詩起於申公而盛於韋賢齊詩起於轅固而盛於匡衡韓詩起於韓嬰而盛於王吉齊魯盛行於時韓詩惟燕趙間好之毛詩最後出未大顯也四家詩經同而傳說或異後漢興毛氏詩而立齊魯韓氏其後鄭衆鄭康成賈逵之徒皆發明毛詩其學遂盛而三家寖微至魏晉時齊魯詩廢絶韓詩雖存而益微故毛詩獨行至今　鄭譜曰大毛公爲訓詁傳於其家河間獻王得而獻之以小毛公爲博士

齊魯韓三詩既亡而毛詩獨行雖其義未能盡合於經而考三家僅存之說其不合者尤多焉觀魯詩則謂關雎者刺康后之晏起而作也燕燕者衛定姜不見禮於獻公而作也齊詩則謂黍離者衛公子壽閔其兄伋而作也韓詩則謂芣苢者婦人傷夫有惡疾而作也柏舟者宣姜自誓而作也商頌者正考父美宋襄公而作也若此者皆與毛詩異矣齊詩亡於魏代魯詩亡於西晉韓詩至唐始亡今存韓詩外傳十篇非嬰傳詩之詳者也三家又謂關雎鵲巢鹿鳴等詩皆康王時作王風爲魯詩鼓鐘爲昭王時詩皆不足信至於趙宋歐陽氏王氏蘇氏呂氏皆爲之訓釋

雖各有發明而其略無遺憾者未有如朱子之傳者也蓋嘗求之諸儒之所以誤者皆以篤信小序之過耳而小序之所以謬者又以誤認思無邪之意耳夫子言思無邪之意非謂作詩之人皆無邪思也亦謂彼雖以有邪之思作之而我以無邪之思讀之則彼之自狀其醜者乃所以爲吾警懼懲創之資也而序者不達以爲如桑中溱洧之類皆出他人之譏刺而非其人之自作故其思皆無邪也皆能止乎禮義也三百五篇皆可合於雅聲而用之宗廟朝廷也殊不知桑中等詩聖人存之以爲戒耳若被之管絃則豈用是哉朱子曰三百篇皆宗廟朝廷之所用乎則如

桑中溱洧者當薦之何等之鬼神用之何等之賓客其譏之當矣而或疑夫子欲放鄭聲不宜錄淫奔者之詞則又曰夫子之於鄭衛深絶其聲於樂以爲法而嚴立其辭於詩以爲戒亦猶不語亂而春秋之書無非亂也嗚呼自朱子之傳一出而三百五篇之旨燦然復明如大空之日月而出於雲霾之積陰也今之誦詩者何其幸哉

春秋

史記孔子世家云孔子因史記作春秋吳楚之君自稱王而春秋貶之曰子踐土之會實召周天子而春秋諱之曰天王狩於河陽推此以繩當世貶損之義行則天

下之亂臣賊子懼焉筆則筆削則削子夏之徒不能贊一詞　太史公曰春秋上明三王之道下辨人事之紀別嫌疑明是非存亡國繼絶世補敝起廢王道之大者也撥亂世反之正莫過於春秋故有國者不可不知春秋前有讒而不見後有賊而不知爲人臣者不可不知春秋守經事而不知其宜遭變事而不知其權爲人君父而不通春秋之義者必蒙首惡之名爲人臣子而不通春秋之義者必陷誅戮之罪故春秋禮義之大宗也

　董仲舒曰孔子作春秋上揆之天道下質諸人情叅之於古考之於今故春秋之所譏灾異之所加也春秋之所惡怪異之所施也又曰春秋變古則譏之　王褒

曰春秋發五始之要在乎審已正統而已註元者氣之始春者四時之始王者受命之始正月者政教之始即位者一國之始　漢章帝詔曰春秋於春每月書王重三正謹三微也註三正者天地人之正三微者三正之始萬物皆微故王道取法焉　程子曰春秋大義數十炳如日星乃易見也惟其微辭隱義時措從宜者爲難知耳又曰五經之有春秋猶法律之有斷例也律令惟言其法至於斷例則始見法之用也　又曰始隱周之衰也終麟感之始也世衰道不行有述作之意舊矣麟不出春秋亦必作也

春秋始於隱公何也曰以魯史由是而始詳也右者

諸侯無私史周官小史掌邦國之志外史掌四方之志則列國之事皆王朝志之也迨周東遷左右之史失其職諸侯强僭而私史之紀載競出矣魯周公之後秉禮之邦天下諸侯之所慕朝聘慶弔之所通故魯史兼記時事而獨詳於列國聖人欲因舊史寓王法而平王之末隱公之世世道益變紀載漸繁故春秋亦由是而始焉觀之史記世家春秋以前之諸侯歷世雖多而行事罕見蓋列國之史猶未立故也雖然春秋之始固因舊史而託始之義實在聖心蓋春秋之始於隱所以傷西周之不復也所以見平王之無志也所以著天下之亂日益滋甚而王法不可以

不行也然則春秋之終於獲麟何也曰自三傳以來其說多矣而程子之義愚獨有取焉嘗推之曰國家得興必有禎祥天瑞之降者人事之符也仲尼祖述堯舜憲章文武則以帝王之德而興帝王之治固其本心也然在陳有嘆則不合於人矣鳳鳥不至河不出圖則不得於天矣道果何由而行哉麟之瑞亦鳳圖之類也而出之非時則是天應之戾於人事也此聖人感焉而作春秋以道之不得行於當時則必垂之於後世也其始也感麟而有作其作也絶筆於獲麟固當然耳然則程子所謂大義數十炳如日星者何哉曰春秋之大義在於大一統正三綱內夏外夷

一尊王抑霸誅亂討罪而已夫子嘗欲行夏之時而春秋所書之正唯用周正又於每歲之首必書之曰王正月此則一大統之義也聖人懼君臣之分失也故書蔡人衛人陳人從王伐鄭書天王狩於河陽懼父子之恩絶也故書晉侯殺其世子申生懼嫡妾之分亂也故書賵惠公仲子賵僖公成風此則三綱之所以正也乃若楚始見經則以州舉吳始與會則殊而外之二國皆自稱王則止書曰子且削其葬此內夏外夷之義著矣齊桓之霸也則北杏之會四國貶而稱人於幽再盟而後授之諸侯晉文之霸也則書執曹伯畀宋人以著其譎書翟泉大夫盟王人以著其

抗此尊王抑霸之旨明矣會於稷而不討華督之罪則特書曰以成宋亂會澶淵而不能討蔡般之非則特書曰宋災故此誅亂討罪之法嚴矣以是推之則所謂炳如日星者豈不可見乎若其時措從宜而微奥者亦如化工之隨物賦形各有攸當雖神妙莫測而亦未嘗不昭著呈露也嗚呼聖人於筆削之際其正大之情即天地之情也而或者乃欲以穿鑿求之謂之奥義則愚不能知矣

春秋傳

漢志曰仲尼有所褒諱貶損不可書見口授弟子弟子退而異言邱明恐弟子各安其意以失其真故論本事

而作傳　漢初張蒼賈誼張敞劉公子皆修春秋左氏傳賈誼爲左氏訓詁授貫公　晉杜預爲左氏傳集解

公羊子名高齊人也受經於子夏漢初胡毋生治公羊春秋與董仲舒同業公孫弘亦頗受焉武帝用公孫弘董仲舒因尊公羊家何休註涉讖僞李育習公羊知名嘗作難左氏義四十一事休乃追述育意以難二傳作公羊墨守左氏膏肓穀梁廢疾　穀梁子名淑一名赤魯人也受經於子夏以傳荀卿荀卿傳申公申公傳瑕邱江公武帝命衛太子受公羊太子私問穀梁而善之宣帝聞衛大子好穀梁亦善之晉范寧爲穀梁集解

漢初有公羊穀梁鄒氏夾氏四家並行王氏之亂鄒

氏無師夾氏無書　漢初立博士惟春秋公羊而已宣帝時復立穀梁平帝時又立左氏左氏比二家最後顯自漢以來三傳優劣之論何紛紛而莫之一乎武帝因公孫弘董仲舒之言而好公羊宣帝因韋賢蕭望之之言而好穀梁平帝時又因劉歆之言而尚左氏至於何休杜預范甯各守一家黨同伐異皆一偏之失非持衡之論也要之根據國史考事精詳此左氏之所長也然博而不知義寡而不求實則未免於誣矣發明書法義理頗正此公穀之可取也然以日月爲義例一字爲褒貶又且黜周而王魯則誣謬亦甚矣至唐趙匡啖助陸淳始辨三傳之非而專求聖經

之義雖未能盡善而其開示後人者其功已多逮二程朱子出而六籍之義於是昭昭矣明道雖未嘗著書而教人讀春秋則曰經不通求之傳傳不通求之經伊川旣著春秋傳而又教人曰以傳考經之事迹以經別傳之眞僞又曰春秋以何爲準無如中庸欲知中庸無如權何物爲權義也時也朱子雖未嘗著春秋而深病傳註之泥嘗曰春秋之書聖人且據實書之其是非得失付諸後世公論蓋有言外之意若必於一字一辭之間求褒貶所在竊恐不然今之學春秋者苟能以程朱之言而求之雖不中不遠矣宋之論春秋而有成書者無如胡文定公其次則永嘉

一陳傳良也文定之傳精白而搏贍慷慨而精切其於義利之分夷夏之辨綱常之正亂賊之討彰彰乎烈日之明也凛凛乎秋霜之肅也然所失者信公穀之大過求褒貶之大詳多非其本旨若陳氏之論世變以爲有隱桓莊閔之春秋有僖文宣成之春秋有昭襄定哀之春秋然其於褒貶以傳之所書而論經之所不書則傳事又豈一一皆實乎噫蔽雲霧者終不能以見青天航池潢者終不能以至滄海欲求聖人之大意又曷若東三傳而究遺經也哉

周禮

漢書武帝開獻書之路河間獻王獻周官入於秘府五

家之儒莫得見焉又曰獻王時李氏上周官五篇失冬官一篇王乃取考工記以補之　劉歆校理秘書始得列序著於錄畧奏立學官　後漢杜子春年九十能通其義賈逵受業　鄭興好古學尤明左氏周官其子鄭衆傳周官馬融作周官傳授鄭元元作周官註

論先王之法度莫備於成周論成周之制作莫詳於周官故前代之有取於是書者王通則曰先師以立官極是也如有用我執此以往唐太宗則曰周禮眞聖人作也不井田不封建不肉刑而欲行周官之道不可得也朱文公則曰周禮一書廣大精密周家制度盡在於是非聖人不能作也以此觀之周官為聖

代之遺制也審矣然其書雖河間獻王之所獻而入於秘府諸儒罕見好者亦寡林孝存則以爲瀆亂不驗之書而有十論七難何休則以爲六國陰謀之說近世歐陽氏則以爲難行而可疑蘇轍則以爲秦漢諸儒之所損益此好者之所以少也今考其概治官之屬六十三教官之屬六十六而小宰皆曰六十舉成數爾然六官之中冢宰雖與五官並列而於六典無不掌於六官無不統非五官之可同也故程子曰天官之職須襟懷弘大方看得盡其規模至大若不得此心欲事事致曲窮究湊合此心如是之大必不能得也朱子亦曰冢宰一篇乃周公輔導成王垂法

後世用意最深切處欲知三代人主正心誠意之學於此可見又按冢宰與王論道之官而酒漿財用會計等事皆領焉自後世論之則以爲宰相不當親細事矣而聖人之意則不然蓋有事雖小而所關實大者尤不可以不謹若財用會計酒漿之類雖各有司存然有司不可與人主較可否惟冢宰兼領之則可以節制人主之後必是格君之要務固不待事之已出而後有司紛爭之也若歐陽氏疑其設官大多者非惟一官可以兼衆職而有其事則設無其事則廢者蓋亦多也如軍司馬則因出征而設之田僕則因田獵而設之方相氏則因季冬儺而設之司盟則因

盟誓而設之揮人則因巡邦國而設之若此之數豈常置其官而多費廪祿乎蘇氏疑王畿千里無地以容之者蓋王畿四方相距千里凡近郊遠郊甸地稍地小都大都截然整齊如畫碁局亦其設法則然耳而其地則包山林陵麓在其中安能如一圖哉井特此也如溝洫之畫亦其設法然耳至其或短或長或邪或正固當隨其地勢不然則萬夫之地必有川焉使遇岡阜之隆亦必去之而爲川乎若冬官之設而以考工記足之者按考工記亦秦前之書故蕭氏裘氏皆有其名而缺其事豈非周官乃未成之書而冬官本缺故多識者作此書以備六官之職乎然其文

一體異於五官者蓋不欲以僞亂眞而故異之耳若五官之屬不止於六十者蓋亦以其書之未成故未及以類相從耳臨川俞氏乃緣此而作復古編以爲冬官未嘗亡而散見於五官之中其言似是實亦不然謂冬官未嘗亡則大司空小司空者乃冬官之首何獨亡之乎俞氏分地官大司徒之半篇以爲大司空之職則司徒既分裂而司空亦破碎必須增益其文然後成篇其亦無謂矣蓋嘗論之凡周官之制度以節目而言則未免煩碎之疑以綱領而觀則實爲治道之要故其八法八柄屬大宰而任相之意專小宰掌六官之職事而庶官之政和詳於禮樂之官而有

以爲出治之本司馬施九伐之法而有以見仁義之兵田有井牧溝洫之制而人有所養居有比閭族黨之分而治有所統教人以三德三行而俗無不美刑人以三棘三宥而法無所私爲之五爵九畿而大小足以相維爲之朝覲聘問而上下足以相親當是之時君民猶一體天下猶一家以爲聖人致太平之書者信矣雖然程子嘗言有關雎麟趾之化然後可以行周官之法度是則人君欲興三代之治又必以一心爲萬事之本歟

儀禮

漢志曰高堂生傳士禮十七篇訖孝宣時后蒼最明其

業戴德戴聖慶普皆其弟子三家並立於學官　禮古經
者出於魯淹中多天子諸侯卿大夫之制雖不能備猶
瘉蒼等推士禮而致於天子　漢有禮經七十篇記百
三十一篇君臣不好尚至宣成時大小戴外劉向所錄
止十七篇　高堂生禮有喪服一篇子夏爲之傳
按儀禮十七篇冠昏士相見三篇皆士禮鄉飲鄉射
二篇大夫禮燕大射聘覲公食大夫五篇諸侯禮士
喪既夕士虞特牲饋食四篇皆諸侯之士喪祭禮少
牢饋食有司徹二篇皆諸侯之卿大夫喪祭禮喪服
一篇則通言上下之制竊詳此書乃周衰禮廢於朝
廷而此乃士大夫之所傳用故獨得不廢其以士禮

列於前者以其常用也其餘諸篇雖或非士禮而亦士所當習者故皆存之也若使十七篇果皆王朝之禮經則如燕射之數宜先著王禮何爲獨言侯禮而不及於王乎然以冠禮言之止有士禮而無天子諸侯大夫之禮何也葢古者二十而冠五十而後爵於大夫是大夫之無冠禮者亦宜也若諸侯亦無冠禮故記曰諸侯之有冠禮夏之末造也葢天子之元子猶但用士冠禮況諸侯之子乎故冠禮自天子至士一而已至於論鄉飲酒之禮則其別有四賓賢能而飲一也六十者坐五十者立侍是黨正蜡祭而飲二也州長春秋習射於序先行鄉飲酒三也卿大夫飲

國中賢者四也論燕禮則其別有二一是燕同姓一是燕異姓然君臣之際其分甚嚴而其情甚親故君不自獻而使宰夫爲獻主者臣莫敢與君抗禮也所以嚴君臣之分也及君舉觶以酬賓則賓再拜而君荅拜所以通君臣之情也論鄉射之禮州長春秋以禮會民而射於州序謂之鄉者州乃鄉之屬鄉大夫或在不改其禮也論大射之禮則諸侯將祭與羣臣射以觀德數中者得與於祭不數中者不得與於祭也觀覲禮則鄭氏謂春見曰朝夏見曰宗秋見曰覲冬見曰遇愚謂周官雖有四者之名其實通謂之朝覲也何以明之春秋兩書公朝王所一在於夏不曰

宗也一在於冬不曰遇也且覲禮一篇未嘗明言於秋行之而經文又有來朝之辭是卽朝卽覲卽朝明矣論聘禮則諸侯使卿大夫相問之禮比年一小聘則大夫也三年一大聘則卿也觀之朱子奏劄云周官一書固爲禮之綱領至其儀法度數則儀禮乃其本經而禮記郊特牲冠義等篇乃其註疏也頃在山林嘗與一二學者考訂其說欲以儀禮爲經而取禮記及諸經史雜書所載有及於禮者皆以附經之下而具列註疏諸儒之說觀於此言可以知禮之要領矣

禮記

館閣書目曰禮記之作出自孔氏蓋七十子之徒共撰所聞或錄舊禮之義或錄變禮所由或兼體要或雜序得失中庸孔伋所作緇衣公孫尼子所撰月令呂不韋所修王制漢文帝博士所錄　大戴禮八十五篇戴聖又刪爲四十九篇號小戴禮

楊雄有云衆言淆亂折諸聖今之禮記聖人以後之書也其將何以折衷乎亦稽之先儒之言可也程子曰禮記多出於孔門弟子然必去呂不韋之月令及諸儒之王制仍博集名儒擇冠昏喪祭鄉相見之經典以數相從然後可爲一書若大學中庸則孟子之倫也不可附之禮篇至於學記樂記閒居燕居緇衣

表記格言甚多非經解儒行之比當以爲大學中庸之次也觀此則諸篇之粹與駁者可知矣以月令言之柳宗元以爲事有當候時而行者有不當候時而行者而月令一反時即有災異此乃巫史之說其非之當矣又觀其明堂之制四時異居車旗服玉悉依方色似陰陽之拘忌非人情之所安此甚謬者也以王制言之則九州之國總爲一千七百七十有三而大曰百里次曰七十里小曰五十里又各有多少之差果如其說則王者建封之際黜陟不以功罪裂地惟務整齊於人情可乎又其言爵位則竊孟子之文言官制則竊左氏之文言巡狩則竊尚書之文餘則

雜取公穀等說而益以已見其乖謬亦多矣且周公之於成王位冢宰以攝政而已而明堂位乃曰周公朝諸侯於明堂君臣之禮安在乎禹湯文武成王周公非後世可及矣而禮運乃曰六君子者兵由此起而謂之小康豈非老氏貴大道而薄忠信之意乎又如儒行乃戰國處士自大之言非聖賢之意亦不足信矣雖然其言之疵者大畧如是而言之粹者固多也故朱子曰漢儒最純者莫如董仲舒仲舒之文最純者莫如三策何嘗有禮記中之言必自古流傳有是書矣今之讀禮者雖曰不可盡信而亦安可不深考乎

一大戴

大戴禮韓元吉後序曰漢興禮書凡二百四篇戴德刪爲八十五篇戴聖又刪德之書爲四十九篇謂之小戴禮按儒林傳德事孝宣嘗爲信都大傅聖則爲九江太守今德書乃題曰漢九江太守戴德撰未知何所據也今記始生言第三十九終易本命第八十一蓋小戴取其四十九篇而此記篇第尚循其舊也

按大戴之文多與諸書同何也蓋嘗究之矣漢自孝惠除挾書之律孝武廣獻書之路天下學者多散於利禄故山巖屋壁之閒舊籍往往出焉然多務廣其篇帙以眩於當時故遞相採摭不免複見今大戴所

存者或與小戴同或雜見他書蓋以此也如荀卿賈
誼皆吐辭成章名能著述必非剿掠舊文者而此記
勸學禮三篇乃見荀子書保傅篇則見賈誼疏禮書
之雜就於漢儒也明矣又觀今孔子家語多與此相
類則謂二百四篇者其即家語之類耶否則別有書
而亡之也夫大小戴之記尚多乖舛展况其餘者哉
使有其書而亡之其無益可知矣雖然大戴記之善
者如夏小正則有以見夏時之正曾子立事以下十
篇則皆君子脩身之格言武王踐祚則丹書之戒與
諸器物之銘尤有資於君德似此之類皆學者之所
當究也

新喻梁石門先生集卷之七

新喻縣知縣崇安暨用其訂刊

史

史記

司馬遷自叙曰遷爲太史令紬史記金匱石室之書述陶唐以來至於麟止罔羅天下放失舊聞著十二本紀十表八書三十世家七十列傳凡百三十篇藏之名山副在京師以俟後聖君子　班固曰司馬遷據左氏國語采世本戰國策述楚漢春秋接其後事訖於大漢其言秦漢詳矣至於採摭經傳分散數家之事甚多疎畧或有牴牾涉獵廣博貫穿經傳馳騁古今上下數千載

間斯已勤矣及其是非頗謬於聖人論大道則先黃老而後六經序游俠則退處士而進奸雄傳貨殖則崇勢力而羞貧賤此其所蔽也然自劉向楊雄博極羣書皆稱遷有良史之才服其善叙事理辨而不華質而不俚其文直其事核不虛美不隱惡故謂之實錄嗚呼以遷之博物洽聞而不能以智自全旣陷極刑幽而發憤書亦信矣

史記之作也廣稽之載籍旁採之四方其纂述可謂詳矣易編年之法爲紀傳之體其立例亦甚精矣其得之載籍者叙五帝則因世本大戴記叙周氏則因左氏國語叙七雄則因戰國策叙秦漢則因楚漢春

秋采之四方者如作伯夷傳則因登西山見許由冢而悲之過梁而問夷門知魏公子入楚而觀故宮知春申君荊軻傳則云夏由具道其事衛青傳則云蘇建語予欲敘張良則見其畫圖狀貌欲傳韓信則見淮陰人言故曰纂述之詳也其爲帝紀則事雖不詳而一世之大槩無不備書其爲表則世表以觀百世之本支年表以觀年代之先後至於秦楚月表則一世之興亡又皆備焉爲八書則制度之原委具焉爲世家則一國之首末詳焉爲列傳則一人之賢否見焉且或同出一事而互出或不特書而附見或有所抑揚則必備論之其詳畧相因莫不有法故曰立例

之精也然而稱舜從匿空旁出謂仲尼既卒而門人推奉有若宰我與田横作亂而見殺子貢游說而存魯亂齊亡吳霸越强晉纂述若此非不覈之過與如項羽未嘗稱帝吕氏女后干位而皆爲本紀陳勝起於匹夫而列之世家豫讓之大義而槩以刺客西門豹之治民而附於滑稽立例若此非予奪之失歟非特此也其大失又有二焉一則分裂聖經之文二則未明聖人之道也蘇明允曰遷之辭雄健簡直足稱一家而乃裂取六經傳紀雜於其間五帝三王紀多尚書之文齊魯以下世家多左傳國語之文孔子世家弟子傳多論語之文夫經傳之文非不善也雜之

則不善也今夫綺繡錦縠衣之美者也尺寸而割之以爲服則絺繒之不若遷之書無乃類是乎觀於此言則分裂聖經之謬可見也朱文公又曰近世學者推尊史遷之書幾以爲賢於夫子然其說亦戰國以下見識其正當處不過知尊孔氏而亦徒見其表悅其外之文而已其曰折衷於夫子實未知所以折衷也後之爲史者又不及此以故讀史之士多意思粗淺未識義理之微而墮於尋常之見以爲雖古聖賢亦不過審於利害之等而已觀於此言則未明聖人之道又可見也

西漢書

後漢書曰班彪作史記後傳數十篇子固欲就其業人上書告固私改國史郡收固繫獄固弟超乃馳詣闕上書得召見具言固所著述意而郡亦上其書顯宗甚奇之召拜蘭臺令史遷爲郎典校秘書乃授詔爲漢書二十餘年始成起高皇迄王莽二百三十年爲紀十二表八志十列傳七十凡百卷　范曄曰司馬遷班固父子其言史官載籍之作大義粲然著矣議者咸稱二子有良史之才遷文直而事覈固文贍而事詳若固之叙事不激詭不抑抗贍而不穢詳而有體使讀之者亹亹而不厭信哉其能成名也彪固譏遷以爲是非頗謬於聖人然其議論常排死節否正直而不叙殺身成仁之爲

矣則輕仁義賤守節愈甚矣固傷遷博物治聞不能以智免刑然亦身陷大戮知及之而不能守嗚呼古人所以致論於目睫也

世之論良史者莫不以遷固並稱觀固之敘述比遷雖頗詳密然遷之義例由已而創始也固則循其成法而已遷之博採乃散鈇之文也固則整齊其舊傳而已固之著作異於遷者如此而又未免於乖謬其不及遷也明矣夫遷紀呂后而固亦紀之遷敘陳涉而固亦取之損十表而爲八增八書而志十因天官爲天文以封禪爲郊祀因河渠爲溝洫而不能自立一字而依乎遷籓籬下此固之失也況漢書紀漢事

可爾而古今人表自三皇以來之人物悉列之分之以三科定之以九等其於聖賢愚智之等差又安能一一皆當乎雖不作可也若其褒貶之得則先儒嘗論之矣如公孫弘矯飾之僞行則實其釣名之言東方朔詼諧之詭談則鄙爲滑稽之雄此不激詭之體也蓋寬饒抗言而爲狂者也則以爲邪之司直梅福去官而從所好者也則以爲尚有典型此不抑抗之體也相如之風雅而及於臨邛奔亡之事則以爲淫靡之戒張禹之傳授而及於後堂聲色之樂則以爲乖僻之箴此其贍而不穢也賈誼政事之書載其萬言皆切於世事董生賢良之策載其三篇皆明於經

術此其詳而有體也

東漢書

宋范曄爲宣城太守作後漢書十紀十志八十列傳凡百篇曄謀反伏誅十志未成梁劉昭續成之

嘗觀李翺與人書云漢高帝起布衣定天下東漢所不及其餘唯文宣二帝爲優自惠景以下亦皆不明於明章兩帝而前漢事迹灼然傳在人口者以司馬遷班固叙述高簡之工故學者悅而習焉其讀之詳也足下讀范曄漢書陳壽三國志王隱晉書生熟何如左邱明司馬遷班固書之溫習哉故溫習者事跡彰卒讀者事跡晦唐有天下聖明繼於周漢而史官

敘事曾不如范曄陳壽所爲況足擬埒左邱明遷固之文哉

三國至隋史

晉陳壽撰三國志魏志三十卷蜀志十五卷吳志二十卷　唐太宗命房玄齡褚遂良等脩晉史類例多出敬播天文律曆李淳風爲之惟宣武二紀陸機王羲之傳論乃太宗自爲而總題曰御撰　齊沈約撰宋書梁裴子野爲宋畧　梁蕭子顯撰齊書吳均撰齊春秋　陳姚察脩梁陳二史未就唐初察子思廉受詔與魏徵同成之　北齊魏收作魏書隋李德林作北齊史唐令狐德棻作後周書　隋書顏師古撰魏徵繼之于志寧李

淳風又同撰高宗時上之

三國志之大謬者在貶漢昭烈也魏爲帝紀而昭烈父子爲傳又例呼備權之名以劉焉劉璋二傳列於其前譏諸葛亮將畧非所長若此者皆非公論也舊史言壽之父爲馬謖叅軍謖爲亮所誅而壽父亦被髡故壽抑其君臣以萬世之史而徇一巳之私奚可哉習鑿齒常爲漢晉春秋起於光武終於晉愍尊昭烈爲正統正曹氏爲篡逆則公論之伸在晉世巳然及近世有續漢書有通鑑綱目而壽之失益彰矣晉史凡十八家而唐之所脩亦出於文士好採詭異而語多駢麗此其失也至於蕭子顯之齊書則論者譏

其更改破拆刻雕藻繪則南史之謬推此可見矣魏收之魏書則諂齊而貶魏貴北而賤南舊家有譏以醜言沒其善事時人薄之謂之穢史則北史之謬亦不足稱矣李延壽作南北史司馬溫公稱其叙事簡勁賢於正史陳壽而下惟此庶幾但恨其不作志使制度不見爾若梁陳周齊之史皆唐初諸臣所撰劉知幾曰朝廷貴臣必祖父有傳考其行事皆子孫所爲而訪彼流落詢諸故老事多失實昔秦人之不死者言苻生之厚誣蜀老之猶存者知葛亮之多枉斯則古今所其嘆也觀知幾是言彼四史者亦未免於君子之疑乎

唐書

舊唐書晉宰相劉昫撰　新唐書歐陽修作紀表志宋祁作列傳其事則增於前其文則省於舊聞見錄曰朝廷以一書出兩手詔歐陽修删列傳為一體公曰宋公於我為前輩且人所見多不同豈可悉如己意於是一無易

唐三百年之間其舊史多矣初則溫大雅姚思廉等皆有所論撰後則劉知幾徐堅吳兢柳芳等亦相繼纂脩如知幾之儔雖皆賢者然文體尚循當時之陋其可以追古之作者惟韓愈而有順宗實錄則他無所考可知矣至歐宋二公之重脩固勝於舊而亦委

任不專非一家之體故紀有失而傳不覺傳有誤而經不見其採摭之詳而事增於前者固然也而謂文省於舊則未善元城劉安世曰宋祁好簡畧其辭故其事多鬱而不彰且新書所以不及漢史者其病正在省文而反以爲工何也此言得之矣

五代史

宋仁宗命歐陽修重修五代史其立例皆寓褒貶之意本紀十二家人傳八梁臣傳三唐臣傳五晉漢周臣傳各一死節死事傳各一一行傳一唐六臣傳一義兒伶官宦者傳各一雜傳十九司天考二職方考一世家十二又有十國年譜二四夷附錄三

歐公五代史論必以嗚呼發之葢以爲亂世之書故致其慨嘆之意也其言曰孔子作春秋因亂世而立治法余述本紀以治法而正亂君又曰吾用春秋之意師其意不襲其文而議者以爲功不下司馬遷又謂争功相馳上下無駁雜之說至於紀例精審則遷不及也宋祁爲列傳欲簡其文而事鬱滯公之叙述則文簡而能暢事增而不贅非高才而工文者能如是哉觀其篇名曰家人傳則帝王正家之義見矣曰梁臣傳唐臣傳則忠臣不事二君之義昭矣曰死節傳死事傳則節義著矣曰一行傳則高尚見矣曰唐六臣傳則背唐附梁之罪明矣曰雜傳則皆歷世累

朝之臣其無操守可知矣所謂紀例精審非遷所及者豈夸辭哉

資治通鑑

司馬温公嘗依左氏例約戰國至秦二世爲通志八卷上於英宗詔續其事乃辟官屬編集前後漢則劉貢父三國至隋則劉道原唐訖五代則范純甫公乃删爲一書凡一千一百六十二年二百九十四卷神宗製序賜名曰資治通鑑公又畧舉事目年經國緯以備檢尋曰目錄叅考羣書評其異同曰考異晚年又以其書大繁進通鑑舉要

史之爲編年古法也自司馬遷爲紀傳而後之脩史

者宗之如荀悅漢紀習鑿齒漢晉春秋干寶陸機之晉紀裴子野之史畧吳兢常述之唐春秋是皆編年之體而終不能以行於世司馬公爲通鑑并包歷代而一覽具見其左氏以來之所未有者乎是書之大要以關國家盛衰生民休戚善可爲法惡可爲戒則皆錄之至於文章之無關於治亂勸戒雖工不錄也其始於周烈王之二十三年者蓋以前爲春秋之世故不起獲麟以後以見不敢續經之意也若其大失者莫甚於黜昭烈進曹氏至於四皓之輔太子爲以子制父姚崇所陳十事爲以臣要君而不書者亦大拘矣然則論其刪述固有大功而考其去取豈無或

矣此所以猶有待於綱目之作乎

通鑑綱目

朱文公因溫公通鑑目錄舉要歷及胡文定公舉要補遺別爲義例作通鑑綱目其序曰表歲以首年而因年以著統大書以提要而分注以備言歲周於上而天道明矣統正於下而人道定矣大綱槩舉而鑒戒昭矣節目畢張而幾微析矣有始終興廢灾祥沿革之正例有善可爲法惡可爲戒之變例

朱子論春秋以爲聖人之褒貶不可知及其爲綱目則有所褒貶何也曰春秋非無褒貶也謂直書而善惡自見不可求之一字之間耳綱目之作褒貶甚明

但其文亦史筆之常初非以私意加損之也程子言大義數十炳如日星綱目亦然故常求之綱目主於尊正統卽春秋大一統之義也於南北之年並書卽春秋書吳晉兩霸之義也於中宗之紀年每歲書帝之所在卽春秋書公在乾侯之義也至如衛貶號曰侯更貶號曰君則豈非春秋書杞侯杞伯杞子之例乎如留侯招四皓以定太子見削於通鑑而綱目取之又非春秋嘉齊桓定世子之意歟且其隨事褒貶雖不拘拘於法春秋而莫非春秋之大義如削曹魏以誅簒也尊昭烈以明正也楊雄本仕於漢而曰莽一大夫誅阿附也陶潛本歿於宋而曰晉徵士表貞節

也孟軻一士也而特書去齊重吾道也狄仁傑仕於武氏也而卒不係周原其心也漢史曰幸大學而改幸曰視雖天子必有師也唐史曰尚公主而更尚曰適雖貴當執婦道也以是求之所謂師春秋之意而不師其辭者非朱子之心歟

三皇五帝

大戴禮有五帝德帝繫姓史記爲五帝本紀而首軒轅盖用大戴之文也以伏羲神農黃帝爲三皇少昊顓頊高辛唐虞爲五帝則見於孔子尚書序與大戴不同至司馬貞補三皇本紀則五帝仍史記之舊而又以伏羲女媧爲三皇

老子曰我無爲而民自化吾觀諸軒轅以前標枝野鹿之俗橧巢營窟之居皮韋羽毛之衣血腥草木之食是時之民熙熙然皞皞然無爲之治固可見也及黃帝堯舜氏作而制度日興刑政漸用矣然記禮者曰後世雖有作者虞舜不可及矣其所以不可及者蓋以唐虞之世俗尚淳古風氣未開德又極盛是以謂之泰和之治也程子嘗曰三代之治後世決可復不以三代爲法者終苟道也後之論治者盍致思於是

帝堯

太史公曰堯之子丹朱之不肖不足授天下於是乃授

舜授舜則天下得其利而丹朱病授丹朱則天下病而丹朱得其利堯曰終不以天下之病利一人卒授舜以天下

史記堯之言其眞知聖人之心哉使丹朱商均有中才如太甲成王則堯不授舜舜不授禹矣惟丹朱之不肖故授之舜惟商均之不肖故授之禹其不敢以天下爲已私也如此故禮器曰堯舜之禪受湯武之放伐時也

◎帝舜

蘇轍曰史記舜本紀舜言於帝請流共工於幽陵以變北狄放驩兜於崇山以變南蠻遷三苗於三危以變西

戎殛鯀於羽山以變東夷太史公多見先秦古書故其言時有可考可正漢以來儒者之失若四族者皆窮奸極惡則必誅於堯之時不待舜矣屈原曰鯀悻直以亡身則鯀剛而犯上爾若四族皆小人安能變四夷之俗哉由是觀之四族之誅皆非誅死亦不廢棄遷之遠方爲要荒之君長左氏之言皆後世流傳之過若堯時有大奸於朝而不能去則不足爲堯也

一蘇氏因史記之言而推明其意如此足以破後世之謬而或謂堯之不誅四罪者留待舜之自誅庶天下之心皆服於舜其謬又甚焉夫聖人之授受公而已矣堯豈有私於舜而舜豈藉此以慴服人心然後據

天下而有之哉抑又有說爲蘇氏之佑者焉夫四族者皆聖人之後堯朝之世臣大家也堯以子之不肖將求賢聖而嗣位如共工驩兜鯀者固自謂足以當之矣而堯乃一旦舉而授之疏遠之族側微之人故彼皆不服是言也朱子語錄中云爾或曰若然則舜之罪四族乃以其不利於已而除之非天討也是不然四凶固將不利於舜也不利於舜即所以不利於天下也三監亦將不利於周公也不利於周公亦所以不利於天下也舜之誅四凶周公之誅管蔡爲天下而已矣豈必避嫌哉

三代

史記曰夏之政忠忠之敝小人以野故商人承之以敬敬之敝小人以鬼故周人承之以文文之敝小人以僿故救僿莫若以忠三王之道若循環周而復始　表記曰虞夏之文不勝其質殷周之質不勝其文虞夏之質殷周之文至矣

夫天下之道萬世之所同而王者之政隨時而各異其所同者天地之常經所異者古今之通義然聖人豈好為更張而求異於前代乎亦世變使然有不容不異耳夏之尚忠即質之近似也殷之尚敬則忠之稍變而文之漸矣周之尚文則與忠遂相遠矣夫易窮則變變則通通則久當周之文極此變通之時也

秦人爲苛法非惟去周之文乃併夏商之忠與敬而皆去之是不知天地之常經而不善於變者也然其法如尊君卑臣父子異宫之類則常經終不可以廢也吾夫子嘗告顔子以四代禮樂是則得文質之中而萬世常行之法也善於變通者其惟聖人乎惜哉其道之不行於當世也雖然後之人由此而推之則王道之行也易矣

夏禹

淮南子曰禹懸鐘鼓磬鞀鐸以待四方之士曰教寡人以道者擊鼓諭以義者擊鐘告以事者振鐸語以憂者擊磬有訟獄者揺鞀一饋而十起一沐而三握髮以勞

天下之民　說苑曰禹出見罪人下車問而泣之左右曰罪人不順道君王何爲痛之禹曰堯舜之人皆以堯舜之心爲心寡人爲君各自以其心爲心是以痛之

觀大禹之德若無異於堯舜也而荀卿乃曰禹入聖域而未優何也曰觀之吾聖人之言與諸子之言而堯舜禹之德可見矣聖人之稱堯曰唯天爲大唯堯則之稱舜曰無爲而治者其舜也與其稱禹則曰禹吾無間然矣諸子之稱堯曰其仁如天其智如神其稱禹則曰一饋而十起見罪人而泣蓋堯舜之德天也禹之德則猶涉乎人也堯舜之心無思無爲也禹之心則由思爲而至於無思爲也堯舜性之禹反之

其氣象之不侔如此

商湯

史記曰伊尹處士湯使聘迎之五反然後肯往從言素王及九主之事湯舉而任以國政　蘇轍曰書序稱伊尹去亳適夏既醜有夏復歸於亳葢伊尹耕於莘野既以處士從湯矣及其適夏非其私行也湯必與知之其君臣之心以爲從湯伐桀以濟斯世不若使伊尹事桀以止其亂雖使夏不亡商不興無憾也及其不可復輔於是捨而歸耳其後文王事紂亦身爲之三公至將囚而殺之然後棄之而西葢湯之於桀文之於紂其不欲遽奪之如此

孟子曰伊尹耕於有莘之野以樂堯舜之道又曰聞其以堯舜之道要湯未聞以割烹夫堯舜之道何道也仁義中正而已矣處而修已此道也出而治人此道也若以割烹要湯固非矣而所謂素王九主之事亦豈堯舜之道哉蓋亦戰國游談迂謬之士創爲此說非尹之實事也

周文王

史記曰西伯敬老慈少禮下賢者士多歸之後出自羑里紂賜之弓矢斧鉞使得專征伐西伯乃獻洛西之地請除炮烙之刑許之西伯陰行善諸侯皆來决平虞芮之人有獄不能决乃如周入界耕者皆遜畔民俗皆遜

長虞芮之人皆慚相謂曰吾所爭周人所耻何往焉遂還俱讓其田諸侯聞之曰西伯盖受命之君以是爲受命之年受命凡九年西伯崩

夫善言聖人之德者莫如詩太雅其言文王之德也曰帝謂文王予懷明德則其德天德也言文王之征伐則曰帝謂文王詢爾仇方則其討天討也言文王之以德服人曰維此文王小心翼翼厥德不回以受方國則文王之德純而不已而天命之人歸之皆自然之效也若史之稱文王皆以爲有意而爲之矣夫聖人之爲善固未甞求人之知也然闇然而日章亦自有不可掩者今曰西伯陰行善諸侯歸之是謂文

王陰行善以結人心而畏紂之知也是則文王之得人心亦若齊之田氏而已殊不知天下之畔商歸周者政緣紂之日爲惡文王日爲善故人自去彼爲就此耳文王豈有意於傾紂哉若武成云九年大統未集者言紂命文王爲方伯凡九年也泰誓言惟十有三年大會於孟津者言武王卽位十三年也而漢孔氏謬謂文王以虞芮質成之歲爲受命之元年而改元稱王又謂武王卽位之年卽觀兵三年卽伐紂遂謂十三年者乃通文王之九年而數之先儒辨之詳矣今史言受命之君不知果何命乎以爲受商紂斧鉞之命則不待虞芮之質成然後爲受命之君以爲

一受命爲天子則至武王克商然後可謂之受命以文王之天德天討爲受命則文王自始至終無非奉順天命亦不專於是年也史記之謬如此

武王

大戴禮踐阼篇曰武王踐阼三日召師尚父問曰黄帝顓頊之道存乎曰在丹書王欲聞之則齋矣三日王端冕師尚父亦端冕奉書入王東面師尚父西面道書之言曰敬勝怠者吉怠勝敬者滅義勝欲者從欲勝義者凶凡事不强則枉弗敬則不正枉者廢滅敬者萬世且臣聞之以仁得之以仁守之其量百世以不仁得之以仁守之其量十世以不仁得之以不仁守之不及其世

王聞書之言惕若恐懼退而爲戒書於器物爲銘焉史記言西伯以太公望爲師與陰謀修德以傾商政其事多兵權與奇計故後世之言兵及周之陰權皆宗太公呼爲此言者安知聖賢之道哉夫以文王之聖而師於太公則太公之德之學非常人所及者也自史有是言後世莫不以太公爲好勇之夫凡言用兵詭計者皆曰太公兵法何太公之見誣若此哉觀丹書之言純粹切要太公以師道自居於此可見而武王之尊禮師臣進德不倦尤足以見其自强之心云

漢高帝

班固曰高祖不修文學而性明達好謀能聽初順民心作三章之約天下既定命蕭何次律令韓信申軍法張蒼定章程叔孫通制禮儀又與功臣剖符作誓丹書鐵契金匱石室藏之宗廟雖日不暇給而規模宏遠矣

漢高之得天下也芒碭有雲氣之祥大澤著斷蛇之應其天之所啟乎蕭曹為股肱信越為爪牙庶乎為腹心其人之所助乎且以帝之豁達好謀雖無三王之德學而行事亦有暗合於道者如入關之後約法三章不殺子嬰為義帝發喪過曲阜祀孔子置鄉三老下詔求賢若此之類皆庶幾仁義之意使得真儒輔之則三代之治亦可復矣而其佐命之臣非伊周

其人良平任智數蕭曹起刀筆陸賈叔孫通皆陋儒俗士不知大體是以規模雖謂之宏遠而治具未能以畢張此漢之所以止於漢而終有愧於三代也歟

文景

班固曰文景專務以德化民是以海内富盛興於禮義斷獄數百幾致刑措嗚呼仁哉又曰漢興掃除煩苛與民休息至於孝文加之以恭儉孝景遵業五六十載之間至於移風易俗黎民醇厚周云成康漢言文景美矣善爲天下者順民之欲而已矣當秦漢之際天下之民苦於干戈如執熱者之欲濯故曹參之相惠帝唯尚清靜文帝之爲治猶參之心也故其所任輔相多

先帝功臣務於持重不樂浮躁其與民休息幾致刑措固可美矣然易之解曰無所往其來復吉天下之難既解則當進復先王之治道然後可以久安而無患文帝不明於此故禮制不立諸侯强大卒致七國之禍如賈誼之年少新學雖少持重然亦可謂識時之俊傑矣而文帝方務黄老之術未遑周孔之道卒使誼之才志不能少伸惜哉若論景帝之行事又非文帝之比也文帝寛仁恭儉景帝天資刻薄觀景帝之殺周亞夫晁錯而君臣之恩虧廢太子榮而父子之道失廢皇后王氏而夫婦之情薄過寵梁王使之失行而兄弟之愛踰於禮是亦焉得爲賢哉然則史

以文景並稱者亦以其養民一事言之爾

武帝

班固曰漢承百王之弊高祖撥亂反正文景務在養民至於稽古禮文之事猶多缺焉孝武初立卓然罷黜百家表章六經遂疇咨海內舉其俊茂與之立功興大學修郊祀改正朔定曆數叶音律作詩樂建封禪禮百神紹周後號令文章煥然可述後嗣得遵鴻業而有三代之風如武帝之雄才大畧不改文景之恭儉以濟斯民雖詩書所稱何以加焉

漢武之功罪相當者有三而得之不掩其失者亦有三其外事四夷窮兵黷武掊克在位海內虛耗刑罰

嚴峻多殺不辜此三罪也然匈奴衰弱稽首稱藩昭宣以後邊鄙無警則可以蓋其黷武之罪矣委任霍光以輔幼主輕徭薄賦與民休息使天下復見文景之治又可以蓋其急利峻刑之事矣故曰其功罪之相當者有三至於罷黜百家表章六經善矣而不能遏其縱侈之心修郊祀改正朔定曆數紹周後善矣而不免於惑方士之誕明於知人文武之臣各效其用善矣而董仲舒之賢良汲黯之抗直河間獻王之博學好古俱不見用於當時故曰得之不掩其失者亦有三夫武帝英鋭之君志於有為者也而其治尚霸道病於多慾竟不能比隆三代惜哉

宣帝

班固曰孝宣之治信賞必罰綜核名實政事文學理法之士咸精其能至於技巧工匠器械自元成間鮮能及之亦足以知吏稱其職民安其業矣遭値匈奴乖亂推亡固存信威北夷單于慕義稽首稱藩功光祖宗業垂後嗣可謂中興侔德殷宗周宣矣又曰孝宣由側陋而登至尊興於閭閻知民事之艱難自霍光薨後始躬萬幾厲精爲治五日一聽事自丞相而下各奉職而進及拜刺史守相輒親見問退而考察所行有名實不相應必知其所以然常嘆曰庶民所以安於田里而無嘆息愁怨之聲者政治訟理也與我共此者其惟良二千石

乎

呂東萊曰弘恭石顯以佞險得進宣帝用之其後元成亦用之遂至於亡則宦官之禍始於宣帝許史以毋黨之親而宣帝用之其後許史衰則有王氏王氏衰則有丁傅丁傅衰則有王莽漢遂以亡則外戚之禍始於宣帝愚以爲不然夫小人之有材而制馭以用之念毋氏之屬而推恩以及之賢君之所不免也至於恭顯之擅權王氏之大横此自元成之失於宣帝何責乎宣帝之所失者在於雜霸道不用儒而已惟其雜霸道也故信賞必罰而少忠厚之風惟其不用儒也故言及王道則以爲迂濶之論觀於趙蓋韓

楊之誅與夫王吉之上疏而不用斯可見矣雖然其勵精爲治勉勵守相而吏稱其職民安其業則漢世之治無踰於此矣至於孝元繼之遂以柔懦而基禍盛之極者衰之始此人爲之歟抑天爲之歟

光武

范曄曰光武身濟大業兢兢如不及故能明愼政體總攬權綱量時度力舉無過事退功臣而進文吏戢弓矢而散牛馬雖道未方古斯亦止戈之武焉

光武起於宗室疏遠而能因人心之歸嚮用天下之智力芟刈羣雄克復大業厥功偉矣考其行事如首褒卓茂則良吏知勸徵用伏湛侯霸則舊典修明禮

聘嚴光周黨王良則可以勵高尚之風愧奔競之士知官之冗而祿之薄也則併省州縣而增小吏俸知民之苦於暴斂橫賦也則三十稅一如舊制懲高帝之殺韓彭也則保全功臣懲武帝之虛內事外也則辭西域之質子郄臧宮之請兵至於投戈講藝息馬論道建立三雍尊寵經士以柔道治天下上書不許言聖寶劍以賜衛士名馬以駕鼓車於三代賢王之道蓋庶幾焉所深惜者獨廢后一事爲日月之蝕白圭之玷其亦當時無力諍之臣乎

明章帝

范曄曰明帝善刑理法令分明日晏坐朝幽枉必達內

外無倖曲之私在上無矜大之色斷獄得情號居前代之先故後之言事者莫不先建武永平之政而鍾離宋均之徒常以察察爲言豈弘人之度未優乎又曰魏文帝稱明帝察察章帝長者章帝素知人厭明帝苛切事從寬厚感陳寵之義除慘獄之科深元元之愛著胎養之令奉承明德大后盡心孝道割裂名都以崇建周親平徭簡賦而人賴其慶又體之以忠恕文之以禮樂故乃藩輔克諧羣后德讓謂之長者不亦宜乎

明帝雖有察察之譏然其紀綱修舉治效卓然豈易及哉乃若臨雍拜老尊禮師傅宗戚子弟莫不受學則三代以下之僅見也而時無子思孟子之倫開之

以二帝三王之學所尊禮如桓榮李躬皆章句鄙儒無益治道君臣之俱賢者何其罕見哉章帝厭明帝苛察而承之以寬如解楚王英與淮陽之獄除其支黨之禁錮其仁厚可見又容受直言第五倫之爭議朱暉之爭均輸莫不以溫辭慰藉之至於諸王受封遲遲不忍使之去東平王蒼爲一時名德則凡事咨問若夫假竇憲以權而刑賞失中信竇后之譖而廢長立少則皆寛之失也易蠱之九三以剛治蠱則雖小悔而無大咎六四以柔治蠱則不免於吝如明帝之察察者爲剛之無咎如章帝之過寛者乃柔之吝歟

唐太宗

歐陽公曰盛哉太宗之烈也其除隋之亂比迹湯武致治之美庶幾成康自古功德兼隆西漢以來未之有也至其牽於多愛復立浮屠好大喜功勤兵於遠此中才庸主之所常爲然春秋之義責備賢者是以後世君子欲成人之美者莫不嘆息於斯焉范祖禹曰太宗以武撥亂以仁勝殘才優於漢高而規模不及也恭儉不若孝文而功烈過之跡其性本强悍勇不顧親而能畏義好賢屈已從諫刻厲矯揉力於爲善此所以致貞觀之治也

史氏之論太宗者可謂得之矣夫湯武之除暴救民

以德行仁者也而太宗佐高祖以取天下如斬高德儒尊代王爲天子皆假仁之事故曰比迹湯武而已豈眞有湯武之德哉成康相繼四十餘年刑措不用皆躬行之化而始終無間者也而太宗即位之四年雖有斗米三錢之效至其後漸不克終者十故曰庶幾成康而已豈眞可與成康並稱哉若與漢之高文共論之則漢高與項羽相持屢戰屢敗而太宗與羣賢角力勢如拉朽此其才之優於漢高也然漢高雖不修文學而豁達大度其入關除暴爲義帝發喪猶彷彿湯武之仁義而太宗之得天下則詐力居多較德有愧又豈非規模之不及漢高歟文欲作露臺而

者百金之費集上書囊以爲殿帷所幸愼夫人衣不曳地而太宗則毀隋宮殿乃復營洛陽宮方征高麗乃復營翠華宮此恭儉之不若孝文也然孝文之世匈奴屢入寇尉陀據南粤皆不能討而太宗於創業之初則削平僭僞於即位之後則拓地四夷又豈非勳烈之過於漢文者歟至於殺建成元吉而使尉遲敬德擐甲以進逼高祖傳位斯則所謂勇不顧親者也古之賢君不能無過而貴於改過然過之屢改而屢見焉則亦不足爲賢矣太宗之世王珪魏徵之諫不知其幾而馬周張玄素等之諫又不知其幾是則矜功自縱者其本心從諫從義者其勉強斯又所謂

矯揉爲善者也太宗比三王爲不及視西漢以下爲
最優皆於是見矣

玄宗

范祖禹曰古之殺諫臣者必亡其國明皇親殺周子諒
其大亂之兆乎開元之初諫者受賞及其末也諫則殺
之非獨於此異也始誅韋氏抑外戚焚珠玉錦繡詆神
仙禁言祥瑞豈不正哉及其終也惑女寵極奢侈求長
生悅禨祥以一人之身而前後之相反如此由有所陷
溺其心故也可不戒哉

易豐之彖曰王假之勿憂宜日中言人主當豐之時
則盛極必衰故不能無憂然徒憂之無益必當戰戰

兢兢如捧盤水如馭六馬不使至於傾側故云勿憂
宜日中雖然元惟眞知實蹈者能之非徇名矯假者
之所能及也文宗初年撥亂反正擢用賢輔澄清庶
政開元之治有光前烈矣然乃昧持盈之道忽龐豕
之戒忠良者斥廢奸狡者升用小人逢其惡哲婦蠱
其心始之治而終之亂由已成而由已敗狃卄餘年
之安而遺後世二百年之患其故何哉蓋以其無聖
賢之學而志之易盈也觀元宗少年以諸生紈袴之
習而皦皦自好其鬬雞走馬樗蒲六博固其所樂及
其乘機得位而鋭意圖治亦天資高明而然非學問
之力也故其於夫婦也色盛則愛隆色衰則愛弛而

於古者天子理陽道后妃治陰德初未嘗知也其於父子也愛之則骨月惡之則剪除而於古者胎教之法與夫選前後左右之正人皆未嘗聞也矧輔相之臣禮不終方其思治則姚宋韓張用及其倫安則仙客林甫進其用其舍徇好惡之私而於元首股肱之一體豈能顧哉吁或言人君之治天下無待於學問胡不於元宗之事觀之也

憲宗

歐陽公曰憲宗剛明果斷自初即位慨然發憤志平僭叛能用忠謀不惑羣議卒收成效自吳元濟誅强藩悍將皆欲悔過而效順當此之時唐之威令幾於復振及

其驍節信用非人不終其業而身罹不測之禍則尤甚於德宗嗚呼小人之能敗國也不必愚君暗主雖聰明睿知苟有惑焉未有不爲患者也

愚觀漢元帝言臨亂之君各賢其臣唐德宗言不覺盧杞之奸邪然後知人君寵信小人者初未嘗知其爲小人也憲宗未平淮西之先志在戡亂故朝臣將順其美者皆君子而帝亦以爲君子淮西既平之後志在安逸故朝臣逢迎其惡者皆小人而帝反以爲君子當元和七年李吉甫言於帝曰天下已太平陛下宜爲樂李絳曰今法令所不能制者河南北五十餘州正陛下宵衣旰食之時豈得爲太平而遽爲樂

哉帝甚悦退謂左右曰吉甫專爲媚悦如李絳真宰相也夫吉甫之意即皇甫鎛程异之意也而與帝意或忤或合者以吉甫言之於先也又十二年誅吳元濟相皇甫鎛程异裴度數直言且求退帝反以爲朋黨至十四年度竟罷相夫一裴度耳昔也言之則從善如流後也言之則以爲朋黨以帝後日之志非復前日自彊之志也由是觀之帝之心豈不以鎛异皆君子而度之晚節有變於前乎殊不知巳之智慮心術爲有變而度之節操則未嘗變也嗚呼人君不能窮理居敬而志氣爲血氣所移使邪正黑白之混淆一至於此雖欲令終難矣哉

七十二賢二十八將

天下有道統有治統至聖之育羣英道統之所以傳也真主之屈羣策治統之所以復也道統傳者其功在萬世治統復者其效在一時雖純王雜霸美難並稱而聲應氣求遇亦非偶人亦有言虎嘯而風生龍興而雲致良有以也昔者孔子教於東魯而諸賢之從於洙泗者七十有二焉賢以德也而德之大小岐矣有可稱者如色克芻參聲辨幽沉召不就於大夫言不間於父母者閔子損也在貧如客使臣如借體仁而邦家無怨行簡而南面可居者冉子雍也瑚璉早負性道晚成說吳而衛以歸存魯而越以霸端木子賜也學已升堂言堪折

獄仁郄拯溺之報信拒句繹之盟者仲子由也益以悅賢肥由得道大勇能郄二主王道時慕二無者卜子商也小物克勤惡疾見憫氏族同求雍之系德行比顏閔之隣者冉子耕也實以頌德辭以郤車得鬼神之情明帝王之義者宰子予也百乘可宰三年足民干戈郤乎齊師材藝優於從政者冉子求也言子游則弦歌宰邑文學擅名習禮而幾於無論德而識其上者是已若顓孫子師則聞教書紳因禮去魯作志無負於公儀齊衰見哭於曾子者焉澹臺滅明則貴之不喜賤之不慫斬蛟而毀其璧進賢而名其門者是已若宓子不齊則琴不下堂鼗不縱獲托書以戒掣世得聖而驅陽鱎者焉

學不爲人教不爲已司寇粟之九百端木恥之終身者原子憲也然魁壘而弘纚縱非羆德無害於可妻智能識乎禽言者其公冶子長哉貴而循禮富而好施抑戒三復乎白圭周禮蓺存乎司鐸者南宮子适耳然治懷獨行義恥苟合身不厭乎蓬戶祿不就於家臣者其公析子哀哉商瞿之五子因以傳易矣而足不履影喪不見齒則人而教之屢逃者則高柴也漆雕開之踐信因以不仕矣而先事之得先難之仁濟師而不踰三刻者則樊須也司馬耕之避亂致娃訒言而不疚矣而篤雅有節擯相是優者則公西赤有之有若之强識好古知禮而可宗矣而無子全妻存厚耙俗者則梁鱣以之不

美韞邱之富不辭單父之勞者巫馬施之行也而厲巳斯約好尚乃裕者則冉孺亦可尚矣異聞而喜三得殉葬而力請二者陳亢之行也而受業研精聆教黙成則商澤亦可取矣前遇於匡後遇於蒲者公良孺也而雅言攸服弗雕其樸其公夏首乎過衛爲御去衛爲僕者顏高也而信道固篤見善分明其樂欸乎以至顏辛之克遵善誘狄黒之揚厲素風秦祖之不撓紛華伯虔之乃見明德曹邮之切磋游藝句井疆之服勤慕學冉季之尚友好古公孫龍之止兵請行漆雕徒之挾策遵聖步叔乘之博雅發微秦商之克岐克嶷琴牢之無與無爲漆雕哆之亹亹翩翩公祖句之彬彬翼翼壤駟赤之

問學楷模任不齊之淑問淸遠石作蜀之懋修有德施之常之齊名大梁公肩之左革右䋲縣成之出倫離類石處之德造閫域鄡单之道涉玄律奚容蔵之言以宗聖罕父黑之敬以束行顔祖之探賾索隱榮期之行善據德左人郢之希蹤十哲鄭國之觀摩游夏原抗之聞道獨早燕伋之傳道獨肖叔仲會之少成習慣廉潔之探談從容公孫儒之信道不惑秦非之操行有常孔忠之三得三巳公西儀之友直友諒邽巽之及墻升陛顔之僕之志銳道尊申棖之多慾似剛顔噲之從義崇德雖其爲美不一而咸游於聖人之門譬諸滄海餘波不可謂之非水也光武興於南陽而諸將之書於雲臺者

二十有八焉將以功也而功之高下判矣其可述者如杖策定謀披圖勸德臨山西之隙分麾六之軍勠力屢摧則關河响動宜陽少卹則印綬亟歸進退用而上無猜情榮悴交而下無二色者元侯鄧禹也示信上谷結好漁陽襲邯鄲而奪其軍守海內以收其衆轉餉同於蕭何而百萬以輸釋怨埒於藺生而終身無間政成則民復借使斬而主臣降者成侯寇恂也節侯馮異起於潁川從於洛陽赴蕭王以投明棄更始而背闇孟澤拒乎朱鮪澠池破乎赤眉功收桑榆不忘河北之難名全大樹竟酬巾車之恩則其居勸也多矣壯侯岑彭始於棘陽封於歸德全韓歆而市義破董訢而立威黎邱圍

乎張豐荆門梟乎任滿牛酒邦而人喜庶幾伐罪吊民要害中而身危足稱捐軀報國則其陳義也尚矣奮跡拍人起家破虜左驂驅而行銜之威張青犢擊而先登之氣壯郾城既破新息隨平而闔門養威尤知所重則剛侯賈復也亡命涇陽致身建策長驅追擊破五校於臨平鄳枚合軍收入克於全蜀再經廣漢重入成都而意氣安閑差强人意則忠侯吳漢也耿弇愍侯也盧奴之謁足占其明邯鄲之定足占其志廣阿之及足占其功幽州之發足占其武祝阿之合攻足占其畧然則韓信之方也其不誣乎祭遵成侯也潁陽之見其容可知河北之合其法可知剌姦之備其斷可知弘農之血其

勇可知雅歌而投壺其量可知然則范升之流也其允當乎以至蓋延之勇力圖劉永而得輜重陳俊之撿制斬張步而建勛勞臧宮追北而公孫授首則千八百之印綬何倫姚期署曹而王郎褫魄則數十萬之銅馬盡破滹沱冰合王霸之詭說適合天機邯鄲守堅任光之迎謁毋乃符命宗親不顧李忠之國爾忘家而萬修之卒於軍亦殉國者也私恩不顧邳彤之公爾忘私而劉植之没於戰亦死綏者也耿純燔屋室而返顧者絶望爲國亦以全宗朱祐復位號而反側者輸心舊恩數多蒙賞景丹櫟陽之爵不爲衣繡夜行王梁山陽之符足稱乞骸謝事屯田轉運杜茂收備胡之功棄官追步馬

成喈得君之誼劉隆下獄而分闗意兔戾之復然傳俊積努而侍中竟乞鑄之蒙赴身褫三鑰貪先蔬菜堅譚之全象豈曰無因從擊王幅凶每陷陣馬武之殿後兵爲有用雖其爲勞不同而咸備乎明王之佐譬諸長空一宿不可謂之非星也雖然德叙賢賢而顔曾不與者正脉之傳故也而四代之政一貫之唯實則德之先矣功錄將將而馬援不與者椒房之戚故也而米聚蜀山標分漢界實亦功之首矣顔無繇曾點之别祀以子嫌也王嘗季逼卓茂實融之增入以類附也此則孔門雲臺人物之大都者宪之雲臺何可望孔門也如擬其倫必帝際之師師乎王國之濟濟乎蓋上有勲華而後下

有四岳九官上有文武而後下有四友十亂上有宣聖而後下有四科十哲光岳精英之會聖明述作之期其德適相符其數亦相近矣如是而後可謂之同然且生民未有百王莫逵卽虞周之隆猶或讓烈焉雲臺何物敢以相方直緣百年之舊文耶以備乎一日云爾覽者愼毋曰蘭蕭溷收而雅俗雜奏也

一右論係石門集傳本或云此趙作其家藏一篇乃先生原本未知孰是併錄於後

天以一中分化析之爲七十二候列之爲二十八宿布爲萬化合爲一中明此而孔門雲臺可知矣蓋天生至聖明王以持世也而賢豪景從又爲持世者之羽翼誠

以斯民之生非首出庶物者作之君師誰與安生而復
性非才德出衆者爲之臣輔誰與輿道而致治第時有
汚隆則功有難易矣揮戈而挽夕照覩揭中天者景彌
耀松栢非不春秀也而挺然剝落者更改觀唐虞盛際
得一堯舜而君師道畢矣春秋何時不有木鐸之聖疇
能啓長夜之旦乎西漢初隆得一高帝而除殘與理矣
莽賊竊據不有英明之主疇能嘘旣灰之燄乎故遡道
治二統而獨有羨於孔子之教化光武之中興焉更有
感於七十二賢二十八將之羽翼焉春秋亂賊與滔滔
莫返而褒善貶惡儼然命德討罪之權轍環問津恍乎
司徒振德之詔退修歸裁宛然遜位倦勤之意然堯舜

惟辟而威福匹夫而衮鉞孰爲難乎則挽春秋於唐虞賓夫子之力也而作育成材贊相成功三千中四配外有七十二賢其德可考曾四十四人閔子損者閨闈氣象巖巖志節孝感父母節麾費檄菜色芻豢改過遷善喪畢哀存能斷以禮矣冉子雍者寬洪持重敬恕行簡成性存存不錄舊罪在貧如客不以困累使臣如借不以貴居矣冉子耕者具體而微小物必勤德齊顔閔命惻聖師矣若父兄師友四事得人明學厚親益友三得在仕任賢悅民恤孤哀喪寇不縱獲引制寢軍車驅陽鱎有宓子不齊焉狀異德豊利民守廉斬蛟毁其璧進賢名其門貴不喜賤不怒南遊至江從化三百嚴

設去就名施諸侯武城宰稱得人有澹臺子滅明焉氣象類聖强識好古吳師壓魯激義宵攻知禮而可宗有有子若焉至尚德如南宮适貴而循理富而好施悔過遷善治亂咸宜成否在賢不在擇地佩白圭之訓存周禮於夾超越三家矣勇如仲子由直諒不媚不忮不求聞過則喜聞善則恐學巳升堂明堪折獄仁卻拯溺之報信拒句繹之盟生孝死悲喪姊過禮治蒲三善惡言不耳食不避難結纓禮全矣介如原子憲學道能行制欲辭祿敝衣咏歌學不爲人教不爲巳矣藝如冉子求好學博藝恭老恤幼敬旅惠友薦聖仕魯百乘堪宰三年足民郤齊師優從政侃侃如也禮樂如公西子赤齊

莊能肅篤雅有節擯相是優養親則恩勝禮者也而言語抱長不隱所疑郤楚昭象車之遺得鬼神之情明帝王之義賢夫子於堯舜有宰子予者疑能思問樂隱農圃詧與齊戰少能用命齊師不踰三刻有樊子須者志士溝壑確守師訓三才允究富不羡軀卧勤不辭單父有巫馬子施者若商子瞿則洗心傳易知幾其神焉冉子孺則周旋中度厲已知約好問乃裕焉商子澤則屏息受業聆教默識焉而雅言攸服弗雕其樸公夏首是已微言既彰德音孔昭顏子高是已佩服格言克遵善訓顏子辛是已伯子虔則兢兢受道奕奕栽弁乃建明德者也冉子季則講微淵思尚友好道者也漆雕子哆

則摳衣時習願學日明亹亹其聞翩翩其英者也公子句茲彬彬多賢翼翼師聖者也施子之常大梁齊名也公子肩定左繩右準也而偉矣風猷時哉用舍有縣子成之出倫離類焉幼造有成文采之效有奚子容蔵之言以宗聖焉敬以束行則罕父黑其人探賾索隱則顔子祖其人務學實著行善據德則榮子旂其人秀頴三千希踪十哲則左人郢其人優入聖域過不留跡目傳心受觀摩游夏則鄭子國其人而原子亢則聞道獨早叔仲會則常侍夫子執筆記事少成習慣矣公西子輿則信道不惑矣執德弘用心剛樂善傳道操行有常秦子非有焉佩服至論義不掩恩三得三亡道德之門孔

忠有焉師聰師明友直友諒公西子蔵以之玉琢氷氷
及墻升堂邽子選以之泥陶木規志鋭道尊顔之僕以
之至中子棖則悻悻自好彷彿剛者焉顔子噲則賢業
素蘊美材以攄徙義崇德焉漆雕子從則挾策遵聖焉
衛有六賢曰端木子賜則識多行約學達性天器珍瑚
璉無驕無謟智足知聖說吳存魯達士也曰卜子商篤
信謹守作師魏侯讀史辨三豕王道慕三無肥由得道
悦以益賢文學士也曰狄子黒則游衍德化揭厲素風
傑士也問誰勤思慕學其句子并彊乎問誰無與無爲
忘生無窮弔友以義其琴子牢乎問誰探討從容涵泳
素教其廉子潔乎齊有六人如公冶子長魁壘而宏縲

絏非罪見美於聖有德哉無瑕也高子柴喪不見齒足不履影成人兒死而聞風始衰邑長葬妻而犯稼不償則人而教之逃仁蟄而惜萌蘖善人乎不愚也公子晳哀安蓬戶之貧卻家臣之祿德不獨行義不苟合者也粱子鱣本初復言學知且篤無子全妻敦厚化俗者也步叔子乘唯諾趍隅博雅發微者也后子處志道秉德言行不乖深造入奧者也秦亦五人焉篤信思誠引領高節見善分明者樂子欬也守道成德範金契蘭不撓紛華者秦子祖也詩書規矩軌經請益載道若無聞學不怠者壤駟赤也克述無言懋依有德揚名里門鼓篋槐市石作蜀非乎師席善教傳道獨肖燕子伋非乎陳

不有三賢乎顓孫子師意廣義盛聞教書紳因禮去魯功不伐貴不喜不侮不佚不虐無告作士無負於公侯齊衰見哭於曾子焉陳子亢聞政而異其求與問學而慕乎異聞子車之死謀欲殉葬斷之以禮而害社焉公良孺賢而且勇再從夫子前困於匡後困於蒲疾鬬而難解焉蔡二賢曰學見大意不有漆雕子開乎切磋游藝不有曹子卹乎宋一人焉司馬子犂何品哉在汚能潔危而多慮兄叛避亂致珪致邑適齊適吳是已吳一人焉文學擅名如言子偃北學東魯學重本治根道養親其脆宰邑弦歌取士得人動則不妄思則預時習禮而幾於無論德而識其上者也楚三人焉秦子商之藏

修曰進漸漬是勤父子賢德克岐克嶷何如濟美也公孫龍之彌縫中道恊輔斯文止兵請行何如卓越也力行愛曰淑問淸遠可嘉哉任子不齊乎而道涉元津如鄒子單則鉅鹿一人也是雖造詣各別而同遊聖門教學相長共明斯道若七十二候分屬四時孰非共成歲功者乎光武炎燼再爐赤符改授或運籌帷幄或摧鋒逐陣攀神龍之鱗附威鳳之翼殪昆陽之虎豹掃新都之蛇豕雖帝之力而豈非諸將之佐乎故勒勛廟藏繪象雲臺二十有八焉其功可紀也高密侯鄧禹杖策至鄴宿中定計而攬賢悅民復業救世披圖勸德艮平莫過且勍力屢摧則關河响動宜陽少衂則印綬亟歸任

使當才高出諸將上矣雍奴侯寇恂上谷示信漁陽結好襲邯鄲收海内調餉治械釋怨致饌盗平而民信使斬而主降功何如也陽夏侯馮異赴蕭王棄更始走朱鮪破赤眉收散卒務安集麥飯有恩聞言懼謝洛泰咸定屏樹讓功不伐何如也而始於棘陽封於歸德全韓歆而市義破董訢而立威黎邱圍秦豐荆門梟任滿牛酒御而伐罪弔民要害中而捐軀報國者舞陽侯岑彭也奮跡拍人起義破虜折衝陽左驂先登擊青犢鄗城破新息平而好勇不矜閤門養重者膠東侯賈復也亡命漁陽致身建業長驅追擊破五校於臨平鄡枚合軍收八克於全蜀再經廣漢重入成都戰負修具義激颯

雷意氣安閑差强人意者廣平侯吳漢也至好畤侯耿弇勸帝自取時推好賢明如盧奴之謁志如邯鄲之定成廣阿之功伐幽州之武攻祝城之略平郡四十六屠城幾三百真不下淮陰矣潁陽侯祭遵如潁川之容河北之法刺奸之斷弘農之勇雅歌投壺之量憂國清廉之疏克已奉公取用儒術稱於范升此也至勇力如蓋延安平侯破沛西圍睢陽圖劉永而得輜重檢制如陳俊祝阿侯屢出輕騎困虜絕粒斬張步而建勛勞朗陵侯臧宮追北而公孫授首千八百之印綬何論安成侯銚期署曹而王郎褫魄數十萬之銅馬盡破若氷合滹河詭說適奏天機者淮陽侯王霸也守堅邯鄲迎謁而

符命尤神者阿陵侯任光也且中水侯李忠宗親不顧而殉國如槐里萬修之卒於軍靈壽侯邳彤私恩不恤而力戰如昌成劉植之沒於陣何卓卓也正號收衆招降東盜燔屋室而返顧者絶望爲國亦以全宗則東光侯耿純也奏臣封不加王復立號而反側輸心舊恩數蒙賞賚者則鬲侯朱佑也櫟陽侯景丹不爲衣繡夜行阜成侯王梁終於穿渠謝事至屯田轉運而收備朗之功其參蘧侯杜茂乎棄官追步勤障塞之勞其全椒侯馬成乎侯竟陵曰劉隆下獄而分闔竟死灰之復然侯昆陽曰傅俊積弩而侍中竟乞錢而蒙貶而身被三鎗食其蔬菜合肥侯堅鐔者全泉功高矣從擊五幡全陷

陣卒揚虛侯馬武者殿後勇大矣雖功勛不一而總翼明主如角軫諸宿分列四方謂非北辰之效用者乎雖然德叙諸賢而顔曾思不與四配巍巍上列矣其克巳天德全禮樂王道備一貫提宗中庸紹統非七十中之傑出乎功錄名將而馬援不與椒房之嫌也其米聚蜀山標分漢界實功之首矣且顔路曾皙伯魚之別祀以子祧也而請椁之慈樂天之志詩禮之遵炳朗千古焉王常李通卓茂竇融之增入以類附也而功咸不朽矣此孔門雲臺之大都也然非七十子之心服何以生死不移而非孔子何以服其心非二十八人之擇主何以收其舊物而非光武何以致其擇其師弟君臣相與有

成也豈非天爲世道而生持世者又生持世者之羽翼哉然伯玉知非林放知本皆親炙聖教者何攺祀於鄉耶且牧皮之狂與琴會並稱孔璇與叔會造侍執筆孟懿子同兄适習禮而顏濁鄒孺悲闕黨互鄉之及門者何俱見遺也至傾蓋如齊程本猶孔子之會心人豈原壤流乎雖然雲臺非孔門匹也昔人有言丹青四七雲臺上誰耀帝傍一客星則桐江一綫繫漢九鼎名節且居事功上矧道德乎嗣而私淑亞聖願學明宗漢唐迄明諸儒陪祀而德堪俎豆者尚濟濟焉孰非聞孔門而興起者乎或謂道統治統一也有持統之人隨有翼統之人帝王迭而道顯於治則以德政爲持而九官元愷

四友十亂爲翼孔子窮而治寓於道則以德教爲持而四配七十子爲翼下此無足班焉苐勛華事業直大虛浮雲則夫子不尤賢哉况中和位育盡性參贊則立德立功正學人盡人合天之事安得以治亂諉之氣數併以聖賢諉之天生乎

新喻梁石門先生集卷之八

新喻縣知縣崇安暨用其訂刊

史二

歷代國統歌

伏羲神農與黃帝名曰三皇居上世少昊顓頊及高辛唐虞紹之爲五帝夏商周秦西東漢後漢魏吳三國判漢亡於魏魏禪晉晉遂平吳天下混擾西晉者爲五胡天下中分南北隅南爲東晉居江左宋齊梁陳踵其都北則五胡而後魏東魏西魏分爲二東傳北齊西禪周周又滅齊禪隋帝隋能平陳海宇一曾幾何時禪唐室唐祚終兮爲五季梁唐晉漢周相繼宋代周兮天下平

中南渡兮廹於金誅金滅宋是胡元南北混同九十年
自堯迄元幾春秋三千七百二十四帝王神器已有歸
大明傳統萬萬世

三皇五帝

天地旣分而後有民物民物旣衆而後有帝王然書契未興之先雖有帝王何從而考其曰盤古氏天皇氏地皇氏人皇氏有巢氏燧人氏皆傳其名而已矣三皇曰伏羲神農黃帝五帝曰少昊顓頊高辛唐堯虞舜當是之時文籍雖興而雜書所載亦難盡信其曰伏羲畫八卦造書契神農製耒耜教醫藥黃帝造舟車作律曆以風后爲相力牧爲將堯之在位土堦三尺茅茨不剪舜

之側徵一年成聚二年成邑三年成都及旣爲帝彈五絃之琴歌南風之詩此皆可信者也若曰女媧鍊石補天共工頭觸不周山崩黃帝騎龍仙去堯時十日竝出羿射落其九是皆妄誕之說也安可信哉抑又考之黃帝戰勝炎帝於阪泉又勝蚩尤於涿鹿然後爲天子堯以子丹朱不肖讓天下於舜舜以子商均不肖讓天下於禹或以征伐或以揖讓何也蓋其時之不同而道則一也

三代

史曰五帝官天下三王家天下官以傳聖賢家以傳子孫夏爲天子四百餘年商六百餘年周八百餘年是何

其傳世之久也夏禹治水姒氏以興手足胼胝過門不入見罪人而泣飲酒而歎商湯修德子姓大昌解網三面德及禽獸六事自責天乃大雨周之文王實隆姬氏民俗讓長虞芮息爭三分天下遂有其二文之德也觀兵孟津諸侯八百大戰牧野前途倒戈武之績也然原夫三代之興由任賢臣至於亂亡禍因婦人禹拜昌言一饋十起湯學伊尹從諫弗咈文武之世尚父爲師亂臣十人周召夾輔非以賢臣而興乎桀愛妹喜糟堤酒池紂嬖妲己烙炮淫刑幽王無道褒姒惑溺烽火爲笑好聞裂帛非以婦人而亡乎夏之中興少康滅浞殷衰復盛賢聖六七周宣任賢興衰撥亂平王東遷王靈不

振嗚呼周室之衰諸侯彊大齊楚秦晉迭爲霸主周之曆數雖過夏商而不絕如綫微亦甚矣哉

七國

七國者舊國三而新國四燕姬姓居幽薊之地秦嬴姓據關中之勝楚芈姓雄於江漢之間此三國者皆西周之所封也齊田氏者地近東海本齊之大夫趙氏在河北魏氏韓氏在河南本晉之大夫此四國者皆威烈王之新命也昔孔子作春秋主於尊王室孟子遊齊梁勸其行王道何也葢孔子之時天下猶知尊周孟子之時天下不復知有周矣王者天下之義主也時至戰國有行王道者斯可以王矣秦自孝公之後多英武之君論

夫王道雖曰未能然善任人亦可彊國故常虎視山東志於吞噬彼六國者如棼林之羣獸不思災危而自相攫搏何其愚哉六國之君惟魏文侯禮敬師儒燕昭王招納賢士可稱明君齊宣王得孟子而不能用趙武靈王僅能闢地而因子受禍韓宣惠王以申子爲相國治兵彊而所尚者刑名之學若楚之諸君悼王差勝而懷王至謬以貪地之故爲秦所誑輕絶齊交又興忿兵伐秦取敗亦可悟矣乃又信秦之詭言往會武關廼以入秦朝於章臺要以割地卒至客死可悲也哉夫爲從以合六國而攻秦者蘇秦也爲衡以連六國而事秦者張儀也從衡之說固皆詭術然爲從者實六國之利也當

魏公子無忌之時六國亦不支於秦矣然公子一爲魏將五國助之大破秦軍倘於其初而信任賢知同心戮力何畏於秦哉故曰滅六國者六國也非秦也

秦

秦據西周之舊都得用武之地自穆公爲霸世世强大至始皇而滅六國帝四海何其盛也然始皇實呂氏非嬴氏也始皇父曰莊襄王名楚初爲質子在趙困不得志大賈呂不韋見之曰此奇貨可居因以財結之又爲之營求爲秦太子因娶邯鄲姬爲妾有娠而獻之於楚實生始皇既立姬爲太后而不韋爲丞相其奸謀如是哉始皇爲人雖剛戾自用然亦好謀有尉繚子者嘗獻

計策始皇親與之對食尉繚子曰秦王如豺虎今雖能下人然得志亦能食人遂去而隱始皇併六國李斯之謀居多而王翦父子之功爲大觀其罷諸侯置郡縣築萬里長城謂天下無虞矣焚滅經籍坑戮儒生偶語詩書罪至於死謂先王不足法矣窮奢極欲離宮三百封禪名山入海求仙謂富貴可以常保矣然以若所爲求若所欲雖志大宇宙勇邁終古固難久也況身没之後扶蘇不立二世竊位其荒淫暴虐固速亡之道也始皇之言曰朕爲始皇帝後世以數計二世三世至於萬世傳之無窮然止於父子二世稱帝總十五年而已矣嗟夫治天下而法先聖猶饑之必食不可一日廢今也絶

先聖之道而欲以長世是猶卻食而求生也其難矣哉

漢

漢姓劉氏或者以爲堯之後豈其然耶高祖起豐沛以布衣之賤奮田畆之間提三尺以取天下葢天實命之也而奚論其世哉帝之入關也不殺子嬰約法三章其伐項羽也縞素興師不忘故主可謂明於大義者矣項羽有一范增而不能用高帝能用三傑張良設謀韓信行兵蕭何給餉用人者昌自用者亡故楚百戰百勝一敗則滅漢屢戰屢敗一勝則帝所惜者高帝無學術無眞儒不能因大亂之後復三代之治故宣帝言其家法曰漢雜王覇而已矣高帝之後惠帝制於呂后及后稱

制三吕封王賴陳平周勃盡誅吕氏文景二帝恭儉養民是則同也然文帝仁厚景帝刻薄固有間矣七國之反非周亞夫爲將其亦殆哉武帝招延羣彦表章六經有三代之風矣然外事四夷慶求神僊則其失也若昭帝之與民休息豈非霍光之功乎宣帝綜核名實魏相丙吉相繼爲相致中興之治矣然趙蓋韓楊微罪受誅亦其失也若元帝之好儒而不斷漢業能無衰乎成帝耽於酒色委政王氏哀平短祚孺子繼之而王莽篡漢矣光武帝中興昆陽一戰大敗莽衆二十八將剪除羣雄而又能投戈講藝息馬論道尤爲難也明帝之臨雍拜老章帝之寬大長者皆爲可稱其後或外戚專政或

宦官濁亂和帝之後殤帝八月安順鮮德冲質幼亡桓靈無道而黨錮之禍興黃巾之寇起至獻帝而亡矣蒼常約舉而論之前漢之高文武宣後漢之光武明章王通稱爲七制之主大抵西漢之時風俗醇厚猶近於古故二十四帝總四百二十六年而其尤賢者五帝且桓靈之外諸帝亦無大惡其治日之多亂日之少三代而下亦孰有逾之者乎

三國

魏蜀吳三分九州之地魏得六州吳得二州蜀漢止於一州而已然君子以蜀漢爲正統者昭烈帝劉備乃景帝之後而其謀爲趣向又多近正曹氏孫氏則皆漢室

之賊也魏之業由曹操創始而丕竊其成吳之業由孫堅孫策而權建其號昭烈以信義著操善用兵權善守國故天下三分不能相併以其勢力均也然操之勢獨强者亦由其挾天子以令諸侯也歟論三國之人才吳最多魏次之蜀又次之然諸葛亮之在蜀乃王佐之才非他人可及也故其兄瑾事吳弟誕事魏人以爲蜀得其龍吳得其虎魏得其犬亮之輔昭烈始由三顧然後委身君臣相得譬之魚水及其輔後主禪則又竭其忠貞節同古人雖其連年伐魏功未克就是亦天也吳之諸臣如周瑜吕蒙魯肅陸遜皆稱賢智孫策初起周瑜輔之分則君臣情同兄弟取江東之地易於破竹策之

才畧固鮮其儔瑜之忝贊功亦不必其後赤壁之戰大
破曹操尤可羨也圖取關羽則呂蒙獻其計陸遜任其
事績亦偉矣而昭烈之伐吳又爲遜所折辱遜之才固
有大過人者哉魏之諸臣則操用荀彧荀攸匡濟實多
丕叡之世司馬懿總兵然自叡之卒而政歸司馬氏矣
稽三國之本末魏五世四十六年蜀漢二帝四十三年
吳四世五十二年丕文雅有餘而兄弟忌薄曹叡頗稱
英明而務於土木曹芳曹髦曹璜皆以政歸他人亡非
其罪也蜀後主闇愚之甚諸葛既逝蔣琬費禕董允僅
能保國及姜維用事國小民疲興兵不已何以久存哉
吳孫權之後孫亮早廢孫休僅守至於孫皓肆其淫虐

胥兵旣至面縛啣璧不亦宜乎

晉 五胡附

晉有天下亦正統也司馬懿竊魏之權二子曰師曰昭相繼秉政武帝繼其父昭遂篡曹氏平吳之後九州混一亦云盛矣然都於洛陽僅三世武帝及惠懷二帝是也都於長安僅一世愍帝是也相傳四世僅五十二年而巳元帝中興都於建業雖云傳世十一歷歲一百零四年然僻處江南昔之中原皆五胡所據也夫晉之混一而不能久者其故有五武帝開基而樂於淫縱初無遠謀一也平吳之後不辨華夷而羌胡居內二也嗣子蠢愚而諸王兇狠自相魚肉三也惠帝旣闇而賈后凶

淫壞亂朝政四也王弼何晏之倫崇尚老莊蔑棄禮法而風俗頹圮五也迨懷愍之世禍亂已成雖英雄之主有不能救況庸弱乎元帝之後不能復中原者其故有三帝雖恭儉有餘而明斷不足以致王敦之亂一也明帝能誅敦矣而享年不永未及大有爲二也成帝之後諸帝皆非英特而江左公卿惟以風流相尚晏安一時無復有如祖逖之倫三也其可稱者惟王導謝安號爲賢相然亦僅能扶危持顛而已若夫五胡者劉石慕容符姚五姓是也劉氏稱漢帝三世曰淵曰聰曰粲劉曜稱趙石勒滅之石氏號後趙七世曰勒曰弘曰虎曰世曰遵曰鑒曰祗冉閔滅之慕容氏稱燕三世曰皝曰儁

曰暐符堅滅之後燕又四世曰垂曰寶曰盛曰熙其臣馮跋滅之南燕二世曰德曰超劉裕滅之符氏稱秦五世曰健曰生曰堅曰丕曰登姚萇滅之姚氏稱後秦三世曰萇曰興曰泓劉裕滅之五胡之外李氏據蜀曰成又更曰漢張氏曰前涼呂氏曰後涼禿髮氏曰南涼段氏曰北涼李氏曰西涼馮氏曰北燕乞伏氏曰西秦赫連氏曰大夏晉之賊臣則桓溫蓄異志其子玄篡立稱楚帝劉裕誅之又二十年而裕遂篡晉矣

南北朝

南北二帝之分王其在於當時南以北爲索虜北以南爲島夷未嘗相下也自後世觀之則位均體敵皆非正

統亦安得輕此而重彼乎但元魏本夷狄宋氏繼晉傳至於陳皆正朔相承故史之編年以南爲紀然南朝宋八世六十年齊七世二十四年梁四世五十七年陳五世三十三年凡四代總一百七十四年北朝元魏自道武至恭帝十三世一百七十五年東魏傳北齊五世三十年西魏傳後周五世二十六年何魏氏國祚之長而其餘年代之促也此無他係其君之賢否而已宋武帝劉裕起於寒微生擒數帝遂代晉室繼之者曰少帝義符曰文帝曰孝武曰廢帝子業曰明帝曰廢帝昱曰順帝其可稱者惟文帝元嘉之政也齊高帝蕭道成代宋繼之者曰武帝賾又有曰廢帝昭業昭文曰明帝曰東

昬侯曰和帝其可稱者惟高帝及武帝也梁武帝蕭衍代齊躬節儉勤政事能文章然酷信釋氏以慈失刑誤納侯景卒至大亂繼之者曰簡文曰元帝曰敬帝皆無足稱焉陳武帝霸先代梁繼之者曰文帝曰廢帝伯宗曰宣帝曰後主叔寶其可稱者惟武帝及文帝也南朝之速亡非以亂君之多歟後魏拓拔氏自曹魏之時已與矣至東晉之末道武稱帝繼之者曰明元曰大武曰文成曰獻文曰孝文此五主者或以功顯或以德稱而孝文爲尤賢其遷都洛陽改姓元氏禁胡服胡語制禮作樂蔚然可觀有太平之風矣宣武之後明帝爲胡后所鴆魏日以亂孝莊誅爾朱榮亦頗英鋭孝武西奔長

安依宇文泰於是高歡立靜帝而遂分爲二矣然猶未遽亡也東魏則高氏代之曰北齊西魏則宇文氏代之曰後周高歡以智畧稱宇文泰以德度稱皆創業之主也二氏之子孫惟周武帝稱賢主然後周之祚亦促者何也由武帝之享年不永而後嗣之非賢也國祚之修短雖由於人而亦天實爲之乎

隋

隋文帝之得天下方之前代蓋亦異矣其父楊忠仕後周以功而封隋至帝本無功德但以女爲宣帝之后宣帝驕淫而又禪位幼兒遂使大權歸於外氏是帝之得國本易也陳氏僅有江南叔寶無道帝以楊素韓擒虎

賀若弼爲將故即位九年而遂平陳是帝之併天下亦易也帝勤於政事勸課農桑輕徭薄賦自奉節儉即位之初民戶不滿四百萬至於末年乃踰八百萬其治天下又有以見其成效矣然帝徒以吏事爲能而不以王政爲尚通獻太平十二策而不見用也煬帝嗣之恣爲淫後生民塗炭其亡之易亦宜矣煬帝伐高麗之役兵總一百十三萬大敗而還於是楊玄感倡亂東都而羣雄並起李密據滎陽稱魏公林士弘據江西南稱楚帝竇建德據河北稱夏王薛舉據隴西稱　帝李軌據河西稱凉帝李子通據江淮稱吳帝蕭銑據江陵稱梁帝王世充據洛陽稱鄭帝而唐起晉陽西取關陝推立代

王因奪其位江都之獨夫既亡而羣雄之芟刈相繼然後天下歸於唐考隋之歷數三世纔三十年耳蓋嘗論之文帝之開創既無湯武之仁而煬帝之繼承乃有桀紂之惡雖欲長世可乎哉當文帝之世房彥謙私謂人曰帝忌刻苛酷太子卑弱天下雖安方憂危亂其子元齡亦曰帝以詐取天下諸子皆驕奢不仁必自相誅夷其亡可待隋氏之滅先有其徵豪傑者固有以預見之矣

唐

唐興因隋之亂而高祖名應圖讖時人皆云楊氏將滅李氏將興然高祖初無取天下之心其所以得天下以

太宗爲之子也高祖初入長安尊立文帝之孫代王侑然后奪其位其親臣裴寂劉文靜皆無遠謀太子建成齊王元吉才德皆罕聞其剪㓕羣雄者太宗之功也元宗之立也其兄宋王讓之曰時平則先嫡長世亂則先有功此權宜之道也高祖以建成爲太子使居太宗之上遂至同氣相殘建成元吉皆以戮死是雖太宗之罪而實高祖啓之也太宗文武備具功德兼隆貞觀四年之後斗米三四錢行旅不齎糧一時名臣如房元齡杜如晦之輔相魏徵王珪之諫諍李靖李勣之征伐虞世南褚遂良之文學皆由帝之善任使也高宗繼之武后用事易唐爲周十有六年賴狄仁傑等忠於唐室中宗

復位而帝后之亂繼起帝后既誅睿宗復位以元宗爲子也元宗開元之間姚崇韓休宋璟張九齡相繼爲相何其治也及楊貴妃有寵李林甫專政天寶之亂作而安祿山稱帝矣元宗奔蜀肅宗即位克復兩京上皇乃歸首中興之功者郭子儀李光弼也代宗馭失其道巨寇雖殄藩鎮復强順宗立僅八月病而失音傳位憲宗是時裴垍李藩李絳裴度等皆稱賢相而淮西之平則李愬之功也穆宗無德敬宗荒淫文宗恭儉而受制家奴武宗相李德裕而澤潞以平宣宗大中之政人思慕之謂之小大宗然內侍專權亦不能去懿宗奢侈僖宗昏愚黃巢僭亂帝奔於蜀巢誅乃還昭宗之立雖有英

氣而内爲宦官所幽四外爲强臣所刼遷全忠遣人入洛弑帝至哀帝而亡矣唐歷世二十歷年二百九十其可稱者三宗而已元宗憲宗皆不克終太宗雖克終而行猶有缺程子嘗曰漢大綱正唐萬目舉又曰唐之三綱最爲不正此唐之所以爲唐而不及三代也歟

五代十國附

五代之世凡八姓十三世總五十四年其年代甚促何也蓋承唐末大亂之後君臣之義不明而爭奪之相尋也後梁太祖朱全忠簒唐其兄全昱罵之曰汝從黄巢爲賊天子用汝爲四鎮節度使何負於汝而自爲帝乎梁祖稱帝六年愛假子友文之妻將立友文而爲子友

珪所弑其爲不德概可知也均王友貞既誅友珪立十一年唐兵入汴而梁亡矣後唐莊宗本沙陀人也父李克用以誅黃巢功第一封晉王莊宗嗣父破梁夾寨梁祖云克用有子矣然滅梁之後以驕怠而敗明宗雖胡人不學在位八年粗爲小康潞王乃其養子而奪閔帝之位人心不服其亡宜矣後晉高祖石敬塘乃明宗之壻亦沙陀人也其攻潞王借助契丹雖帝中州而臣於北狄其子出帝爲狄所虜是亦宜矣後漢高祖劉知遠亦沙陀人也晉帝北行因亂得立其子隱帝寵信左右誅戮大臣遂至遇害父子二世止於四年而已後周太祖郭威大原人也少起軍伍雕青在項謂之郭雀兒而

柴氏之女願與爲配爲帝三年世宗嗣之乃其妻兄柴守禮之子也自兩漢而下最賢者三君後魏孝文與後周武帝及世宗是也然世宗六年而殂恭帝嗣位豈非天乎其餘十國者吳楊氏二世曰行密曰溥前蜀王氏二世曰建曰衍吳越錢氏四世曰鏐曰元瓘曰弘佐曰弘俶南漢劉氏四世曰龑曰玢曰晟曰鋹南唐李氏三世曰昪曰璟曰煜閩王氏五世曰審知曰璘曰昶曰曦曰延政後蜀孟氏二世曰知祥曰昶楚馬氏六世曰殷曰希聲曰希範曰希廣曰希萼曰希崇南平高氏五世曰季興曰從誨曰保融曰保勗曰繼冲北漢劉氏三世曰崇曰均曰繼元此十國之主其僅稱治者惟南唐吳

越而已然十國雖皆褊小與中國實爲敵體國至小之國也而其君自大常稱中州之帝爲洛州刺史是安能以相統屬者乎

宋

宋之有天下蓋因五代之亂風諸侯推戴以圖富貴然五代之君得之易失之易而宋乃至三百十七年之久者固天所命之亦由太祖智識之明而法制之善也趙氏之先本微太祖生於夾馬營非世有功閥而撿點爲天子未嘗見其兆當受命之始五星聚於奎故曰天也諸侯石守信王審琦等以黃袍加帝之身豈誠知爲趙氏之純臣哉其意以爲威權在已他日亦若是也而太

祖用趙普之計解諸將之兵權由是人無異志矣故曰智識之明也五代多以武人爲牧守易於生亂太祖則以儒臣爲之又制通判以分其權而尤嚴贓吏之法寬苛暴之政故曰法制之善也由是而文武效用財力富强凡僭僞之國盡削平之然父有天下傳之於子古之道也太后杜氏欲兄弟相傳而趙普又成其私至太祖不得正其終而秦王廷美及太祖二子亦皆不得其死惜哉若太宗致治亦云美矣而普凡三入相有功於兩朝亦多矣太祖嘗言相須用儒又嘗勸普學普亦自論謂以論語佐兩朝然太祖之世文化猶未盛也至太宗則盛矣真宗之世寇準賢相也而以契丹之事爲王欽

若所譖王旦亦賢相也而僞爲天書者旦亦不能無責寇準之再相亦以是蒙擢而丁謂又以計去準矣迨於仁宗其遏西夏之兵者韓琦范仲淹之功也致慶曆之治者亦韓范與富弼三人之力也而帝之恭儉愛民四十二年終始若一真可謂仁矣英宗猶子繼承大統在位四年神宗繼之神宗之志將大有爲相王安石而新法病民哲宗幼冲太后垂簾相司馬光而弊法盡革然太后既崩而安石之黨復用矣徽宗淫侈所務者土木所崇者道教金兵南下傳位欽宗良將不能用無戰守之人奸諛惑其心爲偷生之計汴京失守父子爲虜哀哉高宗南渡駐蹕臨安前悞於汪黃李綱獲罪後誤於

秦檜岳飛被誅時可恢復而專爲和議時則有其將而無其君孝宗受禪有志中原而虞允文則以采石之功致卿相之位遂惑上聽用師於金邊釁誤開卒無成效時則有其君而無其將光宗有疾在位不久寧宗之世韓侂胄專政而朱熹不用僞學有禁理宗之世史彌遠亦專政而帝之爲學能崇朱氏度宗十年任賈似道姤賢誤國北兵遂至少帝爲虜三宮北行二王逃生喘息閩廣而三百餘年尊尚儒學羣臣之徇國死義者唯文天祥之節爲尤著也抑又考之宋之都汴也北有遼帝及其南渡又有金帝遼起於朱梁均王之時其初曰契丹太祖阿保機太宗德光世宗兀欲穆宗述律景宗明

記聖宗隆緒興宗貞宗道宗弘基末帝延禧燕王淳凡十世一百八十年而亡遼雖本夷狄然諸君與宋相抗亦罕聞其大惡也金起於宋政和乙未之歲其先曰女貞太祖完顏旻（即阿骨打）太宗晟熙宗亶煬王亮世宗雍章宗璟衛王允濟宣宗珣義宗守緒凡九世一百十七年而亡其初滅遼取宋固多酷虐而世宗與宋孝宗同時南北皆治人稱爲小堯舜義宗之亡能死社稷亦爲難矣合南北而論之宋爲中華之主固正統也而元朝修史又欲以金統宋議論不決揭太史徯斯因以宋遼金爲敵體而各立帝紀謂之三史云

元

元之先起於北方在唐謂之韎鞨後謂之韃靼宋寧宗之世太祖皇帝鐵木真開創洪業連歲攻金遂取燕京太宗嗣位以甲午歲滅金憲宗以巳未歲伐宋宴駕於合州世祖忽必烈於庚申歲改元中統甲子歲建號大元改元曰至元丙子歲爲至元十三年始滅宋世祖爲太祖之孫憲宗之弟爲藩王時開府長安首招文學之士使叅謀議即位之後志在混一文武之臣各盡其用建官定制興學明曆則許文正公衡總率大兵以定江南則丞相伯顔在位三十五年太子貞金先亡成宗以孫承統武宗仁宗皆成宗之兄子也成宗宴駕安西奸位仁宗誅之以位讓兄故武宗之立不立子周王爲太子而

約曰以位傳之弟弟復以傳之姪仁宗在位十年設科取士尊禮儒臣海內咸乂然不傳位周王而傳之子是爲英宗英宗在位四年天性剛果羣下畏之禍變遂作於是迎晉王立之而帝能不賞私勞逆臣正法在位五年宴駕上都丞相倒剌沙輔立太子王禪大臣燕帖木兒在京師與衆謀曰今周王居北梁王居南大位歸之周王正也王既遼遠則立其弟梁王亦正也而王禪安得立乎乃使人密告河南省平章伯顏時梁王自建業方遷江陵伯顏使迎梁王入京師卽位下詔暴晉王之罪謂其與逆臣通謀致英宗失位於是命將討王禪殺之詔又云朕之卽位者權也使告周王而推尊之周王

將至上都粱王迎之而周王道薨上廟號曰明宗粱王之後丞相伯顏迎立至正皇帝即明宗之子也君子曰元之有天下殊方絶域靡不臣服輿圖之廣亘古所無而世祖之定法也本之以寬仁加之以周密繼繼承承勿替引之宜無弊也然立賢無方學古入官禮義廉恥國之四維治道之要也世祖之約不以漢人爲相故爲相皆國族而又不置諫官使忠直路塞文學之士雖世世不乏而沉於下僚莫究其用所賴以爲用者惟吏師而已其爲法如是是以朝皆苟且之政而士無謇諤之風官有貪婪之實而吏多欺誑之文將欲求保萬邦比隆三代無乃未之思乎

新喻梁石門先生集卷之九

新喻縣知縣崇安暨用其訂刊

策畧一

聖學

書說命曰惟學遜志務時敏厥修乃來允懷于茲道積於厥躬　詩敬之曰日就月將學有緝熙於光明　董仲舒曰堯兢兢日行其道舜業業日致其孝　國語文王在傳傅弗勤在師師弗煩　漢武帝罷黜百家表章六經東方朔曰陛下方積思六經留神王事馳騖於唐虞折節於三代　光武自平隴蜀後數引公卿郎將講論經理夜分乃寐　明帝爲太子受尚書於桓榮及即

位猶尊榮以師禮　後魏孝文好讀書手不釋卷在輿據鞍不忘講道　唐太宗與諸儒討論古今道前王所以成敗日昃夜艾未嘗少忘　宋太宗讀書每至夜分日閱太平御覽三卷哲宗時范祖禹上帝學八卷凡帝王學問俱載其說以爲自古以來治日嘗少亂日常多推原其故人主不學也

古王帝之學見於經者皆躬行心得非記講詞章之學也自漢以來聖學不明世主雖有高明之資好學之志往往遺本務末舍內事外如陳後主隋煬帝俱有文集何足謂之學乎近代如宋之諸帝多稱好學然以太宗之勤而惟務博覽不究義理以高宗之勤

而喜工書翰無關身心神宗之世有二程而不知其
賢孝宗之世有朱子而不能行其道則其學亦可知
矣嗚呼人君爲學而不能求諸心則無以措諸事無
以措諸事則無以補於治矣朱子嘗入對或要之於
路曰正心誠意之學上所厭聞願勿以是言進朱子
曰某生平所學止在於是若有所囘護是欺君也然
則臣之勉君以學可不以朱子之心爲心乎

王霸

表記曰至道以王義道以霸又曰至孝近乎王至弟近
乎霸　孟子曰以德行仁者王以力假仁者霸王者之
民皡皡如也霸者之民驩虞如也　荀子曰道王者之

法與王者之人為之則亦王道霸者之法與霸者之人為之則亦霸　又曰粹而王駁而霸　漢宣帝謂太子曰漢家自有制度本以霸王道雜之奈何純任德教乎　董仲舒曰五霸之於三王猶碔砆之與美玉是故仲尼之門五尺童子羞稱五霸　程明道言於神宗曰得天理之正極仁義之至者堯舜之道也用其私心依仁義之偏者霸者之事也王道如砥本乎人情出乎禮義若履大路而行無復回曲霸者崎嶇反側於曲徑之中而卒不可與入堯舜之道故誠心而王則王矣假之而霸則霸矣

王霸之分誠偽公私而已如戴記至道義道之分至

一孝至弟之別皆莫知所謂殆非聖人之言也必如孟子董程之論王覇然後爲明白而切要葢嘗因其意而推之王主於道義而其事反易覇主於功利而其事反難王出於純誠而始終無間覇出於矯假而鋭始怠終王德勝於威而人服之也有甚於威覇威勝於德而人服之也不及於德考之春秋桓公同盟於幽曰尊周矣悼公同盟鷄澤王臣至矣然皆不能率諸侯以朝周故桓公歷二十餘年始僅能伐楚悼公

一歷十餘年始僅能服鄭葢以道義不聞惟較强弱故敵不退避此非圖事之反難乎桓公盟葵邱之後楚

一滅黃伐徐而不能救文公會溫之後以大夫而會王

臣於翟泉悼公會蕭魚之後勤衛之亂臣以大夫會於戚此非銳始而怠終乎桓公始而[illegible]薄遂後而再伐陳文公始而侵曹衛後而會秦獨[illegible]是皆不尚德而尚威故諸侯或貳或服終不能得其心又非威之勝於德而人服之者不及於德乎能反是道則三王之事業可復見矣

禮樂

樂記曰五帝殊時不相沿樂三王異世不相襲禮　周官大司徒以五禮防萬民之僞而教之中以六樂坊萬民之情而教之和　漢志曰六經之道同歸禮樂之用爲急　賈誼曰漢興天下和治宜更正朔易服色定制

度興禮樂文帝謙讓未遑也　董仲舒言古之王者莫不以教化爲大務是時上方征討四夷不暇留意禮文之事　宣帝時王吉言欲治之主不世出公卿幸得遭遇其時未有見萬世之長策舉明主於三代之隆者也願述舊禮明王制上不納　成帝時劉向說上宜興辟雍設庠序陳禮樂亦不果　唐志曰三代而上治出於一而禮樂達於天下三代以下治出於二而禮樂以爲虛名

禮樂之興非難也而遇其時者爲難遇禮樂之時非難也而得其人者爲難得其人者非難也而有其實者爲難虞朝有垂裳之治以舜爲之君伯翳后夔爲

之臣故其禮樂皆盛德之所發成周有文明之治以文武成康爲之君周公爲之臣故其禮樂亦盛德之所發當虞周之世時也人也實也皆兼有之矣此其禮樂所以非後世之可及歟當周之末孔門師弟子皆志於禮樂矣而不得其位則非禮樂之時也漢之文武宣三帝皆治平之時可以興禮樂矣而賈誼說文帝則不用仲舒說武帝則不用王吉說宣帝又不用是三帝者或好清凈或內多慾或尚覇道非禮樂之人也光武建三雍明帝享明堂行大射養三老五更唐太宗興學校作雅樂禮樂之興旣得其時又得其人矣然三君者徒修禮樂之文未能以躬行爲之

本是又無禮樂之實也禮云禮云玉帛云乎哉樂云樂云鐘鼓云乎哉有其實則所謂治出於一而禮樂之達於天下也無其實則所謂治出於二而禮樂遂爲虛文也有天下者能知禮樂之用爲急而又知禮樂之先於其實斯可以與帝王之制作矣

禮制

舜命伯夷典三禮　周官大宗伯以吉禮事邦國之鬼神以凶禮哀邦國之憂以賓禮親邦國以軍禮同邦國以嘉禮親萬民　王制司徒修六禮以節民性六禮者冠婚喪祭鄉相見也　禮器曰經禮三百曲禮三千雙峯曰經禮如冠婚喪祭朝覲會同之類其官有三百曲

禮如升降俯仰揖遜之類其條有三

嘗考朱文公之論禮矣其言古禮則夏商之禮止是親親長長之意至周公而貴貴之禮始詳如始封之君不臣諸父昆弟封君之子不臣諸父而臣昆弟期之喪天子諸侯絶大夫降然諸侯大夫尊同則亦不絶不降此皆貴貴之義上世則簡畧未具也其論後世之禮則謂禮雖先王未之有亦可以義起後世議禮者不明乎此故嘗以其節文度數之小不可備而不敢爲而卒至於大不備而後巳又謂有聖賢者作必不盡如古禮唯當裁酌從今之宜而爲之又謂禮不難行於上而難行於下葢朝廷之上典章明具每

一舉事則按故事施行之惟州縣之間士民之家禮
不可已而欲行之則其勢可謂難矣其論古之禮書
則謂古禮非必有經先王之世上自朝廷下逹閭巷
其儀品有章動作有節所謂禮之實者皆踐而履之
故曰禮儀三百威儀三千待其人而後行則豈必簡
册而後傳哉其後禮廢儒者惜之乃始論著爲書以
傳後世今禮記四十九篇則其遺說也又謂今禮儀
止爲士大夫禮漢河間獻王得禮五十八篇獻之乃
邦國之禮班固謂漢之時此禮尚存諸儒註䟽猶時
有引其說者而後則亡矣其論後世之禮書則謂漢
初叔孫通制禮其效至於羣臣震恐無敢讙譁失禮

者比之三代燕享氣象大不同蓋乃秦人尊君卑臣之法爾然通所制及曹褒之書亦皆無復存矣又謂唐有開元顯慶二禮顯慶禮亡開元襲隋舊爲之宋之開寶禮又因開元爲之及政和五禮則又不如開寶矣又謂二程橫渠溫公皆有禮書惟溫公爲優以其多本之儀禮而參以今之可行者也伊川禮則惟祭禮可用婚禮則不及溫公蓋以古服古器今皆難用橫渠禮書則不本儀禮而出於杜撰矣今文公所自著家禮則大概謹名分崇愛敬以爲之本至於施行之際則又畧浮文存本實竊自附於孔子從先進之遺意焉而其言又曰禮樂之用通乎上下無大小

之殊一身有一身之禮樂一家有一家之禮樂一邑有一邑之禮樂以致推之天下則有天下之禮樂隨大小而致其用不必功大名顯而後施之也吁美哉言乎

郊祀

周禮大司樂曰冬至日祀天於地上之圜邱　大宗伯曰以禋祀祀昊天上帝祀神之玉以蒼璧其牲及幣各隨玉色牲用犢幣用繒長丈六尺王服大裘其冕無旒尸服亦然乘玉輅錫繁纓十有再就建大常十有二旒罇及薦菹醢器並以瓦爵以匏片爲之以藁秸及蒲爲藉神席凡樂圜鐘爲宮黃鐘爲角大簇爲徵姑洗爲羽

靁鼓靁鼗孤竹之管雲和之琴瑟雲門之舞冬日至於地上之圜丘奏之若樂六變則天神皆降可得而禮矣祭日之晨雞人夜呼晨以嘂百官巾車鳴鈴以應雞人典路乃出玉輅建大常大司樂宿懸王將出奏王夏王所過之人各於田首設燭喪者不敢哭凶服者不敢入國門祭前掌次設大次小次張氈案設皇邸王親牽牲而殺實牲體玉帛而燔之　漢高帝立黑帝祠名北畤命有司祀　文帝始親幸雍郊見五畤作渭陽五帝廟　武帝初至雍郊見五畤後常三歲一郊　成帝初用匡衡言作長安南北郊罷甘泉汾陽祠又罷五畤哀帝以疾復甘泉泰畤　唐制曰古者祭天於圜丘祭地於

方澤以其類也而後世有合祀之文元宗定開元禮遂合祭天地於南郊終唐之世莫能改也　唐元宗好道因人言老子降乃建元元皇帝廟號大清宮將行郊祀則一日祀大清宮一日祀大廟一日祀南郊謂之三大禮宋因之將郊則首謁景靈宮次大廟圜邱宋祖宗皆合祭天地其不合祭者惟元豐六年一郊元祐詔議北郊蘇軾主合祭從之者五人劉安世主分祭從之者四十人時蘇轍爲門下侍郎闔安世奏將上請降旨罷議安世竟不得上　唐宋有五使曰大禮使禮儀使儀仗使鹵簿使橋梁頓遞使

後世之郊祀與古皆異何哉古者天地分祭而後時

多合祭一異也古者唯曰昊天上帝而後世或云六天或云十帝二異也古者歲行之而後世或三歲一郊或終莫之行三異也古者唯據典禮而後世或信異端四異也　按周禮冬至祭天夏至祭地先儒胡宏又謂郊特牲而社稷大牢郊祭天社即祭地是分祭之明驗也自王莽爲不經之説至引夫婦同牢私褻之語瀆慢天地唐宋以來率多合祭矣按周禮稱上帝者總言帝也稱五帝者五方之帝稱昊天上帝者天帝也所謂以主宰言者是也五方之帝但爲天帝之佐而已而鄭氏乃以昊天上帝爲北極而五帝之名曰青帝靈威仰赤帝赤熛怒黄帝黄樞紐白帝

白招拒黑帝叶光紀遂有六天之說又誤釋大傳禘其祖所自出以爲祀感生帝靈威仰至於後世帝號重複遂至於十帝矣　按周禮天子一歲親祀天凡九孟春祈穀孟夏雩季秋享明堂冬至圜丘共四也四時迎氣又五也唐宋之郊則先告原廟次享大廟然後郊祀又自五代以來屢因郊而肆赦優賞諸軍后妃以下至文武官皆得蔭補親屬而有賚賜故人主難以常行而止於三歲一郊或過期不行其繁文濫恩皆非禮之禮也夫周之郊祀悉循典故而漢高之祀九天則用巫者文帝武帝之祀五時則用方士唐宋之大淸景靈則崇老氏至於用青詞設素饌其

瀆謬益甚矣請以先儒之言折之朱子曰古者天地不合祭日月山川百神亦無一時共享之理如是則合祭之謬可見矣又曰天帝一也爲壇而祭故謂之天祭於屋下而以神祇禮故謂之帝又曰一國三公尚不可況天而有十帝乎如是則六天十帝之謬可見矣程子曰萬物本乎天人本乎祖故冬至祭天而以祖配以冬至氣之始也萬物成形於帝人成形於父故季秋享帝而以父配以季秋成物之時也如是則孟春祈穀孟夏雩天子不親祀猶可也而冬至季秋之祀必不可廢凡三歲一郊者豈非失乎

明堂

大戴禮曰明堂者古有之曰凡九室一室而有四戸八牖共三十六戸七十二牖以茅蓋屋上圓下方明堂者所以明諸侯尊卑外水曰辟廱南蠻東夷北狄西戎明堂月令赤綴戸也白綴牖也三九四七五三六一八堂高三尺東西九筵南北七筵九室十二戸戸二牖其宮方三百步在近郊近郊三十里此天子之路寢也　史記曰黃帝接萬靈於明庭卽明堂也其制有殿而無壁蓋之以茅圜之以水

明堂之議孰是乎以愚考之莫善於大戴之說而莫謬於呂不韋之月令也然後儒習月令之文而大戴或未之考故明堂遂爲古人迂濶之制而論者咸曰

不作可也吁豈其然乎苟能通於大戴之說則明堂之作甚易而爲行禮布政之地亦甚宜也其曰九室者非其中有壁間之爲九蓋實總爲一堂而以間計之則九爾而爲月令者誤解九室遂謂如井田之制而每月居一室非謬乎其曰一室有四戶八牖三十六戶七十二牖蓋謂九室之外四面分爲十二方每方四戶八牖然戶牖之多取其虛明而已戶之常開則止二處凡十二月中亦由一處而出入也而月令誤解三十六戶遂爲十二月逐方開門又非謬乎其曰外水者以行禮之時或位於堂中或布於水外故四夷之人皆外布則貴賤不雜亦猶大學四面皆水

而可限節觀聽之人也其曰明堂月令者言天子每月皆於此頒政令也然十二月之中所居總爲一處耳曷常曰某月居某方乎其曰赤綴戶白綴牖者綴之言餙也亦猶今人之居緣其窗而朱其戶也其曰二九四七五三六一八者言室雖爲一而實分九區若洛書之龜文也其曰東西九筵南北七筵者九尺曰筵總計之則東西八十一尺南北六十三尺也史記載公玉帶之說以爲其制有殿而無壁正合大戴之制而論者惑於月令於公玉帶之說多不謂然是亦未之思也然其所謂複道自西南入者則謬矣若通典稱明堂曰蔦宮者亦謂覆之以茅耳而漢儒謬

註乃謂周時德澤洽和蒿茂大以爲宮柱嗚呼以此推之謬儒之釋經而誤後儒者多矣奚獨蒿宮也哉

社稷

周制天子立三社曰大社王社亳社諸侯亦三社曰國社侯社置社天子之社則有五色土諸侯之社則以當方土大夫以下各以地所宜木而立之禮神之玉皆用兩圭有邸其牲天子大牢諸侯小牢皆黝色王及尸皆服絳冕樂奏大蔟歌應鐘舞咸池酌以三獻　朱子曰州縣社壇方二丈五尺高三尺四出陛稷壇如社壇之制社在東稷在西四門同一壝二十五步壇飾各隨方色蓋以黃土石爲主長二尺方一尺剡其上倍其下半

社稷主一也
朱子從胡氏之說以爲社卽祭地此確論也若方澤之祭則惟周官言之周官自爲一書非周家定制也天子諸侯必立三社何也葢大社國社爲百姓立之者也王社侯社乃天子諸侯於籍田立之者也亳社則亡國之社存之以示戒也祭日用甲日之始也社者五土之神稷者五穀之神朱子言社稷壇主之制葢唐神龍中常叔夏引韓詩外傳言之也

諸祭

雩祭月令仲夏命有司祀祈山川百源大雩帝用盛樂乃命百縣雩祀百辟卿士有益於民者以祈穀實　日

月周制以柴祀日月星辰曰壇曰王宮月壇曰夜明
山川周制以血祭祭五嶽以貍沈祭山林川澤六宗祭
法曰貍小牢於泰昭祭時也祖迎於坎壇祭寒暑也王
宮祭日也夜明祭月也幽宗祭星也雩宗祭水旱也
七祀周制曰司命曰中霤曰國門曰國行曰泰厲曰戶
曰灶　蜡祭天子大蜡八先嗇也司嗇農也郵表畷也
貓虎也坊也水庸也昆蟲也伊祈氏始蜡蜡也者索也
歲十二月合聚萬物而索享之也
雩祭之禮春秋或書雩或書大雩雩者旱而禱雨之
祭耳其雩之大小視旱之大小非異禮也左傳言龍
見而雩以四月而月令以五月蓋以旱則或以四月

或以五月亦無不可而其所祀之神尊則上帝次則山川百辟鄉士亦無定制也祭日月之禮古人多以春秋二分行之而朝日以旦於東郊夕月以暮於西郊其以旦暮者柳宗元曰古者旦見曰朝暮見曰夕是也祭山川之禮亦無常時或因雩或因蜡或因天子所過或因災患行禱而漢儒乃謂一歲凡四祭何其拘乎祭六宗之禮見於舜典在上帝之下山川之上而莫能的知爲何神祭法之說見孔叢子而孔安國引之蔡氏亦用其說而舊說紛紛孔光劉歆以爲乾坤之六子鄭元以爲星辰司中司命風師雨師馬融以爲天地四時賈逵以爲天宗三日月星地宗三

河海嶽張堅以爲宗廟三昭三穆張廸以爲六代帝王魏孝文以爲天皇大帝及五帝而月令孟冬祈年於天宗盧植註亦謂六宗之神凡此諸說固未知孰是而祭法之說亦安知其必然乎如祭時當於四時祭之寒暑當於春秋二仲祭之水旱當於夏祭之今書曰禋於六宗則是同時而祭矣周官旣無六宗之兆祭法亦無六宗之文未之能考鈌之可也七祀之文獨見於祭法而曲禮但言五祀鄭氏以爲商制實無所據又祀之神亦多不同左傳以爲重該修熈黎句龍之五官月令以爲戶灶門行中霤白虎通則井與其一而行不與鄭氏釋大宗伯五祀則用左傳家

語之說釋小祀五祀則用月令之說釋王制五祀則用祭法之說是豈有定論哉蜡祭則王行於十二月蔡邕章句云夏曰嘉平殷曰清祀周曰大蜡總之謂腊蓋秦始更蜡爲臘也而或謂臘與蜡爲兩祭誤矣又有風師雨師之祭出於周禮歷代及今皆行之司寒之祭出於左傳唐世亦行之若郊祀之時合日月星辰山川百神設位同祭朱子以爲非古禮云

二 廟制

周官小宗伯掌建國之神主左社稷右宗廟　王制天子七廟三昭三穆與太祖之廟而七諸侯五廟二昭二穆與太祖之廟而五大夫三廟一昭一穆與太祖之廟

而三十一廟　漢惠帝始立原廟原重也先有廟而更爲之也　漢明帝遺詔無起寢廟藏主於世祖別室同堂異室之制自此始

夫有天下而建七廟禮之正也原廟始於漢惠而昭穆之位置無復見同堂異室之祀始於明帝而七廟之規模無復有以天下之大崇高之位生於九重之尊而歿止一室之奠人子之心終不安也於是或託之浮屠老氏之宮以伸其奉先思孝之意而先王七廟之制則終不復講爲博士禮官者可不以禮制奏請施行哉按朱子論廟制曰太祖正東向之位其南向者取其向明故謂之昭北向者取其深遠故謂之

穆盍羣廟之制則左爲昭右爲穆祫祭之位則北爲昭南爲穆又曰宗廟之制但以左右爲昭穆而不以昭穆爲尊卑故五廟同爲都宫則昭常在左穆常在右而外有以不失其序一世自爲一廟則昭不見穆穆不見昭而内有以各全其尊必大祫而會於一室然後序其尊卑之次則凡已毁未毁之主又畢陳而無易唯四時之祫不陳毁廟之主則高祖有時而在穆其禮未有考焉意或如此則高之上無昭而特設位於祖之西禰之下無穆而特設位於曾之東也歟至於或祧或否則馬氏曰祖以功建故不遷昭穆以親崇故親盡則毁夫廟制復然後正宗祧宗祧正然

後備祭器祭器備然後盡祭禮祭禮盡而原廟之類
始可除矣聖人以孝治天下其在兹乎

時祭禘祫

周官大宗伯以祠春享先王以禴夏享先王以嘗秋享先王以烝冬享先王　公羊傳曰大祫者何合祭也毀廟之主陳於大祖未毀廟之主皆升合食五年而再殷祭　趙匡曰禘王者之大祭王者既立始祖之廟又推始祖所自出之帝祀之於始祖之廟而以始祖配之也

程子曰天子禘其所自出之帝爲東向之尊其餘皆合食於前此謂之禘諸侯無所出之帝則止於大祖之廟合羣廟之主以食此謂之祫天子禘諸侯祫大夫享庶

人薦上下之殺也魯諸侯爾何以有禘成王追念周公有大勳勞賜魯公以天子禮樂使用諸大廟以上祀周公魯於是有禘春秋之中所以言禘不言祫也

時祭之名不同祠禴嘗烝者周官大宗伯也言禴祠烝嘗者詩天保也言礿禘嘗烝者王制也言春禘秋嘗者郊特牲祭義也記云夏禘者鄭氏以爲夏殷祭豈周以禘爲大祭而更時祭之禘曰礿乎四時之祭曰祠者告祠也禴者薄物也嘗則薦新之義也烝則衆多之義也大槩禴祠禮簡以春夏物未成也烝嘗禮備以秋冬物既成也祫祭之禮有二何也曰時祭之祫羣主皆升而合食於大祖而毀廟之主不與王

制所謂禘祫嘗祫烝是也三年大祫則毁廟未毁
廟之主皆升而合食於大廟公穀所謂大祫是也禘
祭之義不同何也曰祭法言禘郊祖宗大傳及喪服
小記皆言禮不王不禘王者禘其祖之所自出以其
祖配之趙氏說本於此諸儒言三年一祫五年一禘
祫者昭穆合食禘者審諦尊卑其言與祭法大傳不
合此朱子所以獨取趙氏也然祭法亦有可疑者焉
春秋閔公二年書曰吉禘於莊公初入新廟而禘也
而謂祀文王周公於莊公之廟而不及羣主可乎唯
程子釋禘之義言上祀所自出之帝下及巳毁未毁
之羣主乃與詩長發大禘之說合而祭法不言羣廟

合食者蓋主言天子有禘諸侯唯有祫而無禘故未及羣廟之主合食耳蘇轍釋詩之長發引盤庚大享先王之禮以爲大禘并享先王之功臣其論亦是朱子於程蘇之說皆不取而獨取趙氏愚未知其何如也

鹵簿

五經精義曰鹵者盾也以大盾領一部之人也　秦制大駕屬車八十一乘法駕半之最後一乘垂豹尾豹尾以前爲省中　漢武三年一郊車駕必幸雍甘泉故有甘泉鹵簿天漢四年定制一曰大駕郊祀用次曰法駕祀明堂用又次曰小駕祀宗廟用大駕號千乘萬騎公

卿奉引大僕大將軍驂乘　光武止用法駕公卿不在鹵簿中唯河南尹執金吾雒陽令奉引侍中驂乘奉車郎御　宋制導駕押仗服從開元禮用繡袍其執仗次第之色則以五行相生爲次

自黃帝始作車商爲木輅猶尚樸素周制五輅益趨於文迨於周末列國皆僭王制矣秦併六國則後於先代者數倍矣漢承秦制遂有千騎萬乘之盛唐宋誇美復有繡衣五色之華有虞五載一巡狩周制十有二年王乃一時巡王仲淹以爲虞之巡狩頻數者以其儀衛小而徵求寡也考鹵簿之儀者又當明於此

朝儀

周禮宰夫掌治朝之法司士掌正朝儀之位大僕掌燕朝之服位朝士掌建外朝之法　漢叔孫通起朝儀　唐制以月朔御紫宸殿行入閤之儀

周有三朝之制者葢天子之路寢有五其外曰皋門二曰庫門三曰雉門四曰應門五曰路門路門之內則路寢也羣公以下常日於此相見謂之燕朝其位大僕掌之應門之內曰中朝夏官司士掌之皋門之內曰外朝秋官朝士掌之又有詢事之朝在雉門之外小司寇掌之然非常設故不與三朝同也漢叔孫通制朝儀頗採古禮與秦雜儀就之大抵皆尊君而

卑臣若唐制則以含元殿爲大朝即周之外朝冬至設仗衛朝萬國則於此也以宣政殿爲正衙即周之中朝漢之前殿凡朔望起居及册后妃太子諸王三公對四夷君長試制策舉人則於此也以紫宸殿爲上閤即周之朝漢之宣室隻日常朝則於此也入閤者蓋自元宗避正殿而移於紫宸故於宣政殿前立黃麾仗侯契勘畢喚仗自東西門而入故謂之入閤昭宗以朔望御前殿而行入閤之禮則誤矣

先聖

禮凡始入學者必釋奠於先聖先師　唐貞觀四年詔州縣皆作孔子廟以前或有學而無廟十四年詔尊孔

子爲宣父開元七年詔先聖廟從祀十哲皆坐又圖七十二子及二十二賢於壁二十二賢自左邱明至范甯二十七年始謚孔子爲文宣王　宋加至聖　元加謚大成　釋奠鄭氏曰薦饌酌奠而已無迎尸以下事釋奠猶執贄

廟學祀先聖或以周公或以孔子唐貞觀三年始定以孔子爲先師其配享或止以顏回或以顏回孟子元延祐三年始定以顏曾思孟配享又七十二賢之下諸儒從祀者周濂溪程明道程伊川張橫渠邵康節司馬溫公朱文公張南軒呂東萊許魯齋其十人斯可爲不易之典矣

養老

王制曰凡養老有虞氏以燕禮夏后氏以享禮殷人以食禮周人修而兼用之　五十養於鄉六十養於國七十養於學達於諸侯　皇氏曰養老有四三老五更一也子孫爲國難而死者二也致仕之老三也司戶校年養庶人之老四也　祭義曰養三老五更於大學三老者道成於三謂天地人也五更者訓於五品或曰三老道參於三光五更學通於五行　先王父事三老兄事五更　漢明帝臨辟雍行大射養老禮以李躬爲三老桓榮爲五更天子親袒割牲執醬而饋執爵而酳祝哽在前祝噎在後　唐制仲秋吉辰養三老五更於大學

養老之禮有乞言之益焉有教孝弟之道焉帝王之世常行之其亦宜也然王制多出於漢儒之附會而說者援引牽合謬又甚焉夫飲食之禮虞夏簡質殷周靡文大畧然也而王制又定以虞燕夏享殷食周兼用何其拘乎是禮也漢唐之世俱常行之要之上行之於國學外行之於泮宮至於尚齒敬賢崇禮儀化風俗其燕飲或豐或儉惟隨其時固不必爲定制也

宗法

周官大宰九兩五曰宗以族得民　大傳曰別子爲祖繼別爲宗繼禰爲小宗有百世不遷之宗有五世則遷

之宗百世不遷者別子之後也宗其繼別子之所自出者百世不遷者也宗其繼高祖者五世則遷者也有小宗而無大宗者有大宗而無小宗者有無宗亦莫之宗者公子是也

別子者何也諸侯以嫡長繼世而君嫡子母弟以下爲大夫皆謂之庶子庶子不敢祖諸侯故謂之別子別子爲祖者何也以其爲後世之始祖也或曰別子有三何也此言諸侯嫡子之母弟一也或異姓始來爲卿大夫於此國而別於本國不來者二也或起自民庶爲卿大夫而別於隱淪者三也繼別爲宗何也別子之嫡子繼別子而爲大宗世世以嫡子嗣之而

羣庶子之子孫無不宗之也此大宗也而不言大宗何也以下文繼禰爲小宗對言之則知爲大宗矣繼禰爲小宗者何也禰卽別子之庶子也繼禰者庶子之嫡子自繼其父而尊爲禰廟其羣兄弟宗之謂爲小宗者以其比大宗爲小也小宗有四何也其第一世曰繼禰小宗爲親兄弟所宗其服朞第二世曰繼祖小宗爲同堂兄弟所宗其服大功第三世曰繼曾祖小宗爲再從兄弟所宗其服小功第四世曰繼高祖小宗爲三從兄弟所宗其服緦麻自五世之外則無服矣百世不遷之宗何也卽大宗也小宗有四而大宗惟一雖五世之外亦爲之服齊衰三月也五世

則遷之宗何也郎小宗也蓋大宗始祖之親始祖之廟以義立故百世不毁小宗高祖之統高祖之廟以恩立故五世則遷此喪服小記所謂祖遷於上宗易於下者也又曰宗其繼别子之所自出者百世不遷何也朱子曰之所自出衍文也此復解上文繼别爲宗之義而已又曰宗其繼高祖者五世則遷何也此復解上文繼禰爲小宗之義也四小宗初皆繼禰而末皆繼高祖故原其始則云繼禰舉其終則云繼高祖也有小宗而無大宗何也謂君無嫡弟爲大宗而以庶兄弟之人爲小宗使領羣公子也有大宗而無小宗何也謂君有嫡弟使爲大宗以領羣公子不復

立庶弟爲小宗也有無宗亦莫之宗何也謂公子惟一人無他公子可宗亦無他公子來宗己也而又結之公子是也言此三例者乃先君之公子今君之兄弟也禮疏言爲後而不復斬者有四何也葢有曰體而不正庶子爲後是也曰正而不體嫡孫爲後是也曰傳重而非正體庶孫爲後是也曰正體而不傳重嫡孫有廢疾而不立是也此四者皆期而不斬惟正體傳重乃極其服爾總而論之凡言宗者以祭祀爲主非以己而宗人乃以旁親兄弟皆宗於己也大宗所主者始祖別祖之祭小宗所主者逐宗祖禰之祭宗子壓宗人於外宗婦壓族婦於內凡族人祇事宗

子冠娶以告喪練祥必赴雖富貴不敢以入其家爲支子者不敢干其祭若宗子爲士庶子爲大夫則以上牲祭於宗子之家祝曰孝子某爲介子某薦其常事又按通典爲宗子者雖或昏庸亦當宗事之族中雖有齒爵賢智在於其上亦不得以干其位唯罪大而惡極至於殄宗滅祀然後告於廟而更立[illegible]子曰管攝天下人心收宗族厚風俗使人不忘本須是明譜系立宗子法又曰若立宗子法則人知尊祖重本而朝廷之勢自尊此言宗法之繫甚重也又曰宗子法壞則人不知來處以至流轉四方親未絶不相識又曰宗子法壞後世譜牒尚有遺風譜牒既廢人

家不知來處無百年之家骨月無統雖至親恩亦薄此言無宗法則俗亦不美也夫宗法立則有以重正體有以一人情上祀祖禰而盡尊尊之誼下合族屬而篤親親之恩禮法之關於治道豈不大哉揆之方今之宜大宗之法雖難復用而小宗之法不可不行朝廷以禮導民士大夫以禮正家宜有考於此

歷代樂

葛天氏有牛尾歌黃帝作五鐘伏羲樂名扶來亦曰立本神農樂名扶持亦曰下謀黃帝作咸池少昊作大淵顓帝作六莖帝嚳作五英堯作大章舜作韶箾　周官大司樂有六代之樂曰雲門大卷大咸大磬大夏大濩

大武　鐘師奏九夏曰王夏肆夏昭夏納夏章夏齊夏族夏祴夏驁夏漢宗廟有嘉至樂休成樂承安樂又有昭容樂禮容樂大抵多因秦舊　武帝立樂府以李延年爲協律都尉司馬相如等作十九章之歌　又有房中樂高祖唐山夫人作也惠帝更名安世樂其歌十七章　東漢樂大四品曰大予樂郊廟用曰雅頌樂辟雍鄉射用曰黃門鼓吹樂宴羣臣用曰短簫鐃歌樂軍中用　晉荀勗依古尺作新律元帝南渡無雅樂　宋樂以永爲名陳樂以韶爲名隋樂以夏爲名　唐祖孝孫定雅樂制十二和開元增爲十五和　三大舞曰七德舞九功舞上元舞　九部樂曰燕樂伎淸商伎西涼伎

天竺伎高麗伎龜茲伎安國伎疏勒伎康國伎及平高昌收其樂自是爲十部元宗樂分二部堂下立奏謂之立部伎堂上坐奏謂之坐部伎

易曰雷出地奮豫先王以作樂崇德殷薦之上帝以配祖考夫古之制樂法天地之和爲聲音之和無非以褒崇其德也故黄帝之咸池以象其德之皆施堯之大章以象其德之章明舜之大韶以象其德之紹堯禹之大夏以象其德之廣大湯之大濩以象其伐夏救民周之大武以象其克商除暴凡此六代之樂洋洋乎渢渢乎何其盛也迨周之衰桑間濮上之音作而政散民流雅音息矣及吾聖人語大師以樂而

樂始復正一時伶人賤工皆能識樂之正惜乎有德無位不能用之朝廷而達之天下故適齊去蔡入河蹈海聖人不能不爲之慨嘆也下至戰國雅道淪喪魏文侯賢君也然猶聽古樂而惟恐卧聽鄭聲而不知倦况荒淫之主乎漢興禮樂未振有制氏者雖世爲樂官但能記其鏗鏘鼓舞而不能言其義所得於竇公樂書者見於周官大司樂一章而河間獻王所獻雅樂又博採諸子之言以爲樂記而已蓋自高祖樂楚聲而房中之樂制於婦人武帝好越代秦楚之謳而以協律付之奄宦彼叔孫通制爲享祀之樂特因襲於亡秦司馬相如所爲之歌詩徒馳騁於變調

則漢之所謂樂者果何德之可象而又何六代之敢望乎自是以降正音寥寥曹操因破荆州得杜夔始有先代之樂東晉因敗苻堅得楊最始具金石之音以至梁陳之音多吳楚周齊之音多胡聲唐之祖孝孫雖制雅樂然亦文之以雅之名而不免於俗之實至於所謂十部之名坐立之伎則又純乎俗音矣朱子嘗言後世之樂淫雜日甚雖古者鄭衛之音亦無復有矣可勝嘆哉方今之時制作之時也朝廷之上將必有伶倫后夔者出以興咸韶之正音以贊雍熙之治化豈非幸歟

律呂

漢制曰律以統氣類物吕以旅陽宣氣十二律相生之法下生者三分去一上生者三分益一五下六上乃得一終黄鐘下生林鐘林鐘上生大簇大簇下生南吕南吕上生姑洗姑洗下生應鐘應鐘上生蕤賓蕤賓上生大吕大吕下生夷則夷則上生夾鐘夾鐘下生無射無射上生仲吕五音有長短清濁則必以十二律和之乃能成文而不亂假令黄鐘爲宫則大簇爲商姑洗爲角林鐘爲徵南吕爲羽葢以三分損益隔八相生而得之餘律皆然即所謂旋相爲宫也

論作樂者莫先於定六律定六律者莫先於審黄鐘葢六律爲衆音之根本而黄鐘又爲六律之根本也

是故陽聲之始陽氣之動故其數九分寸之數具於
聲氣之元不可得而見及斷竹爲管吹之而聲和候
之而氣應而後數始形焉均其長得九寸審其圍得
九分是謂律本度量權衡於是而受法十二律由是
而損益故曰黃鐘爲聲氣之原八十四聲之中至爲
純粹者也然律有所謂中聲五聲角居中論中聲者
不以角而以宮何也葢凡聲陽也自下而上未及其
半則屬陰而未暢故不可用上而及半然後屬陽而
始和故即其始而用之以爲宮是以宮聲在五行爲
土在五常爲信在五事爲思葢以其正當衆聲和而
未和用而未用陰陽際會之中所以爲盛也所以變

律者何也蓋變律者其聲近正律而少高於正律也自黃鐘至仲呂相生之道窮矣遂復變而上生黃鐘之宮再生之黃鐘不及九寸只八寸有餘然黃鐘君象非諸宮所能役故虛其正而不復用所用只再生之變又缺其半蓋若大呂爲宮黃鐘爲變宮則黃鐘最長所以只得其半也所謂子聲者何也蓋子聲者謂之半聲又謂之清聲蓋正聲者全律之聲子聲者半律之聲一均之內以宮聲爲主其律當最長其商角徵羽之律若短即用正聲或有長者只可折半用子聲黃鐘大簇大呂無子聲以其一均之內商角徵羽四聲皆短於本律故也其餘諸律皆有子聲矣蕤

章胡氏曰律有正變倍半得聲氣之全者正也不得聲氣之全者變也得氣之全而聲過之者倍也得氣之全而聲不及者半也然有倍半之聲無倍半之氣聲者鐘也氣者律也故聲自有律而倍半則但於計律爲鐘之時損益其度數而已杜佑正律之外有子聲是不察夫計律爲鐘之義蔡氏十二律皆有半律蓋踵佑之失也變宮變徵不爲調者何也蓋禮運謂旋相爲宮始黃鐘終南呂凡六十聲而已後世以變宮變徵參而爲八十四調非古人之意也上下相生不同何也蓋班志隔八相生一下一上則終於仲呂其長只三寸三分有奇京房之法則至蕤賓重上生

凡五下六上終於仲呂其長六寸六分有奇若仲呂止三寸三分有奇則雖三分益一不能復生黃鍾之律故用六寸六分則三分益一而可以復生黃鍾也葢一上一下相生之正也甤賓重上生吹候之用也京房有六十律何也葢論律者皆以十二律爲循環相生不知三分損益之數往而不返仲呂再生黃鍾止得八寸有奇不成黃鍾正聲房覺其如此故仲呂再生則名執始轉生四十八律其三分損益不盡之筭或棄或增是不知變律之數止六十者出於自然不可復加雖强加之而無所用也造律之以黍何也蔡季通言一黍之廣爲分故累九十黍爲黃鍾之長

積千二百黍爲黃鐘之廣古人蓋參伍以存法也胡氏非之曰古人用黍以制量衡非數而稱量之也一龠所容必以千二百爲之準有餘則益之以小不足則益之以大小大得而後稱量之是其多寡輕重雖出於黍而黍之大小則制於律矣黍命於律律不命於黍古人參伍之法蓋如此如蔡之說則律命於黍黍不命於律藉使長之所累廣之所積參會無差亦非古人之意况決不能以相通乎截管候氣不同之說何也觀蔡氏多截管之說實得造律本原今宜依其說先多截管以擬黃鐘之管或長或短長短之內每差纖微各爲一管以埋地中候冬至驗之若謂管

中有氣應者則知此管合於造化矣此所謂無泥於不同之制而生於自悟之心也葢諸家論律唯蔡氏爲精故朱子序其書曰其言雖多出於近世之所未講而實無一字不本於古人之成法葢若黃鐘圍徑之數則漢斛之積分可攷寸以九分爲法則淮南大史小司馬之說可推五聲二變之數變律半聲之例則杜氏之通典具焉變宮變徵之不得爲調則孔氏之禮疏固亦可見至於先求聲氣之元而因律以生尺則尤所謂卓然者而亦班班然雜見兩漢之制蔡邕之說與夫國朝會要以及程子張子之言而他人讀易書難季通讀難書易以此觀之其用心亦可見

矣

曆法

漢制曰黃帝迎日推筴使羲和占日常儀占月車區占星象大撓造甲子隸首作算數容成總六術謂之調易少昊以鳳鳥氏爲曆正元鳥氏司分伯趙氏司至青鳥氏司啓丹鳥氏司閉顓頊則南正重司天北正黎司地建孟春爲元是爲曆宗自黃帝曆至魯曆凡六皆以四分起數　漢武帝詔公孫卿壺遂司馬遷等造大初曆選鄧平唐都洛下閎等推筭以律起曆晦朔弦望皆最密日月如合璧五星如連珠遂更元封七年爲大初元年孝成時劉歆作三統曆黃鐘爲天統林鐘爲地統大

簇爲人統章帝時編訢李梵作四分曆靈帝時劉洪作乾象曆漢曆凡五變大初最密其次四分自魏至隋時曆莫善於皇極唐曆凡八改莫善於大衍開元中僧一行所作也其法本於天地之二中始於冬至之中氣以晦朔定日月之會以日度正周天之數以卦氣定七十二候以中星正二十四氣後周王朴作欽天曆

大易推變革之義而治曆明時所當先周官設馮相之職而歲月日辰有所掌自古帝王之世莫不以曆爲尚然天之高遠難窮人之智力有限亦安得而妄論哉歷觀前志稽其大概自黃帝迎日推策而曆法所由起顓頊作曆而始以孟春爲元帝堯以閏月而

定四時帝舜察璿璣而齊七政春秋因魯曆而譏置閏之差秦曆無定法而置閏常在十月之後漢武作大初曆而後始用夏正劉洪造乾象曆始悟日行有遲疾隋劉焯造皇極曆始悟日衍有盈縮唐李淳風造麟德曆以古曆章蔀元首度分不齊始爲總法用進朔以避晦晨月見一行造大衍曆始以朔有四大三小定九服交食之異以是論之後世之曆果能精密過於古人乎常觀朱子曰古曆必有一定之法而今亡矣三代而下造曆者紛紛莫有定議愈精愈密而愈多差由未得古人一定之法也又曰古人曆法疏濶而差少今人曆法愈密而愈差葢以界限密而

踰越多也蔡季通曰非是天運無定乃是行度如此其行之差處亦是常度但後之造曆者爲數窄狹而不足以包之爾以曆元言之則先儒有曰曆元止據目前考驗無証其術失之淺上推開闢冥測洪濛其術近乎迂必也用大史公三紀大備之法范曄紀元之目推上元甲子四千五百餘年則其時不遠不近矣以中星言之則古今不同者由歲差歲差之法當以七十三年者爲稍的堯時冬至日在虛七度昏昴中至月令時該一千七百餘年冬至日在斗三十二度昏奎中迨元初該一千七百餘年冬至日在斗初度昏壁中至延祐又經四十餘年冬至日在箕八度

昏亦璧中以閏餘言則日與天會而多五日九百四十分日之二百三十五者爲氣盈月與日會而少五日九百四十分日之五百九十二者爲朔虛合氣盈朔虛而閏生焉蓋氣盈而不置閏則晦朔弦望差朔虛而不置閏則春夏秋冬差經三十三月則氣盈朔虛之數卽及一月便合置閏前閏距後閏亦三十三月數內大月多則過數而閏三十四月者有之大月少則不及數而閏三十二月者有之閏者所以消其盈而息其虛也曆始於冬至者朱震曰冬至日起牽牛一度右行而周十二次盡斗二十六度則復還牽牛一度而曆更端矣又曰冬至日月必會於牽牛之

一度而晦朔弦望分至啓閉皆得其正或日月不會司曆之過也又曰日月盈縮與天錯行積久則必差差必復會於牽牛之一度牽牛一度乃上元大初起曆之元也元之授時曆乃許文正公及王恂郭守敬等其定之嗚呼天運循環無在不復大統既正治曆宜先考論者或有徵於斯

戶口

歷代戶口之數見於載籍者夏禹之時戶口一千三百五十五萬三千九百二十三成周之時戶口一千三百七十萬四千九百二十三西漢戶一千二百二十三萬三千六十二口五千九百五十九萬四千九百六十八

東漢戶一千六百七萬九百六口五十六萬六千八百五十六唐天寶戶九百九十一萬九千三百九口五千三百九十一萬九千三百九宋崇寧中戶二千一萬九千五十口四千三百八十二萬七百九十六 元之至元廿七年戶一千三百十九萬九千二百六口五千八百八十三萬四千七百十一

王者必稽天下人民之數所以知戶口之登耗而均賦役之輕重也故周官大司徒掌土地之圖與人民之數矣而稽其人民以周知其數又小司寇之職也小司寇大比以登民數矣而掌萬民之數自生齒以上皆書於版又司民之職也且獻之於王而王拜受

之登於天府而出史司會貳之則其事重矣歷代戶口之數極盛者大概可見雖未必皆能覈實而學以待問者亦所當知焉

田制

井田之法自黃帝而建於周其法始大備始於九夫之井而井方一里終於四縣之都而都廣一同大司徒之造都鄙辨其不易再易之差遂人之辨郊野别其上地中地下地之等至秦用商鞅遂廢井田開阡陌　漢武帝時董仲舒言井田法雖難卒行宜少近古限民田以贍不足　哀帝時師丹建限田之議欲吏民無過三十頃丁傳用事而其議格　唐均田之制成丁者人一頃

八十畝爲口分二十畝爲永業二百四十步爲畝田多可以足其人者爲寛鄉少者爲狹鄉狹鄉受田減寛鄉之半凡徙鄉及貧無以葬者得賣世業自狹鄉徙寛鄉者得賣口分已賣不復授　周世宗見元稹均田圖乃嘆曰此致治之本也乃頒其圖於天下期以一歲均之

有井田之制而天下無游惰之民民無游惰而天下富天下富而國家乃可以久安井田之法壞而天下多游惰之民民多游惰而天下貧天下貧而治以不久矣成周之世田皆井授而民有定制士之子恒爲士農之子恒爲農其俊秀者舍農而爲士則可矣而難其人也彼貪利者欲舍農而爲工商則又不許也

如是則游惰何自而起哉故曰成周之久安者以井田之法行也自秦廢井田而富益以富貧益以貧富者恃其財力則舍農而爲商爲吏者益衆矣貧者無以贍生則舍農而爲百工伎術以游食者又益衆矣故曰後世之治不久者以井田之法壞也然西漢因秦制而治王莽復周制而亂者何也曰時不可也漢高承秦亂之後是時田野多曠人民稀少政變通之日使高帝得周公其人爲之輔以復三代之制而又去繁就簡因時制宜則天下大治矣漢之爲漢豈止如是哉若王莽之時則承漢之久安天下之民既繁既富而莽乃擾亂之因苦之民其不畔乎唐均田之

法亦近古矣然令民得遷徙又得買賣其田則游食兼併自若也其法之易壞宜矣今之可以講求者惟限田之法蘇洵所謂必爲之限而不奪其田者尤爲良策若夫嚴工商之令重游閑之禁則又與限田之法相爲表裏者也先儒有言曰鄉遂之兵不可復也屯田以省費亦鄉遂之兵也肉刑不可復也不肆赦以幸奸亦肉刑之刑也井田不可復也不踰制以有限亦井田之田也論隨時之宜者斯言得之

賦稅

周大宰以九賦斂財用則取之爲有度大府以式法受財用以待贍服賜予則用之爲有節載師近郊十一遠

郊二十而三則取之於田者不至於過廛人掌斂市布則取之市者不至於多自秦人以頭會箕斂盡括天下財賦而民不聊生矣　漢興田租或廿五而稅一或三十而稅一或五十而稅一或賜田租之半或令民無出今年租民年十五以上至五十六十人出錢百二十爲算賦年歲至十四人出錢二十爲口賦戍邊則曰更賦　唐初田歲輸粟稻謂之租丁歲輸綾絹絁布謂之調用人之力歲二十日不役則日爲絹三尺謂之庸德宗時楊炎爲兩稅法耗竭編氓日月滋甚

周制田賦十一而漆林之征二十取五漢糙田租三十稅一而市肆之租無所蠲減皆所以厚本而抑末

也今田野之編氓既多空窶而富民之家亦往往困於徭役十室九耗而日市田宅恃財驕縱者非貪饕胥吏之家則豪商巨賈之室也苟不爲之防制則賦役之若在於消乏之戶而源源之財徒歸兼併之人爲政者必有以慮之也

役法

周官之役法詳矣五兩師軍之法此兵役也田獵追胥之法此徒役也府史胥徒之有其人此胥役也比閭族黨之相保愛此鄉役也司徒因地之善惡以均役鄉師校民之衆寡以起役鄉大夫辨年之老少以從役均人論歲之豐凶以行役漢十里一亭十亭一鄉置三老以

事相教嗇夫收賦稅游徼禁盜賊使民者歲不過三日武帝天漢四年數役發七科之謫吏有罪一亡命二贅壻三賈人四故有市籍五父母有市籍六大父母有市籍七昭帝時僱役有三卒更踐更過更　北齊文宣帝定九等之戶富者損其資貧者役其力　唐太宗立租庸調之法庸卽役也歲不過二十日宋之山陰縣行義役勸民各出義田均給保正戶長各有畆數具載砧基其保正戶長仍從聽差既有義田民自樂克不至甚相糾訐簡易可行朱子取之

今之所謂雜役者卽古之所謂力役也古者役民歲不過三日今則無期限惟遇事役之耳今之所謂里

長郎周官之鄉胥漢世之嗇夫也漢之嗇夫與三老游徼皆郡守之所署一歲秩百石故稱之曰鄉有秩今則以有產之民爲之耳宋世有差役有僱役所謂僱役者民自出錢而官自募之也僱役固有弊而隨田當差亦有三弊一曰詭寄之難併二曰供給之繁重三曰私募之爲害夫州縣之治莫先於推收稅糧併合詭寄然縣官止憑耆宿供報彼有力之家互相容蔽詭名自若其自首者僅中下之戶百十中之一二而已故曰詭寄之難併也凡郡之百費取辦於縣縣之科需取辦於民故供役者循良怯弱則以多費而喪家強橫桀黠則因官以漁利彼漁利者爲一家

之肥而致百室之瘠喪家者因一歲之供而傾累世之產故曰供給之繁重也夫糧之多者或此處供役而他處亦供役或今歲被差而來歲亦復被差於是無復親身多為僱募彼昏雇者既無產力豈顧廉恥唯假催科之名以遂貪饕之志故曰私募之為害也以是論之以隨田當差而又行義田之法且雇有產之民其庶幾乎雖然所以正本清源而革其弊者又在守令之賢也

勸農

周官大宰以九職任萬民一曰三農生九穀遂人以土宜教甿以時器勸甿　古曰民年二十受田六十歸田

在野曰廬在邑曰里春將出民里胥登於右塾入者必持薪樵冬民既入女人同巷相從夜績　魏文侯時李悝有盡地力之教秦孝公用商鞅以三晉地狹人貧秦地廣人寡於是誘三晉之人務本於內使秦人應敵於外任其所耕不限多少漢文帝二十餘詔爲農而下者大半　賈誼勸上敺民歸農始開籍田躬耕以勸百姓晁錯言方今之務莫若使民務農欲務農在於貴粟貴粟之道在於以粟爲賞罰　武帝末年封田千秋爲富民侯

成周八百年之天下以重農爲家法后稷躬稼穡公劉務積倉太王遷岐而勤於疆里文王繼之而耕者

九一武王重民食周公爲成王述豳風作無逸皆拳拳於農事其有道之長也宜矣自三代而下最重農者無如西漢雖武帝外事征伐天下騷動然末年深自悔過復思富民元成以後雖外戚專政而民亦安業至王莽然後大亂以二百餘年之治平而天下富庶爲漢之民者何其幸歟竊嘗論近世之弊夫農不必勸也唯在毋擾之而已農不在教也唯在禁游惰而已凡吏之出鄉豈有非爲民者哉豈有非奉行詔旨者哉今日曰勸農也明日曰勸農也今日曰點視義倉也明日曰檢踏旱潦也里胥奔走供給常恐有缺吏有得則去而詔旨未嘗行也農事未嘗問也及

其旣去里胥又科斂下戶以償其所費然則不勸農者豈非去擾民之弊乎夫治道之所出則由於朝廷治道之所施則先於鄉里之吏在周則族師里胥其職也在漢則三老力田其職也近世則社司其職也論鄉里之治宜重社司之職里長督科徵社司任民事令社司置白簿民或游情或奸惡或傷風敗俗皆得詰而笞之其職與里長並設均任至於賞罰勉勵則又縣大夫之責也

水利

古言水利者史起引漳以富河內鄭國鑿涇以注關中李冰鑿江以灌蜀地潘係引汾以溉蒲阪以至白公之

於渭召信臣之於南陽馬臻之於鏡湖張闓之於新豐塘劉義欣之於芍陂李襲稱之於雷陂史皆書之以爲異績

今之言水利者與古異古之開溝渠以聖人漸次而興治水之功間有未至故水或壅塞而不能疏通上之人必開鑿以爲民利今則州郡之小水無不各順其道奚容開鑿乎唯爲之陂堰以障固水利者不可不盡人力耳然溝洫不可鑿也而田間之爲井爲池者獨不可鑿乎嘗觀之畝畝之間若十畝而費一畝以爲井則九畝可以無旱乾百畝而費十畝以爲池則九十畝可以資灌溉民非不知此也葢以膏腴之

壤人之所惜一家之田止十數或二三畝百畝之中孰能棄十畝之地以爲衆人之利乎民知與水爭地而不知與田畜水一遇亢旱則坐視苗槁見小利而失大利不思甚矣爲縣令者誠能躬行田野勸同溝共井之人率鈔買卑田以鑿井池而衆共其利是亦裁成輔相以左右民之道也

荒政

周官大司徒以荒政十二聚萬民一曰散利以種食貸民也二曰薄征輕其租稅也三曰緩刑凶歲陷罪者多故寬之也四曰弛力息徭役也五曰舍禁謂官無禁利聽民采山澤之物以爲食也六曰去幾關市不譏察而

去其稅也七曰省禮凡事皆省去其禮也八曰殺哀省凶禮也九曰蕃樂閉藏樂器而不用也十曰多婚不備禮而婚姻者多也十一曰索鬼神求廢祀而修之舉其救旱也十二曰除盜賊饑饉盜賊多嚴刑以除之也　魏李悝平糴法中饑則發中熟之所斂大饑則發大熟之所斂而糴之故雖遇饑饉糴不至貴而民不散　漢耿壽昌請令邊郡築倉穀賤則增價而糴以利農穀貴則減價而糶名曰常平倉　隋長孫平請立社倉委社司執帳檢校若歲不熟當社以此賑給　宋富弼在青州勸民出粟得十五萬斛益以官廩散處其人以便薪水凡活五十餘萬人　韓琦在益州錮稅而募人入粟

檄劍閣流民欲東者勿禁逐貪殘罷冗吏爲饘粥活一百九十餘萬人　范仲淹在浙西則興造以發金財而民不流徙　趙抃在越州榜於衢路令有米者任增價以糶而米商皆輻輳　朱文公提舉浙東活饑民數十萬又於建之崇安請立社倉歲一斂散俾願貸者歲出息十二不願者勿强小饑則施半息甚饑則盡蠲之既而建之諸邑皆倣置焉

昔人言救荒無善政信哉夫天地之間陰陽失和則爲旱猶人身之血氣不調則爲疾故歲不能以無旱在備之耳人不能以無疾在調其服食以防之耳然所以備旱者果何術哉計天下農民一歲之粟止有

此數不在小民則儲於富室不在富室則儲於官廩至凶年而不足則官廩散矣富室之廩亦散矣彼富室者雖欲騰其價然亦必發泄而後已其藏之歲久而不泄者能幾何哉是則藏之官廩藏之富室皆將以爲民之食無以異也何必取之彼而貯之此以爲善政哉凡曰義倉曰常平徒事煩擾以長吏奸雖不行可也故救荒之計惟毆末伎之民轉而緣南畝至於講播種之法收陂池之利則又所以爲農之助也夫民勤於農則積粟自多積粟既多古人所謂九年之食者庶乎可積矣或曰民皆歸農善矣其如田止有此數何哉曰不然今以百畝之田而一夫耕之又

惰其事則得穀必少或一家而數夫耕之又勤其事則得穀必多是人力之至則地利盡人力之不至則地利不盡穀之多寡係於人事之勤惰不係於地之廣狹也故力農者救荒之上計也而積貯者其次也若夫賢守令臨時措畫或勸富民之平糶或誘商人之輻輳則不過以現在之粟而存一方之民至於他所之饑則不遑恤斯爲下計然亦賢於坐視民之饑死而不顧者也

権鹽

禹貢青州厥貢鹽絺　周官鹽人掌鹽之政令以共百事之鹽祭祀供其盬鹽賓客供其形鹽散鹽王之膳羞

供飴鹽　管仲曰海王之國謹正鹽筴十口之家十人食鹽百口之家百人食鹽計其鐘釜而給之於是說桓公伐菹薪煮沸水令北海之衆毋得聚徒而煮鹽　董仲舒言漢承秦法鹽鐵之利什倍於古　武帝時孔僅東郭咸陽言願募民因官器作鬻鹽官与牢盆敢私鑄鐵器鬻鹽者釱左趾　唐鹽池十八井六百四十劉晏上鹽法輕重之宜云鹽吏多則州縣擾出鹽鄉因舊鹽置吏停戶糶鹽商人縱其所之江嶺去鹽遠者有常平鹽每商人不至則減價以糶官收厚利而人不知貴晏之始鹽利纔四十餘萬緡至大曆末六十餘萬緡天下之賦鹽利居半　順宗時李巽爲鹽鐵使初歲之利如

晏之季年後三倍晏時　鹽之尤著有三種一曰末鹽海鹽也郎周官散鹽也二曰顆鹽解州池鹽也三曰井鹽四川所出也又有崖鹽出永康軍又有煮鹻而成者出河東并州又湖中有鹽出於水又或於石或出於木西夏鹽出於池在鹽州五原及靈會二州其色青　海鹽者京東河北淮南兩浙福建廣南凡六路其煮鹽之處曰亭場民曰亭戶或謂之灶戶戶有鹽丁歲課入官受錢或折租錢兩浙又役軍士煮焉在京東曰密州丁州河北曰滄州濱州淮南曰通泰楚海四州漣水軍兩浙曰杭秀溫台明五州福建曰福漳泉三州興化軍廣南曰潮州廉化瓊崖儋萬安九州諸鹽之利惟煮海最

資國用煮海之利惟淮鹽尤重　解鹽者出陝西解州安邑其鹽如種蔬畦隴圖塹其外決水灌之候南風一夕而結無南風則失課利或多雨圖塹不密則外水參雜亦不成鹽必車出外水乃可復每歲二月墾畦四月引池爲鹽八月乃止籍解州及傍州民謂之畦戶復其家歲出夫二謂之畦夫歲給戶錢四萬夫米日二升解鹽味不及契丹西夏鹽且價貴故沿邊多盜販二國鹽奪解池之利宋常設法防之而西夏亦常護視入中國界　宋初官自運賣之范祥始爲鈔法令商人入錢邊郡售鈔至解州請鹽任其私賣遂省運賣　蜀井鹽者爲井其六百餘陵州有大井後井口頹圮毒氣上如烟

霧煉匠逃入者皆死井益塞民艱鹽食宋初通判賈渫始建議浚井逾年至泉脉井深五十四丈初煉鹽日三百斤稍增日三千六百斤太宗端拱中川鹽不足詔許陝州井鹽永康崖鹽入川真宗時諸井歲久泉涸馬亮盡免其負課或廢其井川鹽止贍一方無與務大農元之世北方常鹽二州產紅鹽又有疙疸鹽卽長蘆所產其塊如白石所謂水晶鹽者是也

三代之時以鹽充貢而已官未嘗榷之以爲利也自管仲興鹽筴以富齊國而鹽利始興漢武帝用桑弘羊孔僅唐用劉晏而鹽利益大譬之江河由濫觴之源而至滔天之勢軍國之用鹽居大半亦安得復弛

乎若以近世言之榷鹽之弊亦有三焉一則舊鹽之停積也一則私鹽之爲害也一則民或苦於鹽價之貴也有司設法使官無虧利商無阻艱鹽價常平而民食無苦斯爲得矣

榷茶

唐德宗時趙贊議稅天下茶漆竹木十取一爲常平本錢未幾罷貞元中張滂復奏行之歲得錢止四十萬緡懿宗時王播請茶稅每百錢增五十其後王涯置榷茶使徙民茶樹於官場焚其舊積民大怨　武宗時又增江淮茶稅是時茶商所過州縣重稅或掠奪舟車崔珙有榻地錢于宗有剩茶錢公稅加重私販益起而罷

有論死者矣　宋初江南諸州官市茶十分之八餘二分復税其什一然後給符聽其貸鬻商人旁緣爲姦弊者衆請禁之仍增所市之直以便民　嘉祐中沈立言茶利每歲纔得四十萬緡而民以茶獲罪者歲不下數萬人乞行通商法令園戶出凈利之半餘收商販之税而四十萬數可得有餘於是三司使張方平以爲請而富弼韓琦力言於上乃詔議之　慶曆中議欲弛茶鹽之禁及減商税范仲淹言爲今計莫若先省國用國用有餘當先寬賦役然後及商賈弛禁非所先也

夫茶之爲物不著於經傳之中茶之爲課不見於三代之世然自今言之則民間之用不可以一日而缺

國課之重不可以一歲而虧觀唐宋之所得歲止四十萬緡而爲民之害莫此爲甚然欲寬茶商之稅則可不思范仲淹之言而以首寬民力爲先乎

榷酤

周官司虣掌市飲之禁萍氏掌幾酒謹酒鄭氏云幾者譏察沽買過多及非時者謹者使民節用而無彝也

漢興有酒酤之禁其律三人以上無故羣飲酒罰金四兩　武帝天漢三年初榷酒酤　昭帝時賢良文學對策願罷酒榷均輸等官無與民爭利　後漢末曹操奏酒禁唐代宗時定天下酤戶以月收稅

古之聖人制爲燕享之禮以極懽忻之情燕於朝廷

則上下以和燕於鄉黨則長幼以序燕於家則冠昏之禮成燕於學則養老之禮盡其一獻之禮賓主百拜非徒在於醉飽也以成禮而已故書有酒誥以致其丁寧周官有萍氏以謹其過用一則恐其酖湎而致禍亂二則慮其糜穀之多也漢云三人無故羣飲則罰金故常有酒酤之禁間賜民酺則所以示君上之恩而其隄防禍亂者猶有先王之遺意至武帝始榷酒酤則志在奪民之利與先王之意始異矣歷代相因榷貨加重則固不能節制民飲而間以歉歲禁民釀酒則立法雖嚴而終莫之遏甚哉人心之流而撿制之難也且風俗日奢用度無節司馬公所謂飲

饌之盛酒必内法食必珍味往往有之有位者欲移風易俗又可爲之倡乎必如周官之幾酒謹酒如漢法之羣飲有罰而毋以嚴令爲嫌毋以虧課爲病是亦防亂之一端乎

坑冶

管子曰上有丹砂者下有金上有磁石者下有銅上有陵石者下有鉛錫上有赭石者下有鐵此山之見榮者也　禹以歷山之金鑄幣而贖民之無饘賣子者　湯七年旱以莊山之金鑄幣　周禮　卝人掌玉錫石之地而爲厲禁　漢史金之所產不見於志惟吳鄧銅山錢遍天下　唐權萬紀奏宣饒部中可鑿山冶銀太宗曰

公不推賢進善乃以利規我斥使歸第　唐銀銅鐵錫之冶二百六十八陝宣潤饒衢信六州銀冶五十八銅冶九十六鐵山五錫山二鉛山四汾州礬山七　宋產金之所六產銀之所四十有七產銅之所三十有六產鐵之所四十有七產鉛之所七產錫之所一水銀硃砂之所一金歲入五萬餘兩自景德至寶元金增至五萬五千斤銀增至二十一萬斤

六府之修金與其一荆揚之貢金有其三夫五金者藏於山川砂石之中而出以爲人之用雖云地不愛寶而其出有時興廢無定此有所濺則彼有所闕不可常得也國家之金貢期無乏用可矣若過求之則

非也倘輕信言利之人增置坑冶之所則勞費一方爲患無已唐太宗之黜權萬紀蓋慮之深遠明君重五穀而賤金玉固當如是哉

錢幣

夏商以前幣爲三品珠玉爲上幣黃金爲中幣白金爲下幣　周外府掌邦布鄭注以布爲泉　太公立九府圜法黃金方寸而重一斤錢圜函方輕重以銖故寶於金利於刀流於泉布於布束於帛　周景王鑄大錢文曰寶貨　漢高帝鑄莢錢文帝鑄四銖錢除盜鑄令賈誼諫有五禍七福之說不聽　武帝以爲天用莫如龍地用莫如馬人用莫如龜故造白金三品文有龍馬龜

之異又鑄三銖錢錢輕易姦詐乃兼鑄五銖錢　王莽變錢法天下大亂　光武中興復鑄五銖錢　魏罷五銖用穀帛人競溢穀作薄絹乃復五銖晉因之　漢昭烈鑄大錢一直百平諸物價數月之間府庫充實　吳孫權鑄大錢一當千人不以爲便　晉沈充鑄小錢謂之沈郎錢　宋廢帝時錢一千長不盈三寸謂之鵞眼錢劣於此者謂之綖環錢入水不沉隨手破碎斗米一萬商旅不行　隋錢五銖大業末私鑄起錢薄惡或裁皮糊紙爲之貨賤物貴　唐武德四年鑄開元通寶錢積十錢重一兩得輕重大小之中　宋神宗之世歲鑄錢至五百萬熙寧以後銅窟消耗始浸鐵爲銅謂之膽

銅諸錢監惟饒州永平監爲最古自唐起用開元錢料堅實可久諸州以爲法　孝宗禁錢出界一文以上流配一貫以上罪死　宋錢一當二起嘉祐一當三起慶曆

楮幣者葢起於唐矣憲宗令商賈至京師委錢諸道以輕裝趨四方合券乃取號爲飛錢宋張詠鎮蜀患錢重不可貿易於是設質劑之法一交一緡以三年爲一界而換之始祥符辛亥至熙寧丙辰六十五年二十二界雖智巧有不能易元因宋之交會而爲鈔大小凡十八料迨今歲而造鈔益精止於六料而與錢兼行觀歷代錢貨之弊有三曰大小之失中也私

鑄之亂眞也輕重之不平也如吳之當千蜀之當百宋徽宗之當十則大而非中漢之三銖四銖晉之沈郎錢劉宋之鵞眼綖環錢則小而非中若五銖則始漢武以至隋中雖屢罷而卒無便於此者開元通寶則始於唐武德而迄於南宋皆以爲之準錢若此二等可謂適中矣夫盜鑄如雲而起雖日加之罪而不能禁止者以多利故也若鑄錢者能不惜銅愛工如孔顗之說能堅實可久如饒州之永平監則盜鑄者無利而自止矣錢大少則人以爲重而物賤大多則人以爲輕而物貴若上之人能制其輕重少則增鑄而使之輕多則斂之而使之重如是則輕重得宜而

物不至於甚賤甚貴矣蓋嘗論之自古及今貨幣凡三變焉夏商以前人唯知用寶貨而未知用錢此一時也自周至五代人唯知用錢而未知用楮幣又一時也自宋有交會迨元而造鈔又一時也今爲經久之計以鈔與錢並行而舊錢禁銷毀爲器禁私挾渡海皆必嚴其令夫錢者毋也鈔者子也毋子相權而制其輕重詎非公私稱便而可以經久者乎

新喻梁石門先生集卷之十

新喻縣知縣崇安豎用其訂刊

策畧二

官制

唐虞稽古建官惟百夏商官倍亦克用乂　周六卿其屬皆六十凡大事從其長小事專達　秦罷侯置守以大尉主兵丞相總百揆御史大夫貳丞相　漢官多仍秦舊賈誼請更官名絳灌等沮之武帝頗有增益大初以後寖廣漢九卿曰奉常後更名曰大常掌禮樂之事曰光祿勳武帝更郎中令掌郎衞曰衞尉掌宫中徼巡曰大僕掌輿馬曰廷尉或名大理掌平獄曰大鴻臚或

名大行令即秦之典客曰宗正掌親屬曰大司農即秦
治粟内史掌穀貨曰少府掌山海坡池川澤之税光武
務從節約併省官職　唐太宗大省内外官定制七百
三十員曰吾以此待天下賢才足矣然是時巳有員外
置　唐官沿隋三省曰尚書曰門下曰中書又有秘書
省殿中省内侍省通謂之六省尚書分六部各有屬吏
部之屬曰司封曰司勳曰考功戸部之屬曰金部曰倉
部禮部之屬曰祠部曰膳部曰主客兵部之屬曰職方
曰駕部曰庫部刑部之屬曰都官曰比部曰司門工部
之屬曰屯田曰虞部寺有九曰大常光禄衛尉宗正大
僕大理鴻臚司農大府　宋沿唐制中書門下尚書雖

爲三省長官多不除中書門下平章事即爲宰相有二人郎分日知印上相爲昭文次爲集賢樞密與丞相號二府元豐三年定官制倣唐六典建三省中書造命行無法式事門下審覆行有法式事尚書則奉行之政柄悉歸中書

天子之命官必先正其名然後責其實帝王之世官簡而能治由實之稱名也後世官愈多而治不古若由名實之不相副也夫古今之官沿革不同葢有隨時而不容廢者焉有重複而可併省者焉有名不正而莫能更者焉夫唐虞有四岳周則爲左右二伯唐虞水土未平則司空爲九官之首周官作於治定之

後則司空處六官之末虞禮樂之官爲二周則合禮樂爲一虞兵刑之職爲一周則兵刑分爲二樞密之職古無有也唐代宗始以宦者爲内樞密使使承受書奏及後梁始以士人爲之至宋則與中書號爲二府矣御史之職初甚卑也周官御史止於掌贊書受法令秦以御史大夫監郡縣而其權始重漢以御史大夫爲丞相之副唐始謂之憲臺宋始分爲三院元有内臺外臺而任益重矣凡若此者皆隨時爲治而不容廢者也漢有九卿而六部未立也唐則既有六部復有九寺司農大府戸部之職也大常宗正禮部之職也大鴻臚禮部之主客也光禄勳但供糧醖禮

部之膳部也唐及五代理財之官有三使曰鹽鐵也曰度支也曰戶部也至宋則設副使一人曰鹽鐵副使度支副使戶部副使而三司一人總之其司謂之計省亦甚重矣然自元豐改官權一歸於戶部三司使遂不復置而財用亦未聞不理凡若此者皆重複而可併省者也丞相右官也而自漢以來或正其名而不重其權或重其權而不正其名如漢武之世九卿更進用事而事不關決於丞相昭帝之世大將軍秉政而丞相止取充位相之權何若是之輕也耶至東漢則不置丞相以大尉司徒司空爲三公郎宰相之職唐則止以尚書左右僕射爲宰相其後嘗以他

官居相職或曰同中書門下三品或曰同平章事或曰叅知機務叅預朝政是皆宰相之職凡若此者又名之不同而莫能窮者也

宰相

通典曰黃帝得蚩尤而明天道得大常而察地理得蒼龍而辨東方得祝融而辨南方得風后而辨西方得后土而辨北方謂之六相　又曰舜臣堯舉八元八愷謂之十六相　湯以伊尹爲右相仲虺爲左相　周世召公爲保周公爲師相成王爲左右　漢史曰高祖開基蕭曹爲冠孝宣中興丙魏有聲　唐史曰唐三百年輔弼者不爲少獨前稱房杜後稱姚宋房元齡善謀杜如

晦善斷姚崇善應變以成天下之務宋璟善守文以持天下之正

夫爲相之道有六一曰務學問二曰明去就三曰持公正四曰用人才五曰知大體六曰戒紛更昔漢之霍光輔昭帝雖有大功而不學無術爲史所譏宋趙普爲相太祖嘗勸之讀書而又謂宰相須用讀書人夫相臣以一人之身而任天下之責必講學明理然後能正已而正人故曰當務學問也成湯三聘而得伊尹高宗旁求而得傅說故任之專信之篤而功業非後世之所及諸葛亮頃昭烈之三顧姚崇以十事與元宗爲要約故亮能興漢業於蜀都崇能致開元

之治效若乃魏相張九齡寇準亦皆賢相也然相因許伯以進身九齡不待終喪而入相準再相以天書而媚真宗皆不免貽譏於君子夫大臣以道事君不可則止必難進易退然後可以有爲故曰當明去就也諸葛亮開誠心布公道房元齡任公竭節知無不爲宋璟刑罰無私犯顔正諫裴垍器局峻整人不敢干以私司馬光以不通書而薦劉安世爲相而能絕朋黨之私則上而君心無所疑下而小人不能入矣故曰當持公正也周公爲相一沐三握髮一飯三吐哺起以待士恐失天下之賢人諸葛亮治蜀隨材授任房杜晉朝政引援士類常如不及狄仁傑薦賢爲

國非以爲私呂蒙正有夾袋冊虞允文有材館錄以疏計人才夫以天下之賢任天下之事則已不勞而衆務理故曰當用人材也魏相好觀漢故事數取賢臣賈誼董仲舒等所言條奏施行之凡四方水旱逆賊輒以奏聞而丙吉則尚寬大不問小事姚崇先有司罷冗職宋璟不賞邊功杜僥倖韓琦自決大事而典故則問趙槩文學則問歐陽修爲相如是則知所先務而得大臣之道故曰當知大體也曹參遵蕭何約束無所變更趙普置大甕受所投利害文字滿而焚之李沆言有人上利害者一切不行以此爲足以報國又言不當用新進少年喜事之人夫世有亂人

而無亂法苟百官得人則不變法而亦治官不得人則雖變法而不治況法出而奸生令下而詐起唯行清靜之政則天下自理故曰當戒紛更也爲相之得失觀是六者而見矣

臺諫

漢御史有大夫有中丞有侍御史大夫佐丞相中丞專掌糾劾御史員四十五秩皆六百石十五人給事殿中受章奏三十人留府治事其奉六條則爲監察御史又有諫大夫光祿大夫無常員多至數十人居恒議論

林少頴曰唐高宗常謂左右曰頃在先帝左右見五品以上論事或面陳或上疏終日不絶今公等何不

言也夫高宗固無足取而求諫如此豈非有所視傚而然哉憲宗時久無論事者故穆宗耳目無所睹記至諫議大夫鄭覃崔郾當入閣之際諫其宴遊乃甚訝之問宰相此輩何人雖曰穆宗之不明而無以使之視傚者亦憲宗之過也蘇軾曰宋自建隆以來未嘗罪一言者縱有薄責旋即超升許以風聞而無官長風采所係不問尊卑言及乘輿則天子改容事關廊廟則宰相待罪故仁宗之世議者譏宰相但奉行臺諫風旨而已聖人深意流俗豈知蓋擢用臺諫固未必皆賢所言未必皆是然須養其銳氣鍇之重權者豈徒然哉將以折奸臣之萌而救內重之弊也夫

奸臣之始以臺諫折之而有餘及其旣成以干戈取之而不足矣

翰林

唐元宗開元二十六年始改翰林供奉爲學士　職林曰唐學士之職本以文學言語備顧問出入侍從因得叅謀議納諫諍　憲宗始命鄭絪爲承旨位在諸學士上大詔令大廢置丞相之密畫內外之密奏上之所甚注意莫不專受專對遷用益重禮遇益親號爲內相又以爲天子私人　晉開運元年詔翰林學士與中書舍人分爲兩制

館閣

周官外史掌四方之志三皇五帝之書　漢圖籍所在有石渠石室延閣廣内貯之於外府又有御史中丞居殿中掌蘭臺秘書及麒麟天祿二閣藏之於内禁　後漢圖書在東觀桓帝始置秘書監　唐有集賢藏書之院蘭臺著作之庭昭文崇文之館麗正集賢之書院又有修文館弘文館司文館曰蓬萊書殿曰乾元修書殿曰秘書内外省曰内庫曰三館曰秘書府曰蘭省麟臺命名雖殊崇文之意則一也

經筵

周官師氏掌以媺詔王保氏掌諫王惡　漢武時倪寬見帝語經學　宣帝詔諸儒講論五經於石渠閣　光

武每令桓榮數奏經義　明帝時張酺以尚書教授數講於御前　章帝建初四年會諸儒於白虎觀講五經同異帝親臨決如石渠故事　唐太宗置弘文館虞世南等以本官兼學士更日宿直聽朝之隙引入内殿講論　元宗置集賢侍讀學士以褚無量馬懷素爲之每入閤前則令乘肩輿以進躬身迎送以申師臣之禮宋舊禮講讀每見先賜坐暫起講復坐仁宗嘗於中秋乃令儒臣並就御牀遂爲故事王安石程顥皆嘗請賜坐不從

史館

史官自黄帝以來有之夏商曰大史周有大史小史内

史外史而侯國亦置史　漢武帝以司馬談爲大史令
子遷嗣之　唐開元中史館寓於集賢宰相監修國史
而有學士直學修撰直館校理之職皆以他官領之
唐制每帝御殿左右史夾香案分立殿下螭頭之側和
筆以俟有命臨陛俯聽而書之季冬以授史官　宋有
日曆所掌修日曆以時政起居注會集之遇修國史郎
置國史院遇修實録郎置實録院又有會要所唐貞元
間蘇冕始爲唐會要武宗時崔鉉續之　宋初王溥續
之慶曆中章得象續之熙寧時王珪續之總三百卷二
十一類八百五十五門其後又續之斷爲宋朝會要陳
騤又編中興會要

古大史之官宜職記載也而秦置大史令漢因之乃云凡國有瑞應災異掌記之則專爲占候之官何也葢秦漢之大史令不專掌記載也司馬談父子爲此職亦掌天文而已故遷自云文史星曆近乎卜祝之閒戰國之時御史掌記人君言動秦漢去戰國未遠豈亦御史記事歟然司馬遷雖不專記載之任而奇才多聞有志大典故以史記爲已任後宣帝之世修撰以他官領而大史唯知占候非是時始失其職也葢大史者有遷之才則爲史非遷之才則但掌星曆如故爾然而遷固之史皆采輯成之而其叙事則有法近代之史皆史官所記而叙述反不及於遷固何

也葢遷固之史成於一家而近代之史則衆爲之也况史記創於談而成於遷西漢書創於彪而成於固皆歷年之久而近代則以宰相監修責其速成史何由而善哉此劉知幾所以有五不可之論也雖然此言修史者爾若夫掌記注則古有左右之史不可不復也然左右史者止於執簡直書不當專褒貶若有意褒貶則先懷好惡而忘其事實矣由是論之注記者不加褒貶刪修者專任一人史庶幾無愧於古歟

國子學

周官師氏以三德三行教國子凡國之貴游子弟學焉保氏養國子以道教之以六藝六儀　漢置博士至東

京凡十四人而聰明有威重者一人爲祭酒自晉以來名國子祭酒　隋始置司業一人監丞三人　大學博士始於晉品服同國子博士　宋國子監無博士有直講八人元豐改直講爲大學博士每經二人

東宮官

記曰古者天子有庶子之官職諸侯卿大夫之庶子爲之卒掌其戒令與其教治　秦漢以來皆置庶子　詹事秦官漢因之掌大子家　隋門下坊置左庶子典書坊置右庶子　唐龍朔中改門下坊曰左春坊典書坊曰右春坊其官有左右庶子左右諭德及中允舍人左右贊善大夫之類　賈誼曰大子之善在於早諭教與

選左右教得而左右正則大子正矣古之王者大子乃生固舉以禮自爲赤子而教固已行矣成王幼在襁褓之中召公爲大保周公爲大傅大公爲大師此三公之職也於是三少皆上大夫也故乃孩提有識三少因明仁孝禮義以道習之而又選天下之端士孝弟博聞有道術者以衞翼之使與大子居處出入故大子乃生而見正人聞正言行正道夫習與正人居不能無正猶生長於齊不能不齊言也習與不正人居不能無不正猶生長於楚不能不楚言也

古之言教大子者莫善於賈生其意葢謂教以道術者師傅之職也與大子居處出入而輔翼之以正道

者左右前後之人也使有賢師傅而左右前後多不正則一齊之傳衆楚之咻焉能成其德哉故曰教得而左右正則太子正矣誼之言如是而文帝不察其輔翼太子者乃晁錯刑名之學刻薄之人故景帝立而有七國之變矣後世如太子太師之類則師傅之職也如庶子諭德贊善之類則左右官也人主多不思長久之道或嫡庶不分或教養無法師傅之職既爲閒官而左右之人類多嬖寵故范祖禹嘗曰有千金之產者必欲其子守之有一命之爵者必欲其子繼之此常人之情也而況天下至大祖業至重可不求賢以輔之而愚之乎

遣使

周官撢人誦王志道國之政事以巡天下之邦國而語之　漢武之世或遣博士巡問鰥寡或遣謁者賜三老帛或遣博士絲寃獄賑流民又專置繡衣直指之使順帝時遣杜喬等八人巡天下刺史有罪亦得奏聞唐太宗遣李靖等十三人巡天下令其所至如朕親睹

封建

王制曰凡四海之內九州州方千里州建百里之國三十七十里之國六十五十里之國百有二十凡二百一十國名山大澤不以封其餘以為附庸閒田八州州二百一十國

王制之言封建果先王之制歟曰非也此漢儒以意言之也嘗觀慈谿楊氏論之曰堯典言協和萬邦春秋傳言執玉帛者萬國其大數云爾而鄭康成乃曰州十有二師州立十二人爲諸侯師也百國一師師十二則千二百國八州九千六百國餘四百國在畿內則是截然爲萬國不加一不少一吁陋哉言也公羊傳曰殷三千諸侯周千八百諸侯亦或據古志云爾而漢儒作王制則曰八州千六百八十國天子之縣內九十三國合爲千七百七十三國此周千八百諸侯之數也武王孟津之會諸侯康成又謂此三分有二則殷末千二百諸侯也其牽合類如此蓋嘗論

之諸侯之建不知何所始也林林之民皆有血氣心智則不能無欲而爭鬬以起其中之才德傑出者能服其比隣於是或五或十或百或千各有其長其才德愈大則所服者益廣故有小國之君有大國之君然君愈多國愈大則君不能以無爭也而又有聖人者出焉則大小之國皆歸之而謂之天子而其爲君爲長者皆諸侯也天子者既爲天下君長之所歸則固不能以私意增減其數而求合已之法制矣而其功則加功罪則削地亦能幾何雖如周之滅國五十其新封者亦非甚衆大抵多因其舊也而漢儒乃以是爲差等何耶楊氏之說如是足以破諸儒之說矣

推是而論之則封建者勢也秦之置郡縣者亦勢也柳宗元謂封建不可復矣而宋之胡氏又謂必可復朱文公則曰天下之法未有全利而無害者封建古法豈敢非之但以膏粱不學之子弟而處於士民之上恐爲患非小又曰少時讀范祖禹唐鑑言郡縣亦足以爲治心常鄙之以爲苟簡因循之論及思之誠然觀於此言則封建之利害判然已

監司

秦置御史監諸郡　漢武初置部刺史以六條問事一曰强宗豪右田宅踰制二曰二千石不奉詔書侵漁百姓三曰二千石不恤疑獄風厲殺人四曰二千石選署

不公苟私所愛五曰二千石子弟怙恃榮勢請託所監六曰二千石違公下比阿附豪强　成帝更置州牧未幾復爲刺史唐分天下爲十道置巡察使後改曰採訪使又改曰觀察使　德宗以庾何等爲黜陟使陸贄請以五計聽吏治曰視戶口豐耗以稽撫字視墾田盈縮以稽本末視賦役厚薄以稽廉冐視案籍煩簡以稽聽斷視囚獄盈虛以稽决滯視姦盜有無以稽禁禦視選舉衆寡以稽風俗視學校興廢以稽教導

古之封建有方伯今之守令有部使此隨時之制也

漢之部刺史秩六百石善矣而後爲州牧則秩二千石固不若刺史之卑秩也近代或慮風憲過重而守

令太輕乃命憲臣多除郡守亦漢制刺史拜守相之意也風憲與守令皆當久任乃有成效若但令守令久任而風憲往往遷轉之速亦非專於委任之意矣是故擇守令者風憲之責擇風憲者又朝廷大臣之任也漢賈琮朱穆爲冀州刺史李膺爲青州刺史范滂爲清詔使郡縣貪吏多望風解印綬而去嗚呼使爲部使者人人以琮等之心爲心何患有貪污之守令乎宋范仲淹爲參政見不才監司之名即勾之富弼曰勾之此一筆則一家哭矣仲淹曰一家哭何如一路哭耶司馬公亦曰天下得賢監司不患無賢大守嗚呼使爲朝廷大臣者人人以仲淹光之心爲心

何患有不才之監司乎

郡守

秦置郡守丞尉各一人守治民丞佐之尉典兵　漢董仲舒曰郡守縣令民之師帥所以承流而宣化宣帝時二千石有治理效輒以璽書勉勵增秩賜金王嘉曰孝文時吏居官或長子孫二千石長吏亦安官樂職其後或居官數月而退送故迎新交錯道路中才苟容求全下才懷危內懼一切營私者衆吏民慢易之　唐大宗疏都督刺史名於屏風得其在官善惡之跡皆注於名下以備黜陟

漢世郡守重其權而亦重其罪甲兵賦役得以專用

豪强凌暴得以專誅郡之賢才得以辟署此重其權也然治民如嚴延年趙廣漢韓延壽皆不免於誅戮此重其罪也

縣令

周官有縣正各掌其縣之政令　漢制縣萬戶以上爲令減萬戶爲長侯國爲相秩亦如之　唐制縣有等差今欲縣令之著治效豈無其道哉夫激勸之出於朝廷者有三責效之出於部使郡守者亦有三所謂激勸者何也一曰加褒賞如卓茂爲密令教化大行道不拾遺則以爲大傅而封褒德侯劉平爲全椒長民或增貲就賦減年就役則拜爲議郎夫以令長之卑

而受知於上者如是孰不觀感而自勵乎二曰重選任如漢世以上應列宿之郎官而出宰百里唐元宗召新除縣令試理民策而擢其高第夫天下之縣至多固不能一一而親擇然各道劇縣之令能選任數十則臺察部使安敢不以黜陟爲心乎三曰用守試漢代守試之法滿歲稱職者爲真不稱者歸本官守元豐之制下一品者爲守下二品者爲試元祐以來守試之外有曰權者所以待資淺之人今宜斟酌其法令部使到任之後舉權試縣令一人三年有治效而無瑕玷則遷轉爲真而舉官加賞否則免官不叙而舉官加罰夫以一道之廣而止進一二人豈非勸

賢之道乎所謂責效在於部使郡守者何也一曰計便宜昔韓韶爲嬴長他縣流民入縣界開嬴倉賑給曰長活溝壑之人而以此伏罪含笑入地矣大守素知韶名竟無所坐今之爲上司者待州縣不以寬大凡官吏之爲奸受賂者多違制之事而莫之詰也間有才幹者欲行一二善政反爲上司所摧沮能待以寬容而許其便宜則賢者之志庶得以行矣二曰責大體昔魯恭爲中牟令河南尹遣吏往察其治不問其吏事之何如而嘉其德化之三異今上司之責州縣者於移風易俗則未嘗訪問而聚歛文簿則督促嚴峻故撫字之勞者無褒賞催科之拙者有訶遣上

司誠能緩其所亟而亟其所緩則善治庶可興矣三曰省徵求昔朱文公與鍾戶部書論徵斂之弊曰州廹乎縣縣廹乎民譬如轉丸於千仞之坂至於趾則其勢窮矣今居官者於材用不能樽節或以供暮夜之求或不苐循常之費故郡有求於縣縣有求於吏吏有求於富民富民有求於庄戶民之膏髓罄竭而饑寒不免誰之咎哉故上司者誠能正本清源則縣令之撫字者庶幾得盡矣若夫孳孳六事而無隳其職則有志之士尤當自勉程子嘗言一命以上苟存心於利物於人必有所濟盍以是思之

銓選

成周司徒教三物而興諸學司馬辨官材以定其論大宰詔廢置而持其柄內史贊予奪而式於中司士掌其版而知其數論定然後官之任官然後爵之位定然後祿之　漢成帝置常侍曹尚書一人主公卿之選立二千石曹尚書一人以主郡國之選而選法始起　光武改常侍曹尚書爲吏部尚書　安帝時左雄議改察舉之制限年四十以上儒者試經學文吏試章奏後黃瓊又增孝弟及能從政爲四科　魏文帝時陳羣立九品官人之法州郡皆置中正以定其選中正以州郡之賢者爲之行修則或以五升四六升五行虧則降者亦然及其弊也愛憎由己或惟知閥閱不辨賢愚故晉劉毅

云下品無高門上品無寒士請用士斷復鄉舉里選之法不從　宋文帝限年三十而仕守宰以六期而代久者十餘年然魏崔亮奏請不問賢愚以停解日月爲斷魏之失才自亮始　隋制尚書舉其大者侍郎銓其小者六品以下官吏咸吏部所掌自是州縣無復辟署矣

唐文官屬吏部武官屬兵部文武各分爲三銓尚書典其一侍郎分其二凡選始於季冬終於季春擇以四事一曰身體貌豐偉二曰言言詞辨正三曰書楷法遒美四曰判文理優長四者備則先德德均以才才均以勞五品以上不試列名上中書門下聽制敕給事中讀之黃門侍郎省之侍中審之不審者駁之審者上之黔

嶺闕官不由吏部謂之南選　高宗時選人多裴行儉

設長名姓歷榜引銓注之法開元中裴光庭作循資格

賢愚一貫而論才之方失矣　德宗時沈既濟言入仕

大多世冑大優利祿大厚督責大薄

古者任官惟賢位事惟能何資格之拘哉然資格非

良法而其弊竟莫革世變然也漢世雖未有資格而

用人甚嚴郡縣守相高第乃爲二千石二千石有治

行乃爲九卿九卿稱職乃爲御史大夫而丞相必大

夫之稱職乃爲之至於左雄之限年四十則拘矣所

用止儒與吏則狹矣魏晉以來之中正尤爲無用若

魏晉之取人以閥閱散朝廷多放誕之士少勤事之

吏而卒致中原之亂其後雖以元魏孝文之賢猶不免取人以閥閱是則伊傅之臣非特後世之所無雖有亦不能進也然有辟署之法士猶得以漸進至隋則一命以上皆由吏部而無復辟署士之進又難矣隋之時又置進士科至唐而進士科愈盛雖非古法亦往往得人歷宋以來雖欲廢進士科而別無取士之法亦世變然也唐制取士之途二由學校曰生徒由州鄉曰鄉貢必也二法兼用而任使之以恕考課之以嚴庶有以致治平之效乎

薦舉

書周官曰推賢讓能庶官乃和舉能其官惟爾之能稱

匪其人惟爾不任穀梁傳曰人之學問無方心志不通身之罪也心志既通名譽不聞友之罪也名譽既聞而有司不舉有司之罪也有司舉之而王者不用王者之過也左傳祁奚外舉不棄讎内舉不失親舉讎解狐也舉親其子午也　漢武帝時繡衣使者薦人尤峻有自縣令至二千石者　晉羊祜所進之人皆不知其所由常曰拜官公朝謝恩私門吾不取也　唐太宗謂房元齡曰公爲僕射當助朕求賢才比聞日閱牒數百豈暇求人哉　狄仁傑薦張柬之姚崇等數十人率爲名臣肅宗謂崔祐甫曰人言卿擬官多親故祐甫曰夫薦擬者必悉其才行如不聞知何由得賢

古之舉人者或以親或以仇或以遠或以近或以貴或以賤惟其賢而已非由私也至於後世公卿往往不能求士於是士之奔競者益衆其有祿位者亦惟務交結當路通書致饋以求薦舉不自以爲恥遂致權門雜遝有如市賈其好利者既專私人以爵而張其聲勢或厭事者又見賢不舉而緘嘿避嫌間有正直之君子欲獎拔賢良抑遠奔競而或權不在已則亦末如之何昔有上書於韓持國以求薦者程伊川適見其事問之曰公爲相不求士而反使士求公何耶持國曰百執事求薦章常事也伊川曰不然正緣來求則與之不求則不與以致人之求者衆也持國

大服其能薦士而又能抑奔競者如張詠司馬溫公其人乎張詠之薦士必薦恬退者謂人曰彼奔競者能自得之何待吾舉乎溫公爲相薦劉安世謂之曰光閒居足下問訊不絕及在政府足下獨無書以此相薦爾嗟夫今之舉人者其可不以二公之事爲法乎

貢舉

王制曰命鄉論秀士升之司徒曰選士司徒論選士之秀者而升之學曰俊士升於司徒者不征於鄉升於學者不征於司徒曰造士大樂正論造士之秀者以告於王而升之司馬曰進士司馬辨論官材論進士之賢者

以告於王而定其論然後官之焉　射義曰古者諸侯歲貢士於天子試之於射官　漢選士之法有賢良如晁錯董仲舒皆以賢良對策也有孝廉武帝元光元年用董仲舒言初令郡國舉孝廉一人如王吉龔勝皆以此進也有茂材有射策有明經如王嘉以明經射策甲科爲郎召信臣以明經甲科爲郎是也有掾史趙禹以佐史進于定國以郡國功曹進是也有多貲入粟張釋之以貲爲騎郎司馬相如以貲爲郎是也有從軍良家子李廣趙充國是也或下詔特舉高帝十一年之詔是也或公府辟召曹參擇郡國吏爲丞相史是也或上書如嚴安徐樂是也或以童子科進何武是也　隋煬帝

始建進士科　唐之科目有秀才有明經有進士有俊士有明法有明算有一史有三史有開元禮有道舉有童子有史科此歲舉之常數也其天子之自詔者曰制舉所以待非常之才焉竇應中楊綰上疏言進士者但記當世之文而不通史明經但記帖括文投牒自舉非先王求賢之意請依古察孝廉縣薦之州州達於省乃詔明經進士與孝廉並行而終不足以勝二科也其後進士益重而明經益衰是以鄭覃疾進士浮薄屢請罷之而文宗不從李德裕論進士不根藝實議亦不行宋進士極盛往往爲將相而明經之科止爲學究　哲宗紹聖二年罷制舉置宏詞科以繼之試章表露布文

用四六頌銘戒論序記雜用古今體許進士登科者試試者雖多取無過五人至高宗又增詔誥箴詩等總十二事三題分爲三塲不拘有無出身（一）元延祐甲寅始以明經科取士明經之外有茂才異等舉有聊跡邱園舉

鄉舉里選者成周之制也而後世卒不能復進士科者自隋煬帝始也而迄今行之不廢何也蓋人才之得失係有司之賢否何如耳非係乎法制之變與不變也夫世道雖有升降之不同而人才之出以爲世用者無時無之也然人各有能有不能其溫良敦樸者或短於才華文思淸新者或乖於記問才幹過人

者或剛正之不足操守有餘者或智謀之不逮上之人能用其所長恕其所短則官有不同而各得其職人有不同而各竭其用豈待一一得英才而後用哉然古今之俗既殊則古今之法亦異鄉舉里選之不可行於今者蓋有成周之風俗然後可以行成周之法度故唐之楊綰欲倣周制以取士而終不能行以後世之人心非三代之人心也漢世用人初無定法唯隨時取之然其時人才往往多稱求賢良則賢良至求孝廉則孝廉至募武勇則得武勇之士募奉使則得奉使之人非朝廷别有異術以致之也蓋其時俗猶近古而然耳爲有司者必曰上欲求如是之人

也則必得如是之人然後可以稱上意爲士者亦必曰上欲得如是之人也我非如是之人奚可以妄求逆其俗之愈下則其法愈詳故自循資格立而漢之辟署不可復矣自進士科置而漢之賢良方正等科不可復矣進士科旣不可罷則漢唐以來之諸科復何用哉或言進士科不可以得人則易其科名豈眞得人哉苟主司之公明則進士之得人也爲賢良者有焉爲孝廉者有焉能宏詞者有焉能法律者有焉若主司之私暗乎則雖求賢良孝廉諸科之人而其所得之賢良孝廉卽前日之求爲進士者也故曰科不必更也在主司之公明爾今科擧之外獨晦跡邱

圜可以得非常之士然謬舉之法不嚴則晦跡者不舉舉者非晦跡噫周家八百年無愧於晦跡者唯一師尚父漢以來數百年無愧於晦跡者唯一諸葛亮何後來晦跡之多乎名器不可假冒濫不可縱惟爲舉者愼焉

任子

漢官儀云二千石以上視事滿三歲得任子弟　汲黯爲太子洗馬劉向爲郎蕭育爲太子庶子蘇武亦爲郎于永爲侍中中郎將皆以任子也宣帝時王吉曰今俗吏多任子弟率多驕驁不通古今宜明選求賢除任子之令裴行儉以蔭補弘文生李德裕以蔭補校書郎德

裕深嫉進士曰朝廷好官須公卿子弟爲之

帝王之世仕者世祿不世官祿所以報功故延及於子孫官所以待賢故必擇其可任世祿之家鮮克由禮尚書戒之周之尹氏齊之崔氏皆爲世卿春秋譏之爵之不可私人也如此觀之漢氏以降大抵祖宗之朝鮮有世臣至於中葉多論閥閱漢惠文之世如蕭何曹參張良陳平雖有子襲侯而未嘗執政也至於後則金張許史之族盛矣宋初如趙普爲相雖云專政而未嘗爲子求官也至於後則宰相蔭補至於十人矣雖然商之中興也有伊陟巫賢周之中興也有召虎申伯故國者豈可以無世臣哉公卿大夫之

子弟要在教之有素選之有道爾前代達官之子多恥以門蔭入仕而必由科第進身者益多有矣凡職官之子弟必使之由科第以進寬其程試而優其除授是亦得賢之道乎

俸祿

自周至戰國皆以粟制祿　漢承秦制三公號萬石有中二千石真二千石二千石比二千石千石下至百石漢官儀曰中二千石月俸百八十斛二千石月俸百二十斛二千石月俸百斛百石俸十六斛其下有斗食佐吏月俸八斗爲下吏　漢律丞相大司馬大將軍俸錢月六萬貢禹上書元帝曰臣爲諫議大夫秩八百石俸

錢月九千二百是時亦有俸錢之差史文不見然往往穀多而錢少　光武增百官俸千石以下減於西京六百石以下增於舊　唐貞觀定俸祿之制以民地租充之京官正一品米七百石錢九千八百至從九品米五十二石錢千三百外官皆降京官一等所給錢以公廨錢充公廨者官給本錢以取其息也　其職田則古者自卿以下必有圭田　通典曰後魏孝文時刺史守相給公田唐武德初自王公以下皆有永業田親王一品六十頃至從五品五頃自上柱國三十頃至文武騎尉六十畝以傳之子孫凡在京諸司各有公廨田內自司農寺二十六頃至率更府各二頃外自大都督府四十

頃至中戍下戍各一頃諸京官文武職事各有職分田一品十二頃至九品二頃外官二品十二頃至九品二頃五十畝

先王之任官也制爵以德制祿以功德有厚薄故爵有尊卑功有多寡故祿有豐殺周官八柄二曰祿以馭其富洪範亦言凡厥正人既富方穀官必班祿則廉介者有以自養中材者亦戢其貪然其班之也常有不均之患故職田者所入有多寡之殊往往職同而祿異固宜以官田租計月班給然後為均也抑班祿之宜又有二焉曰加小吏之俸也曰賞廉潔之吏也曰給致仕者之半俸也昔漢宣帝光武皆以小吏

勤事而祿薄故加其俸給今若加小吏之俸而重其贓罰則有以贍生而且知廉恥矣漢之郡守有政績者必增秩賜金今賢不肖混淆黑白不分故治效罕見若能賞廉潔之吏則善者以勸而貪者知戒矣漢世致仕者三分故祿而以一予終其身今致仕之官貪者厚產以自娛廉者閒居而困乏今若能令臺憲訪問致仕官有貧乏者不問官品高下例給月俸三之一而自有庄產者勿予則可以示優老敬賢之至意矣昔司馬溫公之爲相也每諭士大夫私計足否人或怪問之公曰倘衣食不足安肯爲朝廷理事耶大臣統百官均四海其必有溫公之心然後可

考課

虞廷三載考績三考黜陟幽明　周官大宰歲終詔王廢置三歲則大計羣吏之治而誅賞　漢之課吏猶有古意郡守辟除令長得自課第刺史得課郡國守相而丞相御史得雜考郡國之計書天子則受丞相之要元帝時京房作考功課吏法公卿以房言煩碎不許　魏明帝時劉邵作都官考課之法七十二條崔林以考課存乎其人若大臣能任職則孰敢不肅烏在考課哉晉杜預作考課法委任達官各考所統六歲處優舉者超用處劣舉者奏免優多劣少者敘用優少劣多者左遷然亦不行　唐置考功郎中員外郎各一人掌百官

功過善惡之考法考以四善曰德義有聞淸愼明著公平可稱恪勤匪懈自近侍至於鎭防有二十七最一最而有四善爲上上一最而有三善或無最而有四善爲上中一最而有三善或無最而有三善爲上下一最而有一善或無最而有二善爲中上一最而無善或無最而一善爲中中職事粗理善最弗聞爲中下愛憎任情處斷乖理爲下上背公向私職務廢鈌爲下中居心諂詐貪濁有狀爲下下最如教善有法爲教官之最征商克辦爲監稅之最　元至正中詔以六事課守令曰學校興舉農桑有成盜賊屏息詞訟簡少賦役均平常平得法

歷代考課之法詳矣然而京房劉邵杜預之法皆不能行唐之四善二十七最雖爲定令而掌之不得其人亦豈不爲虚文乎且唐專置考功員外郎亦未見效也夫大臣得人則課監司監司得人則課郡守郡守得人則課屬縣如是則考課之法雖不備而黜陟之典自可行若專設一官任一人則以天下之廣命官之衆雖其人秉心公正亦止求詳於文狀多信於風聞而無以覈其賢否之實也况未免於私濫者乎是則任人而不任法雖老生之常談而責實之道亦惟此而已矣

學校

五帝之學曰成均有虞大學爲上庠小學爲下庠夏大學爲東序小學爲西序殷大學爲右學亦曰瞽宗小學爲左學周大學爲東膠小學爲虞庠又云天子曰辟雍諸侯曰泮宮辟雍即成均也周設四學成均居中其左東序其右瞽宗此大學也虞庠在國之西郊則小學也成均頒學政東序養老更右學祀樂祖　文王世子云春誦夏弦秋學禮冬讀書　王制云春秋教以禮樂冬夏教以詩書　漢武帝時文翁爲蜀守起學宮成都至武帝乃令天下郡國皆立學校官然西京未立辟雍五經博士屬大常成帝時劉向請興辟雍不果　光武建武五年初起大學中元元年起明堂靈臺辟雍　後魏

孝文遷都洛陽立國子大學四門小學　唐大宗貞觀五年國學增學舍千二百間生徒增至三千二百六十人屯營飛騎亦給博士授經外國酋長皆遣子弟入學凡八千餘人　國子監領六學曰國子學大學四門學書學律學算學　宋元豐二年大學置八十齋一齋生徒三十人三舍生總二千四百人其初入外舍限二千人外舍月一私試歲一公試補內舍生間歲又一試補上舍生諸齋月書行藝以師教不戾規矩爲行治經程文合格爲藝凡試中必參以所書行藝乃升　胡瑗教授湖州科條備具從遊者數百人慶曆中興大學下湖州取其法著爲令瑗既爲大學官其徒益衆大學至不

能容取旁官舍處之禮部所得士瑗弟子十常居四五隨才高下喜自修飾衣服容止往往相類人遇之雖不識皆知爲瑗弟子也　晏殊守南京范仲淹適遭母憂居城下殊請掌府學公訓督有法勤勞恭謹以身先之夜課諸生讀書寢食皆立時刻往往潛至齋舍伺之見先寢者詰而罰之出題使諸生作賦必先自爲之欲知其難易亦使學者以爲準由是從者輻輳

漢世郡國有學而未能徧立也至宋而天下郡縣始徧立學矣自宋以前學之有書有田者尚罕也至宋而天下學校始賜書與田矣若夫國學者萃天下之英才而教育之教官之選尤必得人謂宜倣宋之三

舍法督其行藝嚴其課試頗爲升黜以示勸懲而其生徒選補亦宜以鄉貢之外程文稍優者以次補監生之缺也

循吏

太史公循吏傳序曰法令所以導民也刑罰所以禁奸也文武不備良民懼然身修者官未嘗亂也奉職循理可以爲治何必威嚴哉　史記所傳五人孫叔敖以楚民之不便於更幣出一言而郢市復子產在鄭班白不提挈道不拾遺公儀休拔園葵出織婦石奢不敢廢法李離不敢付罪下吏　西漢書所傳六人文翁興學於蜀王成有治聲於膠東黃霸在潁川務耕桑而獨以寬和

名朱邑在桐鄉有遺愛於民龔遂治渤海勸民農桑召信臣爲民興利通溝瀆以灌溉　東漢書所傳十二人其中尤著者衞颯守桂陽則修庠序之教任延教越駱之民以嫁娶之禮秦彭守山陽以禮訓人而不任刑罰王奐爲洛陽令得寬猛之宜孟嘗在上虞辨孝婦之冤第五琦守張掖歲饑開倉而不待上報劉寵在山陰民不見吏　唐書所傳十五人其尤著者高祖之世韋仁壽治越嶲人人安悅大宗之世張允濟令武陽路不拾遺薛大鼎開屯田浚無棣渠而民咸德之中宗時何易于爲益昌令自爲大守挽舟而不肯妨民焚榷茶之詔而下戸賦役或以俸代輸元宗時李惠登在隋州興利

除害政自滴淨田畝闢戶口增憲宗時耑丹在江西教
畊桑築堤捍江

循吏之傳始於史記然其所列皆秦以前而漢興之
賢守令乃缺焉豈其事之無聞故不得而書之歟至
於西漢書之所紀亦僅六人蓋其餘多見之列傳也
如河南守吳公雖平治爲天下第一而無事可紀故
僅見於賈誼傳若乃董仲舒爲江都相公孫倪寬汲
黯爲内史石慶鄭當時爲二千石皆有治效者而不
列於循吏以其官尤著於朝廷也若趙廣漢韓延壽
尹翁歸嚴延年張敞或爲郡守或尹京兆亦皆有政
績而不列於循吏蓋循吏者言其奉法循理不尚威

嚴而民自化也如廣漢等之爲治則或尚嚴猛或用智術非以德化民故亦不謂之循吏然而延壽好古教化而閉閤思過可謂循矣而乃以其見殺而外之此固之失也義縱尹賞之嚴又過於廣漢等則置之酷吏宜矣若東漢循吏之外如劉昆爲江陵令劉寬爲東海相皆善治矣而亦官顯於朝廷者也郭伋爲漁陽潁川大守虞詡爲朝歌長則又皆以除盜著名是亦治尚嚴明者也故皆不入於循吏然而吳祐爲膠東相政崇仁簡而民不忍欺可謂之循矣而亦外之此曄之失也若唐之循吏則舊史所傳凡四十餘人如倪若水政尚清淨潘好禮爲政孳孳崔祐甫則

人須善政李清則稱爲良吏去職有遺愛皆開元之吏治也而新史俱不載於循吏雖取舍各有意而亦豈能無遺憾乎

兵制

通典曰周設六軍之衆因井田而制軍賦六十四井爲甸甸出兵車一乘戎馬四牛十二甲士三人步卒七十二人干戈備具是謂乘馬之法　司馬凡制軍萬二千五百人爲軍軍將皆命卿二千五百人爲師師有帥五百人爲旅旅亦有帥百人爲卒卒有長二十五人爲兩兩有司馬五人爲伍伍有長　管子作內政而寓軍令五家爲軌故五人爲伍軌長率之十軌爲里故五十

人爲小戎里有司率之十里爲連故二百人爲率連長率之十連爲鄉故二千人爲旅鄉良人率之五鄉一帥故萬人爲軍五鄉之帥率之　漢高祖置材官於郡國京師有南北軍之屯武帝平百越内增八校尉外有樓船皆歲時講肄　唐兵制三變其始有府兵後變爲彍騎又變爲方鎮之兵及其末也强臣悍將兵布天下而天子亦自置兵於京師曰禁軍　太宗置府八百而在關中者五百凡府千二百人爲上千人爲中八百人爲下民年二十爲兵六十而免有事則命將以出事已輒罷兵散於府將歸於朝

古者寓兵於農後世兵農爲二兵之出於農則因蒐

苗獮狩之時而教之以戰攻守禦之法其出也老弱不與而訓練有素故應敵有餘其罷也將歸於朝兵歸於農故養兵不費若兵農分爲二則兵有老弱不擇之患國有養兵不貲之費矣然則必兵寓於農而後可歟曰不必然也夫井田之與軍賦實相表裏田皆井授則兵寓於農可也田不井授則兵農爲二亦可也此所謂隨時之義也如唐爲府兵之法雖云有三代之遺意然至天寶之亂黠民爲兵民之悲痛死亡有不忍聞故韓魏公以爲養兵雖非古然既收召無藉之徒以爲兵使之守禦而良民得以保其妻子安其田里雖供給繁重猶賢於出征以是言之古今

之異宜亦明矣若夫選兵之法蘇軾嘗論之曰凡民之生自二十以上至於衰老不過四十餘年之間勇鋭强力之氣足以犯堅冒刃者不過二十餘年今廪之終身則是一卒凡二十餘年無用而食於官也自此而推之養兵十萬則是五萬人可去也屯兵十年則是五年爲無益之費也良民爲兵者其類多非良民方其少壯之時博奕飲酒不安於家而後能捐其身至於年衰氣弱蓋亦有悔而不敢復歸者矣宜令五十以上願復爲民者聽自今以往民之願爲兵者皆三十以下則收限以十年而除其籍民年三十而爲兵十年而復歸其精力思慮猶可以養生送死爲

終身之計使其應募之日心知其不出十年而除其籍則應募必衆而兵皆精矣蘇氏此論實合人情乃可行之策也

將帥

蘇氏曰天下之實才不可求之於言語又不可較之於武力獨見之於戰耳戰不得而試也是故見之於治兵子玉之治兵於蔿蔿賈以爲剛而無禮知其必敗孫武始見試以婦人猶足以取信於闔閭故凡欲知將帥之賢否莫如治兵之不可欺也武舉方畧之類以求之親兵以試之顏色和易則足以見其氣約束堅明則足以見其威坐作進退各得其所則足以見其能凡此皆不

可强也漢擇將之法猶有可取其將帥多由於環衛皆天子所熟識隨其才而器使之故夏侯嬰以奉車李廣以騎郎將趙克國甘延壽以羽林郎衛青霍去病以侍中無不爲漢名將韓信爲治粟都尉數與丞相蕭何言而奇之卒拜爲大將李陵將兵於外天子召見於武臺而後用至於役大郡良家子以爲求將之方置羽林期門以爲蓄將之地夫取之於山西而養之於宮禁一旦有警則選而用之真可謂頗牧在禁中者也

刑律

周穆王度作刑以詰四方墨劓之刑三千而大辟之屬止百重刑減於前輕刑增於舊　魏文侯時李悝著法

經六篇　漢蕭何攟摭秦法作律九篇叔孫通又益律所不及十八篇　武帝時張湯趙禹條定法令作見知故縱監臨部主之法緩深故之罪急縱出之誅　隋文帝令高熲更定律令其刑名有五一曰死刑二絞斬二曰流刑三千里居作二年千五百里二年半二千里三年三曰徒刑五有一年一年半二年二年半三年四曰杖刑五自五十至一百五曰笞刑五自十至五十又勑蘇威定留五百條凡十二卷一曰名例二曰禁衛三曰職制四曰戶婚五曰廄庫六曰擅興七曰盜賊八曰鬬訟九曰詐僞十曰雜律十一曰捕亡十二曰斷獄　唐貞觀中房元齡等始定律令格式高宗時有留守格散

須格　唐志曰古之爲國者議事以制不爲刑辟懼民之知爭端也後世作爲刑書惟恐不詳俾民之知所趨也其爲治雖殊而用心則一蓋皆欲民之無犯也　唐之刑書有四律令格式令者尊卑貴賤之等數國家之制度也格者百官有司之所常行者也式者其所常守之法也凡國家之政必從事於此三者其有所違而入於罪戾者一斷以律

蘇氏曰古者以仁義行法律後世以法律行仁義三代之聖王其教化之本出於學校延蔓於天下而形見於禮下之民被其化循循翼翼務爲仁義以求避法律之所禁故其法律雖不用而其所禁亦不爲不

行於其間下而至於漢唐其敎化不足以勸民而一於法律故其民懼法律之及身亦或相勉而爲仁義唐之初房杜輩爲刑統毫釐輕重明辨别白附以仁義無所阿曲不知周公之刑何以異此但不能務爲仁義使法律之禁不用而自行如三代之時然要終亦能使民勉爲仁義而其不若三代抑有由矣政之失非民之罪也

孔門

程明道曰仲尼元氣也顔子春生也孟子并秋殺盡見又曰仲尼天地也顔子和風慶雲也孟子泰山巖巖之氣象也仲尼無跡顔子微有跡孟子其跡著　周子曰

夫富貴人所愛也顔子不愛不求而樂乎貧者獨何心哉天地間有至富至貴可愛可求而異乎彼者見其大而忘其小焉爾見其大則心泰心泰則無不足無不足則富貴貧賤處之一也處之一則能化而齊故顔子亞聖一 朱子曰聖人渾然仁智之全體顔子是仁孟子是智顔子有智亦仁中之智孟子有仁亦智中之仁又曰仁智雖一所得自有不同顔子曾子得仁之深子夏子貢得智之深一 劉彦仲曰時無孔子顔子殁於陋巷而少正卯爲聞人時無孟子匡章陷於不孝而陳仲子爲廉士

由周公而上道傳於君臣故是道施之政事措之天

下由孔子而下道傳於師弟子故是道著之方策垂之後世夫道措之天下則不以立言爲事故堯舜禹湯文武之言史臣記之天下誦之非聖人有意於言也至仲尼有聖德無其位故始以立言爲事其贊易刪詩書定禮樂修春秋皆主於立言以傳道者也然聖門如顔曾亦能言矣而有聖師在上故學道在已任道在師凡顔曾之言亦學者記之後世誦之顔曾亦未嘗以立言爲事也至於孟子則道既不行世變愈下邪說並作孟子又不得不以道自任故志在於立言而所傳之書乃其自著然孟氏之言比之聖人尤爲詳懇激切雖聖賢之分如此亦世變然歟聖人

之道學者終身求之如天愈高如海愈深莫得而量測矣而孟子救世傷時之言往往異於孔子則後之儒者或疑焉何哉嘗觀劉子澄釋疑孟而序之曰孔孟萬世師也孔子之道高深博大學者必求其端求其端必始於孟子故學而不知孟子非也不知孟子而謂能知孔子亦非也荀卿始著書以非孟子而王仲壬又作刺孟論謂孟子非賢與俗儒異李泰伯又作常語謂孟子以畔教諸侯彼皆設心不與孟子相似學者可以聆之而不爭唯司馬君實之書亦有疑孟子數條公大儒孔子徒也而亦云爾蓋其於孟子之言思之未熟耳皮日休云伊尹之道不以與諸人

不以取諸人吾得志弗爲也與之以道取之以道天下可也況一介哉雖然孟子不曰非其道也非其義也而後及之乎吾固以爲思之未熟也子澄之言蓋知孟子知孟子則知道矣

道學

周子著大極圖說及通書朱震以爲其傳自陳摶种放穆修而來而胡宏作通書序謂先生非止爲种穆之學者此特其學之一師耳朱子曰其書推一理二氣五行之分合以紀綱道體之精微決道義文辭利祿之取舍以振起俗學之卑陋又曰大極圖立象盡意剖析幽微周子蓋不得已而作也觀其手授之意以爲唯程子足

以當之至程子而不言則疑其有未能受之者爾若西
銘則推人以之天即近以明遠於學者日用最為親切
非若此書詳於性命之源而畧於進為之目有不可以
槩而語者也又曰先生博學力行聞道甚早遇事剛果
有古人風為政精密嚴恕務進道理其為南安司理時
洛人程珦攝通守事視其氣貌非常人與語知其為學
知道也因與為友且使二子往受學焉　程伯子明道
卒弟伊川為行狀曰先生為學自十五六時聞汝南周
茂叔論道遂厭科舉之業慨然有求道之志未知其要
泛濫於諸家出入於釋老者幾十年反求諸六經而後
得之又曰先生進將覺斯人退將明之書不幸早世皆

未及也其辨析精微稍見於世者學者之所傳爾又曰先生之言平易易知賢愚皆獲其益如羣飲於河各充其量又曰我昔狀明道之行我之道蓋與明道同異將欲知我者求之此文可也朱子曰明道德性寬大規模廣濶伊川氣質剛方文理密察其道雖同而造德各異又曰明道之言發明極致通透洒落善開發人伊川之言即事明理質確精深尤耐咀嚼明道渾然天成不犯人力伊川工夫造極可奪天功　邵子卒明道爲墓志曰先生之學得之李挺之挺之得之穆伯長推其源流遠有端緒而先生醇一不雜汪洋高大乃其所自得者多矣朱子曰康節言老子得易之體孟子得易之用體

用可分爲二乎二程謂其不離恐亦未然又曰伊川之學於大體瑩徹而小節目猶有疎處康節能盡得事物之變而大體乃有未粹又曰太極不如先天之大先天不如太極之精　張橫渠在京師常坐虎皮論易及聞二程論次日撤去虎皮語學者曰吾平日爲諸公說者皆亂道有二程近到深明易道吾所弗及汝輩可往師之　張子曰爲天地立心爲生民立極爲前聖繼絶學爲萬世開太平程子曰子厚以禮教學者最善使學者先有所據守又曰西銘推理以存義擴前聖所未發與孟子性善養氣之論同功又曰西銘原道之宗祖也自孟子以來蓋未見此書朱子曰橫渠之於程子猶夷尹

之於孔子　朱子少聞李延平得龜山之傳遂從受業

行狀曰先生平居拳拳無一念不在於國聞時政之缺失則戚然有不豫之色語及國勢之未振則感慨以至泣下然謹難進之禮則一官之拜必抗章而力辭厲易退之節則一語不合必引身而亟去自視事以至屬纊歷事四朝仕於外者　立於朝四十日道之難行也如此紹聖統立人極爲萬世宗則不以用舍爲加損也

自堯舜至於孔子而六經之道始大備則集羣聖之大成者孔子也自周子至於朱子而六經之義始益明則集諸儒之大成者朱子也觀周子之學有太極

圖說而陰陽變化之道明有通書而修巳治人之事備論其政事則曰精密嚴恕矣其胸次則曰如光風霽月明道則德性寬大規模廣濶如顏子之純粹伊川則氣質剛方文理密察如孟子之自任邵子皇極經世於天道人事無不備張子西銘與性善養氣之論同功以是觀之周程有以接不傳之緒邵張有以發前聖之微皆豪傑不世之儒也至朱子復出江左大明斯道豈不尤有光於前賢乎當是之時如東萊呂氏南軒張氏亦皆有志於道而天不假年獨朱子年彌高而德彌邵是以挺然爲一代之宗師其著述之大者易本義則足以見四聖之本心詩傳則足以

破小序以來之固陋四書之精粹爲六經之階梯綱目之謹嚴得春秋之大法偉哉斯文之功千萬世之幸也又觀朱子同時陸子靜與其兄子壽以理學見稱謂之江西二陸其學尤崇信孟子欲先立乎其大者則小者不能奪其在白鹿講君子小人義利之旨尤切於學者之病而時相薦之者曰淵源之學沉粹之行輩行推之而心悟理融出於自得此可以見其學之大概矣然其論多與朱子爲氷炭如鵞湖相會之辨六極往復之書在於當時彼固不屈而後世公論判然矣大抵子靜之學重在存心而朱子之學則先致知而後存心二者雖不可偏廢而用功則有次

第蓋朱子之言非一已之言即孔門傳授之言也而子靜乃欲非之不亦過乎當元之初魯齋許公爲中州大儒近考程朱之緒言遠窺周孔之大道蓋年至三十四而始得讀程朱之書則其求道也可謂難矣與諸生日夜淬礪或躬耕山田以給日食則其任道也可謂篤矣至於以姚竇二公之薦而被徵命佐中書則其行道也亦可謂遭遇其時矣當時文臣贊之有曰氣和而志剛外圓而內方隨時屈伸與道翱翔或躬耕大行之野或判事中書之堂布褐蓬茅不爲荒凉圭組軒冕不爲輝光斯可以見其出處之大節矣其名繼道統而從祀廟學宜矣哉

荀楊王韓

荀卿名況趙人善詩禮春秋易仕齊三爲祭酒以讒適楚爲蘭陵令孟子道性善卿爲性惡一篇以非孟子楊雄爲王莽大夫好古樂道以爲經莫大於易作大元傳莫大於論語作法言　王通隋文帝時嘗詣闕獻大平十二策不報歸教授河汾與門人薛收等問答名曰中說有續經　唐韓愈作原性原道等篇

自孟氏之後世所共稱者荀楊王韓四子也荀卿善詩易禮春秋楊雄好古樂道有深沉之思王通教授五經喜論王道韓愈作原道排釋氏其志皆卓然自立非俗儒所及奐然稽諸先賢之言以論其生平之

學則不能無蔽荀以人之性惡而列孟子於十二子
雄爲大元以艱深之辭文淺易之說通之議論詳於
世變而畧於性情又續六經以陷於僭竊之罪愈臣
學文以求道知其用之周於萬事而未知其體之具
於吾心知其可行於天下而未知其本之當先於吾
身以是觀之四子於聖賢之道尚未能深探其本乎
卿仕齊三爲祭酒知道之不行而不能去卒以讒見
逐又仕楚爲蘭陵令苟祿而不知恥雄黽勉於莽賢
之間至爲劇秦美新之文以取媚於莽通詣闕陳十
二策則又不待其招而往不待其問而告愈伏光範
門而三上宰相書汲汲富貴利達之求以是斷之四

子之出處去就又安能無愧於聖賢哉噫四子皆有志於堯舜禹湯文武周公孔子之傳而醇疵相半於道有間其接孟氏之緒者卒有待於周程朱數君子是以尚論千載者不能無責備之意云

大元

楊雄傳曰雄作大元畫三方九州二十七都八十一家爲八十一首每首九贊合七百二十九贊外有踦贏二贊每卦曰初一次二次三次四次五次六次七次八上九即九贊每贊皆有測卦始於中終於養又曰元與大初曆相應亦有顓帝之曆焉爲其大漫漶不可知故有首衝錯測攡瑩數文掜圖告十一篇皆以解剝六體離

散其文

一夫大元之作以準易也然其九贊自下而上分下中上三體而又各分之以上中下如禹貢之九等與所畫無干涉凡兩贊直一日前贊爲晝後贊爲夜通八十一首皆一陰一陽相間而不易八十一首通計七百二十九贊正當三百六十四日半乃以踦贊當半日嬴贊當四分日之一而後一周朞焉黎元通日易之卦氣陽生於復陰生於姤元以周配復而陽始於中以遇配姤而陰始於迎中者復之漸而迎者姤之萌也又曰易有六十四卦主一歲以坎離震兌四正之卦當二至二分四正之氣卦有六爻爻主一日凡

三百六十日餘五日四分日之一每日分爲八十分五日分爲四百分四分日之一又分爲二十分以六十卦分之是一卦主六日七分也元有八十一首七百二十九贊主一歲凡二首主九日八十首主三百六十日而歸餘於養周天之度亦如之日月之行有離合陰陽之數有盈虛踦嬴二贊有其辭而無其晝故附之於養以象閏焉又曰冬至陽始於中以陽氣潛萌於黃宮故曰中凡四日有踦而一變至於應而極陽極陰上下相應故曰應夏至陰始於迎謂陽極而陰生故曰迎亦四日有踦而一變至於養而極養者處陽氣將復之會不可無所養也陽無間斷之時

亦無驟生之理故貴乎養盈天地之間者一陰陽消長之機故元固陽不極則陰不萌陰不極則陽不芽此元之所以準易也又按邵子嘗作正元所以正大元之未正也元有十二卷正元則以九天分爲九卷元有八十一首正元則以九首各爲一卷元九首僅以配土正元則以水火木金土隨次序而品第之至於象工象兀象示象正象器象亦象坐象光象幽之類無非正數大元而爲子雲鑽皮出羽者也又按大元始於中終於養倣京房卦氣始於中孚終於頤卦氣之說本謬而法之何爲哉諸儒好異者往往推演其說而實無所用姑述其大要以俟稽考焉

潛虛

司馬溫公作潛虛自序曰萬物皆祖於虛生於氣氣以成體體以受性性以辨名名以立行行以俟命故虛者物之府也氣者生之戶也體者質之具也性者神之賦也名者事之分也行者人之務也命者時之遇也

司馬公之作潛虛也自謂元以準易虛以準元故後人以虛與元同論易之作則由大極兩儀四象八卦以至於六十四卦元之作則由三方九州二十七部以至於八十一家而有二百四十三表七百二十九贊虛之作始於五行以天之中數五五而乘之爲二十有五以地之中數五六而乘之爲三十合而爲五

十五故有五十五行三百六十四變易有象象之類而元則首以準象測以準象文以準文言繫辭則以攡瑩掜圖告準之說卦則以告數準之序卦雜卦則又以衡錯分準之虛則行以準卦變解命準象象氣體名性四圖又有傚於邵子之數圖易之畫加六位自下而上順陰陽生生之序也元之畫布四重自上而下取尊卑相統之義也虛之畫分左右自左至右取主客相對之象也易之卦有六爻自初至上陰陽九六互居之元之首有九贊則曰初一次二次三次四次五次六次七次八上九虛之行有七變則曰初二三四五六上易則或以當位不當位爲吉凶或以

有應無應爲吉凶元則三百五十四贊當晝三百五十四贊當夜晝爲吉夜爲凶而吉凶之中又自分輕重虛則七變之間有吉凶臧否平五者之異所謂平者在吉凶臧否之間也易體數八而用數六元體數四而用數九虛體數十而用數七八者天之體數也四者地之體數也十者天之足數也易之蓍策本乎大衍而虛其一元之蓍策本乎天地而虛其三虛之蓍策本乎五行而虛其五故乾之策二百一十有六坤之策百四十有四合而計之凡三百有六十以當期之日衍而積之凡萬有一千五百二十以當萬物之數此易之蓍所以用四十有九也天之數十有八

合而計之凡三十有六以律七百二十九贊衍而積之凡二萬六千二百二十四策以當歲之日此元之蓍所以用三千三也五行相乘得二十有五又以三才相乘得七十有五以占五十五名衍而積之凡三千八百五十策以成變化之用此虛之蓍所以用七十也分而爲二掛一於指揲之以四歸奇於扐此則易之揲法也先掛其一半分其餘揲之以三并餘於扐此則元之揲法也分而爲二右掛左一揲之以十歸餘於扐再分揲右皆如左法此則虛之揲法也七八爲無變九六爲有變此易之占法也旦筮用經夂筮用緯休則逢陽星時數從客咎則逢陰星時數遲

遺此則元之占法也左爲主右爲客先主後客者陽先客後主者陰陽則用其顯陰則用其幽此則虛之占法也易始於乾則以萬物之資始所謂有天地然後有萬物是也終於未濟則以變故之不可測所謂易不可窮故以未濟終焉是也元始於中則以一元之氣所由基所謂一氣潛萌於黃鐘信無不在其中是也終於養則以一歲之氣所由復所謂冬至之氣起於元是也夫元虛之配於易者大畧如此然朱子嘗言易道惟變所適不可爲典要而大元以晝爲吉以夜爲凶是乃死法也又言潛虛之數用五如今之算位其直一晝則爲五下一晝則爲六横二晝則爲

七與大元皆禘奏之書也又按朱子爲潛虛題辭言
溫公晩著此書未竟而薨故其書未完全州本首尾
完具者乃僞本也

皇極經世

邵子著皇極經世書十餘萬言研精極思三十年觀造
化之生成推日月之盈縮考陰陽之度數察剛柔之形
體經之以元紀之以會參之以運終之以世又斷自唐
虞訖於五代本諸天道質以人事興廢治亂靡所不載
其言曰天有陰陽陰陽之中又各有陰陽故有大少大
陽曰大陰月少陽星少陰辰爲天之四象暑寒晝夜天
之所變也性情形體物所感於天之變也地有剛柔剛

柔之中又各有剛柔故有大少大柔水大剛火少柔土少剛石爲地之四象雨風露雷地之所化也走飛草木物所感於地之化也人得天地之全暑寒晝夜無不變雨風露雷無不化性情形體無不感走飛草木無不應目善萬物之色耳善萬物之聲鼻善萬物之氣口善萬物之味天地萬物皆陰陽剛柔之分人則兼備萬物故靈於萬物而參天地也

蔡氏曰皇極經世書命數定象自爲一家古所未有學者所未見然亦本於易今以伏羲卦圖列之於前而以皇極經世疏之於後天地之變有元會運世而人事之變亦有皇帝王霸元會運世有春夏秋冬爲

生長收藏皇帝王霸有易詩書春秋爲道德功力天地之數窮於八八故元會運世歲月日辰之數極於六十四也陽數以三十起者一月有三十日一世有三十年也陰數以十二起者一日有十二辰一歲有十二月也又曰一元之數即一歲之數一元有十二會三百六十運四千三百二十世猶一歲十二月三百六十日四千三百二十辰也前六會爲息後六會爲消即一歲自子至巳爲息自午至亥爲消開物於星之七十五猶歲之驚蟄也閉物於星之三百一十五猶歲之立冬也黃瑞節曰堯之時在日甲月巳星癸辰申當十二萬九千六百年之半以上爲六萬四

千八百年之已往以下爲六萬四千八百年之方來
是以謂之中數也又曰元會運世之數大而不可見
分釐絲毫之數小而不可察所可得而數者即歲月
日辰而知之也一世有三十歲一月有三十日故歲
與日之數三十一歲有十二月一日有十二辰故月
與辰之數十二自歲月日辰之數推而上之得元會
運世之數推而下之得分釐絲毫之數三十與十二
反覆相乘爲三百六十故元會運世歲月日辰八者
之數皆三百六十以三百六十乘三百六十爲十二
萬九千六百故元有十二萬九千六百歲會有十二
萬九千六百月運有十二萬九千六百日世有十二

萬九千六百辰歲有十二萬九千六百分月有十二
萬九千六百釐日有十二萬九千六百毫辰有十二
萬九千六百絲皆天地之自然非假智營而力索也
袁明善曰禹即位後八年得甲子初入在會迨元泰
定甲子得六萬三千六十一歲

黎卓跋梁石門先生集後序

星宿麗乎中天誠爲明也人之所以見其昭著之輝者焉海涵太虛誠爲泓也人之所以知其恢洪之量者焉扶輿清淑之氣鍾而爲人盎而爲文章人之所以景慕其郁郁之文采者焉矧夫奎星靈耀之精輝明以宣聖人相承煥乎文章粲乎烜耀雲漢昭回日月光華山川炳靈碩彥繼紹天經地緯文運迭興衣被品彙著昭回光此天之所以昌斯文者詎不偉歟先生生大德癸卯歲始白少時惟知讀書積文以蓄其學年幾弱冠之豫章往見前翰林滕公王齋公甚愛之留其館下檢校羣籍遂識鴻儒碩彥或師焉或友焉復遊金陵所交皆知

名士大肆力於古文有譽諸公貴人間繇是以薦判爲集慶儒學司訓其留金陵所著易叅議書纂議方策稽要諸書蓋嘗鋟梓以傳於世旣而歸省遭時搶攘善黙有容終無瑕玷天朝之初郡守劉侯貞辟爲教授臨江郡庠復承詔徵與天下名士稽古禮文以老辭還家累考江右試年八十有七以疾終於生平著述六經之文纂其歷代之史諸子之書百家之言輯論滯義捜抉靡遺至於續文肖其爲人辭意深以馴議論詳而贍代言典而嚴記事簡而悉其爲詩興趣淵永格律和平令人一唱三嘆而有餘韻至若騷辭抉造化之賾溯鬼神之廢芟其蕪而滌其穢薪其粹而涵其芒實有以紹靈均

之軌躅也蓋是數者誠足以模範於後學故學者得其片言半簡亦寶之師之矧萃其文集者乎實足以行於今而傳於後何其盛哉嗟乎先生之文萃會精純涵茹古今中乎外華著於詞章而議論不浮推今較古有關於世教自成一家言可謂彌中彪外瑰異不凡者洪武初門人受業者裒集先生之文已錄諸梓歲月已久板行已久殘缺者多永樂改元余乃編次遺稿而重刊之目之曰石門集余嘗受學於先生先生言曰六經文章之宗稽之於經以明其道因之以得其文復以簡潔精微爲至穢蕪者獮獮雜之是則善爲文辭者焉雖然士由六經之學而績文匪六經者有焉士匪六經之學而

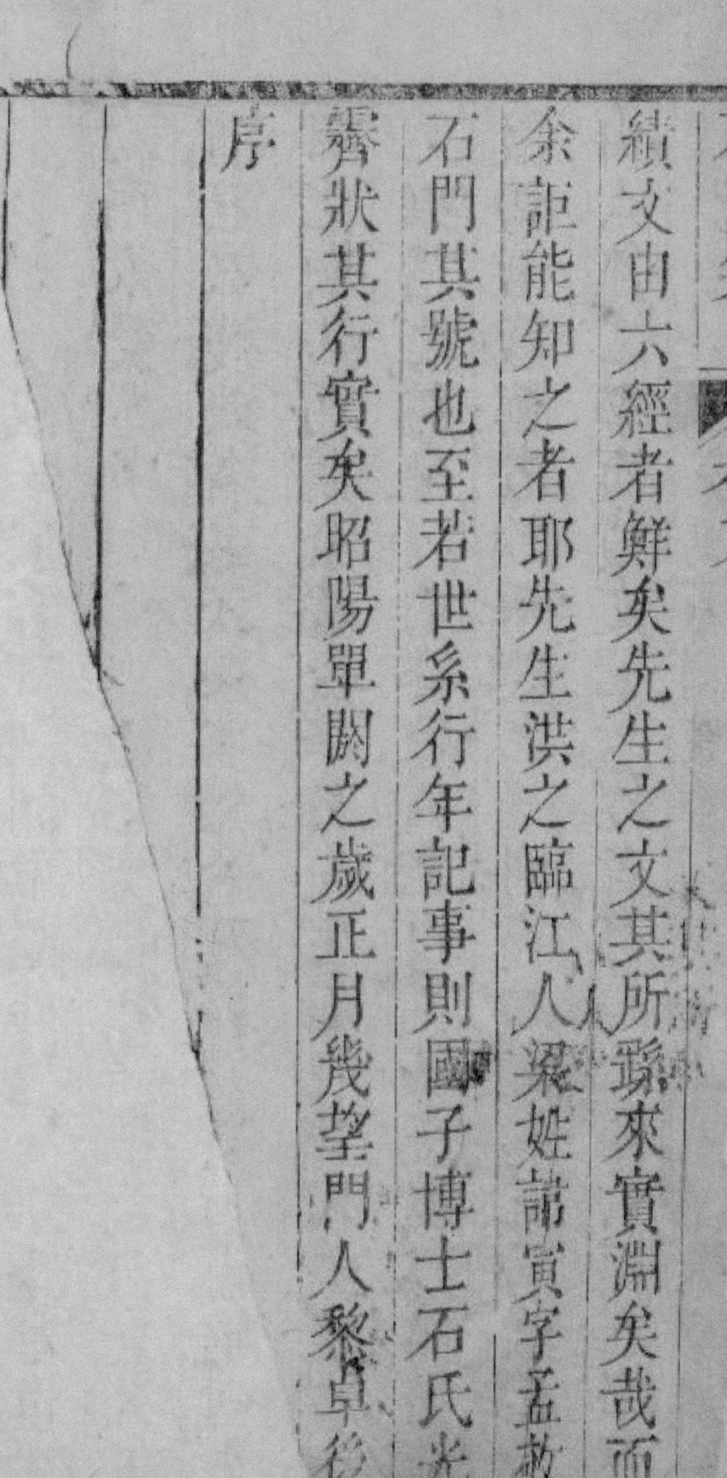

續文由六經者鮮矣先生之文其所繇來實淵矣哉而余詎能知之者耶先生洪之臨江人梁姓諱寅字孟敬石門其號也至若世系行年記事則國子博士石氏光霽狀其行實矣昭陽單閼之歲正月幾望門人黎阜後序

張鵬跋石門先生集

右石門先生文集前明府三山林侯克相愛其文懼失其傳命再鋟梓爲後學計工未訖以調任去渝今明府海虞陳侯艮會來視篆慕石門之高風又不但以其文焉爾矣故是集因以成焉乃若翻閱舊本參錯校正以成二君侯之志則鵬固不得辭其責也雖然文也余何足以知之先生梁姓諱寅字孟敬石門其别號也讀書脩身窮理盡性不戚戚於貧賤不役役於富貴百世之下猶可以想見其人大明嘉靖庚寅年三月既望後學東莞張鵬謹識